EDIÇÕES BESTBOLSO

Todo mundo que vale a pena conhecer

Lauren Weisberger nasceu em uma pequena cidade da Pensilvânia e formou-se na Universidade de Cornell. Ao sair da universidade, foi trabalhar como assistente de Anna Wintour, lendária editora da revista *Vogue* americana. Uma experiência difícil e marcante, que Lauren exorciza em seu primeiro livro: *O diabo veste Prada*. Este romance de estreia rapidamente se tornou um fenômeno mundial, ocupando o topo da lista de mais vendidos e sendo traduzido para vários idiomas. Lauren Weisberger também é autora de *À caça de Harry Winston*, *Uma noite no Chateau Marmont* e *A vingança veste Prada*.

LAUREN WEISBERGER

Todo mundo que vale a pena conhecer

Tradução de
FABIANA COLASANTI

1ª edição

EDIÇÕES
BestBolso
RIO DE JANEIRO – 2013

CIP-BRASIL. CATALOGAÇÃO NA PUBLICAÇÃO
SINDICATO NACIONAL DOS EDITORES DE LIVROS, RJ

Weisberger, Lauren, 1977-
W452t Todo mundo que vale a pena conhecer / Lauren Weisberger; tradução de Fabiana Colasanti. - 1ª ed. - Rio de Janeiro: BestBolso, 2013.
12x18 cm

Tradução de: Everyone Worth Knowing
ISBN 978-85-7799-424-3

1. Ricos – Ficção. 2. Romance americano. I. Colasanti, Fabiana. II. Título.

CDD: 813
13-01119 CDU: 821.134.3(81)-3

Todo mundo que vale a pena conhecer, de autoria de Lauren Weisberger.
Título número 345 das Edições BestBolso.
Primeira edição impressa em julho de 2013.
Texto revisado conforme o Acordo Ortográfico da Língua Portuguesa.

Título original norte-americano:
EVERYONE WORTH KNOWING

www.edicoesbestbolso.com.br

Design de capa: Adaptação de Carolina Vaz da capa publicada originalmente pela Editora Record com ilustração de Robyn Neild © Grupo Keystone / Digital Vision (Rio de Janeiro, 2007).

Impresso no Brasil

ISBN 978-85-7799-424-3

Para meus avós:
Isso deve ajudá-los a se lembrar
de qual neta sou eu.

Como é ser uma das pessoas bonitas?

– De "Baby, You're a Rich Man" (1967)
De John Lennon e Paul McCartney

1

Ainda que só a tivesse visto rapidamente pelo canto do olho, soube imediatamente que a criatura marrom correndo pelo meu piso de tábuas empenadas era uma barata-d'água – a maior e mais gorda que eu já vira. A superbarata mal conseguira evitar passar por cima de meus pés descalços antes de desaparecer debaixo da estante. Tremendo, forcei-me a praticar a respiração dos chacras, que aprendera durante uma semana involuntária em um *ashram* com meus pais. Meus batimentos cardíacos diminuíram ligeiramente após algumas respirações concentradas pensando "*re*" ao inspirar, e "*laxe*" ao expirar e, em alguns minutos, estava bem o suficiente para tomar algumas providências. Primeiro, resgatei Millington (que também estava em pânico) de seu esconderijo debaixo do sofá. Então, em rápida sucessão calcei um par de botas de couro de cano alto para cobrir minhas pernas expostas, abri a porta do corredor para encorajar a saída da barata e comecei a pulverizar todas as superfícies disponíveis do meu minúsculo quarto e sala com o inseticida extraforte vendido no mercado negro. Apertei o botão como se fosse uma arma de fogo, e ainda estava dedetizando quando o telefone tocou, quase dez minutos depois.

O identificador de chamadas mostrou o número de Penelope. Eu quase não atendi até me dar conta de que ela era um dos dois possíveis refúgios. Caso a barata conseguisse sobreviver ao inseticida e passeasse pela minha sala novamente, eu precisaria ficar na casa dela ou na de tio Will. Sem ter certeza de onde Will estava naquela noite, decidi que seria mais sábio manter as linhas de comunicação abertas. Atendi.

– Pen, estou sendo atacada pela maior barata de Manhattan. O que eu faço? – perguntei ao atender o telefone.

– Bette, tenho NOVIDADES! – disparou ela de volta, claramente indiferente ao meu pânico.

– Novidades mais importantes do que a minha infestação?

– Avery acabou de me pedir em casamento! – gritou. – Estamos noivos!

Merda. Aquelas duas simples palavras, *estamos noivos*, podiam deixar uma pessoa tão feliz e outra tão chateada. O piloto automático entrou em funcionamento rapidamente, lembrando-me de que seria inadequado, para dizer o mínimo, verbalizar o que eu realmente pensava. "Ele é um babaca, P, é um menininho mimado e drogado no corpo de um homem. Sabe que você é boa demais para ele e está botando uma aliança no seu dedo antes que você também perceba isso. Pior, casando-se com ele você só vai comprometer seu tempo até ele substituí-la por uma versão mais jovem e bonita daqui a dez anos, deixando-a de coração partido sozinha. Não faça isso! Não faça isso! Não faça isso!"

– Ahmeudeus! – gritei de volta na mesma hora. – Parabéns! Estou tão feliz por você!

– Ah, Bette, eu sabia que ficaria. Mal consigo falar, está tudo acontecendo tão rápido!

"Tão rápido? Ele é o único cara que você namorou desde os 19 anos. Não é como se isso não fosse esperado, já faz oito anos. Só espero que ele não contraia herpes na despedida de solteiro em Vegas."

– Conte-me tudo. Quando? Como? Aliança? – disparei perguntas, fazendo o papel de melhor amiga de forma bastante convincente, eu achava, considerando a situação.

– Bem, não posso falar muito porque estamos no St. Regis no momento. Lembra-se de como ele insistiu em me pegar no trabalho hoje? – Antes que eu pudesse responder, ela continuou, num só fôlego. – Havia um carro esperando do lado de fora, e ele me disse que era só porque não tinha conseguido um táxi e os pais dele estavam nos esperando para jantar em dez minutos, na casa deles. É claro que fiquei meio chateada por ele nem ter me perguntado se eu queria jantar lá, ele tinha dito que fizera um reserva no Per Se, e você sabe como é difícil de conseguir reserva lá, e estávamos tomando aperitivos na biblioteca quando os meus pais e os dele entraram. Antes que eu percebesse o que estava acontecendo, ele ficou de joelhos!

– Na frente dos seus pais? Foi um pedido público? – Eu sabia que parecia horrorizada, mas não pude evitar.

– Bette, isso não chega a ser público. Eram nossos *pais*, e Avery disse as coisas mais lindas do mundo. Quer dizer, nunca teríamos nos conhecido se não fosse por eles, então entendo seu ponto de vista. E escute só: ganhei dois anéis!

– Dois anéis?

– Dois anéis. Um diamante redondo perfeito, de sete quilates em platina, que era da tataravó dele, como o oficial, e outro com lapidação quadrada em baguetes de três quilates que é muito mais usável.

– Usável?

– Não se pode andar pelas ruas de Nova York com um diamante de sete quilates, não é? Eu achei muito inteligente.

– Dois anéis?

– Bette, você está sendo incoerente. De lá, fomos ao Per Se, onde meu pai conseguiu até mesmo desligar o celular durante o jantar e fazer um brinde razoavelmente agradável, depois fizemos um passeio de carruagem pelo Central Park e agora estamos em uma suíte no St. Regis. Eu tinha de ligar para você e contar!

Onde, meu Deus, onde tinha ido parar a minha amiga? Penelope, que nunca sequer saíra para olhar anéis de noivado porque achava que eram todos iguais, que me dissera, três meses antes, quando uma amiga nossa da faculdade ficara noiva em uma carruagem puxada por cavalos, que era o ápice da cafonice, acabara de se transformar em algo muito parecido com uma dona de casa perfeita. Será que era só amargura minha? É claro que eu estava amarga: o mais perto que eu chegara de ficar noiva fora ler os Anúncios de casamento no *New York Times*, vulgo "a página de esportes das garotas solteiras", todos os domingos na hora do brunch. Mas isso não vinha ao caso.

– Fico tão feliz que tenha ligado! E mal posso esperar para ouvir os mínimos detalhes, mas você tem um noivado para consumar. Desligue o telefone e vá fazer seu noivo feliz. Isso não soa estranho? Noivo.

– Ah, Avery está num telefonema de trabalho. Eu fico mandando ele desligar – falou isso alto, para ele ouvir –, mas ele continua falando sem parar. Como foi a sua noite?

– Ah, mais uma sexta-feira maravilhosa. Vejamos... Millington e eu caminhamos até o rio e um mendigo lhe deu um biscoito no meio do caminho, então ela ficou muito feliz. Depois eu vim para casa e espero ter matado o que devia ser o maior inseto da região. Pedi comida vietnamita, mas joguei fora quando me lembrei de ter lido que algum restaurante vietnamita perto daqui foi fechado por servir carne de cachorro, então estou prestes a jantar arroz com feijão requentados e um pacote de balas de gelatina velhas. Ah, meu Deus, pareço um comercial de comida dietética, não é?

Ela só riu, obviamente sem ter nenhuma palavra de consolo naquele momento em especial. Ouvimos um bip, indicando que ela tinha outra chamada.

– Ah, é o Michael. Tenho de contar a ele. Incomoda-se se eu o incluir nesta chamada? – perguntou ela.

– Claro que não. Eu adoraria ouvir. – Michael sem dúvida iria se solidarizar comigo sobre toda a situação quando Penelope desligasse, já que odiava Avery ainda mais do que eu.

Houve um clique, seguido por um breve silêncio, e depois outro clique.

– Estão todos aí? – gritou Penelope. Ela não era uma garota que costumava gritar. – Michael? Bette? Vocês dois estão aí?

Michael era um colega nosso na UBS, mas desde que se tornara vice-presidente (um dos mais jovens que já houvera) nós o víamos muito menos. Apesar de Michael ter uma namorada firme, foi preciso o noivado de Penelope para a ficha realmente cair: estávamos crescendo.

– Oi, meninas – disse ele, parecendo exausto.

– Michael, adivinhe! Eu estou noiva!

Ele hesitou por um momento. Eu sabia que, como eu, Michael não estava surpreso, mas ele estava se esforçando para formular uma resposta entusiasmada que parecesse crível.

– Pen, que notícia fantástica! – Só faltou gritar ao telefone. O volume ajudou bastante a compensar a falta de qualquer alegria genuína em sua voz, e eu anotei mentalmente para me lembrar disso da próxima vez.

– Eu sei! – cantarolou ela de volta. – Sabia que você e Bette ficariam muito felizes por mim. Aconteceu há apenas algumas horas, e estou tão empolgada!

– Bem, é óbvio que teremos de comemorar – disse ele alto. – No Black Door, só nós três e várias doses de algo forte e barato.

– Com certeza – acrescentei, feliz por ter algo a dizer. – Definitivamente temos que comemorar.

– Está bem, querido! – Penelope gritou para longe, compreensivelmente sem se interessar muito por nossos planos etílicos. – Gente, Avery desligou o telefone e está puxando o fio. Avery, pare! Preciso ir, mas ligo para vocês dois mais tarde. Bette, a gente se vê no trabalho amanhã. Amo vocês dois!

Houve um clique e então Michael disse:

– Você ainda está aí?

– Claro que estou. Quer me ligar ou eu ligo para você?

Nós todos aprendemos cedo que não se pode confiar que o terceiro participante tenha mesmo desligado e, portanto, sempre tomávamos a precaução de fazer uma nova ligação antes de falar merda sobre a pessoa que desligara primeiro.

Ouvi uma voz estridente ao fundo, e ele disse:

– Droga, acabei de ser chamado. Não posso falar agora. Podemos conversar amanhã?

– Claro. Diga a Megu que eu mandei um oi, está bem? E, Michael? Por favor, não fique noivo tão cedo, acho que eu não aguentaria.

Ele riu.

– Não precisa se preocupar com isso, eu prometo. Falo com você amanhã. E, Bette? Cabeça erguida. Ele pode ser um dos piores caras que nós já conhecemos, mas ela parece feliz e é só o que a gente pode querer, sabe?

Desligamos e eu fiquei olhando para o telefone durante alguns minutos antes de esticar meu corpo para fora da janela em uma vã tentativa de vislumbrar alguns centímetros da vista do rio; o apartamento não era grande coisa, mas era, graças a Deus, todo meu. Eu não o dividia com ninguém há quase dois anos, desde que Cameron fora embora e, apesar de ser tão comprido e estreito que eu podia esticar as pernas e quase tocar a outra parede, de ser localizado em Murray Hill, das tábuas do chão estarem ligeiramente empenadas e das baratas terem tomado conta, eu reinava sobre meu palácio particular.

O prédio era um monstro de cimento na esquina da rua 34 com a Primeira Avenida, um rinoceronte com vários blocos, que abrigava inquilinos ilustres como o integrante adolescente de uma ex boy band, um jogador profissional de squash, uma estrela pornô de filmes B e seu fluxo de visitantes, um joão-ninguém, uma ex-atriz-mirim que não trabalhava há duas décadas e centenas de recém-formados que não conseguiam aceitar muito bem a ideia de sair para sempre do dormitório da faculdade ou da fraternidade. Tinha uma ampla vista do rio East, desde que a definição de "ampla vista" fosse um guindaste de construção, alguns lixões, o muro de tijolos do prédio ao lado e um pedaço de rio de mais ou menos sete centímetros de largura, que só é visível após incontáveis acrobacias. Toda essa glória era minha pelo custo mensal equivalente a uma casa de quatro quartos e dois banheiros para uma família no subúrbio.

Enquanto ainda estava jogada no sofá, revi minha reação à novidade. Achei que soara sincera o suficiente, senão absolutamente extasiada, mas Penelope sabia que ficar assim não era da minha natureza. Eu conseguira perguntar sobre os anéis – no plural – e declarar que estava muito feliz por ela. É claro que não havia dito nada realmente sincero ou significativo, mas ela provavelmente estava atordoada demais para perceber. No geral, um desempenho bastante razoável.

Minha respiração havia se normalizado o suficiente para fumar outro cigarro, o que me fez sentir ligeiramente melhor. O fato de a barata ainda não ter reaparecido também ajudou. Tentei me assegurar de que minha infelicidade provinha da preocupação genuína de que Penelope ia se casar com um cara realmente horroroso e não de uma inveja profundamente enraizada por ela agora ter um noivo e eu não conseguir nem um segundo encontro com o mesmo cara. Eu não conseguia. Haviam se passado dois anos desde que Cameron fora embora e, apesar de eu ter cumprido os estágios obrigatórios da recuperação (obsessão pelo trabalho, por compras e por comida) e tivesse passado pelo número normal de encontros às escuras, encontros para drinques e os raros encontros para jantar, apenas dois caras tinham alcançado o terceiro encontro, e nenhum dos dois chegara ao quarto. Repeti para mim mesma várias vezes que não havia nada errado comigo, e frequentemente fiz Penelope confirmar isso, mas estava começando a duvidar seriamente da veracidade dessa afirmação.

Acendi um segundo cigarro no primeiro e ignorei o olhar de desaprovação canina de Millington. O sentimento de autoaversão estava começando a me envolver como um cobertor quente e aconchegante. Que tipo de pessoa cruel não consegue expressar felicidade sincera e genuína em um dos dias mais felizes da vida de sua melhor amiga? Quão falso e inseguro alguém tem de ser para rezar para que a história toda não passe de um gigantesco mal-entendido? Como pude me tornar tão vil?

Peguei o telefone e liguei para tio Will, procurando algum tipo de contorno. Will, além de ser uma das pessoas mais inteligentes e cruéis do planeta, sempre conseguia me animar. Ele atendeu o telefone com uma voz ligeiramente arrastada pelo gim-tônica, e eu lhe dei a versão resumida e menos dolorosa da grande traição de Penelope.

– Me parece que você está se sentindo culpada porque Penelope está muito entusiasmada e você não está tão feliz por ela quanto deveria.

– É, é isso mesmo.

– Bem, querida, podia ser muito pior. Pelo menos não é uma variação do tema no qual a infelicidade de Penelope a está deixando feliz e realizada, certo?

– Hein?

– *Schadenfreude*. Você não está se beneficiando, emocionalmente ou de alguma outra forma da infelicidade dela, certo?

– Ela não está infeliz, está eufórica. Sou eu que estou infeliz.

– Bem, aí está! Está vendo, você não é tão ruim. E você, minha querida, não vai se casar com aquele garoto mimado cujos únicos talentos parecem ser gastar o dinheiro dos pais e fumar grandes quantidades de maconha. Estou enganado?

– Não, é claro que não. É só que parece que tudo está mudando. Penelope é a minha vida e agora ela vai se casar. Eu sabia que um dia isso aconteceria, mas não sabia que seria tão cedo.

– Casamento é para os burgueses. Você sabe disso, Bette.

Isso ativou uma série de imagens mentais de brunches de domingo através dos anos: Will, Simon, o Essex, eu e a seção do Sunday

Styles. Nós dissecávamos os casamentos durante toda a refeição, sem nunca deixar de cair numa gargalhada maldosa enquanto líamos criativamente as entrelinhas.

Will continuou.

– Por que você estaria ansiosa para entrar em um relacionamento para toda a vida cujo único propósito é acabar com cada milímetro da sua individualidade? Quer dizer, olhe para mim. Sessenta e seis anos, nunca me casei e estou perfeitamente feliz.

– Você é gay, Will. E, além disso, usa uma aliança de ouro no dedo anelar da mão esquerda.

– Aonde quer chegar? Acha que eu realmente *me casaria* com Simon, mesmo que pudesse? Aqueles casamentos de mesmo sexo na prefeitura de São Francisco não são exatamente a minha cara. Nem morto.

– Você mora com ele desde antes de eu ter nascido. Sabe que é, essencialmente, casado.

– Negativo, querida. Nós dois somos livres para ir embora a qualquer momento, sem nenhuma confusão legal nem ligações emocionais. E é por isso que dá certo. Mas chega disso; não estou lhe dizendo nada que você já não saiba. Fale-me sobre o anel.

Eu contei os detalhes que ele realmente queria saber enquanto comia o resto das balas e só percebi que adormecera no sofá quase às 3 horas da manhã, quando Millington latiu seu desejo de dormir em uma cama de verdade. Arrastei nós duas para o meu quarto e enfiei minha cabeça debaixo do travesseiro, lembrando a mim mesma várias vezes que aquilo não era um desastre. Não era um desastre. Não era um desastre.

2

Era muito azar que a festa de noivado de Penelope caísse em uma quinta-feira à noite – a noite do jantar com Will e Simon. Nenhum dos compromissos podia ser ignorado. Fiquei parada em frente ao meu prédio feio, do pós-guerra, em Murray Hill, tentando desesperadamente ir para o enorme duplex do meu tio no Central Park West. Não era hora do rush, Natal, mudança das mãos das ruas nem chovia torrencialmente, mas não havia um só táxi à vista. Eu estava assoviando, gritando e pulando como uma louca há vinte minutos quando um táxi solitário finalmente encostou no meio-fio. A resposta do taxista quando eu pedi para ir para o centro foi "muito trânsito", antes de cantar os pneus e desaparecer. Quando um segundo motorista finalmente me pegou, acabei dando cinquenta por cento de gorjeta, de puro alívio e gratidão.

– Ei, Bettina, você parece triste. Está tudo bem?

Eu insistia com as pessoas para que me chamassem de Bette e a maioria chamava. Apenas meus pais e George, o porteiro do tio Will (que era tão velho e fofo que podia fazer o que quisesse), insistiam em usar meu nome inteiro.

– Só os problemas normais de táxi, George – suspirei, dando-lhe um beijinho na bochecha. – Como foi o seu dia?

– Ah, ótimo como sempre – respondeu ele sem o mínimo sarcasmo. – Vi o sol por alguns minutos de manhã e estou feliz desde então. – Nojento.

– Bette! – ouvi Simon chamar da sala de correspondência escondida discretamente na portaria. – Estou ouvindo a sua voz, Bette?

Ele emergiu da sala de correspondência usando um uniforme branco de tênis e uma bolsa em forma de raquete atravessada nos ombros largos e me deu um abraço de urso como hétero algum jamais fizera. Era um sacrilégio faltar a um jantar semanal, que além de ser divertido também me dava o máximo de atenção masculina que eu recebia (sem contar o brunch).

Will e Simon haviam desenvolvido vários rituais ao longo dos quase trinta anos que estavam juntos. Só viajavam para três lugares: St. Barth, no final de janeiro (ainda que ultimamente Will viesse reclamando que era "francês demais"), Palm Springs, em meados de março, e um fim de semana espontâneo eventual em Key West. Só bebiam gim-tônica em copos Bacará, passavam todas as noites de segunda-feira, das 19 às 23 horas, no Elaine's e davam uma festa de Natal anual em que ambos usavam suéteres de caxemira de gola olímpica. Will tinha quase 1,88 metro, o cabelo prateado cortado curto e preferia suéteres com reforços de camurça nos cotovelos. Simon mal tinha 1,7 metro e um corpo magro e atlético que vestia inteiramente de linho, desconsiderando as estações.

– Homens gays – dizia ele – têm carta branca para desprezar as convenções da moda. Nós fizemos por merecer.

Mesmo agora, recém-saído da quadra de tênis, ele conseguira vestir uma espécie de capuz de linho branco.

– Minha linda, como você está? Venha, venha, Will deve estar imaginando onde nós dois estamos e sei que a garota nova preparou algo fantástico para comermos. – Sempre o perfeito cavalheiro, ele pegou a mochila entupida de coisas do meu ombro, segurou a porta do elevador e apertou C.

– Como foi o jogo de tênis? – perguntei, imaginando por que esse homem de 60 anos tinha um corpo melhor do que todos os caras que eu conhecia.

– Ah, você sabe como é, um bando de coroas correndo pela quadra, tentando pegar bolas que nem deveriam tentar e fingindo que têm saques como os de Roddick. Meio ridículo, mas sempre divertido.

A porta para o apartamento deles estava ligeiramente aberta, e eu podia ouvir Will falando com a TV no escritório, como sempre. No passado, Will cobrira com exclusividade a recaída de Liza Minnelli, os casos de Bob Kennedy e o salto de Patty Hearst de socialite a membro de culto. Foi a "amoralidade" dos Democratas que finalmente o levou a escrever sobre política, em vez de se dedicar às coisas glamourosas. Ele chamava isso de Golpe do Clinton. Agora, algumas poucas décadas mais tarde, Will era viciado em notícias políticas que se inclinavam ligeiramente para a direita de Átila, o huno. Ele certamente era o único colunista de entretenimento e sociedade gay, de direita e do Upper West Side de Manhattan que se recusava a comentar tanto entretenimento quanto sociedade. Havia duas televisões em seu estúdio, a maior delas ele mantinha sintonizada na Fox News.

– Finalmente – gostava de dizer –, uma estação que fala para o *meu* povo.

E sempre a réplica mordaz de Simon:

– Ceeeerto. Aquela audiência enorme de colunistas gays de entretenimento e sociedade, de direita, que moram no Upper West Side de Manhattan?

O aparelho menor sempre variava entre a CNN, a CNN Headline News e a MSNBC, perpetradores do que Will se referia como "A conspiração liberal". Um cartaz escrito à mão descansava em cima do segundo televisor. Lia-se: CONHEÇA SEU INIMIGO.

Na CNN, Aaron Brown estava entrevistando Frank Rich a respeito da cobertura da imprensa em torno da última eleição.

– Aaron Brown é uma bichinha travada e covarde! – Will rosnou enquanto pousava seu copo de cristal e arremessava um de seus sapatos belgas na TV.

– Oi, Will – falei, pegando um punhado de passas cobertas de chocolate que ele sempre mantinha em uma tigela Orrefors em sua mesa.

– Tantas pessoas qualificadas para discutir política neste país, para oferecer algum insight ou opinião inteligente sobre como a cobertura da imprensa afetou ou não as eleições e esses idiotas entrevistaram alguém do *New York Times*? Aquilo lá é mais sangrento do que um filé malpassado e eu tenho de ficar sentado aqui ouvindo a opinião deles a respeito disso?

– Bem, na verdade, não, Will. Você pode desligar, sabe. – Sufoquei um sorriso enquanto seus olhos se mantinham fixos à frente. Me perguntei silenciosamente quanto tempo ele levaria para chamar o *New York Times* de comunista ou para afirmar que o fiasco de Jayson Blair era a prova cabal de que o jornal é lixo, na melhor das hipóteses, e uma conspiração contra os norte-americanos honestos e trabalhadores, na pior.

– O quê? E perder a cobertura ostensivamente dogmática do Sr. Aaron Brown sobre a cobertura ostensivamente dogmática do Sr. Frank Rich sobre o que quer que seja que estejam discutindo? Sério, Bette, não vamos nos esquecer de que esse é o mesmo jornal cujos repórteres simplesmente inventam histórias quando o prazo de entrega aperta.

Ele deu um trago e apontou com o controle remoto para silenciar os dois televisores ao mesmo tempo. Apenas 15 segundos esta noite – um recorde.

– Basta, por enquanto – disse, me abraçando e dando um beijinho rápido na minha bochecha. – Você está linda, querida, como sempre, mas será que morreria se usasse um vestido de vez em quando?

Ele não foi tão sutil ao passar ao seu segundo assunto favorito, a minha vida. Will era nove anos mais velho do que minha mãe e ambos juravam que eram filhos dos mesmos pais, mas parecia impossível. Minha mãe ficou horrorizada por eu ter aceitado um emprego corporativo que exigia que usasse outras roupas que não túnicas e alpargatas, já meu tio achava que o ridículo era usar terno como uniforme em vez de um vestido sensacional de Valentino ou um par maravilhoso de Louboutins de tiras.

– Will, é o que se usa em bancos de investimento, sabe?

– É o que dizem. Só não achei que você acabaria trabalhando em um banco. – Isso de novo.

– O seu povo, tipo, ama o capitalismo, não ama? – provoquei. – Os republicanos, quero dizer... Os gays nem tanto.

Ele ergueu suas sobrancelhas espessas e grisalhas e olhou para mim do outro lado do sofá.

– Que gracinha. Muito bonitinho. Não é nada contra investimentos, querida. Acho que sabe disso. É uma profissão ótima, respeitável... Prefiro vê-la fazendo isso do que qualquer um daqueles trabalhos hipongos para salvar o mundo que seus pais recomendariam, mas você parece jovem demais para se dedicar a algo tão entediante. Devia estar lá fora, conhecendo pessoas, indo a festas, curtindo ser jovem e solteira em Nova York, não amarrada a uma mesa em um banco. O que você *quer* fazer?

Por mais vezes que ele tivesse feito essa pergunta, eu nunca conseguira dar uma resposta boa, nem mesmo decente. Certamente era uma pergunta justa. No ensino médio eu sempre achei que me juntaria ao Corpo de Paz. Meus pais haviam me ensinado que era um passo natural depois de me formar na faculdade. Mas aí, fui para Emory e conheci Penelope. Ela gostou do fato de eu não conseguir dizer o nome de todas as escolas particulares em Manhattan e de não saber nada a respeito da ilha Martha's Vineyard, e eu, é claro, adorei o fato de ela poder e saber. Quando as férias de Natal chegaram já éramos inseparáveis e, ao fim do primeiro ano, eu havia jogado fora minhas camisetas preferidas do Grateful Dead. Jerry, o vocalista da banda, já morrera havia muito tempo, de qualquer maneira. E era divertido ir a jogos de basquete e festas regadas a barris de cerveja e entrar para a liga mista de futebol americano com todo um grupo de pessoas que não faziam dreadlocks regularmente, reciclavam a água do banho nem usavam óleo de patchuli. Eu não me destacava como a garota excêntrica que tinha sempre um cheiro meio estranho e sabia coisas demais sobre sequoias canadenses. Usava os mesmos jeans e camisetas que todo mundo (sem nem olhar para ver se tinham sido feitos numa fábrica de operários semiescravos), comia os mesmos hambúrgueres, bebia a mesma cerveja e achava fantástico. Durante quatro anos, tive um grupo de amigos que pensavam parecido e alguns namorados ocasionais, nenhum dos quais era comprometido com o Corpo de Paz. Então, quando todas as grandes empresas apareceram no campus acenando com salários gigantescos e bônus e oferecendo-se para pagar a passagem de avião dos alunos para entrevista em Nova York, eu aceitei. Quase todos os meus amigos da faculdade aceitaram empregos semelhantes, porque, quando você pensa com cuidado, de que outra forma uma pessoa de 20 anos de idade vai pagar um aluguel em Manhattan? O incrível nisso tudo era como cinco anos haviam passado rápido. Cinco anos simplesmente desapareceram em um buraco negro de programas de treinamento, relatórios trimestrais e bônus de final de ano, mal deixando tempo para perceber que eu odiava o que fazia o dia inteiro. O fato de ser boa naquilo não ajudava – de certa forma, parecia provar que eu estava fazendo a coisa certa. No entanto, Will sabia que aquilo estava errado, podia obviamente intuir, mas até agora eu havia sido complacente demais para mudar.

– O que eu quero fazer? Como posso responder a uma coisa dessas? – perguntei.

Como pode não responder? Se não sair em breve, vai acordar um dia com 40 anos, diretora de operações, e pular de uma ponte. Não há nada errado com investimentos, querida, só não é para você. Você deveria estar perto de *pessoas*. Deveria rir um pouco. *Escrever*. Além disso, deveria estar usando roupas muito melhores.

Eu não contei a ele que estava pensando em procurar trabalho em uma empresa sem fins lucrativos. Ele começaria a discursar sobre como sua campanha para desfazer a lavagem cerebral de meus pais havia fracassado e ficaria desanimado à mesa o resto da noite. Eu tentara uma vez apenas mencionar que estava pensando em fazer uma entrevista na organização de planejamento familiar Planned Parenthood, e ele me informou que, ainda que fosse uma ideia nobre, me levaria direto de volta ao, em suas palavras, Universo dos Sujismundos. Então, continuamos a falar sobre os tópicos de sempre. Primeiro, minha vida amorosa inexistente ("Querida, você é simplesmente jovem e bonita demais para que o trabalho seja seu único amante"), seguido por um discursinho a respeito da última coluna do Will ("É culpa minha que Manhattan tenha se tornado tão ignorante que as pessoas não queiram mais saber a verdade sobre seus governantes eleitos?"). Voltamos aos meus dias de ativismo político no ensino médio ("A Era do Incenso, graças a Deus, já acabou") e aí, mais uma vez, retornamos ao assunto favorito de todos, o estado abjeto do meu guarda-roupa ("Calças masculinas mal cortadas não são roupa para um encontro").

Quando ele estava começando um pequeno monólogo sobre os extensos benefícios de ter um conjunto Chanel, a empregada bateu à porta do escritório para informar que o jantar estava servido. Pegamos nossos drinques e nos dirigimos à sala de jantar.

– Dia produtivo? – Simon perguntou a Will, cumprimentando-o com um beijo na bochecha. Ele havia tomado banho e vestido um pijama de linho ao estilo de Hugh Hefner e segurava uma taça de champanhe.

– É claro que não – Will respondeu, colocando de lado seu martíni e servindo mais duas taças de champanhe. Entregou uma a mim.

– O prazo de entrega é só à meia-noite, por que eu faria qualquer coisa antes das 22h? O que estamos comemorando?

Comecei a devorar minha salada com gorgonzola, grata por estar comendo algo que não vinha de um carrinho na rua, e tomei um gole de champanhe. Se conseguisse, de alguma forma, comer lá todas as noites sem parecer ser a maior fracassada da face da Terra, eu o faria em um segundo. Mas até eu tinha dignidade o suficiente para saber que estar disponível para as mesmas pessoas, mesmo que fossem o seu tio e o companheiro dele mais do que uma vez por semana para jantar e uma para o brunch era realmente patético.

– O quê, precisamos estar comemorando alguma coisa para tomarmos um pouco de champanhe? – Simon perguntou, servindo-se de alguns pedaços do filé fatiado que a empregada fizera como prato principal. – Só achei que seria uma mudança agradável. Bette, quais são seus planos para o resto da noite?

– A festa de noivado da Penelope. Tenho de ir para lá daqui a pouco, para falar a verdade. As mães organizaram tudo juntas antes que Avery ou Penelope pudessem impedir. Pelo menos é em alguma boate em Chelsea, em vez de em algum lugar no Upper East Side. – Acho que essa foi a única concessão para que seus filhos pudessem se divertir.

– Qual é o nome da boate? – perguntou Will, ainda que fossem poucas as chances de que ele tivesse ouvido falar nela se não fosse escura, com paredes forradas de madeira e cheia de fumaça de charuto.

– Ela falou, mas eu não me lembro. Começa com B, eu acho. Aqui – falei, puxando um pedaço de papel rasgado da bolsa. – É na rua 27, entre a Décima e a Décima Primeira Avenida. Chama-se...

– Bungalow 8 – responderam em uníssono.

– Como é que vocês sabem disso?

– Querida, ela é mencionada com tanta frequência nas fofocas da Página Seis que parece que Richard Johnson é o dono do maldito lugar – falou Will.

– Li em algum lugar que, originalmente, era uma cópia dos bangalôs do Beverly Hills Hotel, e que o serviço é tão bom quanto. É só uma boate, mas a matéria descrevia um serviço que realiza qualquer capricho, desde encomendar um tipo especial de sushi raro a contratar um helicóptero. Há lugares que são o máximo durante alguns meses e depois desaparecem, mas todo mundo concorda que o Bungalow 8 veio para ficar. – Simon disse.

– Acho que ficar sentada no Black Door nas noites em que saio não está ajudando muito minha vida social – falei e empurrei meu prato para longe. – Vocês se incomodam se eu sair cedo hoje? Penelope queria que eu chegasse lá antes das hordas de amigos do Avery e da família dela.

– Corra, Bette, corra. Pare apenas para passar mais batom e depois corra! E não faria mal algum se encontrasse um jovem bonitão para sair – declarou Simon, como se existissem salas repletas de caras lindos e solteiros apenas esperando que eu entrasse em suas vidas.

– Ou, melhor ainda, um filho da mãe deslumbrante para brincar por uma noite – Will piscou, brincando só um pouco.

– Vocês são o máximo – falei, beijando a bochecha de cada um antes de pegar minha bolsa e meu cardigã. – Não têm nenhum escrúpulo em prostituir sua única sobrinha, não é?

– Absolutamente nenhum – anunciou Will, enquanto Simon balançava a cabeça com seriedade. – Vá ser uma vagabunda boazinha e divirta-se, pelo amor de Deus.

Havia uma multidão – três filas até o final do quarteirão – quando o táxi parou na frente da boate e, se não fosse pela festa de Penelope, eu teria pedido ao motorista para continuar dirigindo. Em vez disso, coloquei um sorriso no rosto e andei até a frente da fila de quarenta pessoas, onde um cara enorme, usando um ponto de ouvido igual ao do Serviço Secreto, segurava uma prancheta.

– Oi, meu nome é Bette e estou na lista da Penelope – disse, checando a fila sem reconhecer um único rosto.

Ele olhou para mim inexpressivamente.

– Ótimo, é um prazer, Penelope. Se puder esperar na fila como todo mundo, nós a colocaremos para dentro assim que possível.

– Não, a festa é da Penelope e eu sou amiga dela. Ela me pediu para chegar cedo, então seria melhor se eu pudesse entrar agora.

– Ahã, isso é ótimo. Ouça, só chegue para o lado e... – Ele pôs a mão por cima do fone de ouvido e pareceu escutar atentamente, balançando a cabeça algumas vezes e estudando a fila que agora dobrava a esquina.

– Muito bem, pessoal – anunciou, sua voz causando um silêncio imediato entre os futuros festeiros em trajes sumários. – Já estamos com a lotação esgotada no momento, como determinado pelo Corpo de Bombeiros de Nova York. Só vamos deixar pessoas entrarem conforme outras forem saindo, portanto esperem na fila ou voltem mais tarde.

Gemidos por todos os lados. "Bem, isso simplesmente não vai dar certo", eu pensei. "Ele não deve estar entendendo a situação."

– Com licença? Senhor? – Ele me deu outra espiada, agora visivelmente aborrecido. – É claro que tem muita gente esperando, mas é a festa de noivado da minha amiga e ela realmente precisa de mim, se o senhor conhecesse a mãe dela, entenderia o quanto eu preciso entrar.

– Hmmm. Interessante. Olhe, não quero saber se a sua amiga Penelope vai se casar com o príncipe William. Não posso deixar ninguém entrar agora de jeito nenhum. Estaríamos violando o código de incêndio e você certamente não quer isso. – Ele chegou um pouco para trás. – Espere na fila e nós a colocaremos para dentro assim que possível, está bem?

Acho que ele estava tentando me acalmar, mas aquilo só serviu para me irritar mais. Ele me parecia ligeiramente familiar, ainda que eu não tivesse certeza por quê. A camiseta verde desbotada era justa o suficiente para mostrar que ele era bem capaz de manter as pessoas fora, se assim o desejasse, mas o jeans ligeiramente frouxo de cintura baixa sugeria que não se levava muito a sério. Bem no momento em que eu estava admitindo que ele tinha o melhor cabelo que eu já vira em um cara – de comprimento médio, escuro, grosso e irritantemente brilhante –, ele vestiu uma jaqueta de veludo cotelê cinza e conseguiu ficar ainda mais bonito.

Definitivamente um modelo. Me contive para não declarar algo superarrogante sobre como isso deve ser uma onda de poder para alguém que muito provavelmente não passou do sétimo ano, e saí de fininho para o fim da fila. Como as repetidas tentativas de ligar para os celulares de Avery e Penélope caíram direto na caixa postal e o valentão da porta só estava permitindo em média duas pessoas a cada dez minutos, fiquei ali quase uma hora. Estava fantasiando sobre as várias maneiras de humilhar ou de alguma forma prejudicar o segurança quando Michael e sua namorada se esgueiraram para fora e acenderam cigarros a alguns metros da porta.

– Michael – gritei, consciente de quanto parecia patética, mas sem me importar de verdade. – Michael, Megu, aqui!

Os dois olharam para a horda de pessoas e me viram, o que provavelmente não foi difícil, uma vez que eu estava gritando e acenando sem nenhuma dignidade. Eles acenaram para me aproximar e eu praticamente corri até eles.

– Eu preciso entrar. Estou do lado de fora desta maldita espelunca há um tempão e aquele cara não me deixa entrar. Penelope vai me matar!

– Ei, Bette, que bom vê-la também! – falou Michael, debruçando-se para beijar minha bochecha.

– Me desculpe – disse eu, abraçando-o primeiro e depois sua namorada, Megu, a doce japonesa estudante de medicina com quem ele agora dividia um apartamento. – Como estão? Como é que vocês conseguiram vir juntos?

– Acontece mais ou menos uma vez a cada seis meses. – Megu sorriu, pegando a mão de Michael e enfiando-a nas costas. – O cronograma se alinha por um período de 12 horas quando eu não estou de plantão e ele não está trabalhando.

– E vieram para cá? O que foi, ficaram malucos? Megu, você realmente é muito gente boa. Michael, sabe que garota você tem aqui?

– Claro que sei – disse ele, olhando com adoração para ela. – Ela sabe que a Penelope também me mataria se nós não viéssemos, mas acho que vamos embora. Tenho que estar no trabalho em, ah, vejamos, quatro horas, e a Megu tinha esperanças de dormir seis horas seguidas pela primeira vez em algumas semanas, então vamos dar o fora. Parece que as pessoas estão entrando agora.

Virei-me e vi uma enorme troca de pessoas lindas: uma multidão estava saindo, aparentemente a caminho de uma festa "de verdade" em TriBeCa, e outra atravessou porta adentro quando o segurança levantou o cordão de veludo.

– Achei que você tinha dito que eu era a próxima da lista – falei secamente para o segurança.

– Fique à vontade para visitar a princesa Penelope – falou ele, fazendo um gesto grandioso com um dos braços e ajeitando o fone de ouvido com o outro, para ouvir o que, tenho certeza, eram informações cruciais.

– Viu, pronto – disse Michael, puxando Megu consigo para a rua. – Ligue-me esta semana e vamos tomar uns drinques. Traga a Penelope, nem tive a oportunidade de falar com ela hoje e já faz muito tempo que a gente não se encontra. Despeça-se dela por mim. – E eles se foram, certamente felizes por terem conseguido escapar.

Olhei em volta e vi que havia apenas algumas pessoas paradas na calçada, falando ao celular, parecendo não se importar se iam entrar ou não. De uma hora para a outra, a multidão evaporara e eu estava autorizada a entrar.

– Nossa, obrigada. Você foi de uma ajuda inacreditável – falei para o segurança, passando no espaço apertado entre seu corpo gigantesco e o cordão de veludo que ele segurava aberto. Abri a enorme porta de vidro e entrei em um saguão escuro, onde Avery estava conversando muito próximo a uma garota muito bonita, com seios muito grandes.

– Oi, Bette, onde esteve a noite toda? – Perguntou ele, andando imediatamente na minha direção e oferecendo-se para guardar meu casaco. No mesmo segundo, Penelope surgiu, parecendo afogueada e depois aliviada. Ela estava usando um tubinho preto curto com um bolero de lantejoulas e sandálias prateadas de saltos extremamente altos, e eu soube imediatamente que sua mãe havia escolhido a roupa.

– Bette – sibilou, agarrando meu braço e me levando para longe de Avery, que retomou imediatamente sua conversa intensa com a garota. – Por que demorou tanto? Passei a noite sofrendo sozinha.

Ergui as sobrancelhas e olhei em volta.

– Sozinha? Deve haver umas duzentas pessoas aqui. Todos esses anos e eu não sabia que você tinha duzentos amigos. Esta é uma festa e tanto!

– É, impressionante, não é? Exatamente cinco pessoas neste aposento estão aqui para *me* ver: minha mãe, meu irmão, uma das garotas do departamento de imóveis, a secretária do meu pai e agora você. Megu e Michael foram embora, certo? – Eu assenti. – O restante são amigos do Avery, é claro, e amigos da minha mãe. Onde você esteve? – Ela tomou um gole de seu drinque e me passou o copo com as mãos ligeiramente trêmulas, como se fosse um cachimbo e não uma taça de champanhe.

– Querida, estou aqui há mais de uma hora, como prometi. Tive uns probleminhas na porta.

– Não! – Ela parecia horrorizada.

– É. O segurança é muito gato, mas é um idiota.

– Ah, Bette, sinto muito! Por que não me ligou?

– Liguei dezenas de vezes, mas acho que você não ouviu o telefone. Olha, não se preocupe com isso. Esta noite é sua, então tente, bem, se divertir.

– Vamos pegar uma bebida para você – falou ela, pegando um Cosmopolitan da bandeja de um garçom que passava. – Você consegue acreditar no tamanho dessa festa?

– Está uma loucura. Há quanto tempo sua mãe está planejando isso?

– Ela leu na Página Seis há semanas que a Gisele e o Leo foram vistos "aos beijinhos" aqui, então acho que ligou e fez a reserva logo depois. Ela vive me dizendo que este é o tipo de lugar que eu deveria frequentar, por causa de sua "clientela exclusiva". Eu não contei a ela que a única vez que Avery me arrastou para cá a clientela estava basicamente transando na pista de dança.

– Provavelmente só a teria estimulado mais.

– Verdade. – Uma mulher alta com porte de modelo se enfiou entre nós duas e deu dois beijinhos sem encostar em Penelope, de uma forma tão falsa que eu me encolhi, virei meu Cosmopolitan e saí de fininho. Fui puxada para uma conversa sem sal com algumas pessoas do banco que haviam acabado de chegar e que pareciam ligeiramente em choque por estarem longe de seus computadores, depois troquei o mínimo de palavras possível com a mãe de Penelope, que mencionou imediatamente o conjunto e os sapatos Chanel que estava usando e puxou a filha pelo braço para outro grupinho de pessoas. Olhei a multidão vestida com roupas de grife e tentei não me encolher dentro da minha roupa, que fora comprada on-line de um misto de J. Crew e Banana Republic, às três da manhã, há alguns meses. Will ultimamente andava insistindo muito que eu precisava de "roupas para sair", mas os catálogos de remessa não eram exatamente no que ele havia pensado. Tive a sensação de que qualquer daquelas pessoas poderia se sentir – e se sentiria – perfeitamente à vontade andando nuas por aí. Ainda melhor do que as roupas (que eram perfeitas) era a confiança, e isso vinha de um lugar completamente diferente. Duas horas e três Cosmopolitans depois, atestadamente de pileque, eu estava pensando em ir para casa. Em vez disso, peguei mais uma bebida e fui para fora.

A fila para entrar desaparecera completamente; só o segurança que me mantivera no purgatório das boates por tanto tempo ainda estava lá. Eu estava preparando minhas observações irônicas caso ele tentasse falar comigo, mas ele só sorriu e voltou sua atenção para o livro que estava lendo, que parecia uma caixa de fósforos em suas mãos enormes. Era uma pena ele ser tão gato, mas os babacas sempre eram.

– Então, do que em mim você não gostou? – Não consegui me controlar. Cinco anos na cidade e eu ainda tentava evitar lugares com seguranças na porta ou cordões de veludo, a não ser que fosse absolutamente necessário. Herdara pelo menos um pouco da virtuosidade igualitária de meus pais, ou uma insegurança intensa, dependendo de como você encarasse.

– Perdão?

– Quer dizer, quando você não me deixou entrar antes, apesar de ser a festa de noivado da minha melhor amiga.

Ele balançou a cabeça e deu um meio sorriso.

– Olhe, não é nada pessoal. Eles me dão uma lista e me dizem para segui-la e para controlar a multidão. Se você não estiver na lista ou aparecer ao mesmo tempo que mais cem pessoas, tenho de deixá-la de fora por um tempinho. Realmente, é só isso.

– Claro. – Eu quase perdera a grande noite da minha melhor amiga por causa da política de entrada dele. Eu hesitei um pouco e então falei entre dentes: – Nada pessoal, sei.

– Você acha que preciso do *seu* sarcasmo hoje? Tem muita gente que é melhor em me encher o saco do que você, então por que não para de falar e eu te arrumo um táxi?

Talvez tenha sido o quarto Cosmopolitan – coragem líquida –, mas eu não estava a fim de lidar com a atitude condescendente dele, então dei meia-volta em meus saltos roliços demais e abri a porta.

– Não preciso da *sua* caridade. Obrigada por nada – falei e marchei de volta para dentro da boate da maneira mais sóbria que consegui.

Abracei Penelope, me despedi de Avery e então tracei uma reta até a porta antes que alguém pudesse começar mais uma conversinha. Vi uma garota agachada em um canto, chorando baixinho, mas agradavelmente consciente de que outras pessoas a estavam vendo, e me desviei de um casal de estrangeiros extremamente elegante que se agarrava furiosamente, pegando muito nos quadris um do outro. Aí, fiz uma grande cena ao ignorar o imbecil do segurança que, por acaso, estava lendo uma versão de bolso, aos pedaços, de *O amante de lady Chatterley* (tarado!) e joguei o braço para cima para chamar um táxi. Só que a rua estava completamente vazia e uma garoa fria começara a cair, praticamente garantindo que não haveria nenhum táxi num futuro próximo.

– Ei, precisa de ajuda? – perguntou ele, depois de abrir o cordão de veludo para deixar entrar três garotas falando alto e cambaleando. – É difícil pegar um táxi nesta rua, quando chove.

– Não, obrigada, estou bem.

– Como quiser.

Os minutos estavam começando a parecer horas e o chuvisco quente de verão rapidamente se transformara em uma chuva fria e persistente. O que, exatamente, eu estava tentando provar? O segurança se encostara contra a porta para se proteger um pouco dos respingos e ainda estava lendo tranquilamente, como se não tivesse consciência do furacão que agora nos atingia. Continuei a encará-lo até ele olhar para cima, sorrir e dizer:

– É, você parece estar indo muito bem sozinha. Está realmente me dando uma lição ao não pegar um desses guarda-chuvas enormes e andar alguns quarteirões até a Oitava Avenida, onde não vai ter o menor problema em pegar um táxi. Você tomou uma ótima decisão.

– Você tem guarda-chuva? – perguntei antes que pudesse me conter. A água ensopara completamente a minha blusa e eu podia sentir meu cabelo grosso como um cobertor grudando no meu pescoço em chumaços molhados e frios.

– Claro que tenho. Eu os guardo bem aqui, para situações como esta. Mas tenho certeza de que você não está interessada em pegar um, não é?

– Isso. Eu estou ótima. – E pensar que quase havia começado a gostar dele! Justo nesse momento, um táxi de cooperativa passou, e tive a brilhante ideia de ligar para o serviço de táxi do UBS e pedir um carro para casa.

- Oi, aqui é Bette Robinson, número da conta 6338. Preciso que um carro me pegue na...

- Tudo ocupado! - gritou uma operadora de voz zangada.

- Não, acho que você não entendeu. Eu tenho uma conta na sua empresa e...

Clique.

Fiquei parada ali, ensopada, a raiva fervendo dentro de mim.

- Não têm carros, não é? É duro - falou ele, cacarejando solidariamente sem tirar os olhos do livro. Eu conseguira ler por alto *O amante de lady Chatterley* quando tinha 12 anos e já havia reunido o possível sobre sexo da combinação *Forever, Wifey* e *O que está acontecendo com o meu corpo? Livro para meninas*, mas não me lembrava de nada sobre a história. Talvez tivesse a ver com memória fraca ou o fato de que sexo não estivera no meu consciente nos últimos dois anos. Ou talvez fosse porque os enredos de meus adorados romances entupiam a minha mente o tempo inteiro. O que quer que fosse, eu nem conseguia pensar em algo sarcástico para dizer a respeito, que dirá algo inteligente.

- Não têm carros - suspirei. - Não é a minha noite.

Ele deu alguns passos na chuva e me entregou um grande guarda-chuva executivo, já aberto, com a logomarca da boate estampada dos dois lados.

- Pegue. Ande até a Oitava Avenida e, se ainda assim não conseguir pegar um táxi, fale com o segurança na porta do Serena, na rua 23, entre a Sétima e a Oitava. Diga-lhe que eu a mandei e ele vai resolver tudo.

Pensei em passar direto por ele e pegar o metrô, mas a ideia de andar de trem à uma da manhã não era muito atraente.

- Obrigada - balbuciei, recusando-me a olhar em seus olhos que deveriam estar exultantes. Peguei o guarda-chuva e comecei a andar para o Leste, sentindo-o me observar pelas costas.

Cinco minutos depois, eu estava acomodada no banco de trás de um grande táxi amarelo, molhada, mas finalmente quente.

Dei meu endereço para o motorista e me recostei, exausta. A essa hora, táxis eram bons para duas coisas apenas: se agarrar com alguém no caminho para casa depois de uma noite divertida ou saber das fofocas com várias pessoas em conversas telefônicas de menos de 3 minutos. Já que nenhum dos dois era uma opção, descansei meu cabelo molhado no pedaço de vinil onde tantas cabeças oleosas, sujas, gordurosas, cheias de piolhos e genericamente maltratadas haviam descansado antes da minha, fechei os olhos e antecipei as boas-vindas fungantes e histéricas que em breve receberia de Millington. Quem precisava de um homem – ou mesmo de uma melhor amiga recém-noiva – quando tinha um cachorro?

3

A semana seguinte à festa de noivado de Penelope foi quase insuportável. A culpa era minha, é claro: há muitas maneiras de enfurecer seus pais e se rebelar contra toda a sua criação sem se subjugar ao mesmo tempo, mas eu era obviamente burra demais para descobri-las. Então, em vez disso, sentei-me dentro do meu cubículo do tamanho de um box de chuveiro no UBS Warburg – como tinha feito todos os dias nos últimos 56 meses – e agarrei com força o fone, que no momento estava manchado por uma camada de base Maybelline Fresh Look (cor bege corado) e algumas manchas de brilho labial L'Oreal Wet Shine (em rosa strass). Limpei-o o melhor que pude enquanto pressionava o fone contra minha orelha e esfregava os dedos imundos debaixo da cadeira da escrivaninha. Eu estava sendo severamente repreendida por um "mínimo", alguém que só investe o milhão de dólares mínimo na minha divisão e é, portanto, dolorosamente exigente e detalhista, de uma forma que os clientes de 40 milhões de dólares nunca são.

– Sra. Kaufman, eu realmente compreendo sua preocupação quanto à ligeira baixa no mercado, mas deixe-me assegurá-la de que temos tudo sob controle. Entendo que seu sobrinho, o arquiteto de interiores, ache que sua carteira tenha ações demais de grandes empresas, mas eu lhe garanto que nossos corretores são excelentes e têm sempre o seu interesse em mente. Não sei se um lucro anual de 32 por cento ao ano é realista na atual economia, mas pedirei ao Aaron para lhe telefonar assim que ele voltar à sua mesa. Sim. Claro. Sim. Sim. Sim, eu o farei ligar para a senhora assim que ele voltar da reunião. Sim. Certamente. É claro. Sim. Naturalmente. Sim. Foi um prazer conversar com a senhora, como sempre. Está bem, então. Tchauzinho.

Esperei até ouvir o clique do outro lado e então bati o telefone.

Quase cinco anos e eu ainda não pronunciara a palavra *não*, pois aparentemente você precisava ter pelo menos 72 meses de experiência antes de poder dizer isso. Mandei um e-mail breve para Aaron implorando a ele que retornasse a ligação da Sra. Kaufman para que ela finalmente parasse de me perseguir e fiquei surpresa ao ver que ele estava de volta à sua mesa, nos enchendo de e-mails com suas baboseiras inspiradoras diárias.

> Bom dia, pessoal. Vamos nos lembrar de mostrar aos clientes nosso alto astral! Nossos relacionamentos com essa galera bacana abrangem todos os aspectos do nosso negócio, eles apreciam nossa paciência e consideração tanto quanto a maneira como cuidamos de suas carteiras de ações a fim de obter lucro. Fico feliz em anunciar uma nova reunião semanal, que, espero, vai permitir que todos façamos um *brainstorm* para descobrir maneiras de servir melhor aos nossos clientes. Ela ocorrerá todas as sextas-feiras, às 7h, e nos dará a oportunidade de sermos inovadores. O café da manhã é por minha conta, pessoal, então tragam a si mesmos e suas massas cinzentas e lembrem-se: "Grandes descobertas e melhorias invariavelmente envolvem a cooperação de muitas mentes." – Alexander Graham Bell

Fiquei olhando para o e-mail tanto tempo que meus olhos começaram a se vitrificar. Será que a insistência dele em usar a palavra *pessoal* e suas constantes referências a "ser inovador" eram mais ou menos irritantes do que a inclusão do termo *massa cinzenta*? Será que ele criava e enviava esses e-mails só para aumentar a infelicidade e a falta de esperança abundantes nos meus dias? Meditei sobre isso por alguns momentos, tentando desesperadamente pensar em qualquer coisa que não o anúncio das reuniões às sete da manhã. Consegui superar isso tempo suficiente para receber outra ligação furiosa, desta vez do sobrinho da Sra. Kaufman, que teve a duração recorde de 57 minutos, noventa por cento dos quais ele gastou me acusando de coisas que estavam totalmente fora do meu controle enquanto eu não dizia nada ou, ocasionalmente, só para elevar o tom da conversa, concordava com ele que eu era, de fato, tão burra e inútil quanto ele alegava.

Desliguei e voltei a olhar indiferentemente para o e-mail. Eu não sabia exatamente como a citação do Sr. Bell se aplicava à minha vida ou por que eu deveria me importar, mas sabia que, se planejava escapar para o almoço, agora seria minha única chance. Eu seguira a política de não-sair-para-almoçar nos meus primeiros anos no UBS Warburg e pedia obedientemente meu almoço por telefone todos os dias, mas ultimamente Penelope e eu havíamos começado a fugir descaradamente por dez, 12 minutos para pegar nosso almoço, reclamar e fofocar o máximo possível. Uma mensagem instantânea surgiu na minha tela.

> **P.Lo:** Pronta? Vamos comer falafel. Você me encontra no carrinho na rua 52 em cinco minutos?

Pressionei a tecla S, cliquei Enviar e passei o paletó do meu terninho pelo espaldar da cadeira para indicar minha presença. Um dos gerentes olhou para mim quando peguei minha bolsa, então enchi minha caneca com café pelando como prova adicional de que eu não saíra do prédio e a coloquei no meio da minha mesa. Balbuciei algo sobre o banheiro para meus colegas de cubículo, que estavam ocupados demais transferindo sua própria sujeira facial para seus telefones para perceber, e me dirigi confiante para o corredor. Penelope trabalhava na divisão de imóveis, dois andares acima de mim, e já estava no elevador, mas, como duas agentes bem treinadas da CIA, mal olhamos uma para a outra. Ela me deixou sair primeiro e circular pelo saguão por um minuto enquanto fugia para fora e passeava casualmente pela fonte. Eu a segui o melhor que pude com meus saltos feios e desconfortáveis, a umidade me atingindo como um soco. Não nos falamos até termos nos misturado à fila de fujões do escritório, tão calados quanto inquietos, querendo saborear seus poucos e preciosos minutos de liberdade diária, mas instintivamente irritados e frustrados por terem de esperar por qualquer coisa.

– O que você vai comer? – perguntou Penelope, os olhos examinando os três carrinhos diferentes de comida estrangeira fumegante e extremamente perfumada, onde homens com roupas típicas variadas e pelos no rosto estavam cozinhando no vapor, fatiando, fazendo *sautés*, assando no espeto, fritando e erguendo pratos em direção aos engravatados famintos.

– É tudo algum tipo de carne em um espeto ou uma massa recheada de alguma coisa – falei sem emoção, verificando as carnes fumegantes. – Faz diferença?

– Alguém está de ótimo humor hoje.

– Ah, me desculpe, eu me esqueci, deveria estar esfuziante por esses cinco anos de trabalho escravo terem acabado tão bem. Quer dizer, olhe para nós, isso não é um luxo? – Abri os braços expansivamente à nossa frente. – Já é triste o suficiente que não possamos sair para almoçar em algum momento de um dia de trabalho de 16 horas, mas é simplesmente ridículo não termos nem permissão para buscarmos nós mesmas a comida.

– Isso não é novidade, Bette. Não sei por que está se estressando tanto com isso agora.

– É só um dia especialmente ruim. Se é que é possível distinguir um dia do outro.

– Por quê? Aconteceu alguma coisa?

Eu queria dizer "Dois anéis?", mas me contive quando uma mulher obesa usando um conjunto de saia e blazer pior do que o meu, um par de Reeboks de couro branco e legging derramou molho de pimenta na frente de sua blusa de babados bordada. Eu me vi daqui a dez anos e quase caí para a frente com a sensação.

– É claro que não aconteceu nada, a questão é exatamente essa! – Eu quase gritei. Dois caras louros que pareciam ter acabado de sair do clube de Princeton se viraram e olharam para mim com curiosidade.

Pensei por um minuto em me recompor já que, bem, os dois eram bem gatinhos, mas logo me lembrei de que esses jogadores de lacrosse obscenamente gostosos não só eram jovens demais, mas muito provavelmente tinham namoradas absurdamente lindas oito anos mais novas do que eu.

– Sério, Bette, não sei o que você está procurando. Quer dizer, é um emprego, não é? Ainda é trabalho. Independentemente do que faça, nunca vai ser como ficar o dia inteiro sem fazer nada no clube, sabia? Claro, é péssimo passar todos os minutos em que estamos acordadas trabalhando. E eu também não adoro economia, nunca fantasiei sobre trabalhar em um banco, mas também não é *tão* ruim assim.

Os pais de Penelope haviam tentado empurrá-la em direção a um emprego na *Vogue* ou na Sotheby's, como a derradeira escola para moças, a fim de que ela conseguisse seu diploma de Sra., mas quando ela insistiu em se juntar ao restante de nós nos Estados Unidos corporativo, eles condescenderam, com certeza era possível arrumar um marido enquanto estivesse trabalhando com finanças, desde que mantivesse suas prioridades em ordem, não demonstrasse sua ambição abertamente e parasse de trabalhar imediatamente após o casamento. No entanto, verdade seja dita, ainda que ela resmungasse e reclamasse sobre o emprego, acho que gostava dele.

Ela entregou uma nota de dez dólares para pagar nossos kebabs e meus olhos foram atraídos para sua mão como um ímã. Até mesmo eu tinha de admitir que o anel era lindo. Falei isso em voz alta, pela décima vez, e ela brilhou. Era difícil ficar chateada com o noivado quando ela estava tão obviamente empolgada. Até Avery havia melhorado desde o pedido e conseguira interpretar o papel do noivo realmente carinhoso, o que, é claro, a deixava ainda mais feliz. Ele a encontrava depois do trabalho para irem para casa juntos e até levara o café da manhã para ela na cama. Mais importante, estava se abstendo de ir a boates, seu passatempo favorito, há três semanas, à exceção da noitada em sua honra na semana anterior. Penelope não se incomodava por Avery querer passar o máximo de tempo humanamente possível enfiado entre banquinhos, ou dançando em cima deles, mas não queria fazer parte disso. Nas noites em que ele saía com os amigos de sua firma de consultoria, íamos ao Black Door, o melhor dos botecos, com Michael (quando ele estava disponível), bebíamos cerveja e imaginávamos por que alguém poderia querer estar em qualquer outro lugar. Mas alguém deve ter avisado a Avery que, embora seja aceitável deixar sua namorada em casa seis dias da semana, dispensar sua noiva é totalmente diferente, então ele fez um esforço para parar. Eu sabia que não iria durar muito.

Refizemos nossos passos até o edifício e entramos de fininho no escritório, com apenas um único olhar irado do engraxate caxias do UBS (que, por falar nisso, também estava proibido de sair durante o almoço, caso alguns figurões precisem desesperadamente de uma engraxada entre uma e duas da tarde). Penelope me seguiu até meu cubículo e plantou-se na cadeira que, teoricamente, era para visitas e clientes, embora eu ainda não tivesse recebido nenhum dos dois.

– Então, marcamos uma data – ela disse sem fôlego, enfiando o garfo no prato perfumado que equilibrava no colo.

– Ah, é? Quando?

– Exatamente um ano a partir da semana que vem. Dez de agosto, em Martha's Vineyard, o que parece adequado, já que foi lá que tudo começou. Estamos noivos só há algumas semanas e nossas mães já estão enlouquecendo. Sem brincadeira, não sei como vou conseguir aturá-las.

As famílias de Avery e Penelope viajavam juntas desde que os dois estavam aprendendo a andar. Havia montes de fotos do grupo todo usando chinelos de gorgorão e sacolas metidas a besta monogramadas da L.L. Bean em Martha's Vineyard durante o verão e pantufas da Stubbs and Wootton durante as férias de inverno em Adirondacks todos os anos. Ela estudou em Nightingale, e ele, em Collegiate, e ambos haviam passado boa parte de suas respectivas infâncias sendo exibidos por suas mães socialites em várias festas e jantares beneficentes e jogos de polo nos fins de semana. Avery aceitou isso com prazer, lançou-se a todos os comitês juvenis de todas as fundações que pediam, saía seis noites por semana com a linha de crédito infinita de seus pais e era um desses garotos "nascidos e criados em Nova York" que conheciam todo mundo, em todos os lugares. Para desgosto de seus pais, Penelope não tinha o menor interesse nisso. Rejeitava repetidamente todo o circuito, preferindo passar seu tempo com um grupo de tipos artísticos marginais com bolsas de estudo, o tipo de jovens que faziam sua mãe ter suores noturnos. Avery e Penelope nunca tinham sido realmente íntimos – e certamente nem remotamente românticos – até Avery se formar no ensino médio um ano antes de ela ir para Emory. De acordo com Penelope, que sempre nutriu uma paixão intensa e secreta por Avery, ele havia sido um dos garotos mais populares da escola, o jogador de futebol charmoso e atlético, com notas razoáveis e gostoso o suficiente para ser muito, muito arrogante. Pelo que eu podia ver, ela sempre se mesclara à paisagem, como todas as garotas de beleza exótica fazem numa idade em que apenas cabelo louro e peitos grandes são bem vistos, passando muito tempo tirando boas notas e tentando desesperadamente não ser notada. E funcionou, pelo menos até Avery voltar para as férias de verão antes de seu primeiro ano na faculdade, olhar para o outro lado da jacuzzi na casa que seus pais dividiam com os dela em Vineyard e ver tudo em Penelope que era longo, gracioso e lindo: seus membros como os de um cervo, seu cabelo negro, liso escorrido e os cílios que emolduravam seus enormes olhos castanhos.

Então ela fez o que toda boa garota sabe que é totalmente errado para a reputação, autoestima e a estratégia de fazê-lo telefonar no dia seguinte e transou com ele ali mesmo, apenas alguns minutos depois de ele ter se inclinado para beijá-la pela primeira vez ("eu não consegui me controlar", ela disse um milhão de vezes, enquanto recontava a história. "Eu não conseguia acreditar que Avery Wainwright estava interessado em mim"). Mas, diferente de todas as garotas que eu conhecia que transaram com um cara que conheciam há apenas algumas horas e que nunca mais ouviram falar nele, Penelope e Avery foram em frente e grudaram um no outro, e seu noivado era pouco mais do que uma formalidade muito aprovada e aplaudida.

– Eles estão sendo piores do que o normal?

Ela suspirou e revirou os olhos.

– "Piores do que o normal." É uma frase interessante. Eu pensava que era impossível, mas, sim, minha mãe conseguiu ficar ainda mais insuportável ultimamente. Nossa última briga feia foi sobre poder ou não chamar de vestido de noiva uma peça que não foi desenhada por

Vera Wang ou Carolina Herrera. Eu disse que sim. Ela, obviamente, discordou. Veementemente.

– Quem ganhou?

– Eu cedi, porque, na verdade, não me interessa quem vai fazer o vestido, desde que eu goste. Achei que devia escolher minhas brigas com muito cuidado, e uma coisa da qual não vou abrir mão é o anúncio do casamento.

– Defina "anúncio do casamento".

– Não me obrigue. – Ela sorriu e deu um gole no refrigerante.

– Fale.

– Por favor, Bette, isso já é ruim o suficiente. Não me obrigue a falar.

– Qual é, Pen. Seja forte. Vamos lá, vai ficar mais fácil depois da primeira vez. Apenas diga – cutuquei sua cadeira com o pé e inclinei-me para perto para saborear a informação.

Ela cobriu a testa perfeita e clara com sua mão comprida e magra e balançou a cabeça.

– O *New York Times*.

– Eu sabia! Will e eu seremos bonzinhos, eu prometo. Ela não está de brincadeira, não é?

– É claro que não! – Penelope choramingou. – E, naturalmente, a mãe do Avery também está morrendo por causa disso.

– Ah, Pen, é perfeito! Vocês dois formam um casal tão lindo e agora todo mundo pode ver! – cacarejei.

– Você devia ouvi-las, Bette, é horrível. As duas já estão fantasiando sobre todas as escolas particulares de que se lembram. Sabia que outro dia eu ouvi minha mãe falando ao telefone com a editora da *Weddings*, dizendo que gostaria de incluir as escolas dos irmãos também? A mulher lhe disse que eles nem discutiam isso até seis semanas antes, o que não desencorajou ninguém. A mãe do Avery já marcou hora para a sessão de fotos e tem todos os tipos de ideias sobre como devemos posar para que nossas sobrancelhas fiquem niveladas, uma das sugestões das revistas. Ainda falta um ano para o casamento!

– É, mas essas coisas exigem muito planejamento e pesquisa.

– É o que elas dizem! – ela gritou.

– Que tal fugir para se casar?

Mas, antes que ela pudesse responder, Aaron fez um estardalhaço ao bater na parede do meu cubículo e acenar com os braços para fingir remorso por interromper o "papinho", como ele irritantemente chamava nossos almoços.

– Não quero interromper o papinho de vocês, pessoal – disse, enquanto tanto Penelope quanto eu fazíamos as palavras silenciosamente com a boca junto com ele. – Bette, posso ter uma palavrinha com você?

– Não se preocupe, eu já estava indo embora – sussurrou Penelope, obviamente grata pela chance de dar no pé sem falar com Aaron. – Bette, conversamos mais depois. – E, antes que eu pudesse dizer algo, ela tinha sumido.

– Entããããão, Bette?

– Sim, Aaron? – Ele soava tanto como Lumbergh, de *Como enlouquecer seu chefe*, o que teria sido engraçado se não fosse eu quem tivesse de ouvir suas "sugestões".

– Beeeeem, eu estava me perguntando se você teve chance de ler a citação do dia de hoje? – Ele deu uma tossida alta e catarrenta e ergueu as sobrancelhas para mim.

– É claro, Aaron, está bem aqui. "Comprometimento individual com o esforço de grupo, é isso que faz um trabalho em equipe, uma empresa, uma sociedade ou uma civilização funcionarem." É, tenho de admitir que essa realmente me tocou.

– É mesmo? – Ele parecia satisfeito. – Essa foi a de ontem, mas fico feliz que tenha causado um impacto tão grande.

– Claro. Foi muito apropriada. Aprendo muito com todas elas. Por quê? Há algo errado? – perguntei no meu tom mais agradavelmente preocupado.

– Não há nada errado, *per se*, é só que não consegui encontrá-la por dez minutos e, ainda que isso não pareça muito, tenho certeza de que para a Sra. Kaufman, que estava esperando uma atualização, pareceu uma eternidade.

– Uma eternidade?

– Eu acho que, quando fica longe de sua mesa por períodos de tempo tão grandes, não está dando aos nossos clientes, como a Sra. Kaufman, o tipo de atenção da qual nos orgulhamos aqui no UBS. É só uma coisinha para pensar, está bem?

– Eu sinto muito, só fui pegar o almoço.

– Eu sei disso, Bette. Mas não tenho de lembrá-la de que a política da empresa diz que os funcionários não devem perder tempo para buscá-lo. Tenho uma gaveta repleta de cardápios de entregas, se você quiser olhar.

Eu permaneci em silêncio.

– Ah, e Bette? Tenho certeza de que o supervisor de Penelope precisa dela tanto quanto eu preciso de você, então vamos tentar evitar os papinhos, está bem? – ele me deu o sorriso mais paternalista que se pode imaginar, revelando 37 anos de dentes manchados, e eu achei que ia vomitar se ele não parasse imediatamente. Desde que assisti à série *Dançando na TV* pela primeira vez, com 12 anos, nunca consegui esquecer a reflexão de Lynne Stone. Ela acompanha Janey até em casa depois da amiga ter faltado ao ensaio do coral para ensaiar com Jeff (e, é claro, ser pega pela bruxa cruel e dona de um armário rotativo, Natalie) e diz: "Sempre que estou em um aposento com um cara, não importa quem ele seja – um namorado, meu dentista, qualquer um – penso: 'Se nós fôssemos as duas últimas pessoas na face da Terra, será que eu vomitaria se ele me beijasse?'" Bem, graças à Lynne, não consigo deixar de pensar nisso também; o triste resultado, porém, é que eu me vi beijando Aaron e vomitando.

– Está bem? O que acha?

Ele ficou mudando nervosamente de um pé para o outro e eu fiquei imaginando como esse homem ansioso e socialmente inepto conseguira subir pelo menos três níveis acima de mim na hierarquia corporativa. Eu vira clientes se retraírem quando ele os cumprimentava com um aperto de mãos e, ainda assim, ele subira a escada profissional como se ela fosse lubrificada com o mesmo óleo que usava para manter seus poucos fios de cabelo para trás.

Eu só queria que ele desaparecesse, mas fiz um erro fundamental de cálculo. Em vez de simplesmente concordar e voltar para o meu almoço, eu disse:

– Está insatisfeito com o meu desempenho, Aaron? Eu me esforço de verdade, mas você sempre parece insatisfeito.

– Eu não diria que estou *insatisfeito* com o seu desempenho, Bette. Acho que você está indo, bem, hmm, direitinho aqui. Mas todos nós procuramos melhorar, não é? Como Winston Churchill disse uma vez...

– Direitinho? Isso é como descrever alguém como "interessante" ou dizer que um encontro foi "agradável". Trabalho oitenta horas por semana, Aaron. Dou minha vida inteira para o UBS.

Era inútil tentar destacar minha dedicação com uma fórmula baseada em horas, já que Aaron me ultrapassava em pelo menos quinze todas as semanas, mas era verdade: eu trabalhava duro quando não estava fazendo compras on-line, conversando com Will ao telefone ou saindo de fininho para encontrar Penelope para o almoço.

– Bette, não seja tão sensível. Com um pouco mais de disposição para aprender e talvez um pouco mais de atenção a seus clientes, acho que você tem potencial para ser promovida. Só diminua os papinhos e dedique-se de verdade ao trabalho e os resultados serão incalculáveis.

Vi a saliva se formar em seus lábios finos enquanto ele verbalizava sua frase favorita, e algo dentro de mim estourou. Não havia um anjo em um ombro nem diabo no outro, nenhuma lista mental de prós e contras ou rápida repassagem de consequências, ramificações em potencial ou planos alternativos. Nenhum pensamento sólido de qualquer natureza, apenas uma sensação arrebatadora de calma e determinação, unida a uma profunda compreensão de que eu simplesmente não podia tolerar nem mais um segundo da presente situação.

– Está bem, Aaron. Chega de papinhos para mim. Para sempre. Eu me demito.

Ele pareceu confuso por um minuto antes de perceber que eu estava falando totalmente sério.

– Você o quê?

– Por favor, considere isso como meu aviso prévio de duas semanas – falei com uma confiança que estava começando a diminuir ligeiramente.

Parecendo considerar isso por um minuto, ele enxugou a testa e a enrugou algumas vezes.

– Isso não será necessário – disse baixinho.

Foi a minha vez de ficar confusa.

– Eu agradeço, Aaron, mas realmente tenho de ir embora.

– Eu quis dizer que não preciso das duas semanas. Não teremos muita dificuldade em encontrar alguém, Bette. Há montes de pessoas qualificadas aí fora que realmente querem trabalhar aqui, se é que você pode imaginar. Por favor, discuta os detalhes da sua demissão com o RH e arrume suas coisas até o fim do dia. E boa sorte com o que quer que vá fazer em seguida. – Ele forçou um sorriso duro e afastou-se, parecendo seguro de si pela primeira vez nos cinco anos em que trabalhamos juntos.

Pensamentos rodopiaram na minha cabeça, vindo de muitas direções e rápido demais para que eu conseguisse realmente processá-los. Aaron tinha coragem, quem diria! Eu acabara de largar meu emprego. Largar. Sem nenhuma premeditação ou planejamento. Tenho de contar para Penelope. Penelope estava noiva. Como eu levaria todas as minhas coisas para casa? Ainda poderia cobrar da firma o aluguel de um carro? Poderia receber seguro-desemprego? Ainda viria para o centro só para comer kebabs? Deveria queimar todos os meus terninhos em uma fogueira cerimonial no meio da sala? Millington vai ficar tão feliz de passear no meio do dia! Meio do dia. Eu poderia assistir a televisão quanto tempo quisesse. Por que não havia pensado nisso antes?

Fiquei olhando para a tela mais um tempinho, até a gravidade do que acabara de acontecer se instalar, então fui direto para o banheiro, pirar na relativa privacidade de um reservado. Havia pessoas seguras e pessoas simplesmente idiotas, e eu estava rapidamente começando a parecer pertencer ao segundo grupo. Respirei fundo algumas vezes e tentei proferir, fria e despreocupadamente, meu novo mantra, mas *que se dane* saiu como um choro engasgado enquanto eu pensava na droga que havia feito.

4

— Jesus, Bette, não é como se você tivesse matado alguém. Você largou seu emprego. Parabéns! Bem-vinda ao maravilhoso mundo da irresponsabilidade adulta. As coisas nem sempre saem como o planejado, sabia?

Simon tentava me acalmar o melhor que podia enquanto esperava Will chegar em casa, porque não conseguia ver que eu já estava completamente relaxada.

A última vez que eu me sentira tão zen, pensei, deve ter sido no retiro do *ashram*.

– É só meio assustador não ter ideia do que fazer em seguida. – Era a mesma paralisia involuntária.

Apesar de saber que deveria estar mais em pânico, o último mês na realidade tinha sido bastante bom. Eu pretendia contar a todo mundo sobre a demissão, mas quando chegou a hora de dar os telefonemas, fui tomada por uma combinação avassaladora de tédio, preguiça e inércia. Não era como se eu não pudesse contar às pessoas que tinha pedido demissão – era só uma questão de discar e anunciar –, mas o esforço de explicar meus motivos para ir embora (nenhum) e discutir meus planos (inexistentes) parecia opressivo demais cada vez que eu pegava o telefone. Então, em vez disso, no que tenho certeza de que foi algum tipo de estado psicológico de estresse/fuga/negação, eu dormia até as 13 horas todos os dias, passava a maior parte da tarde alternadamente vendo TV e passeando com Millington, comprava coisas de que não precisava em um esforço óbvio de preencher o vazio da minha vida e tomei a decisão consciente de começar a fumar novamente para valer, para ter algo para fazer quando *Conan* acabasse. Entendo que pareça deprimente, mas fora o melhor mês do qual eu me lembrava e poderia ter durado para sempre, se Will não tivesse ligado para meu telefone no banco e falado com minha substituta.

O mais interessante é que eu perdera cinco quilos sem me esforçar. Não me exercitava nunca, tirando os passeios para procurar e trazer minha comida, mas me sentia melhor do que trabalhando 16 horas por dia. Eu fui magra durante toda a faculdade, mas ganhei uns quilos rapidamente logo que comecei a trabalhar, sem nenhum tempo para me exercitar e escolhendo, em vez disso, manter uma dieta diária especialmente ruim de kebabs, donuts, barras de chocolate vendidas em máquinas e café tão cheio de açúcar que meus dentes pareciam ter adquirido um revestimento extra. Meus pais e amigos haviam educadamente ignorado meu ganho de peso, mas eu sabia que estava horrorosa. Todos os anos, eu declarava que minha resolução de ano-novo era ir com mais dedicação à academia; normalmente, durava quatro dias inteiros antes de eu chutar meu despertador e dormir uma hora a mais. Will me lembrava repetidamente de que eu estava um bagulho. "Mas, querida, não se lembra de como os olheiros a paravam na rua e perguntavam se queria ser modelo? Isso não está mais acontecendo, está?", ou "Bette, querida, você tinha um estilo de menina sem maquiagem, de cara lavada, que funcionava tão bem há alguns anos... Por que não passa um tempinho tentando voltar àquilo?". Eu o ouvia e sabia que ele estava certo, quando o botão do único par de Sevens que eu tinha se enterrava tanto na minha barriga carnuda que às vezes era difícil localizá-lo, ficava difícil ignorar os quilos extras. Era óbvio que o desemprego tinha me emagrecido. Minha pele estava melhor, meus olhos, mais brilhantes e, pela primeira vez em cinco anos, a gordura havia sumido dos meus quadris e coxas, mas ficara bem plantada nos meus seios, claramente um sinal divino de que eu não deveria trabalhar. Mas é claro que eu não devia gostar de me sentir incapaz e preguiçosa, portanto estava tentando demonstrar a combinação apropriada de pesar, arrependimento e estresse. Simon estava caindo.

– Acho que o que precisamos agora é de um aperitivo. O que quer que eu prepare para você, Bette?

Mal sabia ele que eu adquirira o hábito de beber sozinha. Não daquela forma desesperada e solitária "tenho de beber para continuar e, se não tenho companhia, que assim seja", mas de uma maneira liberada "eu sou uma adulta e, se quero tomar um copo de vinho ou um gole de champanhe ou quatro doses de vodca de uma vez", bem, então, por que não? Fingi pensar em sua oferta antes de dizer:

– Que tal um martíni?

Tio Will entrou de supetão naquele momento e, como normalmente fazia, encheu o ar com uma energia intensa.

– *Ab Fab!** – anunciou, roubando a frase de suas sessões secretas de BBC, as quais ele negava incansavelmente. – Simon, faça para nossa

* "Absolutamente fabuloso", referência ao seriado inglês *Absolutely Fabulous*. (*N. da T.*)

pequena ex-bancária um martíni extrasseco com Grey Goose e três azeitonas. Eu vou tomar o de sempre. Querida! Estou tão orgulhoso de você!

– Sério?

Ele não parecera muito entusiasmando quando me deixara um recado mais cedo naquele dia, ordenando que eu estivesse em seu apartamento à noite para tomar um drinque. ("Bette, querida, seu joguinho acabou. Acabei de falar com o ratinho assustado que agora alega ocupar o seu cubículo, e isso me fez imaginar o que exatamente você está fazendo neste momento. Luzes no cabelo, eu espero? Talvez tenha arrumado um amante. Espero-a hoje à noite, às 18h em ponto, para que você possa nos contar todos os detalhes sórdidos. Programe-se para nos acompanhar a um jantarzinho depois, no Elaine's." *Clique.*)

– Querida, claro que estou! Finalmente você saiu daquele banco horroroso. Você é uma criatura absolutamente intoxicante, tão fascinante, tão fabulosa, e acho que aquele seu emprego medonho estava sufocando isso tudo – ele colocou sua mão enorme e bem tratada em cima da minha barriga e quase deu um gritinho. – O que é isso que estou vendo? Uma cintura? Por Deus, Simon, a menina recuperou sua silhueta. Jesus, você parece ter passado as últimas semanas fazendo lipo em todos os lugares certos. Bem-vinda de volta, querida! – Ergueu um dos martínis que Simon preparara (Will não tinha mais permissão para fazer os drinques por causa de sua notória mão pesada para servir) e simultaneamente removeu o chapéu de lã cor de carvão que usava desde antes de eu nascer.

Simon sorriu e também ergueu seu copo, batendo de leve nos nossos para não derramar nada do líquido precioso. Eu, é claro, não fui tão cuidadosa e ensopei ligeiramente meu jeans com a mistura alcoólica. Eu teria lambido o tecido se estivesse sozinha. Ahã.

– Pronto – anunciou Will –, é oficial. Então, o que virá a seguir? Escrever para uma revista? Uma experiência em moda, talvez? Soube que a *Vogue* está contratando agora.

– Ah, qual é – suspirei, ressentindo-me por ser forçada a pensar naquilo. – *Vogue*? Acha que estou equipada ou de alguma forma qualificada para trabalhar para aquela editora-chefe... qual é o nome?

Simon interrompeu.

– Anna Wintour. E não, para as duas coisas.

– Não? Bem, e quanto à *Bazaar*, então? – perguntou Will.

– Will... – Olhei para baixo, para minhas sandálias rasteiras feias e gastas e de novo para ele. Eu podia ter deixado as Birkenstocks e as tranças de maria-chiquinha para trás, mas estava totalmente entrincheirada no guarda-roupa de trabalho Ann Taylor de pós-faculdade.

– Ah, pare de reclamar, querida. Você vai encontrar algo. Lembre-se, é sempre bem-vinda para trabalhar comigo, você sabe. Se ficar realmente desesperada, quer dizer. – Will mencionava isso o mais delicadamente possível desde que eu estava no ensino médio, o comentário descuidado de como seria divertido trabalharmos juntos ou como eu tinha um talento natural como pesquisadora e escritora. Meus pais haviam guardado cada redação que eu escrevera e mandado cópias para Will, que me mandara um buquê de flores enorme no meu segundo ano de faculdade, quando decidi me formar em Inglês. O cartão dizia PARA A FUTURA COLUNISTA DA FAMÍLIA. Ele mencionava frequentemente como adoraria me mostrar as manhas, porque achava que era algo que eu realmente poderia fazer. E eu não duvidava dessa parte. Mas ultimamente, suas colunas continham mais discursos conservadores e menos comentários de "sociedade e entretenimento" que os leitores idolatravam como escravos há anos. Ele era um mestre nesse gênero muito específico, sem nunca se incomodar em cobrir fofocas descaradas, mas também sem nunca se levar a sério demais. Pelo menos até recentemente, quando escrevera mil palavras sobre por que as Nações Unidas eram o diabo encarnado (Um resumo: "Por que, nesta época de supertecnologia, todos aqueles diplomatas em Nova York precisam estar fisicamente lá, ocupando as melhores vagas de estacionamento e as melhores mesas nos restaurantes, aumentando o ambiente dos que não falam inglês na cidade? Por que não podem simplesmente mandar seus votos por e-mail de seus respectivos países? Por que temos de aguentar panes nos sistemas e pesadelos de segurança quando ninguém os ouve, de qualquer modo? E, caso se recusem a trabalhar pelos meios eletrônicos de seus países natais, por que não mudamos toda a produção para Lincoln, Nebraska, e vemos se ainda estão loucos para viajar para melhorar o mundo?"). Parte de mim adoraria aprender sua profissão, mas parecia fácil demais. "Ei, que sorte! Seu tio é um colunista famoso e altamente publicado e, por acaso, você trabalha para ele." Ele possuía uma pequena equipe de pesquisadores e assistentes que eu sabia que se ressentiriam profundamente se eu entrasse e começasse a escrever imediatamente. Também me preocupava em não estragar uma coisa boa: como Will era meu único parente que morava perto, um amigo querido e, em breve, minha única vida social agora que Penelope ia se casar, não me parecia ser uma boa ideia trabalharmos juntos o dia inteiro.

– De acordo com meu ex-chefe, ainda não dominei os ideais descritos em uma única citação do dia. Não sei se sou alguém que gostaria de ter trabalhando para você.

– Por favor! Você seria melhor do que aqueles garotos no meu escritório que fingem verificar os fatos quando, na verdade, estão atualizando seus perfis no nerve.com com fotos sedutoras e cantadas grotescas pouco originais – bufou ele. – Eu louvo a completa e absoluta falta de ética de trabalho, você sabe. De que outra forma poderia escrever tanto lixo todos os dias? – Ele terminou sua bebida com um gole apreciativo e içou-se do divã de couro. – É só uma coisa na qual pensar. Agora, vamos. Temos um jantar para supervisionar.

Eu suspirei.

– Tudo bem, mas não posso ficar até o final. Tenho clube do livro esta noite.

– Sério, querida? Isso parece quase um evento social. O que você anda lendo?

Pensei rapidamente e soltei o primeiro título socialmente aceitável que me veio à cabeça.

– *Moby Dick*.

Simon virou-se e olhou para mim.

– Você está lendo *Moby Dick*? Está falando *sério*?

– É claro que não. – Will riu. – Ela está lendo *Paixão e pânico na Pensilvânia* ou algo do tipo. Não consegue se livrar do hábito, não é, querida?

– Você não entende, Will. – Virei-me para ficar de frente para Simon. – Não importa quantas vezes eu explique, ele se recusa a entender.

– Entender o que, exatamente? Como minha sobrinha adorável e altamente inteligente, formada em Inglês, não só lê, como também é obcecada, por romances baratos? Você está certa, querida, não posso entender.

Fiquei olhando para meus pés, fingindo uma vergonha incomensurável.

– *O rapaz muito mau* é novo em folha... e foi muito aguardado. Não sou só eu; é um dos livros mais reservados na Amazon e teve uma espera de três semanas para entrega depois do lançamento!

Will olhou para Simon, balançando a cabeça com incredulidade.

– Querida, eu só não entendo *por quê*. Por quê?

Por quê? Por quê? Como eu poderia responder a essa pergunta? Era algo que eu havia me perguntado um milhão de vezes. Começara de uma forma bastante inocente, com a descoberta de uma cópia abandonada de *Quente e pesado* no bolso de trás de uma cadeira de avião durante um voo de Poughkeepsie para Washington. Eu tinha 13 anos e já era velha o bastante para sentir que devia escondê-lo de meus pais, o que fiz. A porcaria era tão boa que aleguei estar com dor de garganta quando chegamos ao hotel e implorei para não ir à marcha da ONG Naral* com eles para conseguir terminar de ler. Aprendi a reconhecer instantaneamente os romances açucarados, investigando em segundos as prateleiras corretas nas bibliotecas, retirando-os dos estandes de arame das livrarias e entregando rapidamente minha mísera mesada em bancas de revista enquanto minha mãe pagava por suas compras no caixa da frente. Eu lia dois ou três por semana, vagamente consciente de que eram proibidos e, portanto, mantendo-os escondidos no pequeno espaço do meu armário. Só os lia depois que as luzes da casa estavam apagadas e sempre me lembrava de escondê-los novamente antes de adormecer.

Quando descobri os romances, fiquei envergonhada pela óbvia sugestão de sexo na capa e, é claro, pelas descrições realistas na parte de dentro. Como qualquer adolescente, eu não queria que meus pais percebessem que eu sabia qualquer coisa sobre o assunto e lia apenas

* Grupo a favor do direito ao aborto. (*N. da T.*)

quando tinha certeza de que eles não veriam. Mas, com uns 17 anos, no segundo ou terceiro ano do ensino médio, eu saí do armário. Acompanhei meu pai a uma livraria local para pegar uma encomenda especial que ele fizera e, quando chegou a hora de pagar, deslizei uma cópia de *Seu guarda-costas real* pelo balcão, murmurando casualmente:

– Eu não trouxe minha carteira. Pode pagar por isto agora e eu lhe dou o dinheiro quando chegarmos em casa?

Ele levantou o livro e o segurou entre dois dedos, como se fosse um bicho atropelado. A expressão em seu rosto indicava que ele o achava tão apetitoso quanto. Um minuto depois, riu.

– Bettina, vamos. Ponha essa coisa horrorosa de volta onde quer que você a tenha achado e escolha algo que valha a pena. Prometi à sua mãe que estaríamos em casa em vinte minutos; não temos mais tempo para brincadeiras.

Eu insisti e ele comprou o livro, nem que fosse para sair da loja o mais rápido possível. Quando mencionou minha compra durante o jantar naquela noite, parecia confuso.

– Você não *lê* mesmo esses livros, né? – perguntou, o rosto todo enrugado como se estivesse tentando entender.

– Leio – disse simplesmente, sem revelar na voz a vergonha que sentia.

Minha mãe deixou o garfo cair, e ele tiniu ao bater no prato.

– Não lê, não. – Parecia que ela esperava que se tornasse verdade, se declarasse com convicção suficiente. – Não é possível.

– Ah, mas eu leio – cantarolei em uma tentativa indiferente de amenizar o clima. – Assim como outros cinquenta milhões de pessoas, mamãe. São relaxantes *e* interessantes. Quer dizer, há agonia, êxtase e um final feliz, quem pode querer mais?

Eu sabia todos os fatos e números, e não havia como negar que eram impressionantes. Os dois mil romances publicados todos os anos criam uma indústria de 1,5 bilhão de dólares. Dois quintos das mulheres norte-americanas compram pelo menos um por ano. Mais de um terço de toda a ficção popular vendida a cada ano é de romances. Uma catedrática de Shakespeare (e professora de Columbia) recentemente admitiu que escrevera dúzias de romances. Por que eu deveria sentir vergonha?

O que eu não disse a meus pais na época – ou expliquei a Will ou a Simon agora – era o quanto eu adorava romances. A fuga era uma parte disso, é claro, mas a vida não era tão triste que eu tivesse de recorrer a um mundo de fantasias. Era inspirador ler sobre duas pessoas lindas que superavam todos os obstáculos para estarem juntas, que se amavam tanto que sempre encontravam uma forma de fazer tudo dar certo. As cenas de sexo eram um bônus, porém, mais do que isso, os livros sempre terminavam bem, oferecendo tamanho otimismo que eu não conseguia me impedir de começar a ler outro imediatamente. Eles eram previsíveis, confiáveis, divertidos e, acima de tudo, descreviam casos de amor que eu, inegavelmente, não importa quanto feminismo, correção política ou emancipação feminina meus pais pudessem ter jogado em cima de mim, queria desesperadamente, mais do que qualquer coisa no mundo. Eu estava condicionada a comparar todos os encontros da minha vida ao ideal dos livros. Não conseguia me controlar. Queria o conto de fadas. O qual, nem preciso dizer, não descrevia Cameron ou a maioria dos relacionamentos entre homens e mulheres em Nova York. Mas eu não ia deixar de ter esperanças, não ainda.

Se estava prestes a explicar isso ao Simon? Obviamente, não. Motivo pelo qual eu ria e fazia alguma observação depreciativa como "não consigo entender literatura de verdade" sempre que alguém perguntava por que eu lia aqueles livros.

– Ah, que se dane. – Ri baixinho, sem fazer contato visual com nenhum dos dois. – É uma bobagem na qual me viciei quando era garota e da qual ainda não me livrei.

Will achou essa atenuação dos fatos especialmente hilariante.

– Bobagem? Bette, querida, você pertence a um clube do livro cuja única missão é examinar e apreciar mais profundamente o gênero? – Urrou.

Isso era verdade. Até o grupo de leitura ninguém na minha vida havia entendido. Nem meus pais, meu tio ou meus amigos do ensino médio e da faculdade. Penelope simplesmente balançava a cabeça toda vez que via um livro no meu apartamento (o que, por falar nisso, não era difícil, considerando-se que eu tinha mais de quatrocentos armazenados em caixas, armários, organizadores debaixo da cama e, de vez em quando – quando a capa não era muito constrangedora –, em estantes). Eu sabia que as estatísticas diziam que centenas de mulheres os liam, mas só há apenas dois anos que eu conhecera Courtney, em uma Barnes & Noble no centro da cidade. Eu acabara de sair do trabalho e estava esticando o braço para pegar um romance da estante circular quando ouvi uma voz feminina atrás de mim.

– Você não está sozinha, sabe – disse.

Virei-me para ver uma garota bonita, mais ou menos da minha idade, com rosto em formato de coração e lábios naturalmente rosados. Ela parecia uma boneca de porcelana com madeixas que lembravam as de Nelly de *Uma casa na campina*, e seus outros traços eram tão delicados que ela parecia poder quebrar a qualquer momento.

– Como? Está falando comigo? – perguntei, cobrindo rapidamente minha cópia de *A fantasia de toda mulher* com um dicionário Grego-Inglês enorme que estava por perto.

Ela assentiu e se aproximou para sussurrar.

– Só estou dizendo que não precisa mais sentir vergonha. Há outras.

– Quem disse que eu sinto vergonha? – eu perguntei.

Ela deu uma olhada para meu livro agora tapado e levantou uma sobrancelha.

– Olhe, meu nome é Courtney e eu também sou viciada neles. Tenho um diploma universitário e um emprego de verdade e não tenho medo de admitir que adoro esses malditos livros. Há um grupo inteiro que gosta, sabe. Nós nos encontramos uma ou duas vezes por mês para falar sobre eles, tomar uns drinques, convencer uma à outra que não há problema em fazer o que fazemos. É meio clube do livro, meio sessão de análise. – Ela procurou em sua bolsa Tod e encontrou um recibo amassado. Tirou a tampa de uma caneta Montblanc com os dentes e rabiscou um endereço no SoHo e um endereço de e-mail. – Nossa próxima reunião será na segunda-feira à noite. Venha. Botei meu endereço de e-mail, se você tiver alguma dúvida, mas não há muito a dizer. Estamos lendo isto – ela mostrou discretamente uma cópia de *Quem quer se casar com um galã?* – e adoraríamos que você fosse.

Talvez seja um sinal de vício sério eu ter aparecido no apartamento de uma estranha uma semana depois. Logo descobri que Courtney estava certa. Cada uma das outras garotas era inteligente e bacana à sua própria maneira, e todas adoravam romances. Exceto por uma dupla de irmãs gêmeas, nenhuma das mulheres eram amigas ou se conheciam de outros lugares; todas haviam encontrado o grupo mais ou menos da mesma forma que eu. Fiquei surpresa e, de certa forma, encantada ao ver que eu era a única que tinha assumido meu vício: nenhuma das outras garotas havia revelado aos maridos, amigas ou pais o verdadeiro conteúdo de seu clube do livro. Nos dois anos desde que eu me juntara a elas, só uma admitira suas preferências de leitura para o namorado. As piadas que aturou dele foram um sério desafio; ela acabou terminando o relacionamento depois de perceber que nenhum homem que realmente a amasse (como um herói em um romance açucarado, estava subentendido) jamais poderia implicar tão impiedosamente por causa de algo de que ela gostava. Ajudamos umas às outras a passar por novos empregos e casamentos e até um processo legal, mas, se nos encontrássemos na rua ou em uma festa, não haveria nada além de um olá rápido e um olhar de reconhecimento. Depois de perder a reunião da semana anterior, eu passara a semana inteira ansiosa pela sessão daquela noite e não ia deixar Will estragar tudo.

Simon, Will e eu nos enfiamos rapidamente dentro de um carro, mas quando paramos na frente do restaurante na esquina da 88ª com a Segunda, não éramos, obviamente, os primeiros a chegar.

– Aguentem firme! – Simon conseguiu sibilar um segundo antes de Elaine vir gingando até nós.

– Vocês estão atrasados! – rosnou ela, apontando para a sala dos fundos, onde algumas pessoas estavam reunidas. – Vão falar com seus amigos, eu vou trazer as bebidas.

Eu os segui para a sala dos fundos do descontraído e lendário restaurante e olhei em volta. Livros cobriam cada centímetro do espaço na parede e competiam apenas com fotografias autografadas e emolduradas do que pareciam ser todos os autores que haviam publicado no século XX. O ambiente familiar de madeira poderia lembrar uma vizinhança qualquer se eu não tivesse sido capaz de reconhecer o punhado de pessoas que se amontoavam em volta da mesa posta para vinte: Alan Dershowitz, Tina Brown, Tucker Carlson, Dominick Dunne e Barbara

Walters. Uma garçonete me entregou um martíni de mistura pronta e comecei a bebê-lo imediatamente, engolindo a última gota no momento em que a mesa ficou completamente cheia com um grupo eclético, constituído, em sua maioria, da imprensa e da política.

Will estava fazendo um brinde à Charlie Rose, cujo novo livro estávamos todos reunidos para comemorar, quando a outra única mulher abaixo de 40 anos inclinou-se para a frente e disse:

– Como você foi induzida a cair nessa?

– Sobrinha de Will, não tive opção.

Ela riu suavemente e pôs a mão no meu colo, o que me deixou muito nervosa até eu perceber que ela estava tentando discretamente apertar a minha mão.

– Eu sou Kelly. Organizei este jantarzinho para o seu tio, então acho que também sou obrigada a estar aqui.

– Prazer em conhecê-la – sussurrei de volta. – Eu sou Bette. Eu estava no apartamento deles mais cedo e, de alguma forma, acabei aqui. Mas me parece um jantar agradável.

– Sinceramente? Também não é muito a minha praia, mas acho que serve ao propósito de seu tio. Um bom grupo de pessoas, todos que confirmaram presença vieram – o que nunca acontece – e Elaine cumpriu sua parte integralmente, como sempre. Somando tudo, estou bastante satisfeita com o resultado. Agora, se conseguirmos impedi-los de ficarem bêbados demais, eu direi que a noite foi perfeita.

O grupo rapidamente terminou a primeira rodada de drinques e estava agora comendo as saladas que foram postas em sua frente.

– Quando você diz "organizei", o que quer dizer, exatamente? – perguntei mais num esforço para dizer alguma coisa do que por interesse genuíno, mas Kelly não pareceu perceber.

– Tenho uma firma de Relações Públicas – falou ela, bebericando uma taça de vinho branco. – Representamos todo tipo de clientes – restaurantes, hotéis, butiques, gravadoras, estúdios de cinema, celebridades – e fazemos o possível para melhorar seu perfil por meio de aparições na mídia, lançamentos de produtos, coisas desse tipo.

– E hoje? Quem você representa aqui? Will? Eu não sabia que ele tinha um agente.

– Não, hoje fui contratada pelo editor do Charlie para organizar um jantar com a elite da mídia, aqueles jornalistas que são conhecidos independente do jornal. O editor tem seu próprio departamento de RP, é claro, mas eles nem sempre têm os contatos para organizar algo tão especializado. É aí que eu entro.

– Entendi. Então, como conhece todas essas pessoas?

Ela só riu.

– Tenho um escritório cheio de gente cujo trabalho é conhecer *todo mundo* que vale a pena. Trinta e cinco mil nomes, na verdade, e podemos entrar em contato com qualquer um deles a qualquer momento. É o que nós fazemos. Falando nisso, o que você faz?

Graças a Deus, antes que eu pudesse criar alguma mentira adequada, Elaine fez um sinal discreto para Kelly da porta e ela se levantou rapidamente da cadeira e marchou para a sala da frente. Voltei minha atenção para Simon, que estava sentado à minha esquerda, antes de perceber que um fotógrafo estava sutilmente tirando fotos sem flash em uma posição agachada no canto.

Lembrei-me do primeiro jantar de imprensa ao qual Will havia me arrastado, quando eu tinha 14 anos e estava visitando Poughkeepsie. Também fomos ao Elaine's naquela noite, para o lançamento de um livro, e eu perguntei a Simon: "Não é esquisito que alguém tire fotos da gente jantando?"

Ele riu. "É claro que não, querida, é exatamente para isso que estamos aqui. Se não houver fotos nas colunas sociais, será que a festa realmente aconteceu? Não se pode *pagar* para conseguir o tipo de publicidade que o autor vai receber esta noite. O fotógrafo é da revista *New York*, se me lembro corretamente, e, assim que ele sair, outro vai entrar. Pelo menos, todos esperam que entre."

Will começou a me ensinar a conversar com as pessoas naquela noite. A chave era lembrar-se de que ninguém se importa com o que você faz ou pensa, então basta sentar-se e começar imediatamente a fazer perguntas à pessoa a sua direita. Pergunte qualquer coisa, finja um pouco de interesse e preencha qualquer silêncio constrangedor com mais perguntas. Depois de anos de aulas e treino, eu era capaz de travar uma conversa com praticamente qualquer um, mas não gostei daquela noite, assim como não havia gostado quando era adolescente, então me despedi e fui embora depois da salada.

A reunião do clube do livro era no apartamento de Alex, no East Village. Entrei no trem da linha 6 e procurei na minha lista do iPod até escolher "In My Dreams", do REO Speedwagon. Quando saltei do trem em Astor Place, uma mulher muito mignon, que parecia uma bibliotecária de colégio, bateu literalmente de frente comigo. Pedi desculpas por meu papel no incidente (estar ali) com um sincero "Me desculpe", momento no qual ela virou-se com a expressão mais contorcida e demoníaca e gritou:

– ME DESCULPE? TALVEZ ISSO NÃO TIVESSE ACONTECIDO SE VOCÊ ANDASSE NO LADO CERTO DA CALÇADA! – E então se afastou blasfemando. Era óbvio que ela precisava passar algumas horas com *O rapaz muito mau*.

Depois de ter caminhado as seis longas avenidas para leste, toquei a campainha no edifício de Alex na avenida C e comecei a terrível subida. Ela afirmava que seu estúdio ficava no sexto andar, sem elevador, mas considerando-se que uma lavanderia chinesa ocupava o térreo e que os números só começavam no andar de cima, tecnicamente eram sete andares acima do solo. Ela era o estereótipo da artista do East Village, vestida dos pés à cabeça de preto, o cabelo sempre mudando de cor e um pequeno piercing facial que parecia mudar regularmente do lábio para o nariz ou para a sobrancelha. Uma artista do East Village com uma dedicação apaixonada à ficção romântica para mulheres. Ela obviamente era a que mais tinha a perder se algum de seus pares descobrisse – um tipo de credo artístico, se preferir –, então todas nós concordamos em dizer a seus vizinhos, se fôssemos perguntadas, que estávamos ali para uma reunião dos Viciados em Sexo Anônimos.

– Sente-se mais confortável dizendo a eles que é uma viciada em sexo do que uma leitora de romances? – perguntara eu quando ela nos instruíra.

– É claro! – ela respondera sem hesitar. – Ser viciado é bacana. Todas as pessoas criativas são viciadas em alguma coisa.

Então, fazíamos o que ela pedia.

Ela parecia mais punk do que o normal, com um par de calças de couro estilo roqueiro chique e uma clássica camiseta CBGB desbotada.

Me deu uma Cuba Libre e eu me sentei em sua cama e observei-a passar mais umas seis camadas de rímel enquanto esperávamos pelas outras. Janie e Jill foram as primeiras a chegar. Eram gêmeas bivitelinas na casa dos 30; Jill ainda estava na faculdade, estudando algum grau avançado de Arquitetura, e Janie trabalhava em uma agência de propaganda. Haviam se apaixonado por romances Harlequin ainda meninas, quando liam os livros da mãe escondidas, debaixo das cobertas à noite. Logo atrás delas vinha Courtney, minha ligação original com o grupo e editora associada da Revista *Teen People*, que não só lera todos os romances já escritos, como também gostava de escrevê-los; e, finalmente, Vika, uma estrangeira parte sueca, parte francesa com um sotaque adorável e um emprego invejável como professora do jardim de infância em uma escola particular no Upper East Side. Éramos claramente uma mistura heterogênea.

– Alguém tem alguma novidade antes de começarmos? – perguntou Jill enquanto o restante de nós tomava nossas bebidas tão rapidamente quanto o líquido doce permitia. Ela sempre assumia o comando e tentava nos manter dentro do assunto, um gesto completamente inútil, considerando-se que nossas reuniões pareciam mais uma sessão de análise em grupo do que qualquer tipo de exploração literária.

– Larguei meu emprego – anunciei alegremente, erguendo meu copo de plástico vermelho.

– Saúde! – gritaram todas ao brindar.

– Já era hora de você largar aquele pesadelo – disse Janie.

Vika concordou.

– Sim, sim, não sentiremos saudades do seu chefe, tenho certeza? – perguntou com seu lindo porém estranho sotaque.

– Não, isso é certo, não vou sentir saudades do Aaron.

Courtney serviu-se do segundo drinque em dez minutos e disse:

– É, mas o que vamos usar como citação do dia agora? Alguém pode encaminhá-las para você?

Na segunda reunião à qual eu comparecera, comecei a dividir a alegria e sabedoria das citações inspiradoras de Aaron. Depois de algumas observações introdutórias, eu lia a melhor das semanas anteriores e nós caíamos na gargalhada. Ultimamente, as garotas haviam começado a vir preparadas com suas próprias anticitações, pequenos epigramas indecentes, sarcásticos ou cruéis que eu poderia levar de volta para o escritório e dividir com Aaron, se estivesse inclinada a isso.

– O que me faz lembrar – anunciei com estardalhaço, puxando uma folha impressa da bolsa. – Recebi esta apenas três dias antes de ir embora e é uma das minhas prediletas de todos os tempos. Diz: "Trabalho em equipe: em termos claros, é menos eu e mais nós." Isso, minhas amigas, é perspicaz.

– Uau – suspirou Janie. – Obrigada por partilhar conosco. Eu definitivamente vou tentar descobrir como ter menos eu e mais nós na minha vida.

– Eu também – disse Alex. – Isso combina bem com uma citaçãozinha que encontrei recentemente. É do nosso amigo Gore Vidal. "Sempre que um amigo se sai bem, algo em mim morre."

Nós todas rimos até Janie interromper com um anúncio um tanto chocante.

– Por falar em chefes... Eu, é, eu tive um incidente com o meu.

– Um incidente? – perguntou Jill. – Você não me disse nada!

– Bem, aconteceu ontem à noite. Você estava dormindo quando cheguei em casa e estamos nos vendo pela primeira vez agora.

– Eu gostaria que você explicasse o "incidente", por favor – disse Vika, com as sobrancelhas erguidas.

– Nós, é, meio que ficamos – disse ela com um sorriso tímido.

– O quê? – Jill estava gritando a essa altura, olhando para a irmã com uma mistura de horror e satisfação. – O que aconteceu?

– Bem, ele perguntou se eu gostaria de jantar depois que havíamos feito uma apresentação para um novo cliente em potencial. Saímos para comer sushi, depois uns drinques...

– E depois? – insisti.

– E depois mais drinques e a próxima coisa da qual me lembro é de estar nua no sofá dele.

– Ah, meu Deus. – Jill começou a se balançar para a frente e para trás. Janie olhou para ela.

– Por que está tão alterada? Não é nada de mais.

– Bem, eu só acho que isso não vai fazer muito bem à sua carreira – ela respondeu.

– Bem, então você obviamente não sabe como eu posso ser talentosa em algumas áreas, não é? – Janie sorriu matreira.

– Você dormiu com ele? – perguntou Alex. – Por favor, diga que sim. Eu realmente ganharia a noite. A gerente de investimentos Bette larga o emprego sem ter um plano alternativo e você transa com o chefe? Eu ia me sentir como se finalmente começasse a ter alguma influência por aqui.

– Bem, eu não sei se diria que realmente transamos – Janie falou.

– O que diabos isso significa? – perguntou Alex. – Ou você transou ou não.

– Se ele não fosse meu chefe, eu provavelmente não levaria em conta. Só entrou e saiu algumas vezes, nada muito emocionante.

– É mais do que eu fiz em dois anos – comentei.

– *Interessante.* O que estou imaginando é quantos outros caras caem na categoria "nada de mais para levar em conta", Janie? Quer nos esclarecer? – perguntou Courtney. Alex voltou de sua cozinha minúscula com uma bandeja de copinhos de tequila, cada um cheio até a borda.

– Por que nos dar o trabalho de discutir *O rapaz muito mau* quando temos nossa própria "garota má" bem aqui? – disse ela e passou os copos pela sala.

Tinha sido dada a partida.

5

Mais três semanas se passaram praticamente da mesma maneira que meu primeiro mês de desemprego, apenas ligeiramente menos agradáveis por causa dos telefonemas diários de Will e de meus pais, que alegavam estar só "verificando como eu estava". Normalmente, era assim:

> Mamãe: Oi, querida. Alguma novidade hoje?
>
> Eu: Oi, mamãe. Estou analisando as possibilidades. Há muitas coisas que parecem promissoras, mas ainda não escolhi a coisa perfeita. Como estão você e o papai?

Mamãe: Bem, querida, só estamos preocupados com você. Lembra-se da Sra. Adelman, não? A filha dela é chefe de arrecadação de fundos do EarthWatch e disse para você entrar em contato, pois sempre precisam de mais gente qualificada e dedicada.

Eu: Mmm, que ótimo. Vou dar uma olhada nisso. [Mudança de canal para a ABC quando o programa da Oprah está começando.] É melhor eu me apressar. Tenho mais alguns currículos para enviar.

Mamãe: Currículos? Ah, é claro. Não quero atrapalhar. Boa sorte, querida. Sei que vai encontrar algo em breve.

Além desses dolorosos sete minutos diários, nos quais eu insistia em que estava bem, que a procura por emprego ia a toda e que tinha certeza de que encontraria algo logo, na verdade estava tudo ótimo. Bob Barker, Millington, um apartamento repleto de livros de bolso vagabundos e quatro sacos de Red Hots por dia me faziam companhia enquanto eu surfava languidamente por sites de empregos, imprimindo alguma coisa ocasionalmente e me candidatando ainda mais ocasionalmente. Certamente não me sentia deprimida, mas era meio difícil avaliar, especialmente porque quase nunca saía do prédio e pensava em pouca coisa além de como manter meu estilo de vida atual sem arrumar outro emprego. O tempo todo as pessoas fazem declarações do tipo "Fiquei sem trabalho por uma semana e enlouqueci! Quer dizer, eu sou o tipo de pessoa que precisa ser produtiva, precisa contribuir com alguma coisa, sabe?". Não, eu não sabia. Minha renda estava em perigo, é claro, mas cheguei à conclusão de que algo acabaria aparecendo, ou eu me entregaria à misericórdia de Will e Simon. Era tolice desperdiçar tempo me preocupando quando podia estar aprendendo lições de vida genuinamente valiosas com o quadro do Dr. Phil.*

Pegar a correspondência matava uns bons dez minutos por dia. Ainda que eu soubesse que o carteiro passava todo dia às duas da tarde, normalmente não me sentia motivada a buscar as cartas até tarde da

* Apresentador do programa de tevê *Tuesdays With Dr. Phil*, no qual dá conselhos de "estratégia de vida". (*N. do E.*)

noite, quando eu agarrava um monte de contas e catálogos e disparava para o elevador, apertando rapidamente o botão para o azarado décimo terceiro andar. Quando hesitei antes de ver o apartamento pela primeira vez, o corretor zombou, dizendo algo como: "O quê, você também acredita em astrologia? Não pode estar seriamente preocupada com algo tão ridículo... não quando tem ar-condicionado central por esse preço!" E, já que parecia ser um fenômeno distintamente nova-iorquino ser maltratado pelas pessoas que você paga para prestarem um serviço, eu imediatamente gaguejei um pedido de desculpas e assinei na linha pontilhada.

Hoje, por sorte, minha caixa de correio continha o último número da Revista *In Touch*, o que ocuparia pelo menos mais uma hora. Após tê-lo buscado, destranquei a porta, verifiquei o chão procurando por eventuais baratas e me preparei para a histeria usual de Millington. Ela sempre parecia convencida de que aquele seria o dia em que eu a abandonaria para sempre e comemorava minha chegada em casa com um festival de arquejos, bufadas, cheiradas, pulos, espirros e xixi submisso tão frenéticos que eu ficava imaginando se ela um dia poderia morrer com a emoção daquilo tudo.

Lembrando-me da meia dúzia de manuais de treinamento que o criador havia me dado "só para garantir", fiz uma grande demonstração ao ignorá-la, largando casualmente minha bolsa, jogando meu casaco e me dirigindo calmamente até o sofá, onde ela imediatamente pulou no meu colo e esticou-se para cima para começar as costumeiras lambidas no meu rosto. Sua linguinha molhada ia da minha testa até debaixo do meu queixo, incorporando uma tentativa malsucedida de entrar na minha boca, antes dos beijos pararem e os espirros começarem. O primeiro molhou o meu pescoço, mas ela conseguiu cair antes de o negócio ficar sério e deu um espirro gigantesco, molhando a frente da minha saia.

– Boa menina – murmurei para encorajá-la, sentindo-me um tanto quanto culpada por a estar segurando no ar com os braços esticados enquanto seu corpo inteiro se sacudia, mas uma reprise de *Newlyweds* estava começando e os espirros podiam durar dez minutos. Só recentemente eu chegara ao ponto em que podia olhar para Millington e não pensar em meu ex-namorado, Cameron, o que definitivamente era um progresso bem-vindo.

Penelope me apresentara a Cameron em algum churrasco que Avery fizera quando nos formamos há dois anos. Não tenho certeza se foi o cabelo castanho brilhante ou como sua bunda ficava na calça cáqui da Brooks Brothers, mas me encantei o suficiente para não perceber sua tendência a citar pessoas famosas ou a maneira horrível como cutucava os dentes depois de cada refeição. Por algum tempo, pelo menos, fiquei loucamente apaixonada. Ele falava fervorosamente sobre ações e transações comerciais, seus dias de lacrosse na escola particular e passeios de fim de semana até os Hamptons e Palm Beach. Era como uma experiência sociológica – uma criatura não tão rara, mas alienígena, na qual eu não conseguia parar de pensar. É claro que a relação estava fadada a fracassar desde o começo, a família dele era uma citação permanente nas colunas sociais; meus pais tinham estado uma vez na lista de agitadores perigosos do FBI por participarem de passeatas. Mas, quando comparado ao meu trabalho no banco, o grã-finismo agressivo dele deixava bem claro para meus pais que eu não iria dedicar minha vida ao Greenpeace. Fomos morar juntos um ano após nos conhecermos, quando o aluguel de ambos subiu ao mesmo tempo. Morávamos juntos há exatos seis meses quando percebemos que não tínhamos absolutamente nada em comum além do apartamento, nossos empregos no mercado financeiro e amigos como Avery e Penelope. Então fizemos o que qualquer casal destinado-ao-fracasso faria e fomos imediatamente comprar algo que pudesse nos aproximar mais ou pelo menos nos dar algo para conversar que não fosse sobre de quem era a vez de implorar ao senhorio uma nova tábua de privada. Optamos por uma Yorkshire de dois quilos, ao preço de 1.600 dólares por quilo, como Cameron calculou para mim mais de uma vez. Ameacei matá-lo se ele anunciasse mais uma vez que tinha, na verdade, pedido entradas no Peter Luger maiores do que esse cachorro e lhe lembrei repetidamente de que fora tudo ideia dele. Ah, claro, havia o pequeno problema de eu ser alérgica a qualquer coisa com pelos, viva ou de pelúcia, animal ou peça de vestuário, mas ele também pensara nisso.

– Cameron, você já me viu perto de cães. Não sei por que quer me sujeitar, ou a si mesmo, a isso novamente.

Eu estava pensando em quando conheci sua família, durante um fim de semana de inverno em Adirondacks. Eles haviam organizado a reunião de brancos protestantes perfeita – fogo de verdade na lareira! nada de controle remoto! nada de toras de madeira compradas em loja! – com pijamas xadrezes *tartan* da J. Crew, patos decorativos de madeira, álcool suficiente para conseguir uma licença para vender bebidas e dois filhotes de golden retriever galopantes e enormes. Eu espirrei e fiquei com o nariz escorrendo e tossi de tal maneira que sua mãe, permanentemente de pileque ("Ah, céus, outro copo de xerez vai acabar com isso de uma vez!"), começou a fazer "piadinhas" passivo-agressivas sobre ser contagioso e seu pai claramente bêbado chegou a largar seu gim-tônica por tempo suficiente para me oferecer uma carona para o pronto-socorro.

– Bette, não se preocupe com nada. Pesquisei tudo isso e encontrei o cachorro perfeito para nós.

Ele parecia presunçoso e satisfeito, e eu contei mentalmente os dias até o contrato acabar. Cento e setenta. Ocasionalmente, eu tentava me lembrar do que havia nos atraído no início, o que existira antes da calmaria gelada que se tornara a marca registrada do nosso relacionamento, mas nada realmente específico vinha à tona. Ele sempre fora meio obtuso, algo que todas as escolas particulares haviam conseguido esconder, mas não consertar. Era inegavelmente bonito, daquela forma arrumadinha, de garoto de catálogo da Abercrombie, e sabia usar seu charme quando precisava de algo, mas, acima de tudo, eu me lembrava de ser fácil: tínhamos os mesmos amigos, a mesma paixão por fumar enlouquecidamente e reclamar e calças cor de salmão quase idênticas. Será que um bom romance poderia ter sido inspirado em meu relacionamento com Cameron? Bem, não, acho que não. Mas sua versão nada espetacular e aguada de companheirismo era perfeitamente adequada naqueles primeiros anos pós-faculdade.

– Não duvido de que seja um cachorro muito especial, Cameron – disse lentamente, como se estivesse falando com uma criança do terceiro ano. – O problema é que eu sou. Alérgica. A todos. Os cachorros. Entendeu essa frase, não é? – Eu sorri docemente.

Ele sorriu, sem se desencorajar pelo tom mais sacana e paternalista que consegui expressar. Impressionante. Ele realmente estava falando sério.

– Dei alguns telefonemas, fiz um pouco de pesquisa e encontrei para nós, rufem os tambores, por favor!, um cachorro hipoalergênico. Consegue dizer "hipoalergênico"? Vamos lá, B, repita comigo, "hipo..."

– Você encontrou um *cachorro* hipoalergênico? O quê, eles o cruzam para ser assim? A última coisa de que eu preciso na minha vida é uma mutação genética de um animal que muito provavelmente vai me mandar para o hospital. Sem condições.

– Bette, você não vê? É perfeito. O criador prometeu que, como Yorkshires têm cabelo, não pelo, é impossível alguém ser alérgico a eles, nem mesmo você. Marquei uma hora para pegarmos um no sábado. É em Darien, ao lado do meu escritório, e prometeram reservar pelo menos um macho e uma fêmea para escolhermos.

– Eu tenho que trabalhar – falei sem emoção, já vagamente consciente de que acrescentar responsabilidades a esse relacionamento em particular só iria destruí-lo mais rápido. Talvez devêssemos ter terminado ali, mas dezembro é uma época tão ruim para achar apartamento e o nosso era realmente de um tamanho decente e, bem, cachorros são bonitinhos e divertidos... então eu concordei.

– Está bem, está marcado no sábado. Trabalharei no domingo para podermos escolher nosso cachorro hipoalergênico.

Ele me deu um abraço de urso e me contou seus planos de alugar um carro e talvez visitar alguns antiquários próximos (isso vindo do garoto que discutira incansavelmente para manter seu pufe quando misturamos nossas coisas) e eu fiquei imaginando se talvez, apenas talvez, essa mutação genética de cachorro fosse a resposta para todos os nossos problemas.

Errado.

Muito, muito errado.

Bem, não é bem assim. O cachorro certamente não resolveu nada (surpresa!), mas Cameron estava certo em relação a uma coisa: Millington era mesmo hipoalergênica. Eu podia segurá-la, agarrá-la e esfregar seu bigodinho peludo contra o meu rosto sem sentir nem um vestígio de coceira. O problema é que o cão em si era alérgico a tudo. *Tudo*. De certa forma, seus espirrozinhos de filhote pareciam cativantes quando ela estava aninhada com seus irmãos na cozinha do criador.

Era adorável... a única filhote menina tinha pegado uma gripe e nós estávamos ali para cuidar dela para que voltasse à saúde vibrante dos filhotes. Só que a gripe não foi embora e a pequena Millington não parou de espirrar. Após três semanas de cuidados intermitentes – Cameron também contribuiu, tenho de lhe dar o crédito por isso –, nossa pequena bolinha de alegria não estava melhorando, mesmo com os quase 3 mil dólares gastos em consultas ao veterinário, antibióticos, comida especial e duas visitas ao pronto-socorro tarde da noite, quando o chiado e os engasgos ficaram particularmente aterrorizantes. Estávamos faltando ao trabalho, gritando um com o outro e torrando todo nosso dinheiro no processo – o meu salário e os fundos de investimento dele mal eram suficientes para cobrir as despesas do animal. Diagnóstico canino final: "Altamente sensível à maioria dos alergênicos domésticos, incluindo, mas não limitado a, pó, poeira, pólen, produtos de limpeza, detergentes, tintas, perfumes e pelos de outros animais."

A ironia não me passou despercebida. Eu, a pessoa mais alérgica da Terra, de alguma forma, agora era dona de um cachorro alérgico a absolutamente tudo. Provavelmente teria sido engraçado se Cameron, Millington ou eu tivéssemos dormido mais do que quatro horas consecutivas nas últimas três semanas, mas não era. "O que a maioria das pessoas faria nessa situação?", lembro-me de perguntar a mim mesma, na primeira noite da quarta semana insone. Um casal são em uma relação saudável simplesmente despacharia o cachorro direto de volta para o criador, tiraria longas férias em algum lugar quente e riria sobre o que certamente iria se tornar uma bela lembrança e futura história engraçada para contar em festas. Então, o que eu fiz? Contratei um serviço de faxina industrial para remover cada fio de cabelo, partícula de poeira, e nódoa de cada superfície, para que o cachorro pudesse respirar, e pedi a Cameron que fosse embora de uma vez por todas, o que ele fez. Penelope me contou, oito meses depois – com o que eu considerei ser um pouco mais de animação do que o necessário –, que ele ficara noivo de sua nova namorada enquanto usava um kilt em um campo de golfe na Escócia, e que eles estavam se mudando para a Flórida, onde a família dela possuía uma pequena ilha. Isso encerrou o assunto: tudo acabara exatamente como deveria. Dois anos depois, o cachorro aprendera a tolerar o cheiro de Wisk, Cameron comemorou a paternidade, dentro da tradição da família, com um gim-tônica calibrado e eu tinha alguém tão emocionada em me ver todas as noites que fazia xixi quando eu chegava em casa. Todo mundo saíra ganhando.

Millington finalmente parou de espirrar e caiu em um cochilo narcoléptico ao meu lado, seu corpinho encostado na lateral da minha perna, subindo e descendo com sua respiração ritmada, em compasso com a TV que eu mantinha constantemente ligada para fazer um barulho de fundo. Depois de *Newlyweds*, deparei-me com uma maratona de *Queer Eye*. Carlson pegava as coisas do armário de algum cara hetero com um pegador de salada, descrevendo as coisas como "tão Gap 1987" e eu percebi que eles provavelmente também ficariam horrorizados se olhassem meu armário – como garota, provavelmente esperava-se que eu tivesse algo um pouco melhor do que os terninhos Ann Taylor comprados no varejo, um mísero par de Sevens e os tops de algodão, que eram minhas "roupas de sair".

O telefone tocou um pouco depois das 23 horas. Eu me contive e fiquei olhando, esperando pacientemente que meu identificador de chamadas registrasse o número. Tio Will: atender ou não? Ele sempre ligava em horários estranhos nas noites em que tinha de entregar seus trabalhos, mas eu estava exausta demais, depois do meu dia de ócio, para lidar com ele. Fiquei olhando mais um momento, com preguiça demais para tomar alguma decisão de verdade, mas a secretária já havia atendido.

– Ah, Bette, atenda o maldito telefone – disse Will na máquina. – Acho esse serviço que revela quem está ligando altamente ofensivo. Tenha pelo menos o *savoir-faire* de me dispensar quando estivermos no meio da conversa! Qualquer um pode olhar em uma telinha e decidir não atender; o grande feito é se livrar da situação enquanto fala com a pessoa – suspirou ele. Eu ri.

– Desculpe, desculpe, eu estava no chuveiro – menti.

– Claro que estava, querida. No chuveiro às onze da noite, arrumando-se para sair por aí, não é? – provocou ele.

– Isso seria tão difícil de acreditar? Já saí antes, você sabe. Festa da Penelope? Bungalow 8? A única pessoa no hemisfério ocidental que não sabia onde ficava? Algumas dessas coisas despertam lembranças?

– Dei mais uma mordida no meu Slim Jim, algo que eu comia desde que descobrira o quanto isso deixava meus pais horrorizados.

– Bette, isso foi há tanto tempo que eu mal lembro – comentou pensativo. – Olhe, querida, não liguei para botá-la contra a parede de novo, ainda que não veja nenhuma razão pela qual uma garota bonita da sua idade deva estar sentada em casa às onze horas numa quinta-feira à noite, mastigando palitos de carne de mentira e conversando com um cachorro de dois quilos e meio, mas isso não vem ao caso. Acabei de ter a ideia mais brilhante de todas. Você tem um minuto?

Nós dois rimos alto. Obviamente, eu não tinha nada além de tempo.

– Você está completamente errado. Estou conversando com um cachorro de dois quilos.

– Bette, me escute. Não sei por que não pensei nisso antes, sou definitivamente retardado por não ter visto o potencial, mas diga-me, querida, o que achou da Kelly?

– Quem é Kelly?

– A mulher ao lado de quem você sentou no jantar para o Charlie no Elaine's. Então, o que você acha?

– Sei lá, ela me pareceu muito simpática. Por quê?

– Por quê? Querida, você definitivamente teve morte cerebral esses dias. O que você acha de *trabalhar* para a Kelly?

– Hein? Quem vai trabalhar para a Kelly? Estou confusa.

Ele suspirou.

– Vamos devagar. Já que você está desempregada e parece gostar do fato um pouco demais, eu estava pensando que talvez você gostasse de trabalhar para a Kelly.

– Planejando festas?

– Querida, ela faz muito mais do que apenas planejar festas. Ela conversa com donos de boates, conta fofocas sobre clientes de outras pessoas para os colunistas para que eles escrevam coisas boas a respeito dos delas e manda presentes para celebridades, para convencê-las a comparecer aos eventos e levar a imprensa, sempre está muito bonita e sai todas as noites. É, quanto mais penso a respeito, mais gostaria de ver você como produtora de eventos. O que acha?

– Não sei – respondi. – Eu estava pensando que seria bom fazer algo, hmm, você sabe, algo mais ou menos...

– Significativo? – sugeriu, pronunciando a palavra da mesma forma como alguém poderia dizer "assassino".

– Bem, é, quer dizer, não assim, não como meus pais – balbuciei. – Mas tenho uma reunião no escritório do Meals on Wheels* amanhã. Só uma mudança de ritmo, sabe?

Ele ficou em silêncio por um momento e eu sabia que estava pesando as palavras cuidadosamente.

– Querida, isso parece adorável, é claro. É sempre bom fazer do mundo um lugar melhor. No entanto, eu seria omisso se não a lembrasse de que mudar o rumo de sua carreira para essa direção a coloca em risco de cair de volta na trilha do patchuli. Você se lembra de como era, não lembra, querida?

Eu suspirei.

– Eu sei, eu sei. Só me pareceu que poderia ser interessante.

– Bem, não posso necessariamente dizer que planejar festas será tão interessante quanto ajudar os necessitados, mas vai ser muito mais divertido. E isso, querida, não é crime. A firma da Kelly é nova, mas é disparado uma das melhores, tem estilo de butique, uma lista muito impressionante de clientes e é um ótimo lugar para conhecer todo tipo de pessoas extremamente superficiais e autocentradas e sair desse buraco no qual você se trancou recentemente. Está interessada?

– Não sei. Posso pensar a respeito?

– Claro que pode, querida. Vou lhe dar 24 horas para debater todos os prós e contras de aceitar um emprego no qual você pode se divertir como ganha-pão. Espero que tome a decisão correta – ele desligou o telefone antes que eu pudesse dizer mais uma palavra.

Fui dormir tarde naquela noite e passei o dia seguinte inteiro enrolando. Brinquei com os filhotinhos na loja de animais na esquina, fiz uma parada no Dylan's Candy Bar e coloquei os livros visíveis no meu apartamento em ordem alfabética. Tenho de admitir que estava curiosa quanto ao que o emprego exigiria. Havia uma parte que parecia muito atraente, a chance de conhecer pessoas novas e não ficar sentada na

* "Refeições sobre rodas", serviço voluntário de entrega de refeições para idosos ou pessoas com dificuldades de locomoção. (*N. da T.*)

frente de uma mesa o dia inteiro. Anos no banco haviam me ensinado a ser muito boa com detalhes e décadas de socialização estimuladas por Will garantiam que eu podia basicamente falar com qualquer pessoa sobre qualquer coisa – e parecer realmente interessada, mesmo que estivesse morrendo de tédio por dentro. Sempre me sentia meio sem jeito, meio deslocada, mas podia manter minha boca se movendo a qualquer custo, o que era um grande passo para fazer as pessoas pensarem que eu tinha traquejo social. E, é claro, só a ideia de imprimir mais currículos e implorar por entrevistas parecia significativamente mais desagradável do que organizar festas. Tudo isso, combinado ao fato de que minha conta bancária acabara de cair além da quantia mínima exigida, fazia Relações Públicas parecer um sonho.

Liguei para Will.

– Está bem. Vou escrever para Kelly e pedir mais informações sobre o que isso significa. Pode me dar o endereço de e-mail dela?

Will riu.

– O o que dela? – Ele se recusava a comprar até mesmo uma secretária eletrônica, portanto um computador estava definitivamente fora de questão. Escrevia todas as suas colunas em uma máquina de escrever barulhenta e fazia um de seus assistentes digitá-las no Microsoft Word. Quando chegava a hora de revisar, ele olhava por cima do ombro do funcionário, pressionava o dedo em cima da tela do computador e mandava deletar, acrescentar e aumentar o texto enquanto relia.

– O endereço especial de computador para onde posso mandar uma carta eletrônica – disse eu lentamente.

– Você é adorável, é mesmo. Bette, não seja ridícula. Por que você precisaria disso? Vou pedir para ela lhe telefonar para marcar uma data de início.

– Não acha que estamos nos precipitando um pouco, Will? Talvez seja melhor enviar meu currículo primeiro e aí, caso ela goste, podemos começar. É assim que funciona normalmente, sabe?

– É, já ouvi falar – disse ele, parecendo cada vez mais desinteressado. – O melhor exemplo de perda de tempo. Você será perfeita para o emprego por ter aquelas habilidades de bancária, é atenta aos detalhes, obcecada por prazos e louca por minúcias. E eu sei que ela é uma ótima garota porque era minha assistente. Vou dar uma ligada para ela e explicar a sorte que teria em contratar você. Não há nada com que se preocupar, minha querida.

– Eu não sabia que ela tinha sido sua assistente! – falei, tentando calcular mentalmente a idade de Kelly.

– Sem dúvida. Eu a contratei assim que saiu da faculdade, como um favor a seu pai. Foi a melhor coisa que já fiz; ela era inteligente e motivada e organizou tudo para mim e eu, por minha vez, a treinei do zero. Ela foi trabalhar na *People* e depois mudou para a empresa atual. Vai recebê-la de braços abertos. Confie em mim.

– Está bem – disse sem nenhuma hesitação. – Se você acha.

– Eu sei, querida. Considere feito. Vou pedir a ela que ligue para você para discutir os detalhes, mas não vejo nenhum problema. Desde que você revise esse seu guarda-roupa para eliminar todos os terninhos – e tudo o que se pareça um –, acho que vai ficar tudo bem.

6

A própria Kelly estava esperando no saguão do edifício e me abraçou como uma amiga que não via há tempo quando cheguei para meu primeiro dia, como instruída, exatamente às 9h.

– Bette, querida, estamos tão felizes em tê-la conosco! – disse ela, ofegante, dando uma olhada rápida na minha roupa. Um olhar arregalado e fugaz – não exatamente pânico, mais próximo da aflição – passou por seu rosto antes que ela fixasse um sorriso largo e me levasse pela mão até o elevador.

Eu tive o bom senso de evitar um conjunto de terninho completo, mas só quando vi as outras pessoas é que percebi que ainda não calculara certo. Aparentemente, minha ideia de traje casual de negócios (calças cor de carvão, camisa Oxford azul-clara e saltos baixos sensatos) diferia ligeiramente da do restante da equipe de Kelly & Company. O escritório era num espaço amplo no centro, com janelas do chão ao teto que permitiam a visão até Wall Street e a oeste para Nova Jersey, conferindo-lhe indubitavelmente uma sensação de loft. Em volta de uma grande mesa redonda estava sentada cerca de meia dúzia de pessoas; cada uma delas, sem exceção, era irritantemente bonita e estava vestida inteiramente de preto. A que parecia a mais mal nutrida das garotas gritou para Kelly:

– "Página Seis" para comentário sobre a moda do acordo pré-nupcial, linha dois – e Kelly fez um sinal para que eu me sentasse antes de pôr a mão para cima e ajustar o que parecia ser um fone de ouvido minúsculo. Um segundo depois, ela estava cumprimentando alguém do outro lado da linha com risadinhas e elogios, enquanto andava de um lado para o outro por toda a extensão das janelas que davam para o sul. Sentei-me ao lado da garota supermagra e virei-me para me apresentar, mas me vi olhando para sua mão, um dos dedos da qual apontava para cima, em um sinal claro de que eu devia esperar. Foi então que percebi que cada pessoa em volta da mesa estava conversando com entusiasmo exatamente ao mesmo tempo, ainda que não parecessem estar falando uns com os outros. Levei mais um momento para ver que todos tinham minúsculos telefones sem fio enfiados nas orelhas. Eu não sabia, então, que em poucas semanas me sentiria completamente nua, exposta, sem aquele telefone constantemente preso ao lado do meu rosto... naquela hora, só me pareceu esquisito. A garota assentiu gravemente algumas vezes e olhou na minha direção, murmurando algo indecifrável. Eu desviei educadamente o olhar e esperei alguém notar a minha presença.

– Alô? Alô? Qual é mesmo o seu nome? – ouvi-a perguntar enquanto eu examinava o restante do grupo. Surpreendentemente, era dividido de forma igual entre homens e mulheres, cuja principal coisa em comum era o nível quase perturbador de beleza. Eu estava começando a encarar quando senti alguém dar um tapinha nas minhas costas.

– Ei – chamou a magricela. – Qual é o seu nome?

– Eu? – perguntei estupidamente, convencida de que ela ainda estava ao telefone.

Ela riu, mas não de forma simpática.

– O nome de quem mais você acha que eu não sei aqui? Eu sou Elisa. – A mão que ela esticou era gelada e muito, muito magra. Vi um anel de diamante na mão direita rodar em seu dedo médio emaciado em pequenos giros antes de me lembrar de responder.

– Ah, oi. Eu sou a Bette. Bette Robinson. É o meu primeiro dia.

– É, eu soube. Bom, bem-vinda a bordo. A Kelly provavelmente não vai acabar aquele telefonema tão cedo, então por que eu não a apresento aos outros? – Ela prendeu seu cabelo louro-avermelhado ondulado em um coque desarrumado e o prendeu por baixo com uma presilha. Algumas mexas na frente caíram e ela as enfiou atrás das orelhas. Tateou para se assegurar de que o cabelo estava saindo da presilha daquele jeito tão bacana e casual que eu sempre tentava deixar, mas nunca conseguia, e aí enfiou um par de óculos pretos de plástico enormes na cabeça, para segurar tudo. Eu podia ver pelos Gs prateados que eram Gucci. Ela era chique sem fazer esforço e eu tinha a sensação de que podia simplesmente ficar olhando eternamente para ela.

Elisa andou até o lado mais distante da mesa e apertou o interruptor de luz três vezes rapidamente. Imediatamente ouvi um coro de vozes anunciando em seus fones que uma pessoa muito importante estava querendo falar com eles na outra linha e se poderiam ligar de volta daqui a pouquinho. Quase simultaneamente, seis mãos bem cuidadas moveram-se em direção a seis orelhas e removeram seis fones e, em segundos, Elisa havia dominado a atenção da sala inteira sem dizer uma palavra.

– Ei, pessoal, esta é Bette Robinson. Ela vai trabalhar principalmente comigo e com o Leo, portanto tentem não dificultar a vida dela, está bem?

Assentimento geral.

– Oi – disse, minha voz soando como um guincho.

– Aquela é Skye. – Elisa começou, apontando para uma garota de aparência nervosa, calça jeans escura, uma camiseta preta justa de mangas compridas, um cinto de couro de cinco centímetros de largura com uma fivela maciçamente decorada e o par de botas de caubói desgastadas mais fabuloso que já vi. Ela era bonita o suficiente para usar cabelo curto e supermasculino, que só complementava sua silhueta sinuosa e feminina. Mais uma vez, eu só queria ficar sentada olhando, mas consegui dizer olá e Skye respondeu à minha saudação com um sorriso enigmático.

– Skye está trabalhando na conta da bolsa Kooba no momento. – Elisa falou antes de apontar o dedo para a próxima pessoa. – Aquele é o Leo, o outro supervisor além de mim. E agora, de você também – acrescentou num tom que não consegui identificar muito bem.

– Oi, querida, é um prazer – disse Leo, levantando-se da cadeira para me dar um beijo na bochecha. – É sempre bom ter mais um rostinho bonito no escritório. – Virou-se para Elisa e falou: – Me desculpe, gracinha, mas eu tenho de sair correndo para encontrar o cara do jeans Diesel para um café da manhã tardio. Você avisa a Kelly para mim? – ela assentiu e ele passou uma bolsa de carteiro pelo peito e disparou pela porta.

– Davide, diga olá para Bette – instruiu Elisa o único outro cara à mesa. Os olhos escuros de Davide apareciam meditativamente por debaixo dos cílios pesados e de uma grande mecha de cabelo escuro. Ele passou os dedos pela franja e ficou olhando para mim. Depois de mais alguns momentos de constrangimento, ele disse "Alô", no que soou imediatamente como um sotaque questionável.

– Oi, Davide – falei. – De onde é esse sotaque lindo?

– Ele é originalmente da Itália, é claro – respondeu Elisa rapidamente no lugar dele. – Não dá para ver?

Decidi naquele momento que havia algo acontecendo entre eles – havia um clima entre os dois que simplesmente gritava "namorando" e eu me parabenizei por ser perceptiva o suficiente para notar. Mas antes que eu acabasse de me maravilhar com a minha própria esperteza, Elisa caiu no colo de Davide, passou os braços em volta de seu pescoço como uma menininha faria com seu papai e então o beijou na boca de uma maneira nada pura.

– Sério, Elisa, poupe-nos das exibições públicas de afeto no escritório, por favor – reclamou Skye, os olhos revirados bem para trás da cabeça. – Já é ruim o suficiente termos de imaginar vocês dois transando em seu tempo livre; não transforme isso em realidade para nós, está bem?

Elisa só suspirou e se levantou, mas não antes de Davide agarrar seu seio esquerdo e o apertar. Tentei imaginar dois colegas de trabalho no UBS partilhando a mesma interação na sala de reuniões e quase ri em voz alta.

– Então – continuou ela, como se a minissessão de bolinação no escritório não tivesse acontecido –, Skye, Leo e Davide são os seniores. Aquelas três ali. – Ela apontou para três mocinhas bonitas, duas louras e uma morena, que estavam sentadas encurvadas na frente de laptops PowerBook – são as Garotas da Lista. Responsáveis por garantir que temos todas as informações sobre todas as pessoas que possamos querer ou precisar em um evento. Sabe como alguém disse uma vez que há apenas algumas pessoas no mundo que vale a pena conhecer? Bem, elas as conhecem.

– Hmm, entendi – resmunguei, ainda que não fizesse ideia do que ela estava dizendo. – Completamente.

Três horas depois eu me sentia como se trabalhasse ali há três meses. Observei uma reunião de equipe em que todo mundo perambulava casualmente pelo loft bebendo garrafas de Coca diet e água de Fiji e conversando sobre a festa que iam dar para o novo livro de Candace Bushnell. Skye verificou uma lista enquanto várias pessoas a punham a par da empreitada, status dos convites, menu, patrocínios, disposição dos fotógrafos e acesso da imprensa. Quando ela terminou, Kelly pediu silêncio na sala e fez uma das Garotas da Lista ler a lista de confirmações atualizada como se fosse a palavra de Deus. Cada nome induziu um assentimento, um suspiro, um sorriso, um resmungo, um balançar de cabeça ou um revirar de olhos, apesar de eu só ter reconhecido um punhado deles. Nicole Richie. Karenna Gore Schiff. Natalie Portman. Gisele Bündchen. Kate e Andy Spade. Bret Easton Ellis. Rande Gerber. Todo o elenco e a equipe de *Sex and the City*. Assentimento, suspiro, sorriso, resmungo, balançar, revirar. Isso continuou por quase três horas e, quando finalmente terminaram de discutir os méritos e deméritos de cada indivíduo – o que cada um podia acrescentar à festa e, portanto, à cobertura, ou pior, no que poderiam prejudicar, eu estava mais exausta do que estaria se tivesse acabado de desligar o telefone com a Sra. Kaufman. Às 14h, quando Elisa perguntou se eu queria ir tomar um café com ela, não consegui dizer sim rápido o bastante.

Nós fumamos um cigarro pelo caminho, e eu fui atingida pelo desejo súbito e avassalador de dividir um prato de falafel no banco fora do UBS com Penelope. Elisa estava fazendo alguma espécie de comentário incessante sobre a política do escritório, quem realmente comandava o espetáculo (ela) e quem realmente queria fazê-lo (todos os outros). Invoquei minha valiosa habilidade de "conversar com qualquer um sobre qualquer coisa" e continuei a fazer perguntas enquanto ignorava completamente suas respostas. Só quando já estávamos instaladas em uma mesa de canto com nossos cafés – o de Elisa era espumante, descafeinado e preto – foi que eu realmente ouvi algo que ela disse.

– Ah. Meu. Deus. Quer fazer o favor de *olhar para aquilo*? – sibilou ela.

Segui seu olhar até uma mulher alta e magricela que estava usando um par de jeans muito comum e um blazer preto básico. Ela tinha um cabelo castanho meio pardo e um corpo bastante medíocre e tudo a seu respeito parecia dizer "mediana em todos os sentidos". A euforia de Elisa parecia indicar que a mulher era uma celebridade, mas ela não me parecia nem um pouco familiar.

– Quem é ela? – perguntei, inclinando-me de maneira conspiratória. Eu realmente não dava a mínima, mas achei que deveria.

– Não "quem", "o quê"! – Ela praticamente gritou, ainda que estivesse sussurrando. Ainda não tirara os olhos da mulher.

– O quê? – perguntei, ainda sem entender.

– Como assim, "o quê"? Está brincando? Não está vendo? Precisa de óculos? – Achei que estava me gozando, mas ela procurou em sua mochila enorme e tirou um par de óculos de armação metálica. – Tome, ponha isto e *dê uma olhada*.

Continuei olhando, sem entender nada, até Elisa inclinar-se mais para perto e dizer:

– Olhe. Para. A. Bolsa. Dela. Tente me dizer que não é a coisa mais linda que você já viu.

Meus olhos foram para a grande bolsa de couro que a mulher aninhava na curva do cotovelo enquanto pedia seu café. Quando chegou a hora de pagar, ela a descansou no balcão, vasculhou lá dentro e puxou a carteira antes de botar a bolsa de volta no braço. Elisa grunhiu alto. Parecia uma bolsa qualquer para mim, só que maior.

– Ahmeudeus, mal consigo aguentar, é tão incrível. É a Birkin de crocodilo. A mais rara de todas.

– É o quê? – perguntei. Considerei por um instante fingir que sabia do que ela estava falando, mas me pareceu esforço demais àquela altura do dia.

Ela olhou para mim, examinando meu rosto como se acabasse de lembrar que eu estava ali.

– Você realmente não sabe, não é?

Sacudi a cabeça.

Ela respirou fundo, deu um gole no café para ganhar forças e pôs a mão no meu antebraço como se dissesse "Agora ouça com atenção, porque vou lhe dar a única informação que você precisará saber na sua vida".

– Já ouviu falar de Hermès, certo?

Assenti e vi uma onda de alívio banhar seu rosto.

– Claro, meu tio usa suas gravatas o tempo todo.

– Sim, bem, muito mais importantes do que suas gravatas são suas bolsas. O primeiro grande sucesso foi a bolsa Kelly, batizada em homenagem a Grace Kelly quando ela começou a usá-la. Mas o maior de todos, uma mil vezes mais poderosa, é a Birkin.

Ela olhou para mim com expectativa e eu murmurei:

– Hmm, parece linda. É uma bolsa muito bonita.

Elisa suspirou.

– Claro que é. Aquela ali deve estar provavelmente na faixa dos vinte mil dólares. Vale muito a pena.

Bebi tão rápido que engoli errado e me engasguei.

– Quanto custa? Você está brincando. Isso é impossível! É uma *bolsa*.

– Não é uma *bolsa*, Bette, é um estilo de vida. Eu pagaria isso num piscar de olhos se pudesse pôr minhas mãos em uma.

– Não posso imaginar que as pessoas estejam fazendo fila para gastar tanto em uma bolsa – afirmei. O que, em minha defesa, parecia totalmente lógico naquele momento. Não tinha como saber quão idiota eu parecia, mas por sorte Elisa estava preparada para me esclarecer.

– Jesus, Bette, você está mesmo por fora, não é? Eu achava que não havia sobrado ninguém no planeta que não estivesse pelo menos na *lista* por uma Birkin. Inscreva-se imediatamente e talvez, só talvez, você consiga uma a tempo de dá-la a sua filha algum dia.

– Minha filha? Vinte mil dólares por uma bolsa? Você está brincando.

Neste ponto, Elisa desabou de frustração e baixou a cabeça na mesa.

– Não, não, não – gemia ela, como se estivesse com muita dor. – Você não entende. Não é só uma *bolsa*. É um estilo de vida. É uma afirmação. Ela resume quem você é como pessoa. É uma *razão para viver*.

Eu ri com seu melodrama. Ela imediatamente se endireitou na cadeira e começou a falar em um ritmo acelerado.

– Tenho uma amiga que caiu em depressão profunda depois que sua avó predileta morreu e seu namorado de três anos terminou com ela. Ela não conseguia comer, dormir ou se arrastar para fora da cama. Foi demitida porque não aparecia no trabalho, tinha olheiras enormes. Recusava-se a ver qualquer um. Não atendia ao telefone. Quando finalmente apareci em seu apartamento depois de meses, ela me confidenciou que vinha pensando em suicídio.

– Que horror – murmurei, ainda tentando acompanhar a rápida mudança de assunto.

– É, foi horrível. Mas sabe o que a fez superar tudo? Parei na loja da Hermès a caminho do seu apartamento, pedi uma atualização... só para saber. E sabe o quê? Eu pude dizer quando cheguei, que ela estava só a 18 meses de distância de sua Birkin. Acredita nisso? Dezoito meses!

– O que ela disse? – perguntei.

– O que você acha que ela disse? Ela ficou eufórica! Da última vez que havia verificado faltavam cinco anos, mas eles treinaram toda uma nova equipe de artesãos e o nome dela seria chamado em um ano e meio. Ela entrou no chuveiro naquele mesmo instante e concordou em ir almoçar comigo. Isso foi há seis meses. Desde então ela recuperou seu emprego e arrumou outro namorado. Não está vendo? Aquela Birkin lhe deu uma razão para viver! Você simplesmente não pode se matar quando está tão perto... simplesmente não é uma opção.

Era a minha vez de examiná-la para ver se ela estava brincando. Não estava. Na verdade, Elisa parecia absolutamente radiante por ter recontado a história, como se a tivesse inspirado a viver sua própria vida ao máximo. Agradeci a ela por me esclarecer em relação às Birkins e fiquei imaginando em que, exatamente, eu havia me metido. Isso era muito diferente do mercado financeiro e era óbvio que eu tinha muito a aprender.

7

Eram sete e meia da noite em meu quarto dia trabalhando na Kelly & Company como produtora de eventos. A banca de jornal perto do meu apartamento só tinha um exemplar do *New York Daily News* com a coluna de Will quando cheguei em casa do trabalho. Eu lia "Will of the People" quase todas as semanas desde a época em que aprendera o alfabeto, mas, por algum motivo, nunca fizera uma assinatura de qualquer um dos jornais que a publicavam. É claro que eu nunca havia tocado no assunto da mudança gradual da coluna em uma vitrine para os discursos bombásticos e extravagantes de Will sobre toda a "tragédia" social que havia assolado sua amada cidade, porém estava se tornando cada vez mais difícil ficar de boca fechada.

– Bette! Ótima coluna hoje, se é que posso dizer! – berrou meu porteiro, Seamus, embriagado, enquanto abria a porta do prédio e sacudia um exemplar do jornal. – Esse seu tio acerta em cheio toda vez!

– Está boa? Eu ainda não ali – falei distraidamente, andando e falando rápido, do jeito que as pessoas fazem quando estão desesperadamente tentando evitar uma conversa.

– Boa? Está fantástica! Aí está um homem que entende! Qualquer um que possa fazer piada com Hillary Clinton é amigo meu! Achei que eu era a única pessoa na cidade inteira que havia votado em George W., mas seu tio me garante que não sou.

– Hmm, suponho que seja verdade. – Me dirigi para o elevador, mas ele ainda estava falando.

– Há alguma chance de que ele venha visitá-la em breve? Eu adoraria lhe dizer pessoalmente quanto...

– Pode deixar que eu o aviso – gritei quando as portas do elevador finalmente o calaram. Balancei a cabeça, lembrando-me da única visita de meu tio ao meu prédio e da forma como Seamus babara ao reconhecer o nome de Will. Era perturbador, para dizer o mínimo, que Seamus personificasse o alvo demográfico do meu tio.

Millington quase desmaiou com orgasmos de alegria quando eu abri a porta, ainda mais eufórica do que o normal, agora que eu voltara a trabalhar o dia inteiro. Pobre Millington. Nada de passeio para você esta noite, pensei enquanto lhe dava uma coçada superficial na cabeça e me instalava para ler os últimos discursos de Will. Ela fugiu para usar seu tapete higiênico, percebendo imediatamente que não ia sair do apartamento hoje também, e então pulou no meu peito para ler comigo.

Quando eu estava me instalando com minha pasta de propagandas de entrega a domicílio, meu celular vibrou pela mesa de centro como se fosse um brinquedo de corda. Pensei sobre atender ou não. O celular era da firma e, como meus novos colegas, nunca parecia descansar. Eu tinha saído nas últimas três noites, comparecendo a eventos que a firma organizara, seguindo Kelly enquanto ela fazia de tudo, desde conversar com clientes até demitir garçons lentos, receber VIPs e arrumar crachás de imprensa. O horário era ainda mais pesado do que no banco – um dia inteiro de trabalho no escritório seguido por uma noite inteira na rua –, mas o escritório era cheio de gente jovem e bonita e, se temos de passar 15 horas por dia trabalhando, acho que prefiro DJs ou coquetéis de champanhe a carteiras de ações diversificadas.

MENSAGEM DE TEXTO! apareceu na minha tela colorida. Mensagem de texto? Eu nunca havia recebido ou mandado uma antes. Após um momento de hesitação, olhei para a tela e apertei Ler.

Jntr hj 21h? Cip dwntn na o.broad. T+.

O que era aquilo? Algum tipo de convite criptografado para jantar, claro, mas onde e com quem? A única pista de sua origem era um código de área 917 que eu não reconheci. Disquei e uma garota sem fôlego atendeu imediatamente.

– Ei, Bette! E aí? Vamos lá hoje? – disse a voz, destruindo minha esperança de que a pessoa simplesmente discara para o número errado.

– É, oi. Hmm, quem fala?

– Bette! É a Elisa. Só trabalhamos juntas 24 horas por dia na última semana! Nós todos vamos sair hoje para comemorar por termos terminado a festa da Candace. Vai ser o pessoal de sempre. A gente se vê às nove?

Eu planejara encontrar Penelope no Black Door, já que mal a encontrara durante minha hibernação de desemprego, mas não via como recusar o primeiro convite social dos meus novos colegas.

– É, sim, claro, parece ótimo. Como é mesmo o nome do restaurante?

– Cipriani Downtown? – perguntou, parecendo meio incrédula que eu não tivesse sido capaz de deduzir isso de sua estenografia. – Já *foi* lá, não?

– É claro. Adoro ir lá. Incomodam-se se eu levar uma amiga? Eu já tinha marcado e...

– Sensacional! Nós vemos vocês duas lá daqui a algumas horas – guinchou e desligou.

Fechei meu telefone e fiz o que qualquer nova-iorquino faz depois de ouvir o nome de um restaurante: chequei no website *Zagat*. Vinte e um pela comida, vinte pela decoração e ainda um respeitável dezoito pelo serviço. E não era um nome de uma palavra só, como Koi ou Butter ou Lotus, o que podia parecer inofensivo, mas quase sempre garantia uma noite excepcionalmente horrorosa. Até ali, tudo parecia promissor.

> "Ver ou ser visto nunca é a questão nesse restaurante italiano do SoHo, onde observar eurogatas 'beijando o ar' e 'fingindo comer suas saladas' é mais o objetivo do que provar o cardápio surpreendentemente bom e 'criativo'; os nativos podem 'sentir-se como estrangeiros em seu próprio país', mas os altos elogios falam por si mesmos."

Ah, então ia ser mais uma noite de eurogatas. O que quer que isso significasse. E, mais importante, o que eu deveria vestir? Elisa e equipe pareciam variar entre calças pretas, saias pretas e vestidos pretos no trabalho, portanto devia ser seguro seguir a fórmula. Liguei para Penelope no banco.

– Ei, sou eu. E aí?

– Ugh. Você é tão inacreditavelmente sortuda por ter saído dessa fábrica de escravos. Kelly está querendo contratar mais alguém?

– Bem que eu queria. Mas, escute, o que acha de conhecer todo mundo hoje à noite?

– Todo mundo?

– Bem, não todo mundo, só minha equipe de trabalho. Sei que tínhamos planos, mas já que sempre vamos ao Black Door, achei que poderia ser divertido ir jantar com eles. Está a fim?

– Claro – disse ela, soando cansada demais para se mexer. – Avery vai sair com um bando de amigos do ensino médio hoje e eu não estava nem um pouco interessada. Jantar parece divertido. Onde é?

– Cipriani Downtown. Já esteve lá?

– Não, mas minha mãe fala obsessivamente sobre ele. Está louca para que eu me torne uma frequentadora regular.

– Acha que eu deveria ficar chateada pelo fato de sua mãe e meu tio parecerem conhecer todos os lugares legais na cidade e nós não fazermos a menor ideia?

– Bem-vinda à minha vida – suspirou ela. – Avery também é assim: ele conhece a tudo e a todos. Eu não ligo muito, já que o esforço necessário só para a manutenção é exaustivo demais. Mas esta noite vai ser divertido. Vou gostar de conhecer pessoas que ganham a vida produzindo festas. E dizem que a comida é ótima.

– Bem, não tenho certeza de que isso seja um diferencial importante. Passei quarenta horas com Elisa esta semana e não a vi comer nada. Ela parece sobreviver somente de cigarros e Coca diet.

– A dieta das poderosas, não é? Bom para ela. Temos de admirar esse nível de comprometimento. – Penelope suspirou de novo. – Vou para casa daqui a pouco. Quer rachar um táxi para o centro?

– Perfeito. Eu a pego na esquina da Décima quarta e Quinta um pouco antes das 21h. Eu ligo quando entrar no táxi – falei.

– Está bem. Vou esperar do lado de fora. Tchau.

Dirigi-me para o armário. Depois de algumas tentativas, escolhi um par de jeans preto e justo e um top curto preto simples. Separei um par de sapatos de salto alto decente, comprado durante uma visita às lojas do SoHo, e fiz com calma uma escova no cabelo negro e excessivamente grosso que herdara da minha mãe, o tipo que todo mundo pensa que quer até perceber que mal dá para prender em um rabo de cavalo e que acrescenta instantaneamente trinta minutos à qualquer preparação. Usei até um pouco de maquiagem, o que passara a ser feito com tão pouca frequência que o pincel do rímel estava grosso e alguns dos batons estavam presos no tubo. "Não tem importância!", pensei, cantando "The Living Years" de Mike & the Mechanics enquanto maquiava o rosto... isso era meio divertido. Eu tinha de admitir, o resultado final valia a pena o esforço extra, meus pneuzinhos não estavam mais saindo pelos lados do cós da minha calça, meus peitos haviam mantido seu volume de garota gordinha, mesmo que o restante de mim tivesse diminuído e o rímel que eu passara a esmo nos cílios por acaso havia se espalhado com perfeição, dando aos meus olhos ligeiramente cinza-claros um visual sensual e atraente.

Penelope estava esperando do lado de fora exatamente às dez para as nove e fomos deixadas no endereço solicitado na hora certa. Havia uma tonelada de restaurantes na West Broadway e todo mundo parecia estar amontoado em mesas na calçada parecendo extremamente bem-arrumado e irritantemente feliz. Tivemos alguns problemas para encontrar o lugar porque a gerência do restaurante se esquecera de colocar uma placa. Talvez seja uma questão de praticidade; já que a vida útil da maioria dos lugares badalados de Nova York é de menos de seis meses, isso é um item a menos para retirar quando fecharem. Por sorte eu me lembrava do número que constava no *Zagat* e vasculhamos a rua desde a esquina. Grupos de mulheres vestidas de forma escassa, porém cara, se reuniam em volta do bar enquanto homens mais velhos mantinham seus copos cheios, mas não vi Elisa nem mais ninguém do escritório.

– Bette! Aqui! – gritou Elisa, uma taça de champanhe em uma das mãos e um cigarro na outra. Ela estava plantada no meio das mesas da calçada do Cipriani, inclinada sedutoramente contra uma das cadeiras italianas, seus membros compridos e finos ameaçando se partir a qualquer momento. – Os outros estão lá dentro. Que bom que você pôde vir!

– Meu Deus, como ela é magra – murmurou Penelope baixinho enquanto nos dirigíamos para as mesas.

– Oi – disse e me inclinei para dar um beijo de olá em Elisa. Virei-me para apresentá-la a Penelope, mas percebi que Elisa ainda estava esperando ali, o rosto jogado para a frente, os olhos fechados. Ela esperara os tradicionais dois beijinhos europeus e eu desistira na metade do caminho. Eu havia lido há pouco tempo um artigo convincente na *Cosmo* censurando os dois beijinhos como sendo uma afetação idiota e decidi bater o pé: não haveria mais dois beijinhos para mim. Deixei-a ali, mas disse: – Obrigada por me convidar. Eu simplesmente adoro isto aqui!

Ela se recuperou rapidamente.

– Ahmeudeus, eu também. Eles têm as melhores saladas do mundo. Oi, eu sou a Elisa – falou, oferecendo a mão para Penelope.

– Eu sinto muito, que falta de educação a minha – corei, percebendo que devia ter parecido ridícula para Penelope. – Penelope, esta é Elisa. Ela tem me treinado a semana inteira. E Elisa, esta é Penelope, minha melhor amiga.

– Uau, que anel fabuloso – disse Elisa, pegando a mão esquerda de Penelope em vez da direita e passando o dedo de leve pelo diamante enorme. – Esse brilho é, tipo, ofuscante! – Penelope estava, na verdade, com o "usável" de três quilates e fiquei imaginando o que Elisa acharia do outro.

– Obrigada – disse Penelope, visivelmente satisfeita. – Acabei de ficar noiva no último...

Mas, antes que pudesse terminar, Davide agarrou Elisa por trás e passou os braços em volta da cinturinha dela, tomando cuidado para não apertar demais e quebrá-la. Inclinou-se para a frente e sussurrou algo em sua orelha e ela jogou a cabeça para trás, dando uma gargalhada.

– Davide, querido, comporte-se! Você já conhece a Bette e esta é a amiga dela, Penelope.

Todos nós fingimos dar beijinhos nas duas bochechas (minha regra contra dois beijinhos não durou vinte segundos), mas Davide não conseguiu tirar os olhos de Elisa nem um instante.

– Nossa mesa está pronta – anunciou ele asperamente num inglês com sotaque italiano, dando tapinhas na bunda ossuda de Elisa e inclinando seu belo rosto na direção do pescoço dela novamente. – Entrem quando tiverem *finito*. – Algo no sotaque de Davide ainda não parecia certo. Parecia serpentear do francês para o italiano e de volta para o francês.

– Terminei – cantarolou ela alegremente, jogando seu cigarro debaixo de uma mesa. – Vamos entrar, está bem?

Tínhamos uma mesa para seis enfiada no canto dos fundos. Elisa imediatamente me informou que as pessoas ligeiramente bacanas são obcecadas em arrumar uma mesa na frente do restaurante, mas que as pessoas realmente descoladas pedem mesas no fundo. Skye, Davide e Leo formavam o restante do grupo que havia trabalhado na festa do livro de Candace Bushnell na noite anterior e fiquei aliviada ao ver que Elisa e Davide eram o único casal. Estavam todos bebericando seus drinques e conversando sobre alguma coisa, parecendo relaxados como só os realmente confiantes conseguem. E, naturalmente, ninguém estava vestido de preto. Skye e Elisa estavam usando vestidos curtos de corte praticamente idêntico, uma de um tom de coral intenso com lindas sandálias prateadas de salto e a outra de um azul-piscina perfeito com sandálias metálicas da mesma cor que eram amarradas até o meio da panturrilha. Não importava que estivéssemos no meio de outubro e fosse relativamente frio à noite. Até os meninos pareciam ter se arrumado na Armani antes do jantar. Davide ainda estava usando o terno cinza-escuro que usara no trabalho. Ainda que fosse significativamente mais apertado do que a maioria dos homens norte-americanos usaria, ficava fantástico em sua silhueta alta e musculosa. Leo era a combinação perfeita de descolado e casual, com um par de jeans Paper Denim gasto, uma camiseta justa desbotada que dizia VIETNÃ: ESTÁVAMOS GANHANDO QUANDO EU FUI EMBORA e o novo Puma laranja para homens. Fui pegar o último assento vago ao lado do Leo, mas ele se ergueu sem esforço, sem nem mesmo uma pausa em sua frase, beijou minhas duas bochechas e puxou uma cadeira para mim e uma para Penelope, que obviamente estava se esforçando tanto quanto eu para agir como se esta fosse uma noite comum para nós. Quando nos acomodamos, Leo nos entregou os menus e fez sinal para o garçom anotar nossos pedidos de bebida, apesar de ainda não ter feito nenhuma pausa na conversa.

Vasculhei meu cérebro tentando pensar em algum drinque remotamente bacana, mas, depois de anos bebendo só com o meu tio, isso era impossível. Absolut era popular hoje em dia, não era?

– Hmm, vou querer uma Absolut com suco de toranja, por favor – murmurei quando o garçom olhou para mim primeiro.

– Sério? – perguntou Elisa, olhando para mim de olhos arregalados. – Acho que eles nem servem Absolut aqui. Por que não pedimos algumas garrafas de vinho para a mesa para começar?

– Claro. Isso seria ótimo.

Primeira bola fora.

– Não se sinta tão mal, eu ia pedir uma cerveja. – Penelope inclinou-se para perto e sussurrou. Eu ri como se fosse a coisa mais divertida que já tivesse ouvido.

Davide falou com o garçom num italiano de quarto ano, complementando com gestos de mão e, em certo momento, beijando as pontas dos dedos como se a simples ideia do seu pedido fosse deliciosa demais para se resistir. Elisa e Skye simplesmente olhavam para ele com adoração. Ele voltou ao inglês com sotaque falso para nós, idiotas com um idioma só.

– Pedi três garrafas desse Chianti para começar, se for aceitável. Enquanto isso, todo mundo prefere com gás ou sem?

Elisa virou-se para mim e anunciou:

– Davide é da Sicília.

– É mesmo? Que interessante – falei. – Os pais dele ainda estão lá?

– Não, não, ele está aqui desde os quatro anos, mas ainda tem muito carinho por sua terra natal.

Votos foram computados pela preferência da água mineral – eu sabiamente me contive de dizer que para mim água da bica estava bom – e Davide pediu três de cada. Pelos meus cálculos, já tínhamos gastado pouco menos que 300 dólares e ainda nem tínhamos pedido aperitivos.

– Ótima escolha de vinho, Davide – anunciou Skye enquanto apertava com suas unhas feitas o teclado do celular. Mensagem de texto, imaginei. – Posso garantir que é bom. Passamos vários verões na Toscana e é o único que eu bebo. – Ela passou toda a sua atenção para o telefone, que estava tocando, e o enfiou de volta na bolsa depois de olhar com desagrado para o número no identificador de chamadas.

Ocupei-me examinando o menu, imaginando se todos os funcionários de Kelly & Company possuíam uma herança enorme. Eu não podia contribuir muito quanto às sutilezas do Chianti. A ideia de meus pais sobre "passar o verão" era dirigir de Poughkeepsie para o lago Cayuga, em Ithaca, onde faziam um churrasco vegetariano na varanda com os locais e bebiam chá de alcaçuz. Nada como gastar o salário de sua primeira semana em uma única refeição que você nem queria, para começo de conversa.

– Então, ontem à noite foi difícil, não? – perguntou Davide. – Quer dizer, quais são as chances de nenhuma celebridade da lista A aparecer?

– Uma parte do elenco de *Sex and the City* estava lá – observou Leo pensativamente.

– Hmm, perdão, mas acho que Chris Noth e John Corbett não contam como lista A! – disse Skye. – Você viu Sarah Jessica Parker? Não! Além disso, SATC – ela usou a abreviação aqui – é passado. A coisa toda foi um pesadelo.

O grupo fora contratado pela Warner Books para organizar o lançamento do último romance de Candace Bushnell e, aparentemente, fora um zoológico. Como eu não trabalhara no projeto desde o início, havia comparecido a outro evento naquela noite, um jantar de boas-vindas para o CEO de uma das novas contas da Kelly & Company.

Leo suspirou.

– Eu sei, você está certa, é claro. Foi tão, tão... suburbano!

– É, foi, não foi? Quer dizer, o que eram aquelas garotas no pátio externo? Elas estavam *atacando* o champanhe, parecia que nunca tinham visto antes. E aqueles dois caras com sotaque de Staten Island que saíram no tapa? Horrível – acrescentou Skye.

– É, Penelope, você não perdeu nada. – Elisa assegurou-a, apesar de Penelope obviamente não fazer ideia do que todos estavam discutindo. – Mas essa é a beleza dos lançamentos de livro. Os editores normalmente estão tão por fora que não fazem ideia se reuniram um grupo bom ou não.

Davide bebeu delicadamente seu vinho e assentiu.

– Pelo menos, não vamos ter de aturar mais um discurso "Por que a Lista faz a festa" da Kelly. Sinceramente, acho que eu não poderia ouvir isso de novo.

Eu vinha ouvindo falar da Lista desde segunda-feira, mas Kelly ainda não arrumara tempo para me apresentar ao "banco de dados mais abrangente de todas as pessoas que vale a pena conhecer". Ela reservara o dia seguinte, uma sexta-feira, para demonstrar para mim a glória que era A Lista. Eu ainda estava esperando cair a ficha, sem ser capaz de aceitar completamente que Kelly realmente era a mulher enlouquecidamente feliz que parecia ser, mas até agora ela mantivera seu incansável otimismo. E apesar de achar que Will não tinha lhe dado outra opção além de me contratar, ela parecia genuinamente feliz por me ter ali. Eu investira quatro dias inteiros para estudá-la intensamente, desesperada para descobrir alguma falha horrível ou irritação e ainda não encontrara um único aspecto negativo em sua personalidade. Seria possível que ela fosse completamente adorável, doce e bem-sucedida de verdade? O crime mais sério que eu encontrara até agora era sua tendência a enviar e-mails animados com vários emoticons. Mas ela não usara a palavra *papinho* nem colocara mãos suadas em qualquer lugar do meu espaço de trabalho, portanto eu estava mais do que satisfeita em deixar isso passar.

Meu telefone tocou assim que todo mundo começou a discutir sobre se Kelly tinha ou não feito plástica nos olhos na madura idade de 34 anos e, ainda que eu tivesse tentado silenciá-lo, percebi que aquelas pessoas não apenas não se importariam se eu o atendesse, elas esperavam que eu o fizesse.

– Bette, ei, e aí?

Era Michael e ele parecia ligeiramente confuso.

– Michael, meu bem, como você está? – Meu bem? Deixei escapar sem nem perceber. A mesa olhou com curiosidade, ninguém mais curioso do que Penelope. "Meu bem"? eu a vi perguntar com a boca sem emitir som.

– Meu bem? – Michael riu do outro lado. – O que foi, está bêbada? Fui liberado mais cedo! Diga-me onde está e eu vou encontrá-la.

Eu ri agradavelmente, totalmente incapaz de imaginar Michael, que era a cara do Jon Cryer, fazendo piadas de seu jeito doce e pateta enquanto Davide falava sem parar sobre a *villa* que tinham acabado de alugar na Sardenha para o próximo agosto.

– Estou jantando com alguns colegas, mas devemos terminar em uma hora, mais ou menos. Ligo para você quando chegar em casa?

– Claro – disse ele, parecendo ainda mais confuso. – Mas ligue para o telefone fixo, porque acabou a bateria do meu celular.

– A gente se fala depois. – Fechei o telefone, desligando-o.

– Era o *nosso* Michael? – perguntou Penelope, claramente curiosa.

– Quem era o caaaaaara? – perguntou Elisa, inclinando-se avidamente por cima da mesa. – Interesse amoroso? Um gerente gostoso do banco? Sentimentos malresolvidos que finalmente podem ser admitidos porque vocês pararam de trabalhar juntos? Conte!

E, ainda que a ideia de transar com Michael fosse menos atraente do que dormir com meu próprio tio, de Michael estar enlouquecidamente apaixonado por sua adorável e doce namorada e de Penelope saber muito bem que não havia nada entre nós, eu continuei a história.

– Hmm, algo assim – falei, olhando deliberadamente para baixo enquanto a atenção da mesa se concentrava em mim pela primeira vez na noite. – Nós estamos, hmm, resolvendo as coisas agora.

– Ooh – uivou Elisa. – Eu sabia! Faça Kelly botá-lo na Lista para que ele possa trazer todos os seus lindos amigos do mercado financeiro aos eventos! Que divertido. Vamos fazer um brinde! À Bette e seu novo namorado!

– Bem, ele não é exatamente meu...

– À Bette! – falaram todos em coro, erguendo taças de vinho e brindando. Penelope ergueu sua taça, mas ficou olhando direto para a frente. Eles todos deram um golinho. Eu dei um golão e cutuquei Penelope. Graças a Deus, tudo começou a ficar meio turvo na hora da sobremesa.

– Então, eu falei com a Amy e ela disse que vai liberar nossa entrada no Bungalow hoje – anunciou Leo, afastando seu cabelo perfeitamente tingido para longe dos olhos. Até ali eu já os ouvira discutir sobre o melhor lugar na cidade para fazer limpeza de pele, os novos chinelos masculinos ultrachiques da John Varvatos e como era irritante quando seu professor favorito de pilates começava a aula dez minutos atrasado.

– Bungalow? É o Bungalow 8? – Meu filtro mental deixou escapar devido à grande quantidade de vinho.

A conversa parou abruptamente e quatro rostos perfeitamente penteados e maquiados se viraram para mim. Finalmente, foi Skye quem reuniu forças para enfrentar o fardo da minha pergunta.

– É – disse ela baixinho, recusando-se a fazer contato visual, claramente humilhada *por* mim. – Amy Sacco é a dona do Bungalow 8 e do Lot 61 e é *muito* amiga da Kelly. Estamos todos na lista hoje, que é a melhor festa da semana.

Todos assentiram.

– Eu topo qualquer coisa – disse Davide, brincando com o cabelo de Elisa. – Desde que seja garantido que teremos uma mesa. Se não, não vai dar, não esta noite.

– É óbvio – concordou Elisa.

Quando a conta chegou, já passava muito da meia-noite, e ainda que Penelope estivesse conversando amigavelmente com Leo, eu podia ver que estava louca para ir para casa. Mas o Bungalow parecia divertido, então lancei-lhe vários olhares significativos e fui para o banheiro, onde esperei que me encontrasse.

– Que noite ótima – disse ela, de forma neutra.

– É, eles são legais, não são? Um pouco diferentes.

– Com certeza. Ei, espero que não se incomode se eu for embora cedo – ela falou, parecendo mais do que um pouco distante.

– Está tudo bem? Qual é o problema?

– Não, não é nada. É só que está meio tarde e não tenho certeza se estou a fim de, bem, de dançar. Avery e eu combinamos de nos encontrar em casa hoje, então é melhor eu ir. De qualquer modo, o jantar foi ótimo. Acho que só estou cansada, mas vá e divirta-se, está bem?

– Tem certeza? Eu também posso rachar um táxi para casa e ir dormir. Também não sei se estou a fim – ofereci, mas ela me poupou do trabalho.

– Não seja ridícula. Vá e divirta-se por nós duas.

Andamos de volta até o grupo e nos sentamos novamente enquanto o que eu esperava que fosse a última garrafa de vinho estava passando em volta da mesa. Quando o garçom apresentou a conta com um floreio para ninguém em particular, eu respirei profundamente. Um rápido cálculo mental me disse que eu devia algo em torno dos 250 dólares. Mas aparentemente dividir a conta não era uma opção, porque Davide pegou a pequena pasta de couro e anunciou indiferentemente:

– Esta é por minha conta.

Ninguém piscou ou mesmo tentou discutir.

Ele enfiou um cartão de crédito preto dentro da pasta e a entregou ao garçom. Ali estava o mítico American Express Black Card, disponível por convite apenas àqueles que gastavam o mínimo de 150 mil dólares por ano. Eu mesma acabara de saber de sua existência. Fora mencionado em uma nota, como em "Quem precisa de um Black Card quando se tem um pai com uma conta bancária infinita?" em referência à filha de uma socialite anônima. Ninguém mais pareceu nem um pouco interessado.

– Todos prontos? – perguntou Elisa, alisando seu vestido por cima de seus adoráveis quadris pequenos. – Vamos precisar de dois táxis. Leo e Skye, por que não pegam o primeiro? Davide, Bette, Penelope e eu os encontraremos lá. Se chegarem lá antes, eu prefiro a mesa mais perto do bar da esquerda, está bem?

– Ah, ouça, eu acho que vou para casa – disse Penelope. – O jantar foi ótimo, mas tenho de trabalhar cedo amanhã. Foi um prazer conhecer todos vocês.

– Penelope! Você não pode ir para casa de jeito nenhum. A noite está apenas começando! Vamos, vai ser uma festa ótima – guinchou Elisa.

Penelope sorriu.

– Eu adoraria, juro, mas hoje não posso.

Ela pegou seu casaco, me deu um rápido abraço de despedida e acenou para o restante da mesa.

– Davide, obrigada pelo jantar. Foi ótimo conhecer todos vocês – falou e, antes que eu pudesse lhe dizer que ligaria mais tarde, ela havia ido embora.

Nós cambaleamos para dentro de nossos táxis predeterminados enquanto eu conseguia assentir e fazer sons de "*hmm*" nos momentos apropriados. Só quando já estávamos do lado de fora da corda de veludo no Bungalow 8 eu percebi que estava ligeiramente bêbada por causa do jantar e, tendo praticamente nenhuma experiência em casas noturnas remotamente descoladas, estava na posição perfeita para fazer ou dizer algo muito, muito humilhante.

– Elisa, acho que é melhor eu ir – falei debilmente. – Não estou me sentindo bem e preciso acordar cedo amanhã para...

Ela emitiu um gritinho agudo e seu rosto encovado voltou à vida.

– Bette! Só pode estar brincando! Você é praticamente uma *virgem* no Bungalow e já estamos aqui. Sair faz parte do seu trabalho agora, lembre-se disso!

Eu estava parcialmente consciente de que as trinta e poucas pessoas na fila – na maioria homens – estavam olhando para nós, mas Elisa não parecia se importar. Davide estava fazendo algum tipo de cumprimento de bater-com-a-mão-e-dar-um-soquinho com um dos seguranças e eu descobri que era incapaz de fazer qualquer coisa que não fosse de seguir o caminho de menor resistência.

– Claro – resmunguei sem força. – Parece ótimo.

– Sammy, estamos na lista da Amy hoje – anunciou Elisa confiantemente para o segurança perto de Davide. Ele tinha cerca de 1,90m, 100kg e por acaso era exatamente o mesmo cara que estava trabalhando na porta na noite da festa de Penelope. Não parecia achar caos na porta particularmente divertido, mas assim que Elisa se desvencilhou dele, disse:

– Claro, Elisa. Quantas pessoas são? Entrem. Vou pedir ao gerente para arrumar uma boa mesa.

– Ótimo, querido, muito obrigada. – Ela lhe deu um beijinho na bochecha e pegou meu cotovelo, inclinando-se para sussurrar na minha orelha. – Esses caras acham que são especiais, mas ninguém nem falaria com eles se não trabalhassem aqui na entrada.

Eu assenti, esperando que ele não tivesse nos ouvido, mesmo que merecesse. Olhei para cima e o vi me olhando de volta.

– Ei – falou Sammy, balançando a cabeça em reconhecimento.

– Ei – respondi espertamente, conseguindo me conter e não observar que ele não parecia ter problemas em me deixar entrar esta noite. – Obrigada pelo guarda-chuva.

Mas ele não me ouviu; já havia se virado para prender o cordão de veludo vermelho e anunciar às hordas restantes que ainda não chegara sua vez. Passamos pelo guarda-volumes e fomos imediatamente envolvidos por uma nuvem de fumaça.

– Como você o conhece? – perguntou Elisa enquanto Davide cumprimentava todo mundo num raio de seis metros.

– Quem?

– O babaca da porta.

– Quem?

– O idiota que trabalha na entrada – disse ela, exalando mais fumaça do que parecia caber em seus pulmões.

– Você parecia gostar bastante dele – falei, lembrando-me da forma carinhosa como ela o abraçara.

– O que mais eu deveria fazer? Tudo isso faz parte do negócio. Mas é um desperdício de rosto... Você o conhece?

– Não. Ele foi bastante hostil comigo na festa de noivado da Penelope, algumas semanas atrás. Me fez esperar um tempão do lado de fora. Sei que eu já o vi antes em algum lugar, mas não consigo lembrar onde.

– Hmm – murmurou ela, parecendo menos interessada a cada segundo que passava. – Vamos pegar uma bebida.

Para uma das boates mais na moda do país, não parecia grande coisa. O lugar inteiro era uma sala retangular com um bar no fundo e umas oito mesas com banquinhos de cada lado. Pessoas dançavam no meio da sala enquanto outras se reuniam no bar e só o teto alto de vidro e filas de palmeiras me faziam sentir que estávamos em algum lugar ligeiramente exótico.

– Ei, pessoal, aqui – chamou Leo, em um sofá à esquerda, no fundo, como Elisa havia pedido. Um DJ escondido tocava 50 Cent, e eu percebi que Skye já havia se instalado no colo de um cara e estava sarrando ao ritmo da música. Havia uma espécie de minibar disposto em cima da mesa, com garrafas espalhadas de Veuve Clicquot, Ketel One e Tanqueray. Jarras de suco de laranja, toranja e uva-do-monte estavam à disposição para misturar, assim como algumas garrafas de tônica e água com gás. Penelope mencionara o custo proibitivo de sua festa, portanto eu sabia que estavam pagando várias centenas de dólares por garrafa.

– O que eu posso fazer para você beber? – perguntou Leo, vindo por trás de mim.

Eu não ia me arriscar a pedir outro drinque fora de moda, então pedi uma taça de champanhe.

– É para já – disse. – Venha, vamos dançar. Skye, você vem?

Leo se levantou, mas nos últimos seis minutos Skye progredira para um amasso frenético com o cara aleatório que estava agarrando. Nós não esperamos resposta.

As pessoas eram quase uniformemente bonitas. Todo mundo variava uns dez anos na mesma faixa etária, dos vinte e poucos anos aos trinta e poucos, e todos obviamente já tinham estado ali. As mulheres eram todas altas e magras e estavam completamente à vontade mostrando grandes quantidades de coxas e amplos decotes de uma forma decididamente estilosa. Os homens dançavam a seus lados, passando as mãos sobre coxas, costas e ombros, sem suar, sem deixar que os drinques das meninas acabassem. Não tinha nada a ver com a única noite de rebeldia adolescente que eu passara constrangidamente acampada em um canto, aterrorizada pelas massas que se contorciam na Limelight.

Quando finalmente acabei de avaliar o local, Leo já havia selecionado um moreno lindo. Os dois dançavam com um casal hetero lindíssimo, todos os quatro movendo-se em perfeita sintonia. De vez em quando, eles se reposicionavam para que as "garotas" ficassem de frente uma para a outra, sarrando.

Fui ao banheiro e, antes que pudesse ver a quem pertenciam, senti dois braços me envolverem. Tive um vislumbre de cabelos ondulados longos até a cintura, de um castanho-claro meio cor de camundongo e senti um cheiro de fumaça e desinfetante bucal em partes iguais.

– Bette, Bette, não acredito, há quanto tempo! – gritou a garota no meu ombro. Seu queixo estava apertado contra os meus seios de uma forma bastante desconfortável, considerando que sua identidade ainda não estava clara. Ela me abraçou por mais alguns segundos e, quando se afastou, eu não poderia ter ficado mais surpresa.

Abby Abrams.

– Abby? É você? Uau, realmente, faz muito tempo – falei cuidadosamente, tentando não demonstrar o quanto estava infeliz por vê-la. Eu só tinha lembranças terríveis dela na faculdade e, de alguma forma, consegui esquecer sua existência quando nos mudamos para Nova York. Até agora, fora um lugar grande o bastante para passar meia década sem um único esbarrão. Minha sorte obviamente acabara. Os cinco anos desde a formatura da faculdade deram a ela uma aparência mais severa, mais velha. Era óbvio que fizera plástica no nariz e colocara uma porção exagerada de colágeno na região dos lábios, mas o mais notável eram os seios, agora extragrandes, que pareciam ocupar todo o seu metro e meio de altura.

– Na verdade, eu agora respondo por Abigail – corrigiu ela imediatamente. – Que loucura, não é? É claro, soube que você trabalha com a Kelly, então sabia que a encontraria aqui mais cedo ou mais tarde.

– Hein? Como assim? Há quanto tempo está morando na cidade?

Ela ficou me olhando ligeiramente horrorizada e me puxou pelo pulso para um sofá. Tentei me soltar, mas ela segurou firme e inclinou-se, ficando perto demais.

– Tipo, você está falando sério? Não ouviu falar? Eu sou o *vórtex* do mundo da mídia!

Tive de usar a mão esquerda para cobrir a boca enquanto fingia tossir, para que ela não percebesse que caí num a gargalhada incontrolável. Desde Emory, Abby amava declarar como ela estava "no vórtex" de uma coisa ou outra – na disputa das irmandades, no time masculino de basquete ou no jornal da universidade. Ninguém nunca soube o que significava – na verdade, o termo era usado errado –, mas por algum motivo ela se agarrou à frase e se recusava a largá-la. Moramos no mesmo andar no primeiro ano. Percebi de imediato que ela tinha um talento fantástico para sentir as inseguranças das pessoas. Estava sempre me interrogando sobre qual garoto eu gostava, só para "coincidentemente" ser vista, 12 horas depois da minha confissão, se jogando em cima de quem quer que eu tivesse citado. Uma vez, a ouvi no banheiro do dormitório interrogando uma garota asiática sobre como conseguir aquele "olhar sensual e puxadinho" usando um lápis de olho. Certa vez, ela pegou "emprestado" o trabalho de história de um de seus colegas e apresentou-o como seu, só admitindo o "engano" quando o professor ameaçou reprovar os dois. Penelope e eu a conhecemos mais ou menos na mesma época, no seminário de redação do primeiro ano, e concordamos imediatamente que Abby deveria ser evitada. Ela fora terrível desde o começo, o tipo de garota que fazia comentários sutis, porém maldosos, a respeito do seu cabelo, namorado ou roupa e depois fingia estar horrorizada e arrependida quando, inevitavelmente, ofendia. Nós a dispensávamos com frequência e ela nunca pareceu entender. Em vez disso, continuava a fazer contato, apenas para nos botar para baixo. Não é de surpreender que nunca tivera amigas de verdade, mas manteve-se bastante ocupada, passando por quase todas as repúblicas e times esportivos de Emory.

– Vórtex do mundo da mídia, é? Não, eu não sabia disso. Por onde você anda? – perguntei no tom mais entediado que pude reunir. Jurei que não deixaria ela me irritar.

– Bem, vejamos... Comecei na *Elle* e aí mudei para a *Slate*, tão mais inteligente, sabe? Passei rapidamente pela *Vanity Fair*, mas a política da empresa era muito rígida. Agora, sou freelancer, minha assinatura está em todo lugar.

Pensei nisso por um instante e não pude me lembrar de ver seu nome... em lugar nenhum.

– E você, mocinha, como está o emprego novo? – gritou ela.

– Hmm, é, acho que já faz uma semana e tem sido bem legal até agora. Não sei se está no *vórtex* do mundo das relações públicas, mas eu gosto.

Ela não sentiu nenhum sarcasmo, ou o ignorou.

– É uma firma tão badalada, estão representando todos os melhores clientes atualmente. Ahmeudeus, eu simplesmente amei a sua blusa! É a melhor pedida se você está querendo esconder a barriguinha, sabe? Uso a minha o tempo inteiro!

Involuntariamente, encolhi a barriga.

Antes que eu pudesse fazer qualquer observação maldosa sobre como dois quilos no corpo dela iam parecer dez, ela disse:

– Ei, então me diga, falou com Cameron recentemente? Era esse o nome do seu namorado, certo? Ouvi algo sobre ele tê-la trocado por uma modelo, mas é claro que não acreditei.

Era nisso que dava não descer para o nível dela.

– Cameron? Achei que você não o conhecia. Mas é um cara que vive e respira em Nova York, então...

– Ah, Bette, é realmente ótimo vê-la – falou, ignorando meu comentário. – Deixe-me levá-la para almoçar, está bem? Temos tanta coisa para botar em dia. Venho querendo lhe telefonar há um tempão, mas você sumiu depois da faculdade! Com quem você anda? Ainda com aquela garota calada? Ela era tão boazinha. Como era o nome dela?

– Ah, está falando da Penelope? Ela está linda e noiva, e sim, eu ainda a vejo. Pode deixar que digo que você mandou um beijo.

– Sim, sim, faça isso. Então, ligo para você no trabalho semana que vem e iremos a algum lugar fabuloso para almoçar, está bem? Parabéns por finalmente ter saído daquele banco horroroso e se juntado ao mundo real... Mal posso esperar para apresentá-la a todo mundo. Há, tipo, tanta gente que você precisa conhecer!

Eu estava preparando o que certamente seria uma resposta ainda mais inteligente quando Elisa se materializou ao nosso lado. Nunca pensei que ficaria tão feliz em vê-la.

– Elisa, esta é a Abby – falei, balançando meu braço para ela indiferentemente.

– Na verdade, é Abigail – corrigiu Abby.

– Sei, ahã. E, Abby. – Olhei acidamente para ela e continuei: – Esta é minha colega de trabalho, Elisa.

– Ei, a gente já se viu antes, não? – resmungou Elisa, seus dentes da frente apertados em volta de um cigarro enquanto ela vasculhava a bolsa atrás de um isqueiro.

– Claro – disse Abby. Ela pegou uma caixa de fósforos da mesa mais próxima e acendeu o cigarro de Elisa galantemente. – Tem outro cigarrinho para me dar?

Elas fizeram a troca e começaram a conversar sobre algum novo veículo de fofocas chamado *New York Scoop*, sobre o qual eu ouvira falar no escritório. Aparentemente, apesar de ser publicado há anos, ninguém dera bola até a chegada de uma coluna nova e picante escrita por alguém usando o pseudônimo idiota de Ellie Insider. Era publicado duas vezes por semana, tanto on-line quanto impresso, ainda que a coluna de Ellie – diferente das similares de Cindy Adams ou Liz Smith na Página Seis – não tivesse uma foto do colunista ao lado. Agora Abby insistia que era a coisa mais quente a atingir o círculo da mídia em anos, ao que Elisa respondia dizendo que, de acordo com suas fontes, apenas grupos seletos do mundo da moda e do entretenimento estavam lendo a coluna obsessivamente – ainda que ela previsse que outros em breve passariam a fazê-lo. O tópico da conversa continuou interessante por um minuto e meio, antes de eu ter a abençoada noção de que podia simplesmente pedir licença e sair.

Só então me dei conta de que estava sozinha em uma multidão de pessoas lindas que por acaso pareciam todas saber dançar incrivelmente e eu não conseguia me mexer. Dançar nunca foi o meu forte. De alguma forma, consegui passar por algumas dolorosas músicas lentas nas festas do ensino médio (sempre tentando desesperadamente evitar a versão de oito minutos de "Stairway to Heaven") e pular bêbada junto às jukeboxes nos nossos botecos na faculdade, mas isso era realmente intimidante. Antes que eu conseguisse tentar, fui assolada pelos mesmos medos do sexto ano. Aconteceu numa fração de segundo, mas a sensação de que todo mundo estava olhando para minhas gordurinhas e para meu aparelho voltou correndo. Eu precisava sair ou, no mínimo, voltar para a mesa e evitar o inferno de dançar, mas, assim que decidi fugir, senti uma mão na minha cintura.

– Oi – disse um cara alto, com sotaque britânico e um bronzeado tão perfeito que só podia ter vindo de uma cabine. – Quer dançar?

Tive de resistir conscientemente a me virar para ver se ele estava falando com outra pessoa e, antes que eu pudesse me preocupar com meu hálito de cigarro ou minha blusa, que estava úmida de suor, ele havia me puxado em sua direção e começara a se mexer. Dançar? Estávamos dançando! Eu não ficava tão perto assim de alguém desde a última vez em que um tarado se encostara em mim no caminho para o trabalho. "Re-laxe, divirta-se, re-laxe, divirta-se", eu entoava silenciosamente, esperando permanecer calma e tranquila. Eu não precisei me convencer muito; meu cérebro desligou quando meu corpo chegou mais perto do deus de pele dourada que estava me oferecendo outra taça de champanhe. Dei uns golinhos naquela e virei a seguinte e, antes que eu me desse conta, estava à mesa sentada no colo dele, rindo sobre algum escândalo enquanto o lindo estranho brincava com o meu cabelo e acendia meus cigarros.

Esqueci-me completamente de que estava inadequadamente vestida de preto, que acabara de ser insultada pela bruxa tamanho PP que me atormentava na faculdade e que eu não tinha nada que pudesse se assemelhar a um ritmo. Lembro-me de observar, ligeiramente sem reação, quando um dos amigos do inglês veio e perguntou quem era a nova e encantadora criatura no colo dele. Nem percebi que estavam falando sobre mim até ele me abraçar por trás e dizer:

– Ela é minha descoberta, Genial, não é?

E eu, a criatura encantadora, a descoberta *genial*, ri alegremente, peguei seu rosto com as duas mãos e lhe dei um beijo na boca. O que é, graças a Deus, a última coisa da qual me lembro.

8

O som de uma voz masculina irada me fez acordar de um pulo. Fiquei imaginando por um instante se realmente havia alguém acima da cama, enfiando uma pá na minha cabeça. A pulsação ritmada era quase reconfortante, até que percebi que não estava, na verdade, na minha cama. Nem minha roupa "toda preta, toda errada" da noite anterior estava à vista; em vez disso, eu estava usando um par de cuecas cinza Calvin Klein irritantemente justas e uma camiseta branca gigante onde estava escrito SPORTS CLUB LA. "Não entre em pânico", instruí a mim mesma, tentando entender as palavras que a voz masculina ao longe dizia. Pense. "Onde você estava e o que estava fazendo ontem à noite?" Considerando que eu não tinha o hábito de apagar e acordar em lugares estranhos, parabenizei-me pelo bom começo. "Vejamos. Elisa ligou, jantar no Cipriani, táxi para o Bungalow 8, todo mundo à mesa, dançando com... algum inglês bronzeado. Merda. A última coisa de que me lembro é dançar com um homem sem nome em uma boate e agora estou em uma cama que apesar de enorme e confortável, com lençóis extremamente macios, não reconheço."

– Quantas vezes vou ter de repetir? Simplesmente não se pode lavar lençóis Pratesi em água quente! – A voz masculina agora estava gritando. Pulei para fora da cama e procurei rotas de fuga, mas uma rápida olhada pela janela me mostrou que estávamos pelo menos vinte andares acima do chão.

– Sim, senhor, sinto muito, senhor – disse uma voz feminina chorosa com um sotaque espanhol.

– Quero muito acreditar nisso, Manuela, quero mesmo. Sou um sujeito sensato, mas isso não pode continuar. Sinto, mas tenho de dispensá-la.

– Mas, senhor, se eu puder...

– Sinto muito, Manuela, mas minha decisão é definitiva. Vou pagar seu salário pelo resto da semana, mas isso é tudo. – Ouvi alguns sussurros e choro sufocado e depois não houve nada além de silêncio até uma porta bater alguns minutos depois.

Meu estômago me mandou o sinal de que não ia aguentar a ressaca mais muito tempo e eu olhei freneticamente em volta, tentando localizar o banheiro. Estava catando minhas roupas, pensando se seria melhor ele me ver seminua ou vomitando, já que claramente não havia tempo para resolver as duas questões, quando ele entrou.

– Olá – falou, mal olhando na minha direção. – Está se sentindo bem? Estava bem bêbada ontem à noite.

Sua aparição me distraiu de tal modo que cheguei a esquecer que estava prestes a passar mal. Ele parecia ainda mais bronzeado do que eu me lembrava, o que era mais destacado por uma camiseta branca colada ao corpo, calças brancas molengas e os dentes mais brancos e certinhos que eu já vira em uma boca britânica. Ele era como Enrique, em *A noiva do aristocrata*, sua aparência simplesmente implorando para estar na capa.

– Hmm, é, acho que estava. Isso, hmm, na verdade nunca aconteceu comigo. Acho que nem me lembro do seu nome.

Ele pareceu se lembrar de que eu, na verdade, era uma pessoa e não um adereço da cama, e sentou-se ao meu lado no travesseiro.

– Eu sou Philip. Philip Weston. E não se preocupe: eu só a trouxe para cá porque não consegui pegar dois táxis e não queria ir até o East Side. Não aconteceu nada, não sou um estuprador. Na verdade, sou advogado – falou com bastante orgulho e um sotaque britânico de classe alta.

– Ah, bem, muito obrigada. Não achei que tivesse bebido tanto, mas não me lembro de nada depois de dançar com você.

– É, bem, acontece. Até agora tem sido uma manhã bem irritante, não acha? Odeio ter minha calma pós-ioga estragada por merdas como essa.

– É – *ele* não acabara de acordar na cama de um estranho, mas eu não estava em posição para discutir.

– Minha empregada estava lavando meus lençóis Pratesi em água escaldante. Quer dizer, de que adianta ter empregada se você tem de verificar duas vezes tudo o que ela faz? Pode imaginar o desastre caso eu não tivesse visto?

Gay. Definitivamente, ele era gay. Ele não era Enrique, mas o amigo excêntrico de Enrique, Emilio. Isso era um alívio enorme.

– O que teria acontecido, exatamente? – Eu lavava meus lençóis em água quente e os secava na temperatura máxima porque parecia ser a melhor maneira de fazê-los ficar macios mais rápido. Mas, também, eu os comprava na Macy's e não passava tanto tempo assim pensando no assunto.

– O que teria acontecido? Está falando sério? – Ele atravessou o quarto e borrifou um pouco de perfume Helmut Lang no pescoço. – Ela teria queimado o número de fios, é o que teria acontecido! Aqueles lençóis custam 2.800 libras o conjunto king size e ela os teria destruído! – Ele colocou o vidro de volta e começou a dar tapinhas em sua pele dourada com o que eu esperava ser loção pós-barba, mas provavelmente era hidratante. Fiz um cálculo rápido: quatro mil dólares.

– Ah, acho que não tinha entendido. Eu, hmm, não sabia que lençóis podiam ser tão caros. Mas tenho certeza de que se eu pagasse isso por eles, também ficaria preocupada.

– Sim, bem, sinto que você tenha tido de passar por isso. – Ele puxou a camiseta por cima da cabeça, revelando um tórax completamente depilado e perfeitamente esculpido. Era quase uma pena ele ser gay, já que era tão bonito. Fechou a porta do banheiro por um tempinho, ligou o chuveiro e, alguns minutos depois, reapareceu usando apenas uma toalha. Puxando uma camisa social e um terno do enorme closet forrado de carvalho, ele me entregou minhas roupas em uma pilha muito bem dobrada e discretamente saiu do quarto enquanto eu me despia.

– Você vai chegar bem em casa? – gritou Philip do que parecia ser um milhão de quilômetros de distância. – Preciso ir para o trabalho. Tenho uma reunião cedo.

Trabalho. Deus do Céu, eu me esquecera completa e inteiramente de que estava atualmente empregada, mas uma olhada rápida no relógio na mesinha de cabeceira me assegurou de que passava apenas um pouco das sete. Ele já fizera ioga e voltara e não podia ter chegado em casa antes das três da manhã. Tive um breve e intenso flashback da primeira e única vez em que eu fora à ioga. Estava me atrapalhando há trinta minutos quando a professora anunciou trinta segundos na posição em que estávamos – a postura de meia-lua, para ser precisa –, que era equivalente a oito horas de sono. Eu deixei escapar uma risadinha, e ela me perguntou se havia algum problema. Por sorte, fui capaz de me conter e não lhe perguntar o que realmente estava pensando: isto é, por que nunca ninguém havia nos mostrado o milagre da postura da meia-lua? Por que, durante todos esses séculos, os seres humanos gastaram um terço de suas vidas dormindo quando podiam simplesmente ter se dobrado ao meio por metade de um minuto? Em vez disso, balbuciei algo sobre ser "um conceito bem legal" e saí de fininho quando ela não estava olhando.

O corredor do Philip era mais longo do que todo o comprimento do meu apartamento, e tive de seguir o som de sua voz para encontrar o quarto certo. Havia quadros abstratos coloridos pendurados nas paredes e o piso de madeira escura – madeira de verdade, não o piso nova-iorquino de tacos – realçava os móveis robustos de estrutura metálica. O lugar todo parecia uma amostra da loja Ligne Roset, como se tivesse sido tirado direto da vitrine e colocado no apartamento desse cara. Contei um total de três banheiros, dois quartos, uma sala de estar e um escritório (com estantes embutidas do chão ao teto, dois computadores Mac G4 e uma adega) antes de encontrá-lo inclinado por cima de sua bancada de granito colocando laranjas vermelhas em uma máquina de sucos high-tech. Eu não possuía nem um abridor de latas.

– Você faz ioga? Não conheço nenhum cara que faça ioga. – "Nenhum cara hétero, quer dizer", pensei comigo mesma.

– É claro. É um treinamento pesado de força e eu adoro como também clareia suas ideias. Muito norte-americano, eu acho, mas mesmo assim vale a pena. Você devia fazer uma aula comigo. – E, antes que eu soubesse o que estava acontecendo, ele me colocou em cima da bancada. Afastou meus joelhos para poder chegar mais perto e começou a beijar meu pescoço.

Instintivamente, eu pulei da bancada o que só resultou em me aproximar mais ainda dele.

– Eu achei, bem, hmmm, você não é...

Dois olhos verdes e brilhantes me olhavam de volta, esperando.

– É só que, hmm, considerando a noite passada e todo o, você sabe, negócio do Pratesi e a aula de ioga...

Ainda esperando. Nenhuma ajuda para mim.

– Você não é gay? – Prendi a respiração, esperando que ele não estivesse ainda no armário ou, pior, assumido mas ressentido.

– Gay?

– É, tipo, gosta de caras.

– Está falando sério?

– Bem, sei lá, só me pareceu...

– Gay? Você acha que eu sou homossexual?

Senti como se estivesse no set de algum tipo de reality show da TV em que todo mundo sabia algum segredo, menos eu. Pistas, muitas pistas, mas nenhuma informação de verdade. Eu estava tentando juntar todas o mais rápido possível, porém nada estava muito claro.

– Bom, é claro que não o conheço muito bem. É só que, bom, você se veste tão bem e parece se preocupar muito com seu apartamento e, é, você tem perfume Helmut Lang. Meu amigo Michael nem saberia quem é Helmut Lang...

Ele mostrou aqueles dentes brilhantes mais uma vez e desarrumou meus cabelos como alguém faria com uma criança pequena.

– Talvez esteja andando com os sujeitos errados. Eu lhe garanto, sou muito, muito hétero. Apenas aprendi a apreciar as melhores coisas. Venha, dá tempo de eu lhe dar uma carona para casa, se nos apressarmos. – Ele vestiu um suéter de caxemira e pegou as chaves.

Ele não falou nada no caminho do elevador até a portaria, mas o querido Philip conseguiu me prensar contra a parede e mordiscar meus lábios, o que de alguma forma me pareceu completamente asqueroso e incrível a ponto de parar o coração, ao mesmo tempo.

– Hmm, você é uma delícia. Venha cá, deixe-me prová-la pela última vez. – Mas, antes que ele pudesse usar de novo meu rosto como seu pirulito particular, as portas se abriram e dois porteiros uniformizados se viraram para testemunhar nossa chegada.

– Caiam fora – anunciou Philip, andando na minha frente e levantando as mãos, com as palmas para a frente, para os homens sorridentes. – Não quero saber disso hoje.

Eles deram risadinhas de escárnio, obviamente acostumados à rotina de Philip acompanhando mulheres estranhas para fora de seu apartamento, e abriram silenciosamente a porta. Só quando já estávamos do lado de fora é que eu fiz ideia de onde estávamos: na Christopher com a Greenwich, toda a vida para oeste, a cerca de um quarteirão do rio. O famoso Edifício Archives.

– Onde você mora? – perguntou, puxando um capacete prateado de debaixo do assento de uma Vespa, que estava embaixo de um encerado monogramado a um metro da entrada do edifício.

– Murray Hill. Tem problema?

Ele riu, não de forma gentil.

– Não sei, diga você. *Eu* com certeza não alardearia que moro em Murray Hill, mas, ei, se você gosta...

– Eu quis dizer – falei firmemente, nem tentando mais entender suas mudanças de humor psicóticas – tem problema para você me dar uma carona? Eu posso pegar um táxi.

– Como você quiser, querida. Para mim, está tudo bem. Meu escritório é para leste, portanto você está bem no caminho. – Ele se ocupou procurando as chaves no bolso da calça e prendendo sua pasta Hermès na traseira da moto ou melhor, lambreta. – Vamos logo, está bem? As pessoas precisam de mim agora. – Ele passou as pernas por cima da lambreta e condescendeu em olhar na minha direção. – E aí?

Fiquei momentaneamente sem fala, até ele estalar os dedos.

– Vamos lá, querida. Está na hora de decidir. Carona ou não? Não é tão difícil. Você certamente não parecia tão indecisa ontem à noite...

Eu sempre nutri a clássica fantasia de menina de possuir um motivo real para esbofetear algum idiota no meio da cara e a oportunidade acabara de se apresentar em tecnicolor. Mas fiquei aturdida pelo estalar de dedos e pela sugestão de que algo na verdade *havia* acontecido ontem à noite, então simplesmente dei as costas e comecei a descer o quarteirão.

Ele gritou, parecendo quase preocupado.

– Não precisa ser tão sensível, amor. Eu só estava brincando. Não rolou absolutamente nada ontem à noite. Nem você, nem eu... – eu o ouvi rir da própria esperteza, mas simplesmente continuei andando. – Tudo bem. Faça como quiser. Não tenho tempo para drama agora, mas eu vou encontrá-la. Sério, não é comum uma mulher resistir aos meus encantos, portanto considere-me devidamente intrigado. Deixe seu telefone com o meu porteiro e eu ligo para você.

O motor da Vespa pegou e ele acelerou e, apesar de acabar de ter sido insultada e abandonada, eu ainda sentia como se tivesse, de alguma forma, ganhado... se ele estivesse dizendo a verdade, é claro, e eu realmente não tivesse dormido com ele em um estupor alcoolizado.

A vitória durou quarenta minutos inteiros, durante os quais pulei para dentro de um táxi, corri para casa, tomei um banho de gato na pia do banheiro e apliquei quantidades copiosas de desodorante debaixo dos braços, talco para bebês no cabelo e hidratante perfumado em todo o restante. Corri pelo apartamento procurando roupas limpas e pensei em como eu poderia ser uma boa mãe algum dia se não conseguia nem me lembrar de cuidar da minha cadela. Millington estava amuada no canto debaixo da mesinha, como punição pelo abandono da noite anterior. Para completar, também fizera xixi no meu travesseiro, mas eu não tinha tempo para limpar. Consegui abrir caminho pela multidão de gente indo para o trabalho e chegar ao escritório exatamente um minuto depois das 9h. Estava sonhando em devorar a única cura conhecida para ressaca, um café grande e bacon, ovo e queijo num pão amanteigado, quando Elisa fez sinal para que eu me aproximasse. Ela guardou um lugar perto da janela mais ensolarada e parecia bastante ansiosa para falar comigo.

O escritório era um retângulo gigante, cercado em todos os lados por lustrosos sofás de couro e áreas de espera. Tecnicamente, não havia mesas individuais, só duas mesas enormes em formato de meia-lua que formavam um círculo com dois pequenos espaços onde as meias-luas não chegavam a se encontrar, permitindo o acesso aos faxes e impressoras de uso comum, que ficavam no meio. Todos nós tínhamos laptops, que podíamos trancar no armário ou levar para casa à noite e o espaço de trabalho era distribuído na base do quem chega primeiro todas as manhãs. Nós nos embaralhávamos para sentar nos dois ou três lugares em volta do círculo onde Kelly não pudesse ver a tela de computador de seu escritório, e Elisa conseguira se apossar de alguns centímetros de lugar preferencial. Larguei meu laptop na mesa e retirei com muito cuidado o café do saco de papel, tentando não espirrar nem uma única gota dourada. Elisa estava praticamente arfando.

– Ah, Bette, sente-se de uma vez. Conte-me tudo, mal consigo esperar.

– Contar o quê? Eu me diverti muito ontem à noite. Obrigada por me convidar.

– Fala sério! – Ela estava guinchando, o que parecia ser seu único método de comunicação. – Como foi... – Pausa. Inspiração profunda. – Philippe?

– Philippe? Não quer dizer Philip? Ele não me pareceu nem um pouco francês.

– Ah, meu Deus, você realmente não está entendendo. Ele é absolutamente sensacional, você não acha?

– Na verdade, eu o achei meio babaca – falei, o que era parcialmente verdade. Isso também o tornava tremendamente intrigante, é claro, mas não me parecia necessário admitir isso.

Elisa respirou fundo e fixou o olhar no meu rosto.

– O que foi que você disse? – sussurrou ela.

– Eu disse que achei...

– Eu ouvi. – Ela estava praticamente brilhando agora. – Só não consigo imaginar por que você diria algo assim. Com certeza parecia estar se divertindo quando o agarrou na pista de dança. Ele é bem bom, não é? Quem disse que a prática não leva à perfeição?

Ela bem que poderia estar falando sobre dançar, mas algo em sua expressão, agora sonhadora e ligeiramente aérea, indicava que não.

– Elisa, o que quer dizer?

– Ah, Bette, qual é! É de Philip Weston que estamos falando aqui.

– E isso deveria querer dizer algo para mim?

– Ahmeudeus, Bette, isso é tão humilhante para você. Está falando sério? Você não faz ideia de quem ele é? – Ela começou a marcar os itens com o dedo, um por um. – Formado em Eton e Oxford, com um diploma de direito de Yale? O advogado mais jovem a se tornar sócio da Simpson Thacher? O avô é duque; o pai possui a maior parte das terras entre Londres e Manchester, com grandes pedaços adicionais em Edimburgo. Um fundo grande o suficiente para competir com a dívida nacional. Ex-namorado da Gwyneth, atual brinquedo sexual de várias modelos da Victoria's Secret e coroado "Adonis da Noite" por ninguém menos que a Vanity Fair. Alguma dessas coisas fez cair a ficha? – A essa altura, ela estava quase ofegante.

– Na verdade, não – disse, tentando sintetizar tudo o que ela falara, enquanto podia ouvir o som do sangue correndo pelas minhas veias. Um duque? *Gwyneth??*

– É tão irônico – resmungou ela para si mesma. – Todas as garotas do planeta têm como objetivo de vida transar com Philip Weston e você vai e transa sem nem saber quem ele é? É quase demais para aguentar.

– Transar com ele? O quê? – "Se por 'transar' você quer dizer 'ouvi-lo demitir a empregada por negligência grave de lençóis de US$ 4 mil', então tivemos uma noite espetacular."

– Bette! Desista da ceninha de "eu sou tão inocente". Nós todos a vimos ontem à noite!

Naquele exato momento era impossível compreender qualquer coisa além do fato de que um homem que costumava transar com Gwyneth Paltrow não apenas me vira nua, mas também testemunhara calcinhas de menstruação, pernas cabeludas e uma virilha precisando urgentemente de depilação.

– Não aconteceu nada – murmurei, imaginando em quanto tempo eu podia fazer as malas, trocar de nome e me mudar para o Butão.

– Seeeeei. – Ela sorriu lascivamente.

– Não, sério. Admito, eu acordei na casa dele e admito que estava usando as roupas dele, mas não aconteceu absolutamente nada.

Ela pareceu confusa e decepcionada.

– Como isso é possível? Ele é lindo demais para resistir.

– *Você* já dormiu com ele, Elisa? – perguntei, provocando.

Ela pareceu ter levado uma bofetada.

– Não!

– Me desculpe, eu não quis sugerir... Eu só estava brincando, não achei que você tivesse...

– Não precisa me jogar na cara. Eu babo atrás dele há um tempão, mas ele mal olha na minha direção. Eu o vejo na rua o tempo inteiro, é claro, e ele, tipo, está cansado de saber quem eu sou, então talvez seja apenas questão de tempo... – A voz dela mais uma vez assumiu um tom sonhador.

Eu tossi e ela voltou a prestar atenção. Estava prestes a me sentir lisonjeada pelo fato de Philip ter me levado para casa na noite anterior quando poderia ter levado Elisa, mas não tive tempo para me deleitar.

– Quer dizer, o cara transa com qualquer garota minimamente atraente em que consegue pôr as mãos, portanto não entendo o que há de errado comigo – ela disse sem emoção.

– Qualquer garota? – perguntei, ainda determinada a me agarrar à ilusão de que eu poderia ser a mulher da vida dele.

– Bem, mais ou menos qualquer garota bonita, por isso não entendo por que ele não me dá bola. Talvez não goste de mulheres magras.

Ai. Um comentário não intencional, mas doloroso. Esperei enquanto ela continuava com o inventário.

– Vejamos, Skye saiu com ele, mas isso foi há anos, muito antes de ele virar o que é agora. Uma das Garotas da Lista também, a bonita, e aquela garota que estava na capa da *Marie Claire* no mês passado e um punhado das meninas mais bonitas da Condé Nast.

Ela continuou assinalando nomes de garotas bonitas e enturmadas, alguns dos quais eu reconhecia por causa de anos de leitura ociosa das colunas de fofocas e páginas sociais, mas eu mal conseguia ouvi-la. Por sorte, ela só falou mais ou menos uma dúzia antes de Kelly pular de sua sala e me chamar para entrar em seu inferno de estampa de animais: a sala toda era decorada com uma mistura alucinógena de tecidos de zebra, oncinha e tigre, repleta de almofadas enormes e peludas e um tapete de pele de leopardo gigante.

– Ei, Bette, e aí? Como andam as coisas? – perguntou alegremente, fechando a porta e fazendo um sinal para eu me sentar em uma cadeira coberta com algo que tinha a textura de pele e pelo de verdade.

– Hmm, ótimas. Até agora, foi uma ótima primeira semana.

– Fico tão feliz! Eu também acho! – disse ela, com o maior sorriso que dera até agora.

– Hmm, é. Sério, estou tão feliz por estar aqui, e prometo que vou aprender tudo o mais rápido possível, para poder contribuir de verdade, em vez de ficar só olhando – falei com o que me pareceu um nível razoável de sobriedade e coerência.

– Ahã, que bom. Então, conte-me sobre ontem à noite! – Ela juntou as mãos e se inclinou para a frente.

– Ah, certo, ontem à noite. É, eu fui jantar com Elisa e Skye e Leo e mais algumas pessoas e tivemos uma noite ótima. Você tem um ótimo grupo de pessoas aqui. É claro que nem sempre vou deixar que me façam ficar até tão tarde na rua... – Eu ri, tentando parecer casual, já que não estava exatamente acostumada a discutir minhas saídas noturnas com o chefe. Aaron certamente não fora o meu confidente do dia seguinte, mas Kelly parecia ansiosa para saber.

– Quer dizer, não vai deixá-los fazer com que fique até de manhã... – Ela sorriu e deixou a frase inacabada.

Aff. Eu suspeitava de que estávamos muito perto da linha entre o pessoal e o profissional e eu não ia ultrapassá-la.

– Foi um ótimo jantar! Adoro todo mundo que trabalha aqui. – Uma conclusão ligeiramente insossa, mas foi a única coisa que me veio à cabeça.

Ela se inclinou para a frente, empurrando a franja lateral ainda mais para a esquerda e pôs os cotovelos em cima da mesa rústica de madeira.

– Bette, querida, você não pode esperar, ah, *passar a noite* com Philip Weston e o mundo inteiro não ficar sabendo. Aqui, olhe. – Jogou uma folha impressa de computador pela mesa. Minhas mãos tremeram ao pegá-la.

Reconheci imediatamente como a edição daquele dia da coluna sobre a qual Abby e Elisa tinham falado na noite anterior, do *New York Scoop*. Tinha sido impresso do site e a manchete dizia: GAROTA MISTERIOSA PASSA A NOITE NO HOTEL DE WESTON. A história continuava, detalhando como Philip fora "abordado" no Bungalow 8 na noite anterior por "uma linda moça" que algumas fontes "apontaram como a nova contratada da Kelly & Company. Fiquem ligados aqui para ver se ela reaparecerá em breve...". A assinatura no final da matéria dizia "Ellie Insider". "Que nome mais idiota", pensei.

Apesar do semielogio de "linda moça", que sem dúvida fora feito para preencher espaço, meu estômago afundou e eu olhei horrorizada para Kelly.

– Estou trabalhando enlouquecidamente junto com metade de Manhattan tentando descobrir quem é Ellie Insider. É positivamente brilhante, consegue acreditar na velocidade com que eles postam as coisas? Acho que é um dos benefícios de ser on-line, ainda que eu não consiga deixar de achar que esses blogs são apenas pequenos diários para pessoas que na verdade não conseguem ser publicadas.

– Kelly, não é o que parece, mesmo. Eu posso explicar. É só que, depois do jantar, nós...

– Bette, eu sei exatamente o que aconteceu. E estou empolgadíssima!

– Está? – Eu tinha certeza de que essa era só sua forma enrolada de me demitir.

– É claro! Olhe, é a situação ideal. Philip Weston, Bungalow 8, uma menção à firma. A única coisa que eu peço é que, da próxima vez, assegure-se de que a verdadeira Página Seis também esteja vendo. É uma bela menção, mas a coluna é bem recente e ainda não tem um número de circulação muito alto.

Abri a boca para falar, mas não saiu nenhuma palavra. Ela não pareceu perceber, porém.

– Ele é incrível, não é? Aqui entre nós, eu sempre tive uma queda por ele.

– Você tem? Pelo Philip?

– Ahmeudeus, garota, quem não tem? Ele é esplêndido. Ele não só tem o nome *sempre* em negrito, mas também fica lindo sem camisa.

Seu rosto adquirira a mesma expressão aérea que o de Elisa mais cedo.

– Você já saiu com ele? – perguntei, rezando com toda a minha energia para que a resposta fosse não.

– Deus do céu, quem me dera! O mais perto que cheguei de dormir com ele foi vê-lo tirar a camisa em um leilão de caridade em que os organizadores estavam vendendo um encontro com ele. Trezentas outras mulheres e eu ficamos ensandecidas quando ele puxou a camisa por cima da cabeça. Bem *show bar*, se você consegue imaginar: maravilhoso e patético, tudo ao mesmo tempo.

Deixei cair a guarda e me esqueci – por um milésimo de segundo – de que estava falando com a minha chefe.

– Eu vi esse tórax quando ele saiu do chuveiro hoje de manhã e é tão bonito quanto você está dizendo – acrescentei antes de perceber o que isso sugeria.

A cabeça de Kelly virou-se abruptamente e ela me olhou com uma estranha mistura de inveja e urgência.

– Estou presumindo que, quando ele telefonar, você vai sair com ele, certo?

Isso realmente não soou como uma pergunta.

– Ah, não sei se ele vai ligar – murmurei, percebendo que absolutamente ninguém iria acreditar que nós não tínhamos dormido juntos.

Ela me olhou intensamente e então abriu um sorriso largo.

– Bette, queridinha, você pode ser a última pessoa a perceber isso, mas, de sua própria maneira, você é bonita. E é um fato amplamente conhecido que ninguém gosta mais de garotas bonitas do que Philip Weston. É claro que ele vai ligar. E você vai dizer sim, certo? E, naturalmente, por favor, convide-o para todos os nossos eventos ou fique fora até a hora que for preciso quando estiver com ele.

Eu podia experimentar uma sensação estranha de entusiasmo – como uma paixão colegial – subir pelo meu peito.

– Hmm, claro. Está bem, vou me lembrar disso. – De repente, eu queria abraçá-la.

– Ótimo. Estou tão empolgada por você! Não deixe de me manter informada. Vamos começar?

– Sim, vamos. – Respirei aliviada por terminar a estranha conversa. – Você ia me falar sobre A Lista, certo?

– Sim. A Lista. A ferramenta crucial para garantir o sucesso de uma firma. Não somos nada sem as pessoas que podemos arrumar para nossos clientes, então passei anos montando um dos maiores bancos de dados do ramo. Puxe sua cadeira para cá para que possa ver.

Arrastei o banquinho peludo para o outro lado da mesa e me instalei enquanto ela dava um clique-duplo num ícone em sua área de trabalho.

– Aqui está ela – ronronou. – O meu bebê. A lista mais completa de formadores de opinião que já existiu, em qualquer lugar.

A tela parecia uma página de buscas que você poderia encontrar nos classificados ou em um website de apartamentos para alugar. Você simplesmente escolhia seus critérios de busca, marcava os boxes adjacentes e clicava em "encontrar". Havia quatro locais principais nos quais você podia procurar – Nova York, Los Angeles, Miami e Hamptons –, mas listas menores e menos completas existiam para outra dúzia de cidades nos Estados Unidos e cerca de duas dúzias no exterior. Os critérios de busca pareciam intermináveis. Em uma fila vertical que começava no canto superior esquerdo estavam listados, sem ordem específica: Arte, Literatura, Produção de Cinema, Jornais, Moda, Gravadoras, Social, Social Jovem, Elite da Mídia, Finanças, Revistas, Arquitetura, Comércio, Miscelânea.

– Você só digita o tipo de pessoa que está procurando e o programa lhe dá todas as informações. Aqui, veja. – Ela desmarcou rapidamente "Literatura" e "Social Jovem" e me mostrou milhares de retornos. – Sabemos tudo sobre todo mundo. Nome completo, endereço residencial e de trabalho, todos os telefones, faxes, bips, e-mails, casas de campo, de praia, endereços internacionais, aniversários, informações sobre o cônjuge e detalhes tanto sobre os filhos quanto sobre as babás. Também há subcategorias, se for preciso especificar ainda mais, que dizem se a pessoa é gay, hétero, solteira, monógama ou está traindo, além de se saem, viajam ou são mencionadas em colunas de fofocas com frequência. Fica bem fácil escolher a dedo exatamente quem vai comparecer quando você sabe tudo sobre suas vidas, sabe?

Eu só assenti, já que não parecia haver resposta mais apropriada.

– Aqui, vamos pegar o seu tio, por exemplo.

Ela digitou o nome dele em um campo de busca e todas as informações relevantes apareceram: o endereço e o telefone no Central Park West, informações sobre o escritório, seu cargo exato no jornal e o nome da coluna, há quantos anos ele escrevia, seu número de leitores nacionais, seu aniversário e uma frase curta sobre como ele viajava com frequência para Key West e para a Europa. Nas "referências cruzadas" ele era descrito como "Gay", "Literatura", "Jornal" e "Elite da Mídia". Percebi que não havia uma categoria de Coalizão Cristã Reacionária, mas não falei nada.

– Nunca vi nada parecido – eu era incapaz de afastar meus olhos da tela.

– É incrível, não é? E isso não é tudo. Se você perceber bem, não há pessoas normais da mídia ou celebridades neste banco de dados. Temos bancos separados para eles, já que são os dois grupos mais cruciais.

– Bancos separados?

– Bem, é claro. Veja – ela fechou o primeiro programa e clicou em um ícone escrito "Imprensa". – Há elites da mídia, pessoas como o seu tio, Frank Rich, Dan Rather, Barbara Walters, Rupert Murdoch, Mort Zuckerman, Tom Brokaw, Arthur Sulzberger, Thomas Friedman et cetera, et cetera, que é claro que você quer nos eventos porque são *high profile*, mas não pode esperar honestamente que eles compareçam a tudo. São como celebridades por seus próprios méritos, motivo pelo qual devemos ter um banco de dados totalmente separado de jornalistas na ativa, todas as pessoas nos jornais, revistas, TV e rádio que podem realmente dar a cobertura que prometemos aos nossos clientes. É claro que sempre há sobreposição. Você pode ter uma socialite que também trabalha em uma revista ou um executivo de cinema que escreve resenhas para um jornal local, então simplesmente cruzamos as listas de todo mundo.

Tomei o mouse dela e vasculhei os campos separados, percebendo que o banco de dados de mídia era dividido em dados demográficos, para que você pudesse escolher melhor as pessoas que cobriam especificamente música, design, viagens, estilo de vida, moda, entretenimento, fofocas, celebridades, esportes ou acontecimentos sociais.

– Isso é absolutamente incrível. Quantos nomes há no total?

– Somando os três bancos de dados, provavelmente perto dos 35 mil. Você ainda nem viu o das celebridades, que é o mais importante.

Mais alguns cliques e uma lista das pessoas mais ricas, mais famosas e mais bonitas do mundo apareceu na tela.

– Esta é a lista da indústria do entretenimento. Com cada celebridade também listamos informações sobre seu atual assessor de imprensa, agente, empresário, assistentes e parentes, além de aniversários, projetos atuais e futuros e preferências. Tudo, desde companhias aéreas a flores, água, café, bebidas alcoólicas, hotéis, estilistas e música. Nós atualizamos este mais ou menos de hora em hora.

Ela abriu o perfil de Charlize Theron e eu vi que ela tinha casas na África do Sul, Malibu e em Hollywood Hills; estava namorando Stuart Townsend; só voava na primeira classe na American Airlines ou de jatinho particular; estava fazendo um filme em Roma no momento; estava escalado para outro filme em cinco meses; e tinha uma equipe de quatro pessoas, com seu agente temporariamente agindo também como assessor de imprensa.

– Como eles todos são atualizados? Quer dizer, como é possível que você saiba todas essas coisas?

Kelly jogou a cabeça para trás, claramente encantada com o meu choque.

– Elisa a apresentou às Garotas da Lista, não?

Eu assenti.

– Não é o emprego mais glamouroso do mundo, mas elas têm os contatos certos e nós lhes damos muitos benefícios para que leiam cada publicação conhecida pelo homem, impressa e on-line, e tirem disso o que puderem para preencher as lacunas. Há três delas e todas têm contatos sociais muito bons por causa da família e de qualquer modo saem muito e conhecem pessoas em todos os lugares. Esta manhã mesmo a revista *New York* saiu com a edição do Poder Infantil, os cinquenta garotos em Nova York abaixo dos 30 anos mais bem-sucedidos em suas profissões. Se já não estavam aí, cada um deles foi agora incluído em nosso banco de dados.

– Impressionante. Sério, Kelly, é impressionante.

– É mesmo. Por que você não faz uma lista para treinar? Digamos que esteja planejando uma festa para a Asprey para comemorar a abertura de sua segunda loja nos Estados Unidos. Será realizada na loja na Quinta Avenida e a maior preocupação da empresa é o fato de os norte-americanos não estarem tão familiarizados com a marca quanto os ingleses e estão procurando um maior reconhecimento do nome. Puxe quinhentos convidados perfeitos: quatrocentos convidados normais e cem celebridades e imprensa segmentada misturados. É claro que, na verdade, um evento como esse teria de cem a 150 pessoas, no máximo, mas isso é só um exercício.

De repente me ocorreu que eu ainda não tinha lidado com a minha ressaca, que estava aumentando de novo de tal forma que exigia atenção imediata.

– Claro. Eu a entrego para você na segunda-feira? – perguntei o mais animadamente possível, levantando-me com cuidado para evitar qualquer enjoo extra.

– Perfeito – assentiu Kelly. – Pense em lembrancinhas potenciais para a festa também. Ah, e Bette?

– Hmm?

– Você planeja ver Philip este fim de semana?

– Philip? Quem é Philip? – Achei que ela ainda falava sobre A Lista, mas aparentemente estávamos novamente falando sobre a minha vida pessoal.

– Bette! – Ela riu. – Aquele supergato maravilhoso cuja cama você ocupou ontem à noite? Você vai vê-lo, certo?

– Ah, certo, Philip. Não foi bem assim, Kelly, foi mais...

– Ah, Bette, pode parar. Você não tem de me dar nenhuma explicação. A vida é sua, você sabe – observou, aparentemente sem ver ironia alguma na afirmação. – Só espero que você pense em sair com ele de novo durante o fim de semana, só isso. Talvez jantar no Matsuri ou passar no Cain ou no Marquee?

– Hmm, bem, não tenho certeza se ele vai ligar, mas se ligar, então, bem, eu acho...

– Ah, ele vai ligar, Bette, ele vai ligar. Fico feliz em ouvir que você gostou da ideia. Porque, francamente, você seria louca se não gostasse! Vou sair cedo hoje, portanto tenha um ótimo fim de semana, está bem?

– Claro. Pode deixar. Você também, Kelly – falei aproximando-me da porta aos pouquinhos, ainda sem acreditar que acabara de prometer à minha chefe que eu continuaria dormindo com um cara com quem ainda não havia dormido. – Nós nos vemos na segunda.

Ela pegou o telefone, sorriu e fez um sinal de aprovação com a mão. Tracei uma linha reta para a minha área, perto de Elisa, mas fui detida várias vezes no caminho por pessoas sorrindo para mim de forma cúmplice ou gritando "Bom trabalho" ou "Belo trabalho com Philip". Elisa saíra para almoçar (ou seja: um litro de água Fiji, um saco de cenourinhas e meia dúzia de Marlboros Light), de acordo com um bilhete que deixara no meu computador, então peguei o telefone e liguei para Penelope.

– Ei, como você está? – perguntou ela.

– Eu estou bem, e você? – respondi com minha voz de pessoa surtada, tão baixa e tensa que dava a impressão de que algo poderia explodir a qualquer segundo.

– Ótima. Obrigada por me convidar para jantar ontem à noite. Foi, hmm, muito interessante.

– Então, você odiou?

– Não! Bette, eu não falei nada disso. Não odiei nada. É só que foi, hmm, diferente do que costumamos fazer. Espero que não tenha se importado de eu ter saído cedo, mas eu estava exausta. Como foi o restante da noite?

– Está perguntando só para ser educada ou não viu as notícias de hoje? – cruzei mentalmente os dedos na esperança de que ela não tivesse visto.

– É, só estou sendo simpática. Avery encaminhou para mim de manhã bem cedo e precisei reunir todas as minhas forças para não te ligar. Quero saber tudo em detalhes. Comece com "Quando eu o encontrei no Bungalow, ele estava usando uma camisa preta canelada e calças com um costura interna de 90 centímetros e me trouxe uma Stoli Baunilha com Sprite". Continue com esse nível de detalhes, por favor.

– Pen, realmente não posso falar nisso aqui – disse sucintamente, olhando para cima para ver que metade dos meus colegas de trabalho estavam fingindo olhar para suas telas enquanto me escutavam intensamente.

– Bette! Não pode estar falando sério! Você sai e transa com um dos caras mais gatos do mundo (Avery está sempre falando como todas as mulheres de Manhattan o idolatram) e não pode me contar a respeito?

– Eu não dormi com ele! – Quase gritei no telefone. Skye e Leo, além de alguns assistentes, ergueram a cabeça e sorriram em uníssono.

– Até parece – ouvi alguém sussurrar.

Leo só revirou os olhos como se dissesse "Ah, meu Deus, você não é *tão* burra assim".

E por um minuto eu me senti lisonjeada. E daí que era ligeiramente indecente conhecer alguém e dormir com ele na mesma noite? Era melhor que todo mundo achasse que era uma *possibilidade* Philip Weston condescender em transar comigo, eu acho, do que simplesmente presumir que ele me levara para casa por pena e uma sensação de obrigação e na verdade tivesse passado o mínimo de tempo possível *na* cama que eu ocupara.

– Opa! – Penelope estava dizendo. – Está bem, nervosinha, então você não transou com ele. Eu acredito em você. A única pergunta que eu tenho agora é por que *não*? Tenho certeza de que não precisa que eu a lembre de seu recente celibato. Por que está se contendo? Dizem que ele é incrível!

Finalmente eu ri pelo que percebi ser a primeira vez durante toda a manhã. Sério, qual era o problema? Se eu não ia ser demitida por minha indiscrição um tanto pública – e isso certamente não parecia mais ser opcional –, então por que não simplesmente aproveitar?

– Lembro-me muito pouco do que realmente aconteceu ontem à noite – sussurrei, colocando a mão em cima do fone –, mas vou lhe contar o que conseguir reunir quando chegar em casa à noite.

– Não posso. Avery e eu vamos jantar na casa dos pais dele e parece que eu não consigo convencê-lo do contrário. Que tal amanhã à noite? Podemos nos encontrar para tomar um drinque no Black Door?

– Eu adoraria, mas vou me encontrar com o clube do livro para jantar e beber. Em Little Italy, eu acho.

Ela suspirou.

– Bem, provavelmente é melhor marcarmos agora de nos encontrarmos daqui a dois fins de semana, já que vou estar em St. Louis a trabalho até lá. Você vai estar por aqui?

Parecia estranho fazer planos com pessoas que não fossem do meu clube do livro, Will ou Penelope, mas o trabalho já começara a se infiltrar nos meus fins de semana também. Olhei em minha agenda, que se enchia rapidamente.

– Sim, claro, só prometi a Kelly que iria com o nosso grupo daqui para procurar uma nova locação para a festa da *Playboy*. Ainda faltam quatro meses, mas já está todo mundo entrando em pânico. Quer vir?

Penelope hesitou. Eu podia sentir que ela não tinha gostado da ideia, mas não podia dizer não, visto que já admitira estar livre.

– Hmm, claro. Parece ótimo. A gente combina os detalhes esta semana. E, é claro, se você se lembrar subitamente de algum detalhe, eu também aceito.

– Piranha – mandei de volta.

Ela só riu.

– Divirta-se com seus futuros sogros, está me ouvindo? Ouça com atenção quando eles lhe disserem exatamente quantos netos querem, divididos por sexo e cor dos olhos. Afinal de contas, agora você tem certas obrigações...

Era bom ouvi-la rindo novamente.

– Bettina Robinson, não sei se você está em posição de dar conselhos deste tipo no momento, considerando suas explorações um tanto espalhafatosas nas últimas 24 horas... Eu falo com você depois.

– Tchau – desliguei o telefone e decidi que uma noite e uma manhã como aquelas me garantiam um segundo bacon, ovo e queijo em um pão amanteigado. Ainda tinha de fazer aquela lista de quinhentos convidados e lembrancinhas da festa, mas decidi que isso podia esperar. Minha ressaca não.

9

Depois de três semanas fazendo listas, montando um guarda-roupa, indo a festas e imergindo na cultura de Kelly & Company, eu estava em pé esperando Penelope chegar. A fila do lado de fora do Sanctuary parecia absolutamente intolerável. Hordas de garotas passavam as mãos manicuradas em seus cabelos com alisamento japonês enquanto os rapazes, revitalizados por vários filés, as agarravam pelo braço para evitar que cambaleassem nos saltos. A noite do início de novembro estava fria, mas ninguém parecia perceber que não estávamos mais em julho. Havia pele – esfoliada, polida, depilada, hidratada, bronzeada e brilhante – por todos os cantos, de grandes decotes bronzeados e pedaços ligeiramente reluzentes de abdome até aqueles centímetros de coxa que raramente são vistos fora da praia ou do consultório do ginecologista. Algumas pessoas se balançavam no ritmo da música lounge emanando por detrás da imponente porta de aço e a maioria parecia tremer de excitação com a simples ideia do que a noite prometia: a sensação daquele primeiro martíni caindo na sua corrente sanguínea, a música pulsando em seus quadris, a fumaça de cigarro queimando deliciosamente, a chance de encostar um pouco daquela pele perfeita contra a de outra pessoa. Não havia nada tão inebriante como uma noite de sábado em Nova York quando você estava de pé do lado de fora do lugar mais novo e mais chique da cidade, cercada por todo tipo de pessoas bonitas e resplandecentes, o tipo de vibração em que todas as fantasias estavam esperando para se realizar... se você pelo menos conseguisse entrar.

Para minha surpresa, Will não ficara nada empolgado com a cobertura da minha não-transa-na-primeira-noite, três-semanas-antes. Eu tinha ligado depois do trabalho para dizer oi, achando que ele nem lia o *New York Scoop* e que havia boas chances de nem ter visto, mas estava muito, muito enganada. Todo mundo, pelo que parecia, começara a ler o *New York Scoop*. – E pior, estavam lendo só por causa da coluna de Ellie Insider.

– Ah, Bette, seu tio está se roendo, só esperando você ligar. Espere um segundo, vou chamá-lo – disse Simon um tanto formalmente, sem nem se importar em perguntar como eu estava ou quando eu iria jantar lá, como sempre fazia.

– Bette? É você mesma? A grande celebridade condescendeu em ligar para seu velho tio, não é?

– Celebridade? Do que diabos você está falando?

– Ah, sei lá, talvez só sobre aquela notinha sobre minha "sobrinha misteriosa". Parece que seu novo namorado está muito na moda, então suas, hmm, conquistas frequentemente são registradas para a posteridade nas páginas altamente jornalísticas do Scoop. Você não viu?

– Meu namorado? Vou adivinhar que está se referindo ao ilustre Philip Weston.

– Com certeza estou, querida, com certeza estou. Não era exatamente o que eu tinha em mente quando a encorajei a sair e conhecer alguém, mas quem sou eu? Sou só um velho, vivendo através de sua jovem e linda sobrinha. Se você acha toda essa história de fideicomissário britânico atraente, bem, então longe de mim contradizê-la...

– Will! Eu achava que, de todas as pessoas, você saberia que não precisa necessariamente acreditar em tudo o que lê nos jornais, sabia? Não aconteceu exatamente dessa forma.

– Bem, querida, já que você parece estar um pouco atrasada no jogo, todo mundo tem lido Ellie Insider ultimamente. Ela com certeza é uma vagabundazinha fofoqueira, mas parece *mesmo* ter sempre um furo de reportagem. Está me dizendo que você não foi para a casa dele? Ou foi outra nova funcionária da Kelly? Porque, se isso for verdade, eu recomendo que corrija isso o mais rápido possível. Não sei se é o tipo de reputação que quer criar para si mesma.

– É complicado – foi só o que consegui dizer.

– Entendo – ele respondeu baixinho. – Bem, escute, com certeza não é da minha conta. Desde que você esteja se divertindo, é só o que realmente importa. Nos vemos domingo no brunch. Estamos no auge da temporada de casamentos antes do Natal, portanto imagino que vamos ter anúncios ótimos no jornal de domingo. Use seus sapatos bonitos, querida.

Eu teria concordado, mas me senti ofendida. Alguma coisa havia mudado, mesmo que ligeiramente, eu não conseguia definir exatamente o quê.

– Ei, Bette, aqui – Penelope chamou um pouco alto demais enquanto acertava com o taxista e acenava para mim do banco de trás.

Eu acenei.

– Oi! Chegou bem na hora. Elisa e o restante já estão aqui, mas eu não queria que você tivesse de entrar sozinha.

– Uau, você está linda! – ela falou, colocando uma das mãos no meu quadril e me examinando dos pés à cabeça. – Onde encontra roupas assim?

Eu ri, feliz por ela ter percebido. Eu só estava trabalhando na Kelly & Company há um mês, mas fora tempo suficiente para me cansar de parecer que estava sempre vestida para um enterro. Havia jogado meus terninhos insípidos no fundo do armário, arrancara algumas páginas da *Lucky* e da *Glamour* e traçara uma linha reta até a Barney's. De pé na frente do caixa, calculei mentalmente os anos que ia levar para pagar tudo aquilo e então entreguei corajosamente meu cartão de crédito. Quando a vendedora me devolveu, eu podia jurar que ele estava quente. Em uma tarde, eu conseguira dar adeus tanto à aparência de boboca quando à saúde financeira.

Ainda que não fosse exatamente alta-costura, eu estava bem satisfeita com o meu novo visual: jeans Paige que custavam mais do que todas as minhas contas mensais juntas; um top de lingerie de seda com debrum de renda verde-claro; um blazer justo de tweed que não combinava com nada, mas o qual o vendedor, Jean-Luc, declarara ser "deslumbrante"; e a clássica bolsinha de mão Chanel que Will me dera no meu aniversário de 21 anos porque, aparentemente, "é um crime passar para a maturidade sem nenhum estilista pavimentando o seu caminho. Bem-vinda ao que espero que seja uma vida de consumismo fútil e idolatria por marcas".

Eu trabalhara no UBS durante cinco anos, labutando como uma escrava oitenta horas por semana. Como nunca tinha tempo para gastar dinheiro, consegui fazer um bom pé-de-meia sem me esforçar. Após oito semanas de desemprego e uma tarde na Barney's, esse pé-de-meia havia sido seriamente comprometido, mas minha bunda nunca ficara tão bonita num jeans. Parada do lado de fora do Sanctuary, no meio das pessoas magras e bonitas, eu me senti em casa. Valera a pena.

– Oi – falei, abraçando o corpo pequeno de Penelope. – Gostou? É o meu novo visual "eu nunca fui nem um pouco descolada, mas estou tentando muito ser agora". O que acha?

– Acho que você está uma gata – ela disse, sempre a boa amiga. – Alguém está planejando ver um certo deus inglês esta noite?

– Dificilmente. Não acho que Philip Weston telefona para garotas que não caem imediatamente em sua cama com as pernas abertas. Na verdade, acho que ele também não liga para as que caem. Tanto faz. Ele é bonito, mas foi inacreditavelmente arrogante e cheio de si.

– E ninguém gosta disso, é claro – Penelope disse, fingindo seriedade.

– É claro que não – respondi. – Venha, todo mundo está lá dentro e está um gelo. Vamos entrar.

– Você viu a fila? O que está acontecendo aqui hoje? Dá para pensar que eles estão oferecendo danças eróticas no colo de graça ou sei lá o quê.

– Não sei muita coisa, a não ser que inaugurou ontem e é supostamente o lugar mais exclusivo de todos, tipo uma sala VIP com anabolizantes. Kelly queria que verificássemos caso chegue mesmo a sobreviver ao modismo. Se a casa se tornar o novo lugar, já vamos tê-la reservado para a festa da *Playboy*.

Kelly & Company havia sido contratada pela *Playboy* há mais de um ano para produzir a parte de Manhattan da comemoração sem fim do 50º aniversário, que começaria em Chicago, em janeiro, e terminaria em uma megafesta na mansão de Los Angeles, em março, fazendo escalas em Vegas, Miami e Nova York pelo caminho. Seria uma tarefa colossal, era definitivamente nosso maior projeto até então, e dominava praticamente todo o nosso dia de trabalho. Kelly nos reunira no dia anterior para mudar o número no placar da contagem regressiva para 164 e pedir atualizações. As Garotas da Lista já estavam fazendo buscas simultâneas nas listas de celebridades A e B, preparando-se para montar um grupo final de vencedores. Enquanto isso, os outros passavam metade do dia desviando-se de ligações de todas as pessoas imagináveis em cada setor da cidade disputando convites para si mesmas, para seus clientes ou ambos. Combine toda a antecipação à insistência paranoica de Hef de que todos os detalhes (incluindo, mas não limitando, local, data, hora e convidados) fossem mantidos sob o mais alto sigilo, e tínhamos a receita para o caos.

– Procurei no Citysearch hoje. Segundo o site, o gerente teria dito que esperavam que a clientela fosse "chique e criativa", o que eu achei que se aplicava melhor a cardápios do que a pessoas, mas quem sou eu? – Penelope suspirou.

Eu recentemente começara a entender que o conceito de exclusividade era um princípio organizador da vida em Manhattan. Parte disso devia-se, sem dúvida, à tamanha concentração de gente em uma ilha tão pequena. Os nova-iorquinos competem instintivamente por tudo, de táxis na hora do rush a assentos no metrô, de bolsas Birkin da Hermès a ingressos para a temporada dos Knicks. Diretorias de condomínios impenetráveis levavam anos para serem manobradas. Anfitriãs frias nos restaurantes mais cobiçados da cidade exigiam arrogantemente reservas com seis meses de antecedência. É comum pensar que se deixam você entrar sem dificuldade, provavelmente não vale a pena ir. Desde os dias do Studio 54, e provavelmente muito antes (se é que havia boates antes), os frequentadores de clubes noturnos tinham transformado a simples entrada em um lugar badalado em um esporte competitivo. E nos lugares mais chiques, como o de hoje, havia níveis de acesso. Entrar pela porta é só o começo, qualquer estudante da Universidade de Nova York com um top curto pode conseguir.

– O bar principal? – ouvi alguém dizer referindo-se ao Sanctuary. – Prefiro ir ao TGI Friday's em Hoboken.

Elisa dera instruções explícitas para que nos dirigíssemos diretamente à sala VIP, aparentemente o único lugar onde "as coisas aconteciam". Jagger e Bowie se divertiram nas lendárias salas privadas do Studio 54. Hoje, Leo, Collin e Lindsay reinavam, sem serem perturbados por olhares curiosos, enquanto todo o restante clamava para entrar.

Eu me acostumara a não ser VIP há bastante tempo, nem me ocorrera que haveria possibilidade de ser um dia. Foi preciso a inauguração de uma sala VIP fora dos limites do universo das boates para realmente incitar minha indignação. No que eu só podia interpretar como o primeiro sinal do Apocalipse, meu dentista, o Dr. Quinn, inaugurara uma sala de espera reservada em seu consultório.

– Para que os clientes famosos e importantes do doutor tenham um lugar onde se sintam à vontade – a assistente explicara. – Você pode se sentar em nossa sala de sempre.

Aguardei na sala de espera pouco descolada e muito pública, folheando uma edição de dois anos de idade da *Redbook* e rezando silenciosamente para que o cavalheiro obeso ao meu lado parasse de fazer barulhos com a boca. Olhei desejosa para a porta da sala VIP e fantasiei sobre o paraíso dental chiquérrimo que certamente havia por trás dela. Resignei-me ao fato de que eu sempre seria uma dessas pessoas do lado de fora olhando para dentro. Mas lá estava eu, apenas alguns meses depois, do lado de fora do Sanctuary com minhas novas roupas descoladas e um bando de amigos fabulosos me esperando lá dentro. Parecia que minha sorte estava mudando.

Pelo canto do olho, vi uma garota idêntica à Abby beijar o segurança e entrar no lounge, mas não dava para identificá-la com certeza de onde eu estava.

– Ei, você nunca vai adivinhar quem eu vi na outra noite. Não acredito que esqueci de contar! Abby estava no Bungalow naquela noite em que você foi embora depois do jantar.

A cabeça de Penelope virou-se de repente na minha direção. Ela odiava Abby mais do que eu, se é que isso era possível. Recusava-se a reconhecer sua presença desde que Abby a encurralara em uma sala de aula no segundo ano e lhe dissera para não levar para o lado pessoal o fato de o pai de Penelope estar dormindo com a secretária e que certamente isso não se refletia em seu amor por ela. Penelope ficara tão chocada que só perguntara "Como você sabe?", e Abby dera um sorrisinho malicioso de volta. "Está falando sério?" – perguntou. "Quem não sabe?"

– Você viu aquela anã e não me contou? O que ela disse?

– O de sempre. Ela agora está no vórtex do mundo da mídia, você vai ficar feliz em saber. Atende por Abigail agora, então é claro que eu disse "Abby" quantas vezes consegui. Botou peito e refez metade do rosto, mas ainda está exatamente igual.

– Aquela garota passaria por cima da mãe usando salto agulha se isso a ajudasse a subir na vida – Penelope resmungou.

– Com certeza – confirmei alegremente. – E talvez você tenha o prazer de encontrá-la hoje. Acho que ela acabou de entrar.

– Ótimo. Isso é ótimo. Que sorte a nossa.

Dei o braço a Penelope e me dirigi ousadamente para o começo da fila, esperando projetar algum nível de autoconfiança. Um cara negro extremamente anoréxico usando uma peruca afro gigante e uma camiseta de malha arrastão de manga comprida por cima de um colant de lycra pink fosforescente olhou para nós através de cílios postiços incrustados de strass.

– Vocês estão na lista? – ele perguntou com uma voz surpreendentemente áspera para quem se montava com tanta habilidade.

– Claro, com certeza – falei casualmente. Silêncio. – Hmm, sim, estamos na lista. Estamos aqui com Kelly & Company.

Nenhuma reação. Ele segurou a prancheta, mas não a consultou, e eu decidi que ele não tinha me ouvido.

– Falei com o gerente hoje mais cedo para marcar uma visita. Estamos aqui para dar uma olhada no local para uma potencial...

– Nome! – rosnou ele, sem o menor interesse na minha explicação. Mas, enquanto eu soletrava meu sobrenome, quatro caras usando ternos dos anos 1970 e uma garota com algo que parecia muito uma roupa de melindrosa passaram direto a minha frente.

– Romero, querido, abra esse cordão idiota para podermos sair do frio –ordenou a garota, colocando cuidadosamente a mão na bochecha do segurança.

– Claro, Sofia, pode entrar – ele arrulhou com deferência e eu percebi que a melindrosa era Sofia Coppola. O grupo a seguiu e acenou com a cabeça demonstrando respeito ao segurança, que estava brilhando de orgulho e felicidade. Foram necessários três minutos para que ele recuperasse a compostura e mais dois para se lembrar de que ainda estávamos ali.

– Robinson – disse eu, soando definitivamente mais irritada. – R-O-B-I...

– Eu sei soletrar – revidou ele, parecendo agora completamente irritado. – Sim, por sorte sua, você está na lista. Absolutamente ninguém vai entrar hoje, se não estiver.

– Hmm – foi mais ou menos tudo o que consegui dizer em resposta a essa pequena informação.

Ele colocou a mão no cordão de veludo, mas não o ergueu. Inclinou-se para a frente e falou diretamente com Penelope, em voz não muito baixa.

– Só para a sua informação, garotas, vocês estão vestidas um pouco mais informalmente do que gostamos de ver aqui.

Penelope riu, obviamente sem se dar conta de que nosso novo amigo travesti *não* estava brincando.

– Ei, só estou sendo sincero com vocês – ele continuou, a voz ficando mais alta a cada segundo. Uma espécie de silêncio havia tomado a multidão anteriormente agitada e animada e eu podia sentir cinquenta pares de olhos nos olhando pelas costas. – Preferimos ver um pouco mais de estilo, um pouco mais de esforço.

Minha mente começou a correr, procurando uma resposta mordaz, mas é claro que não consegui dizer nada. Antes que eu soubesse o que estava acontecendo, uma garota tão jovem, tão alta e com seios tão enormes que só fariam sucesso em Los Angeles, se aproximou e nos ofereceu uma aula rápida, mas altamente informativa, sobre a atual situação da moda.

– Ultimamente, gostamos muito de ver um visual estilo anos 1940.

– Hein? – falou Penelope, verbalizando exatamente o que eu estava pensando.

– Bem, é só uma opção, é claro, mas faz bastante efeito. Preto e branco com batom vermelho vivo, sabe? Talvez um sapato Prada vintage ou algo até mais pesado. A questão é se destacar – ouvi algumas pessoas rindo em concordância ao fundo.

Foi nesse momento que eu percebi que ela parecia um dos pacientes de plástica de *I Want a Famous Face* que dera totalmente errado.

O que eu disse? O que eu fiz? Absolutamente nada. Em vez de manter uma partícula, um fiapinho de respeito próprio, nós oferecemos nossas mãos esquerdas para o carimbo obrigatório e meio que passamos envergonhadamente pelo cordão de veludo que finalmente fora erguido. A indignidade final veio assim que a porta estava se fechando atrás de nós, quando a girafa cosmeticamente turbinada anunciou para a aberração de circo:

– Não seria tão mal se elas pelo menos se preocupassem com a marca das roupas.

– Isso aconteceu mesmo? – perguntou Penelope, parecendo tão perplexa quanto eu.

– Acho que sim. Nós fomos muito ridículas? Tenho quase medo de perguntar.

– Na verdade, não há palavras para esse nível de ridículo. Foi como assistir *Jeopardy!* Eu sabia todas as respostas, só que dez segundos tarde demais.

Eu estava prestes a sugerir que nós nos medicássemos com quanta vodca não diluída pudéssemos localizar, mas Elisa nos encontrou primeiro.

– Este lugar é tão bacana – ela falou no meu ouvido enquanto acenava um oi para Penelope. – Dê uma olhada. Extrema direita, canto dos fundos, Kristin Davis. Extrema direita, bem em frente a ela, Suzanne Somers. É aleatório, eu admito, mas são celebridades mesmo assim. Extrema esquerda, nem tanto no canto, mais tipo, às 12 horas, Sting e Trudie Styler, se agarrando. No sofá redondo de couro no meio, Heidi Klum e Seal, e Davide os ouviu dizer que Zac Posen está chegando.

– Uau – falou Penelope, fazendo um esforço admirável para parecer impressionada –, há muita gente aqui hoje. Bette, o que acha de pegarmos um drinque?

– Ainda não terminei – chiou Elisa, puxando meu braço com mais força para perto de si e continuando a varrer o aposento. – Paquerando a garçonete, perto da porta lateral, Ethan Hawke. O que criou uma situação ligeiramente constrangedora pela presença de Andre Balazs, o novo homem da Uma, sentado com parceiros de negócios na primeira banqueta à direita. E olhe! Aquela lesbicazinha feia que tem um blog e não consegue parar de escrever sobre quanto pó consome toda noite está meio que espreitando ali atrás, observando todos eles. Amanhã, ela vai ter espalhado tudo pelo blog, fazendo parecer que esteve na farra com todo mundo, em vez de ter passado a noite inteira espionando. Ah, e olhem! Logo atrás dela, um assistente da Rush & Molloy. Eles mudam constantemente para que ninguém nunca saiba quem são, mas temos uma fonte lá que nos passa faxes das biografias e fotos dos novos assim que chegam... Hmm, acho que Philip não está aqui hoje. Que pena. Aposto como você queria vê-lo, não?

– Philip? Hmm, não, na verdade não – balbuciei em parte sinceramente.

– Ah, jura? Isso significa que ele ainda não ligou? Que triste. Sei como é, Bette. Não leve para o lado pessoal, obviamente ele só tem gostos muito estranhos.

Eu passara três semanas evitando as perguntas de Elisa, tentando parecer indiferente a respeito de Philip Weston. Estava prestes a repetir que não dava a mínima para o fato de ele não ter telefonado, que eu nem deixara meu telefone como fora instruída, mas achei que não valia a pena. Essa era claramente uma questão delicada e era melhor deixar quieto. Além do mais, eu não chegava a adorar o fato de não ter tido notícias dele, com telefone ou sem.

Penelope e eu seguimos Elisa até um pequeno círculo de sofás de camurça brancos – uma ideia fenomenalmente idiota para um lugar onde as pessoas não fazem nada além de comer, beber e dar uns amassos – e cumprimentamos Leo, Skye, Davide e alguém que Elisa apresentou como "o cérebro por trás disso tudo".

– Oi, eu sou a Bette e esta é minha amiga, Penelope – disse eu, esticando a mão para o cara de aparência semita, a quem Elisa se referira, e que usava um mullet.

– Beleza. Danny.

– Sem o Danny, não estaríamos aqui hoje. – Elisa suspirou e todos à mesa assentiram concordando. – Ele criou todo o conceito que é o Sanctuary e montou todo o projeto... Não é isso, Danny?

– É.

Eu estava imaginando por que esse judeu baixinho criado em Great Neck ou em Dix Hills estava tentando falar como se tivesse crescido nos playgrounds e quadras de basquete de Cabrini Green.

– Ah, então foi você que contratou aquele segurança encantador, não é? – perguntei, e Elisa me deu um olhar de advertência.

Danny aparentemente não achou nada impróprio.

– É uma bicha esquisita, mas dane-se, dá conta do recado. Mantém os manés fora, é só o que me interessa.

Hmm. Penelope assentiu seriamente e me cutucou ao mesmo tempo, e eu mordi a parte de dentro das bochechas para não rir. Comparado a dois minutos atrás, Danny estava sendo totalmente verborrágico.

– Então, Danny, de onde tirou a ideia para o Sanctuary? – perguntou Penelope, olhando para ele com olhos bem abertos e fascinados.

Ele deu um golinho em sua Stella Artois e olhou para ela como se estivesse tentando determinar que idioma ela acabara de falar, os olhos apertados com a confusão, a mão na testa enrugada, a cabeça balançando ligeiramente de um lado para o outro.

– Cara. Todos os outros lugares são tão estressantes. A fila no Bungalow é um pesadelo e eu não aguento todos aqueles jornalistazinhos na Soho House. Achei que todos nós precisávamos de um lugar que pudesse ser, tipo, você sabe, qual é a palavra? Um lugar para relaxar.

– Um santuário? – contribuí, para ajudar.

– Pode crer – assentiu ele, obviamente aliviado. A quantidade de cosméticos em seu cabelo era nada menos que surpreendente.

Infelizmente, antes que essa conversa fascinante pudesse chegar a seu fim lógico – muito provavelmente quando Danny lembrasse do nome de sua própria boate –, vi um bronzeado excessivamente familiar.

– Ahmeudeus, é ele – fingi sussurrar para nosso grupinho eclético, inclinando imediatamente minha cabeça para a frente, tanto para me esconder quanto para me consultar com eles.

Cabeças se viraram.

– Philip. Philip Weston está aqui. Acabou de entrar com aquela, aquela, aquela *modelo* – cuspi, sem ter a menor noção de quão ensandecidamente ciumenta eu soava. E parecia.

– Bette, estou ouvindo ciúmes? – perguntou Elisa, inclinando-se para perto para sussurrar no meu ouvido. – E eu pensando que você era imune aos encantos de Weston. É bom ver que você é uma garota norte-americana de sangue quente, afinal. É claro, só porque você está interessada, não significa que ele esteja...

– Cara! Philip! Aqui! – Danny estava chamando e, antes que eu percebesse o que estava acontecendo, Philip estava me cumprimentando com um beijo na boca.

– Oi, amor, eu esperava que estivesse aqui. Você pode fugir, mas não pode se esconder...

– Como? – foi mais ou menos só o que eu consegui dizer, já que naquele momento eu estava praticamente certa de que ele pretendia mandar tanto o beijo quanto o comentário em outra direção. Por exemplo, na direção da deusa que esperava pacientemente cerca de um metro atrás dele, sem parecer minimamente incomodada com nada.

– Não deixou seu telefone com o meu porteiro. Como é que vocês chamam isso por aqui? Bancar a difícil. Bem, eu sempre gosto de um bom jogo, então decidi entrar na brincadeira e encontrá-la sozinho.

Vi Elisa despencar no sofá atrás dele, a boca aberta de uma forma muito pouco atraente, o choque passando por seu rosto.

– Entrar na brincadeira? – perguntei a ele.

– As garotas não costumam exatamente correr de mim, amor, se é que você me entende. Ei, companheiro, pode me dar um Tanq com tônica? – disse ele, falando com Danny como se ele fosse nosso garçom.

– Já é, cara, é pra já – falou Danny, movendo-se tão rápido quanto se espera apenas quando há drogas ou garotas como recompensa.

Ele se virou quando Philip chamou.

– E, ei, algo para a Sonja aqui também. – Ele se virou não para mim, mas para a garota com pernas intermináveis. – Sonja, querida. O que posso lhe oferecer? *Ginger ale*? Suco de vegetais? Fale comigo, docinho.

Ela o olhou de volta, sem entender, e eu quase – quase – me diverti com a ideia de que Philip trouxera uma garota como acompanhante enquanto corria atrás de outra. Ele *estava* correndo atrás de mim, não estava?

Elisa voltara para o colo de Davide, aparentemente recuperada da chegada inesperada de Philip. Eu a vi retirar muito discretamente um saquinho de pó branco de sua bolsa Balenciaga verde-alface e o passar para Skye, que partiu imediatamente na direção do banheiro feminino. Sempre despachada, Elisa então enfiou a mão no bolsinho lateral da bolsa e distribuiu alguns tabletes entre as pessoas que ainda estavam na mesa. As mãos acharam o caminho para as bocas simultaneamente e os comprimidos misteriosos foram rapidamente engolidos com champanhe, vodca e o que Skye, nossa crítica de bebidas particular, havia descrito como "o único Cosmopolitan decente na porra da cidade inteira".

– Ah, Phiiiiily, acho que seria bom tomar o suco de tomá-te, *oui*? – falou Sonja, mordendo sedutoramente seu lábio inferior.

– Ei, vocês aí, venham brincar. Temos mais do que o suficiente para todo mundo! – Elisa gritou por cima do CD Hotel Costes que poderia passar por música relaxante de lounge, se não estivesse tão alta que poderia abafar o som de um 747.

Danny saiu para pegar drinques para Philip e Sonja, enquanto Penelope tentava corajosamente conversar com uma Elisa cada vez mais chapada. Eu só fiquei ali, profundamente consciente de que parecia constrangida e idiota, mas sem possuir realmente a capacidade de me mover.

– Então, Philip, apresente-me à sua, hmm, amiga – consegui dizer, tentando imaginar qual seria o protocolo quando o cara com quem você recentemente dividira a cama fazia um esforço para encontrá-la com a namorada a reboque.

– Claro, amor. Sonja, esta é a criatura deslumbrante da qual eu estava lhe falando, a que me dispensou há algumas semanas, se você acredita. Estava completamente bêbada, é claro; é a única explicação possível – assentiu Sonja, sem necessariamente compreender nada. Ele rapidamente mudou para francês e a única palavra que eu consegui entender foi *nome*, o que eu imediatamente presumi significar que ele a estava informando que não sabia qual era o meu.

– Bette – falei, esticando a mão para Sonja enquanto ignorava Philip.

– So-niaaah. – Ela riu, mostrando dentes brilhantes sem absolutamente nenhuma mancha de nicotina.

– Os pais de Sonja a confiaram a mim durante esta semana, enquanto ela faz entrevistas em todas as agências – explicou ele com seu sotaque britânico irritantemente adorável. – Nossos pais têm *villas* vizinhas em St. Tropez, então ela sempre foi como uma irmã mais nova para mim. Só tem 15 anos, acredita? – Para ser justa, ele não foi malicioso ou lascivo, mas a sensação era a de que deveria ter sido.

Mais uma vez me vi na posição bastante incômoda de ser incapaz de falar ou reagir com um pingo de consistência, então fiquei encantada quando Penelope anunciou que estava pronta para ir embora.

– Eu sei que acabamos de chegar – falou baixinho no meu ouvido –, mas isto aqui não é a minha praia. Você vai ficar bem aqui sozinha? Todo o pessoal do seu trabalho está aqui. Vai ficar tudo bem, certo?

– Pen, não seja louca! Eu vou com você – anunciei ansiosa por uma desculpa para ir embora, com apenas uma pontada de desejo de ficar e conversar com Philip.

Danny voltou, indicando nossa mesa para uma garçonete. Philip e Sonja receberam os drinques que haviam pedido e eu recebi uma minigarrafa de Piper e um canudo listrado de vermelho. Penelope não recebeu nada.

– Aqui, tome um drinque antes de irmos – disse eu, e empurrei a garrafa em sua direção.

– Bette, eu já parei, está bem? Eu realmente acho que você devia ficar e...

– AVERY! – gritou Elisa de repente, impulsionando seu corpo emaciado do sofá para os braços de um cara alto e louro, usando uma camisa cor-de-rosa agressivamente grã-fina. Eu e Penelope nos viramos simultaneamente para ver o noivo dela abraçando minha colega de trabalho como se eles se conhecessem há anos.

– Venha cá. Galera, vocês têm que conhecer meu baladeiro favorito, Avery Wainwright. Avery, estes são...

Aparentemente, nossas caras foram suficientes para pará-la no meio da frase, uma façanha que eu nunca pensara ser possível.

– Ei, querida, eu não sabia que você viria aqui hoje – disse Avery, soltando-se da braçada que era marca registrada de Elisa e envolvendo Penelope em um abraço de urso bastante constrangido.

– Eu também não sabia que você viria – falou ela baixinho, sem olhar nos olhos dele. – Você disse que ia jantar com os rapazes esta noite.

Eu queria poder catar a Penelope e levá-la para o Black Door, onde poderíamos afogar aquela sensação nojenta. – Ele não fizera nada tecnicamente errado, mas eu sabia que, de qualquer maneira, o estômago dela estava revirando. Não havia, porém, nada a fazer além de tentar desviar a atenção dos outros.

– Eu fui jantar com os rapazes. Fomos todos ao Sparks e aí a maioria quis ir para casa, mas eu decidi dar uma olhada neste lugar com o Rick e o Thomas. Está vendo, estão bem ali – disse ele rapidamente, as palavras se embolando com o tom de pânico de alguém que acabou de ser pego em flagrante.

Rick e Thomas estavam realmente onde ele havia indicado. Nos trinta segundos desde que haviam chegado, um grupo de garotas muito jovens havia aceitado seu convite para juntarem-se a eles em sua mesa VIP e estavam começando a rebolar e dançar na banqueta. Penelope parecia estar prestes a vomitar. Eu percebi que a ideia de que, se ela não estivesse ali, Avery muito provavelmente estaria se esfregando com uma daquelas garotas naquele momento a estava atingindo em ondas.

– Hmm – murmurou ela, observando enquanto Rick e Thomas ensanduichavam uma garota entre si e giravam. – Entendi.

– Pen, qual é, querida, não é assim. Eles conhecem aquelas garotas do trabalho e só estão sendo simpáticos.

– Trabalho? – A voz dela estava cortante como aço e seus olhos haviam se transformado em gelo. Todo mundo estava esperando por uma briga colossal, então eu comecei a puxar papo com Elisa, Philip, Danny e Sonja simultaneamente e cutuquei Penelope para que se afastasse um pouco para nos poupar da cena.

– Então, Sonja, em que tipo de agências você vai fazer entrevistas? – perguntei, imaginando se Philip queria ter dito "escolas" em vez disso. Ela era muito, muito jovem.

– Ah, você sabe, as de sempre. Elite, Ford, Wilhelmina. Phii-ly diz que eu vai ser modelo linda.

– Claro que vai, boneca. Desde que ela era um toquinho de gente, andando pela *villa* de fralda, eu a achava esplêndida. Chave de cadeia, mas esplêndida. – Ele agora estava sendo oficialmente malicioso.

– Chade-cabeia? O que é chade-cabeia? – perguntou ela a nós dois, os olhos se enrugando de uma forma adorável.

– Nada, boneca. Por que você não fica sentada aqui sendo deslumbrante e me deixa conversar com a Betty um minuto, está bem?

– Sabe, Betty é bonitinho, mas eu prefiro Bette – falei da forma mais simpática possível.

– Você é atrevida mesmo, não é? – Ele colocou as mãos nos meus quadris e me puxou mais para perto, mas não fez nenhum movimento para me beijar. Era difícil me concentrar em seu rosto primorosamente esculpido quando podia ouvir Avery implorando ao fundo.

– Querida, não sei por que ela me chamou de "baladeiro". Você *sabe* que eu gosto de sair. Diabos, eu gostaria que você viesse mais comigo. Elisa é só uma cheiradora idiota que sabe onde estão as festas boas, só isso.

O imbecil. Ele teve a coragem de ficar parado ali e chamar Elisa de cheiradora por entre os dentes cerrados e um maxilar tão trêmulo que parecia estar ligado a eletrodos. Penelope sabia muitas coisas que nós ignorávamos – como embrulhar presentes, quando escrever bilhetes de agradecimento, a melhor forma de arrumar uma mesa para um jantar –, mas quando o assunto era Avery, drogas ou Avery e drogas, ela era incrivelmente obtusa. Skye finalmente voltou do banheiro, o maxilar tão inquieto quanto o dele. O DJ passou de música relaxante de lounge para OutKast, o que aparentemente inspirou Elisa a agarrar Davide e Skye e começar a dançar nas banquetas. Ela raramente tirava os olhos de Philip, que atravessara o aposento, mas ele não parecia perceber. Seu salto agulha começou a fazer buracos simétricos e limpos na camurça branca e eu me sentia melhor cada vez que ouvia o tecido rasgar mais um pouco.

Mas não por muito tempo. A voz atrás de mim era inconfundível e eu me senti imediatamente enjoada.

– Bette! Que engraçado encontrá-la aqui! – Abby deu um puxão no meu braço, derramando meu champanhe na camurça.

– Ei, Abby – falei o mais indiferente possível, procurando uma possível rota de fuga em volta antes de fazer contato visual.

– Então, você e o Philip parecem estar a toda, não é? – Ela piscou e eu contive o impulso de arrancar o sorrisinho de seu rosto.

– Hmm. O que faz aqui?

Ela riu e ajeitou o salto de 12 centímetros que pouco fazia para disfarçar sua altura.

– Alguém precisa ter motivo para se divertir? Ahmeudeus, aquele é Avery Wainwright? Não temos tido chance de botar o papo em dia ultimamente. Aquele menino virou um homem *muito* bonito, não acha?

– Ele é noivo – falei rispidamente. – Da Penelope. Você se lembra da Penelope, não é?

Ela fingiu não fazer ideia.

– Hmm. Bem, sabe o que dizem...

– Não, o quê?

– Casamento se desfaz até no altar – ela esfregou as mãos como se estivesse antecipando algo muito delicioso ou emocionante.

Vendo a minha reação, ela disse:

– Ah, Bette, fique calma. Eu só estava brincando! – Um olhar de horror fingido passou por seu rosto. – Você devia melhorar seu senso de humor, sabia? Falando nisso...

– Abby, foi realmente ótimo esbarrar com você, mas tenho de voltar para os meus amigos. É meio que uma noite de trabalho, sabe? – Saí de detrás dela e comecei a deslizar para longe.

– Claro, querida, mas vamos combinar logo aquele almoço, está bem? Eu adoraria ouvir *tudo* sobre Philip, o emprego novo e tudo o mais. Todo mundo ainda está falando sobre aquela menção no *New York Scoop* – gritou ela para mim.

Eu queria me assegurar de que Penelope estava aguentando firme, mas Avery a encurralara e nenhum dos dois parecia feliz, então voltei para nossa mesa, onde Davide me entregou um drinque.

Penelope se aproximou imediatamente.

– Bette, acho que nós vamos embora – disse num tom exausto, parecendo que preferia se matar a fazer qualquer coisa.

– Você está bem? Sério, por que o Avery não fica aqui e se diverte e você e eu saímos para comer alguma coisa? Não me importo em ir embora antes de fazer alguma coisa da qual vou me arrepender amargamente, tipo ir para casa com o Philip e fazer amor selvagem e apaixonado com ele, mesmo que seja o cara mais detestável que já conheci.

Ela suspirou.

– Não, obrigada. Acho que precisamos mesmo ir para casa. Eu ligo para você amanhã.

Fiquei imaginando se eles iriam dormir aquela noite. Avery estava tão ligado de pó que ia ser preciso um tranquilizante para cavalo para fazê-lo dormir. Ou talvez ele começasse a ter flashbacks de todos os ácidos que tomou na faculdade e tentasse comer um periquito ou voar por uma janela. Pobre, doce Penelope.

– Bette, amor, está pronta para ir? – perguntou Philip, passando os braços pelos meus ombros como se fosse meu namorado de longa data em vez do cara com quem eu não queria querer dormir. – Vamos para o meu apartamento. Talvez hoje você não esteja bêbada demais para...

– Hmm, é, por que eu, você e Sonja – falei de um modo um pouco mais nojento do que pretendia – não fazemos uma festa do pijama? Não seria divertido?

Ele escorregou a mão para cima pelas costas do meu top de lingerie.

– Por que essa atitude? Sério, amor, você tem de relaxar. Vamos, eu vou pôr Sonja numa suíte no andar de cima e aí eu e você podemos passar um tempo tranquilo juntos, está bem?

Antes que eu pudesse responder, Philip estava sussurrando para Sonja em francês. Ela fez pouca coisa além de assentir entusiasmadamente, erguer suas sobrancelhas perfeitas e rir quando ele terminou.

– *Oui*, *oui*, é claro que vocês podem passar algum tempo sozinhos – disse ela, nos dando sua bênção para nos entregarmos a sexo ligeiramente bêbado e um tanto aleatório.

– Sabe de uma coisa, Philip? – disse eu, sem saber como explicar que não estava muito a fim esta noite quando nem eu tinha certeza. – Não está certo colocá-la em um hotel quando ela só vai ficar com você uma semana. Quer dizer, ela tem só 15 anos. Não acha que devia ficar de olho nela? Ela não pode andar um metro sem que homens deem em cima dela, sabe.

Ele pareceu pensativo, como se estivesse realmente acreditando em toda aquela cena de "preocupação por Sonja". Ele assentiu.

– Você está certa, amor. Vou levá-la para casa e colocá-la na cama, e aí nós dois vamos para algum hotel. Boa ideia. Tchau – ele falou na direção dos outros, que só olharam uma vez na nossa direção e balançaram a cabeça em reconhecimento. Elisa parou de ficar de boca aberta tempo suficiente para me mostrar um polegar nada sutil de aprovação.

Achei que seria mais fácil deixar os dois no Archives e aí redirecionar o táxi para Murray Hill do que discutir a respeito, então acenei para Elisa e segui Sonja e Philip até a porta da frente, sentindo-me como a filha gorda e sem coordenação de dois atletas olímpicos.

– Ei, cara, chame um táxi para nós, por favor – gritou Philip para o porteiro, estalando os dedos mais ou menos naquela direção. Era inegavelmente babaca, mas considerando-se que o sujeito tinha sido um idiota conosco, me pareceu perfeitamente aceitável. Isto é, até que um olhar mais atento revelou que não era o portador subnutrido de peruca, Romero, mas o segurança gatinho (e grosso) do Bungalow 8, Sammy. Ele se virou para olhar para Philip com uma expressão venenosa e me viu tentando me esconder para o lado. Seus olhos cruzaram com os meus por apenas um instante de reconhecimento antes que ele voltasse a atenção para a rua e chamasse silenciosamente um táxi entre as dúzias que passavam voando.

Sonja entrou primeiro e Philip mergulhou ao lado dela, me deixando de pé a dez centímetros de distância de Sammy enquanto ele segurava a porta do táxi aberta. Não sei por que entrei com eles, mas entrei. Era como se meu corpo estivesse seguindo um roteiro invisível.

– Obrigada – consegui dizer baixinho, exatamente quando Philip falou: – Amigo, estou levando duas lindas garotas para casa comigo, se é que você me entende. Incomoda-se de andar com isso? – Sonja riu e descansou sua cabeça delicada no ombro de Philip; Sammy olhou para mim uma última vez, sem nenhuma expressão, e bateu a porta. Quando o táxi começou a andar, olhei para a fila inquieta do lado de fora da boate, os paparazzi com câmeras esperando as celebridades saírem, a aglomeração para entrar, como se fosse um vício. E, mesmo que não conseguisse identificar o motivo, eu tinha quase certeza de que queria chorar.

10

— Como é que você come assim e continua tão magra? – perguntei para Penelope pela milésima vez desde que havíamos nos conhecido. Acabáramos de nos instalar em uma mesa no EJ's depois de uma espera de uma hora. Eu estava faminta o suficiente para pedir um de cada coisa no menu, mas estava gostando demais da minha silhueta ainda-magra para colocá-la em risco agora. Consegui parar com as idas ao Dylan's e até mesmo com a maioria dos meus bacon, ovo e queijo matutinos, com apenas um Slim Jim ocasional como única indulgência, e me policiar em relação à comida estava quase começando a parecer normal. O que só pareceu mais estranho quando Penelope fez o pedido que sempre fazíamos – omelete de queijo com três ovos, bacon e batatas, acompanhada de uma pilha pequena de panquecas com pedaços de chocolate e um punhado de manteiga derretida escorrendo. Ela ergueu as sobrancelhas quando pedi uma omelete de clara com espinafre e tomate e duas fatias de torrada integral sem manteiga, mas absteve-se gentilmente de comentar, com a exceção de um murmúrio:

– Elisa tem influenciado muito?

Eu ignorei seu sorriso fraco e mudei de assunto.

– Está tudo bem entre você e Avery? – perguntei o mais amigavelmente que pude, querendo muito aliviá-la e não soar crítica. Eu sabia quanto ela estava chateada quando os vira sair do Sanctuary, mas me senti impotente para fazer algo além de olhar. Quando ela me ligou hoje de manhã cedo, desmarquei imediatamente meu brunch costumeiro com Will e Simon e pulei para dentro de um táxi para o Centro.

Ela evitou os meus olhos e, em vez disso, concentrou-se em cortar as panquecas em pedacinhos do mesmo tamanho. Corta, espeta, boca, repete. Observei esse ciclo três vezes antes de ela falar.

– Está tudo bem – disse sem emoção. – Depois que ele explicou tudo, pude ver que ontem à noite foi só um grande mal-entendido.

– Tenho certeza de que sim. Deve ter sido uma surpresa vê-lo lá quando você não estava esperando – sugeri, esperando induzir algum tipo de reconhecimento por parte dela.

Ela riu sem prazer.

– Bem, você conhece o Avery. Pode aparecer em qualquer lugar, a qualquer hora da noite. Acho que é bom que um de nós seja sociável, senão íamos enlouquecer um ao outro sentados no apartamento o tempo inteiro.

Eu não sabia como continuar, então só balancei a cabeça.

– E você? Parecia estar se divertindo quando eu saí, conversando com Elisa e Philip. A noite foi boa?

Fiquei olhando para ela, pensando em como me sentira constrangida com Elisa e Philip, como se estivesse invadindo um mundo só para sócios – uma sensação que se tornara bastante familiar desde minha entrada para Kelly & Company. Pensei em como entrara no táxi e insistira para ser deixada em casa sozinha e em como –

para minha grande surpresa – Philip não discutira, nem um pouco. Pensei em como meu apartamento parecia vazio quando cheguei em casa e em como nem mesmo Millington enrolada ao meu lado na cama me fez sentir melhor. Depois olhei para Penelope e fiquei imaginando quando, exatamente, tínhamos nos distanciado tanto.

– Foi legal, eu acho. Eu esperava ficar mais com você... – parei abruptamente, quando percebi que parecia que a estava acusando.

Ela ergueu o olhar e olhou firmemente para mim.

– Sinto muito, eu não esperava aquela situação com o Avery. Também adoraria que ficássemos juntas, saindo como antigamente, mas foi você quem nos fez encontrar com todos os seus colegas de trabalho para verificar o local. Parece que nos últimos tempos eles são onipresentes.

– Pen, me desculpe, eu não quis falar assim. Só estava dizendo que prefiro sair com você qualquer hora. Depois que você foi embora, só ficou pior. Philip estava de babá para uma garota da terra dele e eu rachei um táxi com eles porque não queria fazer uma cena na boate, mas aí as pessoas me viram entrar no banco de trás e eu me senti uma merda. Ah, e Abby também. Foi tudo uma grande confusão e eu queria ter ido embora quando você foi.

– Então você foi para casa com ele? Onde a garota dormiu?

– Não, só entrei no táxi porque me pareceu mais fácil do que vê-lo dar um ataque. Fiz com que me deixassem antes, mas as pessoas que estavam olhando nunca vão saber disso.

– Por que você não foi para casa com ele? E quem são "as pessoas"? – Eu podia ver que ela estava tentando entender quem era quem, mas ainda nem havia conhecido todos os participantes.

– Bem – menti –, não sei se estou pronta para me envolver com o mundo de Philip. Ele é ligado a praticamente tudo e todos no meu trabalho, o que torna tudo isso ainda mais esquisito.

– Não tenho como saber. Você não me apresentou – disse ela alegremente.

Senti a reprimenda e sabia que ela estava certa, mas não queria transformar aquilo numa grande discussão.

– Não? Ontem à noite foi meio caótico. Acredite, não está perdendo grandes coisas. Ele é lindo, isso você viu, mas fora isso é o garotão festeiro básico, só que com um sotaque sensacional. É uma pena que ele seja tão gato – suspirei alto.

– Bem, esse discursozinho parece bom e tal, minha querida, mas devia ter visto a sua cara quando ele entrou com aquela modelo. Eu achei que você ia morrer. Você gosta dele, não é? Admita.

Eu não sabia como dizer que é claro que alguma coisa nele me atraía, mas ao mesmo tempo algo me repelia. Não queria dizer em voz alta como me sentia lisonjeada por alguém como Philip querer alguém como eu, mesmo que ele não parecesse ser um cara tão legal assim. Eu não queria explicar toda a situação no trabalho, como eu suspeitava de que Elisa pudesse estar com inveja por Philip estar interessado em mim ou como Kelly parecera pronta e disposta a me prostituir por ser bom para os negócios. Só dei de ombros e salguei minha omelete, grudando bem a xícara de café nos lábios para não ter de dizer nada por enquanto.

Penelope entendeu que eu não ia falar nada a respeito naquela hora. Foi a primeira e única vez nos quase nove anos desde que nos conhecêramos que eu me lembrava de nós duas sentadas à mesa voluntariamente guardando informações uma da outra. Ela se recusara a me contar o que realmente sentia sobre seu relacionamento com Avery e eu evitara comentar sobre Philip. Ficamos sentadas em um silêncio confortável o suficiente, mas bastante estranho até que ela disse:

– Eu sei que não conheço toda a situação e é claro que sei que você é mais do que capaz de lidar com tudo isso sozinha, mas, por favor, por mim, só tome cuidado. Tenho certeza de que Philip é um cara legal, mas já vi muita coisa com os amigos do Avery e agora com seus colegas de trabalho para saber que todo esse povo me deixa apavorada. Não é nada concreto, mas eu me preocupo com você, sabe?

Ela colocou a mão em cima da minha e eu soube que, em algum momento, voltaríamos a ser como éramos. Enquanto isso, teríamos de nos contentar em pensar uma na outra de longe.

11

— Muito bem, crianças, façam silêncio - anunciou Kelly enquanto entrava na sala de reuniões cambaleando nos saltos altos que usava todos os dias. - Todo mundo já teve oportunidade de ler seus Alertas de Fofocas?

- Com certeza - piou Leo do outro lado da mesa de vidro que parecia mais pertencer a um hotel sofisticado do que a um escritório. - Parece que nossa nova funcionária favorita foi mencionada novamente.

Senti a conhecida reviravolta no meu estômago começar. Eu chegara dez minutos atrasada naquela manhã e ainda não lera o Alerta de Fofocas, obviamente um grande erro de conduta da minha parte. Uma das assistentes chegava às seis da manhã todos os dias especificamente para criar o Alerta de Fofocas para todos nós - uma espécie de levantamento de todas as colunas, jornais e histórias que poderiam, de alguma forma, ser relacionadas aos nossos clientes ou meio - e colocá-lo em nossas mesas até as nove da manhã, mas todo mundo geralmente dava uma olhada em todos os websites assim que acordava, passando os olhos rapidamente pelo Drudge, Página Seis, Liz Smith, Rush & Molloy, *USA Today*, *Variety*, *New York Scoop*, uma variedade de blogs e colunas e algumas das maiores manchetes dos jornais principais. É melhor saber cedo se algo ruim aconteceu e seu telefone vai tocar sem parar, portanto o Alerta de Fofocas era mais uma formalidade do que algum tipo de furo jornalístico. A única informação realmente relevante que recebíamos todas as manhãs era o Alerta de Celebridades, que incluía informações sobre quem está na cidade, por que estão aqui, onde estão hospedados (e sob que nome) e qual a melhor forma de contatá-los para suborná-los ou implorar para que compareçam a um evento. Quatro semanas seguidas me conectando para analisar cada website imaginável cinco segundos depois de acordar - complementados por um relatório profissional algumas horas depois - e o único dia em que eu não estava totalmente informada sobre todas as últimas fofocas, era o único dia que importava, é claro.

– Hmm, ainda não tive chance de ver hoje. E, além disso, não posso imaginar o que pode estar aí, considerando-se que eu fui dar uma olhada no Sanctuary este fim de semana com todos vocês, até ir para casa. Sozinha – acrescentei rapidamente, como se devesse explicações a meus colegas de trabalho.

– Bem, vamos ver aqui – falou Kelly, pegando uma página impressa da coluna on-line. – "A nova funcionária da Kelly & Company parece determinada a se entrosar com seus colegas festeiros. Fontes dizem que a produtora de eventos ainda sem nome, supostamente visitando o Sanctuary sábado à noite para verificar seu potencial como locação para a ultrassecreta festa da *Playboy*, misturou negócios com prazer quando foi embora com Philip Weston e uma modelo não identificada. Seu destino final? Nós fazemos ideia..." – Kelly deixou as últimas palavras no ar e virou-se para sorrir para mim.

Eu me senti ficar vermelha.

– O que, exatamente, estão insinuando? Porque, até agora, não ouvi nenhuma declaração remotamente verdadeira. E quem diabos escreveu isso?

– Ellie Insider, é claro. Há uma foto sua entrando no táxi com Philip e uma garota absolutamente deslumbrante, então acho que não é difícil entender o que ela está sugerindo... – Kelly continuou sorrindo. Não podia parecer mais feliz.

Será que era muito esquisito discutir isso em nossa reunião semanal de equipe, marcada hoje supostamente para debatermos assuntos de trabalho?

– Kelly, eu sinto muito por qualquer impacto que isso possa ter causado a você ou à firma. Sinceramente, não sei por que alguém se importa, mas, falando sério, não está acontecendo desta...

– "A mais nova Garota do Momento, uma associada de Kelly & Company". Percebe quanto isso é importante? Espero que, da próxima vez, usem seu nome. Provavelmente não conseguiram confirmar a tempo, já que você ainda não é conhecida no meio.

Percebi que Elisa estava tendo dificuldades para sorrir.

– Não só isso, mas aqui diz que nós somos festeiros – interrompeu Leo com orgulho.

– E menciona a festa da *Playboy* – acrescentou Skye.

– Não sei quem daria essa informação a eles – murmurei. – Nem é verdade.

– Bette, querida, não me importa se é verdade, só me interessa que tenha cobertura jornalística. Você fez coisas maravilhosas pela equipe no pouco tempo em que está conosco. Além disso, Danny vai adorar a menção à boate. Continue com o bom trabalho. – E, com isso, passamos para uma das especialidades de Kelly: sessões de *brainstorm*.

– Muito bem, pessoal, comecem a falar. Temos a pré-estreia de *Shrek 3* no mês que vem. Os convites precisam ser enviados nas próximas duas semanas. Skye vai cuidar disso. Qual é o chamariz?

– Ainda não entendi por que concordamos em fazer a pré-estreia de um filme para crianças – Skye reclamou, o que percebi que fazia bastante nas reuniões. – Por que o estúdio não pode cuidar de sua própria pré-estreia neste caso?

– Isso foi uma pergunta retórica, certo? Fazemos pré-estreias porque são fáceis e pagam bem. Você sabe que a Dreamworks tem seus próprios escritórios de Relações Públicas, mas estão ocupados com as premiações e com a publicidade de filmes mais importantes e, além disso, praticamente todos os jornais importantes estão em Nova York. Temos relações com pessoas que eles não têm.

– Eu sei, eu sei – suspirou Skye de uma forma muito pouco cooperativa. Vi Elisa lançar um olhar e ela se sentou um pouco mais ereta. – É só que filmes para crianças são tão chatos.

– Bem, Skye, se não está interessada em coordenar isso, tenho certeza de que Elisa, Leo, Bette ou até mesmo Brandon não se incomodariam em assumir o comando. Acho que não preciso ressaltar quantas celebridades têm filhos hoje em dia... Liv, Courteney, Gwyneth, Sarah Jessica, só para citar algumas. Espero que não esteja dizendo que essas crianças são chatas.

– Não, é claro que não. Pode contar comigo. Dou conta do recado. Já fizemos uma dúzia desses. Tudo bem. Alguém tem o relatório da pré-estreia do Harry Potter que fizemos no verão?

– Sim, está bem aqui – Leo disse, puxando um pacote grampeado de dentro de uma pasta. – Domingo à tarde em agosto, na propriedade de Christie Brinkley, em Bridgehampton. A festa começou às onze da manhã, com a exibição do filme de 12h às 13h30 para dar a todos tempo suficiente para voltar para a cidade. A diversão para as crianças incluía piscinas infláveis cheias de gelo e caixinhas de suco, andar a cavalo, numa fazendinha, uma máquina de algodão-doce, uma máquina de raspadinha e alguns palhaços espalhados. Os adultos foram entretidos por garçonetes muito atenciosas e extremamente atraentes servindo drinques diurnos socialmente aceitáveis de um bar escondido do lado de dentro. Foram servidos principalmente Mimosas, Blood Marys, high-fives, champanhe, margueritas, sangria e um eventual frozen daiquiri ou piña colada, se pedido. Matt Lauer, Susan Sarandon, Katie Couric, Aerin Lauder, Kate Hudson, Russell Simmons e Courteney Cox tinham filhos presentes, além de centenas de outras crianças ligeiramente menos reconhecíveis mas tão fotogênicos quanto. Fotos apareceram na *People*, *US Weekly*, *Star*, *Sunday Styles*, *Gotham*, *W* e uma dúzia de colunas sociais on-line, incluindo o New York Social Diary e o website de Patrick McMullen. A Warner Brothers ficou encantada.

– Muito bem, crianças, então temos o modelo e obviamente sabemos o que funciona. É claro que não vamos estar nos Hamptons, mas devemos seguir o mesmo formato. Gosto do Clearview em Chelsea porque eles são muito tranquilos quanto à grande movimentação no saguão – disse Kelly, ticando eficientemente coisas em uma lista. – O que mais?

– Bem, como comida, os favoritos de sempre das crianças – falou Elisa. – Minicachorros-quentes, mini-hambúrgueres caça aos doces.

– Faça seu próprio sundae – acrescentou Leo sem dar pausa.

– Balões, mágicos, decore seu próprio bolinho, máquinas de bolhas – falou Skye sem o menor entusiasmo.

– Um cara fantasiado de Shrek.

– Pintar os rostos das crianças de verde.

– Os pais odeiam tinta no rosto. Há muitas outras coisas que vocês podem fazer. Quem sabe aqueles minitrampolins?

– Está brincando? É um risco muito grande. É o mesmo que colocar "Me Processe" em néon. Por falar nisso, que tal "Shrek" escrito numa parede enorme com lâmpadas verdes?

Todo mundo assentiu. Comecei a me sentir ligeiramente consciente de não ter contribuído com nada, mas nunca estivera na pré-estreia de um filme e não sabia nada a respeito, a não ser que estrelas andavam pelo tapete vermelho.

– E se puséssemos um tapete verde em vez de vermelho? – ofereci antes de pensar como soava idiota. Eu me preparei, mas os rostos em volta da mesa pareciam bastante felizes.

– Ótima ideia, Bette! Teremos um tapete verde e um fundo verde gigante no final, onde todos podem ser fotografados. Tapete verde com certeza significa mais fotos. As coisas parecem estar correndo bem aqui, então vamos passar para o que realmente importa. Como estamos com a festa da *Playboy*?

A cor havia voltado ao rosto de Elisa e ela parecia mais tranquila. Ficou de pé com a postura perfeita em seu vestido envelope de Diane von Furstenberg e apontou para o quadro de avisos com sua escova Mason Pearson.

– Como vocês todos podem ver, faltam só alguns meses. Depois de muito procurar e discutir, escolhemos o Sanctuary como nossa locação. Leo, pode nos passar uma posição atualizada da logística?

Leo olhou para Elisa como se dissesse "desde quando eu sou seu subalterno?", mas aí limpou a garganta e disse à sala que estava entrevistando empresas de produção (que cuidariam de tudo, de móveis à iluminação) e que deveria ter a lista definitiva até o final da semana.

– Tenho certeza de que vamos ficar com a Bureau Betak – disse. – É sempre assim.

A reunião continuou por mais uma hora e meia (falamos sobre sacolas de presentes, potenciais patrocinadores e convites) antes de sermos liberados para almoçar, com o encorajamento para irmos a algum lugar onde "víssemos e fôssemos vistos". Implorei para não ir com o grupo para o Pastis e perambulei alguns quarteirões para leste até uma pizzaria vagabunda onde eu certamente não encontraria ninguém do escritório. Assim que consegui enfiar meu corpo atrás de uma mesinha minúscula perto do banheiro, liguei para Will em seu trabalho e fiquei surpresa por encontrá-lo à sua mesa.

– Por que você está aí? – perguntei. – Hoje nem é dia de fechamento.

Will só ia ao escritório no jornal uma ou duas vezes por semana, menos, se pudesse evitar.

– Olá, querida. Estou com algumas dificuldades com a coluna desta semana. – Ele ficou em silêncio por um centésimo de segundo antes de acrescentar. – Ultimamente, parece que ando tendo dificuldades com as colunas *todas* as semanas.

Parecia frustrado e resignado ao mesmo tempo, dois sentimentos que eu não estava acostumada a ver em Will.

– Você está bem, Will? O que está acontecendo aí? – perguntei, forçando-me a esquecer meus próprios problemas só por alguns segundos.

Ele suspirou profundamente.

– Nada de interessante, querida, isso é certo. O número de leitores do "Will do Povo" caiu muito este ano. Alguns outros jornais saíram do grupo. Meu novo editor de 31 anos de idade não tem senso de humor, vive me dizendo que os "leitores de hoje" são mais "sensíveis socialmente" e que, por isso, eu deveria me esforçar para ser mais "politicamente correto". Naturalmente, eu o mandei à merda, mas ele não ficará muito tempo quieto. Mas, também, por que alguém iria querer ler a minha coluna quando podem ler sobre jovens e lindas produtoras de eventos divertindo-se por aí com belos rapazes ricos e famosos?

Senti como se tivesse tomado um soco.

– Você viu.

– É claro. Devo presumir que haja alguma verdade naquela materiazinha de mau gosto? – ele perguntou.

– É claro que não! – resmunguei alto o bastante para que o caixa se virasse e ficasse me olhando. – Vi Philip no Sanctuary este fim de semana, quando fui a trabalho. Rachamos um táxi para casa porque era menos complicado. A outra garota era amiga da família dele, amiga de infância. A coisa toda não poderia ter sido menos escandalosa.

– Bem, então parece que essa tal Ellie Insider está fazendo seu trabalho esplendidamente bem. Console-se com o fato de que não citaram seu nome, querida. Mas nem por um minuto ache que não o farão em breve.

– Você sabe quem ela é, Will? Quer dizer, deve tê-la conhecido em algum momento, não acha?

Ouvi Will rir e imaginei o pior.

– Bem, certamente ouvi muitos nomes serem sugeridos, mas não há pistas concretas. Algumas pessoas insistem que é alguma socialite entregando todos os seus amigos. Outros parecem achar que é uma desconhecida com algumas fontes bem posicionadas. Pelo pouco que sabemos, podia ser aquela ex-editora de moda, ah, como é mesmo o nome? Aquela que vive escrevendo resenhas literárias maldosas? Eu consigo imaginá-la escrevendo um lixo como esse.

– É sinistro. Estou pronta para que ela, quem quer que seja, comece a prestar atenção em outra pessoa, sabe? Alguém um pouco mais interessante, que possa estar realmente levando uma vida escandalosa. Eu definitivamente não me qualifico. – Mordi uma fatia de pizza, provavelmente a mais perfeita do mundo.

– Eu entendo, querida, de verdade. Mas Philip se qualifica, não se esqueça disso! Odeio desligar correndo, mas minha coluna não parece estar disposta a se escrever sozinha esta semana. Nos falamos em breve? Nós a veremos no jantar na quinta-feira?

– É claro – falei automaticamente antes de perceber que devia comparecer ao lançamento da nova fragrância da Gucci naquela noite. Eu sabia que devia ligar de volta e cancelar, mas não estava com vontade de fazer aquilo no momento. – Não perderia por nada no mundo. A gente se fala depois.

Terminei minha pequena fatia do paraíso e pedi uma segunda, que também devorei em tempo recorde. Estava olhando desinteressadamente para uma cópia amassada do *Post* que alguém havia deixado quando meu telefone tocou. A palavra CASA apareceu no identificador de chamadas.

– Alô? – atendi, imaginando se seria minha mãe ou meu pai, ou ambos, já que eles com frequência gostavam de fazer telefonemas grupais com primeiro um, depois o outro e depois todos os três, falando de extensões diferentes.

– Bette, é você? – Minha mãe praticamente berrou. – Está me ouvindo? – Sua voz estava, como sempre, mais alta do que o necessário.

Ela estava convencida de que telefones celulares exigiam um volume acima da média de todas as partes envolvidas e, por isso, gritava sempre que ligava para o meu.

– Eu estou ouvindo, mamãe. Perfeitamente. Como você está?

– Na verdade, não posso conversar, já que estou indo para uma reunião de cronograma, mas uma das garotas da clínica disse hoje que viu a sua foto em algum website. Uma foto sua com um rapaz famoso e outra garota. Ou algo assim.

Impossível! Minha mãe, que só recentemente obtivera seu próprio endereço de e-mail, agora estava recebendo informações sobre o conteúdo de colunas de fofocas on-line? Neguei rapidamente.

– Não foi nada, mamãe, só uma foto minha em um evento de trabalho.

– Bette, que maravilha! Parabéns! Mal posso esperar para ver. Pedi ao papai para entrar na rede e imprimir, mas acho que ele não conseguiu abrir a página. Pode guardar uma cópia para nós?

– É claro – disse eu humildemente. – Pode deixar. Mas, sério, não é nada importante, só coisas de trabalho. Tenho de voltar para o escritório, posso ligar para você depois?

– Claro, querida. Parabéns novamente. Há pouco tempo no emprego e já saindo nas manchetes!

Ah, se ela soubesse, pensei enquanto desligava o telefone. Felizmente, não havia a menor possibilidade de o meu pai descobrir como se registrar para ter a conta grátis que o New York Scoop oferecia aos leitores. Desde que ninguém imprimisse a página e a mostrasse a eles, eu estava a salvo. Pelo menos por enquanto.

12

– Eu gostaria de começar a reunião de hoje com um brinde à Bette – disse Courtney, erguendo seu mojito acima da cabeça.

Eu estava lendo uma mensagem de texto de Kelly pedindo educadamente (leia-se: mandando) que eu "desse uma passada" na pré-estreia de *Sr. e Sra. Smith* que estava sendo coordenada por Skye e Leo. O filme ia terminar exatamente às 23h, o que significava que eu podia passar na festa pós-exibição no Duvet e ainda estar em casa à 0h30 e dormindo à 1 hora da manhã, o mais cedo em semanas. Eu acabara de fazer meus cálculos quando o som do meu nome me fez prestar atenção.

– Eu? O que eu fiz para merecer um brinde? – perguntei distraidamente.

O grupo olhou para mim como se fosse incapaz de compreender minha burrice. Janie falou primeiro.

– Com licença, você acha que nós vivemos num vácuo? Que nossas vidas deixam de existir fora deste clube do livro?

Só fiquei olhando, tendo uma boa ideia de aonde isso estava indo, mas ainda tentando evitar que acontecesse.

Jill espremeu alguns limões com açúcar em uma vasilha antes de colocar mais daquela mistura na minha bebida.

– Bette, nós todas lemos o *New York Scoop*, você sabe; caramba, todo mundo lê. E parece que você é a matéria principal todos os dias. Quando planejava nos contar que seu namorado por acaso é *Philip Weston*? – pronunciou ela o nome dele deliberadamente devagar e todo mundo riu.

– Calma, meninas, esperem um segundo. Ele não é meu namorado.

– Bem, não é o que Ellie Insider parece achar – Alex gorjeou. Seu cabelo estava em um tom nojento de verde-vômito esta noite, e eu fiquei fascinada pela ideia de que até mesmo a galera punk do East Village estava lendo aquela coluna horrorosa.

– É, é verdade – acrescentou Vika pensativamente. – Você parece estar com ele com bastante frequência. E por que não? Ele é louca, inegável e fabulosamente lindo.

Pensei naquilo por um momento. Sem dúvida ele era lindo e todas as mulheres entre 15 e 50 anos pareciam desejá-lo desesperadamente, então o que havia de tão errado em deixar que todos pensassem que estávamos namorando? A não ser que eu contasse, ninguém jamais saberia que eu não voltara ao apartamento de Philip desde a primeira vez em que acidentalmente acordei lá. Na verdade, provavelmente nem acreditariam se eu explicasse que só nos vimos (e subsequentemente fomos vistos juntos) porque eu tinha de passar em todos os eventos da Kelly & Company, trabalhando nele ou não. Eu havia encontrado Philip "acidentalmente" quase uma noite sim, uma não, durante semanas. Afinal de contas, era meu trabalho dar as melhores festas e era a responsabilidade autoimposta de Philip comparecer a cada uma delas.

Por que explicar que, apesar de só termos conversado rapidamente nesses eventos, ele sempre parecia jogar os braços em volta dos meus ombros (ou botar a mão na minha bunda, seu drinque na frente do meu peito ou sua boca no meu pescoço) precisamente quando algum fotógrafo estava passando? Para qualquer um que estivesse vendo, parecia que éramos inseparáveis, mas o que fora rotulado de "amassos caprichados" era tão sexual quanto dormir abraçada à Millington. Por que, eu pensava, alguém iria querer ouvir isso?

Eu sabia a resposta. Por que ele era o gato *du jour* e eu o estava pegando.

– Ele é um gato, não é? – perguntei. Philip Weston podia ser um dos caras mais arrogantes que eu já conhecera, mas era ridículo negar que eu estava absurdamente atraída por ele.

– Hmm, *é*. E não se esqueça do fato de que ele é a encarnação mais perfeita de um romance açucarado da Harlequin que poderia existir no mundo real – suspirou Courtney. – Acho que vou usá-lo de modelo para o herói do meu próximo romance.

– Usar Philip? – Era difícil imaginar qualquer herói da série Harlequin reclamando e resmungando sobre a contagem de fios dos lençóis, mas acho que o gênero podia sofrer uma atualização para o novo milênio.

– Bette! Ele é alto, lindo e poderoso. Ele é até estrangeiro, pelo amor de Deus – observou ela enquanto balançava uma cópia de *Amor selvagem* e apontava para o homem musculoso de tanga na capa. – E é mais bonito do que Dominick, o que é notável se você considerar que Dominick foi *feito* para ser tão bonito quanto humanamente possível.

A garota tinha razão. Philip se encaixava no ideal do herói romântico mais do que qualquer cara que eu houvesse conhecido – tirando o probleminha de personalidade de ser reclamão.

Passei o restante da reunião distraída, imaginando sonhadoramente se veria Philip mais tarde, na festa, e no que poderia acontecer.

Saí cedo da reunião e troquei de roupa antes de ir para o Duvet. Onde, é claro, a primeira pessoa que vi quando entrei foi o próprio Sr. Weston.

– Bette, amor, venha cumprimentar uns amigos que chegaram da Inglaterra – disse, plantando um beijo rápido, mas delicioso bem nos meus lábios.

Não resisti; olhei por cima do ombro. Eu me prometera que ficaria mais atenta aos fotógrafos, mas não vi nada anormal, só a massa de gente bonita e pulsante de sempre.

– Oi – falei, percebendo que (a) ele parecia ainda mais com o fictício Dominick quando estava na minha frente e (b) Courtney estava certa: Philip era mais bonito. – Posso encontrá-lo lá em um minuto? Tenho de achar Kelly e me certificar de que está tudo bem.

– Claro, amor. Pode me trazer um drinque quando voltar? Isso seria sensacional! – lá foi ele brincar com seus amigos, feliz como um menininho no playground.

Consegui falar com Kelly, perguntar a Leo e Skye se precisavam de alguma coisa, acenar para Elisa enquanto ela se agarrava com Davide, me apresentar a dois clientes em potencial (o idolatrado designer Alvin Valley e alguém que Kelly descreveu para mim como "o estilista mais procurado de Hollywood") e levar um gim-tônica para Philip. Ele estava ocupado entretendo seus "camaradas". A dor de cabeça surda que eu conseguira ignorar desde a manhã de repente se tornara mais aguda e eu sabia que não podia enfrentar mais uma noitada. Saí de fininho pela porta pouco depois e estava em casa à 0h15 (15 minutos inteiros antes do horário) e inconsciente à 0h30, depois de decidir que rituais noturnos bobos como escovar os dentes e lavar o rosto podiam ser deixados de lado. Quando meu despertador tocou, seis horas e meia depois, minha aparência não era boa.

Peguei o Alerta de Fofocas antes de sair correndo e o li enquanto engolia um café grande e um pão amanteigado de passas e canela no metrô. Não para minha surpresa, o *New York Scoop* era a primeira folha do pacote do dia e, mais uma vez, havia uma foto enorme – um close, na verdade – de Philip me beijando na noite anterior. Só a parte de trás de sua cabeça era visível, mas, de alguma forma, a câmera dera um zoom no meu rosto e me pegara com uma espécie de olhar sonhador e distante causado pelo fato de meus olhos estarem apenas parcialmente abertos enquanto olhavam encantados para ele. Ou ébrios, dependendo de como se interpretasse minha semipiscada. Eu provavelmente devia esperar aquilo, mas como nem vira câmera alguma, a foto de página inteira fez com que eu me encolhesse. O furo daquele dia era extremamente memorável. Como previsto, eu passara de "amiga de Philip", e "a nova garota" e "festeira", e "especialista-em-RP-em-treinamento" para garantir minha própria identidade. Bem ali, debaixo da foto – apenas para o caso de ainda haver alguém no estado de Nova York que não soubesse de cada passo da minha vida –, estava o meu nome, escrito com letras grandes em negrito e uma legenda que dizia: PARECE QUE ELA VEIO PARA FICAR... BETTINA ROBINSON SABE SE DIVERTIR. A sensação era uma mistura estranha de vergonha que alguém me visse em tal estado, indignação com a interpretação errada daquilo tudo e uma infelicidade leve e persistente pela percepção de que eu não tinha mais nada remotamente parecido com privacidade.

O caminho do metrô até o escritório pareceu ser dez quilômetros mais longo do que os três quarteirões e ficou bem pior quando ouvi dois perfeitos estranhos conversando sobre "a nova namorada de Philip, como é o nome dela?".

Quando finalmente pus meu laptop sobre a mesa redonda, toda a equipe havia me cercado.

– Suponho que vocês todos já tenham visto? – perguntei a ninguém em particular, me jogando em uma cadeira de escritório de couro.

– Não é nada que nós já não soubéssemos – observou Kelly, parecendo decepcionada. – Aqui só diz que um Sr. Philip Weston tem sido visto com tanta frequência na companhia de uma Srta. Bettina Robinson que seria apenas justo considerá-los um casal.

– Um casal? – perguntei, incrédula. Com o horror que senti ao ver a foto e a legenda, simplesmente me esqueci de ler o texto que a acompanhava.

– Ah, sim, aqui diz que uma fonte não identificada alega que vocês dois passam quase todas as noites juntos, depois de se divertirem em todos os lugares badalados como o Bungalow e o Marquee.

– Nós não estamos namorando – eu insisti.

– As fotos estão bem aqui, Bette. E parece que vocês estão mesmo, graças a Deus. – Kelly virou seu monitor Mac de tela plana e vinte polegadas em direção ao grupo para que nós todos pudéssemos apreciar as fotos de Philip comigo.

Minha vida pessoal e profissional não apenas tinham se entrelaçado, como haviam se tornado completamente codependentes. Qualquer idiota podia ver que minha relação com Philip fizera com que eu fosse aceita como parte da equipe com uma rapidez que fazia minha cabeça doer.

– É só que *namorando* é uma palavra um pouco forte – falei meio sem jeito. Por que ninguém entendia?

– Bem, o que quer que esteja fazendo, Bette, continue fazendo. Sabe que fomos contratados para representar a BlackBerry só porque você está namorando o Sr. Weston?

"Só?", pensei.

– Surpresa, Bette! Recebemos um telefonema do departamento interno de RP deles hoje de manhã. Querem que apresentemos seu novo BlackBerry para a juventude nova-iorquina e nos escolheram porque está claro que temos acesso a esse mundo. A BlackBerry já é um sucesso enorme, é claro, o pessoal de Wall Street, todo mundo que é alguém – e a maioria das pessoas que não é – em Hollywood já tinha um, mas eles não fizeram tanto sucesso entre os mais jovens. Faremos o melhor que pudermos para mudar isso, claro. E fico feliz em anunciar que vou colocá-la responsável por toda a logística, dependendo de mim apenas para aprovação.

– Responsável? – gaguejei.

– O representante da conta nos disse como adoraria tê-la planejando o evento e Philip como anfitrião, então acho que vai tudo funcionar perfeitamente! – ela cantarolou, sem ter a menor noção de que Philip muito provavelmente ainda nem sabia meu nome completo.

– Skye irá ajudá-la com o que você precisar. – Uma rápida olhada para Skye me informou que ela não estava entusiasmada com o anúncio. – E estaremos todos aqui para apoiá-la. A festa está marcada para 22 de novembro, que é a terça-feira antes do Dia de Ação de Graças, então é melhor você começar imediatamente.

Fiz alguns cálculos mentais e percebi que faltavam menos de três semanas. Falei isso em voz alta.

– Ah, Bette, pare de se estressar – disse Elisa, revirando os olhos exasperadamente. – Não é nada. Encontre um local, arrume patrocinadores, encomende convites, faça A Lista e guarde toda a parte de imprensa para aquela semana. Qualquer coisa que Philip apresente será automaticamente coberto pela imprensa, então não vai ser exatamente um trabalho enorme.

Quando a reunião finalmente acabou, saí de fininho com meu laptop e me dirigi até a Starbucks num esforço de pânico para descobrir exatamente o que era preciso acontecer no evento da BlackBerry. Quase esperei que Philip fizesse algum tipo de negociação para apresentar o evento se eu dormisse com ele... e imediatamente me senti ridícula. Todo mundo presumia que já tínhamos consumado nosso relacionamento, mas a verdade era que nós dois parecíamos evitar completamente a situação. O que não era difícil, considerando-se que ele parecia só querer posar para as câmeras. Ele era ótimo nas insinuações, mas nunca chegava a seguir nenhuma delas e parecia quase aliviado quando eu o dispensava e ia embora sozinha todas as noites. Eu não tinha tido muito tempo para pensar a respeito, mas achei que ele devia ter uma namorada supersecreta (ou cinco) que mantinha presa em algum lugar e estava satisfeito em deixar que o público em geral pensasse que estávamos namorando. Era vagamente insultuoso – eu ainda desejava que ele *quisesse* transar comigo –, mas parecíamos ter um acordo não verbalizado de manter a atual situação.

Deixei um recado no escritório de Amy Sacco perguntando se poderíamos reservar o Bungalow para o evento da BlackBerry no momento em que Penelope me ligou na outra linha.

– Ei, o que houve? O que justifica a ligação no meio do dia? Como vai o Aaron? Você o tem visto ultimamente?

– Sabe quanto a qualidade do meu dia de trabalho melhorou desde que você foi embora? – Penelope perguntou. – Sem querer ofender, mas quase vale a pena não tê-la por perto para nunca ter de ouvi-lo dizer a palavra papinho. Como vai o gostosão?

– Ah, está falando do meu namorado? Ele é o máximo – falei.

– Conte-me – Penelope disse, tentando parecer entusiasmada. Eu sei que ela não aguentava nem pensar em Philip, mas tinha sido gentil o bastante para não dizer isso na minha cara... ainda.

– Vejamos. As coisas estão, tipo, incríveis. Vamos a essas festas maravilhosas onde ele passa pelo menos alguns minutos conversando comigo antes de paquerar todas as outras garotas. Frequentemente tenho permissão para lhe trazer seu drinque preferido – gim-tônica, só para você saber. Eu deixo que ele me beije na frente dos fotógrafos e depois vai cada um para o seu lado. Nada de sexo, por falar nisso. Nem passamos a noite juntos desde que eu apaguei lá no dia em que o conheci.

– Talvez ele esteja tão sobrecarregado pela quantidade de sexo que vem praticando com cada modelo, atriz e socialite em Londres, Los Angeles e Nova York que esteja fisicamente exausto. É possível, você sabe.

– Eu já lhe disse quanto você é uma boa amiga, Pen? Sério, você sempre sabe exatamente o que dizer.

Ela riu.

– É, bem, não tenho de explicar que acho que você não está se dando valor. Mas já chega, vamos falar de mim por um segundo. Tenho algo para lhe contar.

– Você está grávida e se sente culpada por fazer um aborto porque está noiva e já tem idade suficiente para assumir a responsabilidade por seus próprios atos? – perguntei avidamente, me inclinando mais para perto do telefone, como se ela pudesse me ver.

Ela suspirou e eu sabia que estava revirando os olhos.

– Você está grávida e o bebê não é do Avery?

Quando isso não induziu nada além de outro som exasperado, decidi por só mais um.

– Você está grávida e...

– Bette. – Sua voz ficou mais dura e eu pude ver que não estava se divertindo tanto quanto eu.

– Me desculpe. O que houve?

– Eu vou embora.

– Você vai o quê?

– Eu vou embora. Chega. Cansei.

– Ahmeudeus. Não.

– Sim – ela disse.

– É definitivo?

– É.

– Está falando sério? Assim, de uma hora para outra? Acabou? Você está bem com isso?

Eu estava fazendo todo o possível para conter minha alegria com a ideia de que ela não iria casar, mas era difícil, principalmente quando sabia que ela provavelmente havia flagrado Avery com outra garota, uma situação que eu já percebera ser a única forma de ela acreditar. Tirando isso, ela parecia bem. Talvez fosse o melhor e ela soubesse disso.

– Sinceramente? Eu não esperava por isso, mas não podia estar mais feliz. Venho querendo fazer isso há muito tempo e, bem, estou superanimada para ver o que virá.

Tomei lentamente um gole de café e avaliei essa nova informação.

– Não estaria tão animada se não tivesse conhecido alguém. Quem é ele? Eu não sabia que você e Avery vinham tendo problemas; como você pôde não me contar? –Engasguei. – E o anel? Você sabe, a etiqueta manda que, se é você quem rompe o noivado, tem de devolvê-lo. Ahmeudeus, ele não a traiu, não é? – fingi estar horrorizada só com a ideia, como se fosse impossível demais até para imaginar. – Aquele idiota...

– Bette, pare! Não vou deixar Avery, vou embora do trabalho! – sibilou ela, tentando não ser ouvida por seus colegas de cubículo.

Uma reviravolta séria – e uma decepção enorme.

– Você vai sair do UBS? Sério? O que houve?

– Bem, eu meio que não tive escolha. Avery foi aceito na faculdade de direito da Universidade da Califórnia em Los Angeles, então vamos nos mudar para lá. Ele só começa em janeiro, mas achamos melhor irmos agora para nos instalarmos e aprendermos a nos virar por lá.

– UCLA?

– Ahã.

– Então, não é a Avery que você vai deixar, mas a mim? – sussurrei choramingando. A novidade picante da minha melhor amiga traindo seu noivo tornara-se a história da minha melhor amiga mudando-se para o outro lado do país.

– Eu não vou deixá-la – disse ela, suspirando. – Vou deixar este emprego e esta cidade e vou para a Califórnia. Provavelmente só por três anos e depois volto. E vamos nos visitar, é claro. Você vai adorar ir para lá quando for fevereiro e não tiver saído do seu apartamento durante 12 dias porque a temperatura está baixa demais.

– Não há faculdades de direito na Costa Leste? Avery realmente tem de ser tão egoísta a ponto de arrastá-la para *tão* longe?

– Ah, Bette, cale a boca e fique feliz por mim. A UCLA é uma ótima universidade e, além disso, estou precisando de uma mudança. Moro em Manhattan há cinco anos, desde a formatura e, antes disso, morei aqui por 18 anos. Eu vou voltar, não há como evitar isso. Mas, por enquanto, acho que seria bom fazer algo diferente.

Ocorreu-me naquele exato momento que, como amiga, eu deveria expressar alguma espécie de apoio, por mais ridículo que parecesse.

– Querida, me desculpe, é que isso é tão surpreendente; você nem me contou que ele havia se inscrito na Costa Oeste. Se é isso que quer fazer, fico feliz por você. E prometo me esforçar muito para parar de pensar apenas em como isso vai me afetar, está bem?

– É, ele fez esse negócio na UCLA no último segundo e nunca achei que fosse querer ir para lá. Mas, sério, não estou muito preocupada com você. Você tem uma galera nova agora e tenho a sensação de que vai ficar muito bem sem mim... – Ela deixou as palavras sumirem, tentando parecer casual, mas nós duas sabíamos que isso era o mais próximo que jamais chegaria de dizer algo mais importante.

– Bem, teremos de fazer um grande jantar de despedida para vocês – falei com animação forçada, sem aproveitar minha chance de discordar.

– Como pode imaginar, nossas mães já estão cuidando disso. Vamos partir em breve, então elas organizaram um jantar conjunto no Four Seasons no sábado. Você vai, não é? Vai ser horrível, mas você é obrigada a comparecer mesmo assim. – Ela limpou a garganta. – E, é claro, Philip sempre é bem-vindo.

– Pen! É claro que eu vou. E certamente pouparei todos da companhia de Philip.

Minha chamada em espera soou com um número de prefixo 917 que eu não reconheci. Decidi atender, caso fosse algo relacionado à festa da BlackBerry.

– Sinto muito, Pen, tenho de atender essa chamada. Posso ligar para você mais tarde?

– Claro, não esquente.

– Está bem. Eu falo com você daqui a pouco. E parabéns! Se você está feliz, eu também estou. De má vontade, é claro. Mas feliz por você.

Nós desligamos e eu atendi antes que a ligação entrasse na caixa postal.

– Posso falar com a Bette? – ouvi uma voz grave de homem perguntar.

– É ela.

– Bette, aqui é o Sammy, do escritório da Amy Sacco. Você ligou sobre uma data para reservar a boate?

Sammy? Não era esse o nome do segurança do Bungalow 8? Será que havia mais de um Sammy trabalhando para ela? Eu não sabia que seguranças faziam serviço de escritório.

– Sim, oi, como vai? – falei o mais profissionalmente possível, apesar de ele certamente não saber meu nome ou se lembrar de mim como a garota mal-humorada sem guarda-chuva.

– Ótimo. Recebemos o seu recado e a Amy pediu para eu ligar de volta porque ela está presa a tarde inteira. – O restante foi abafado pelo barulho de sirenes.

– Desculpe, não ouvi o final. É a sirene mais alta que já ouvi na vida. Devem ser uns oito carros de bombeiro, sei lá – gritei, tentando ser ouvida acima do barulho.

– Eu também ouvi, só que não só pelo telefone. Onde você está agora?

– Estou na Starbucks perto da Oitava com a Broadway. Por quê?

– Isso é estranho. Estou literalmente do outro lado da rua. Estava saindo da aula quando recebi o recado de Amy para ligar para você. Fique aí, eu estou chegando. – Ele desligou, e eu fiquei olhando para o telefone por um segundo antes de puxar freneticamente um brilho labial e uma escova da minha bolsa e sair correndo para o banheiro, que, naturalmente, estava ocupado. Fiquei olhando enquanto ele se aproximava da porta da frente e corri de volta para minha mesa em um canto lateral, caindo sentada na minha cadeira antes que ele me visse.

Não havia maneira sutil de consertar nada agora, já que precisava concentrar minha energia em fingir que estava tão ocupada quanto indiferente, o que era impossível. Eu sabia que ia engasgar se tentasse beber ou que deixaria o telefone cair se fingisse estar falando, então só fiquei sentada, encarando minha agenda com um interesse tão profundo que imaginei por um momento se ela poderia entrar em combustão com a intensidade do meu olhar. Uma rápida verificação do meu estado físico revelou uma lista de reações clichês – mãos trêmulas, coração acelerado, boca seca – que só podiam indicar uma coisa: meu corpo estava me dizendo que eu gostava do Sammy, ou, muito possivelmente, que o idolatrava. O que, se alguém quisesse traçar um paralelo, foi exatamente o que Lucinda sentiu imediatamente antes de seu primeiro encontro cara a cara com Marcello em *Magnate's Tender Touch* (O doce toque do magnata). Essa era a primeira vez que eu lembrava de me sentir toda formigando com a antecipação, como as mulheres nos meus livros sempre se sentiam.

Eu o percebi de pé atrás de mim antes de vê-lo, uma espécie de silhueta amorfa toda de preto. E ele tinha um cheiro bom! Como pão saindo do forno ou biscoitos de açúcar ou algo igualmente perfeito. Ele deve ter ficado ali por trinta segundos, olhando eu olhar para minha agenda, antes que eu finalmente reunisse coragem para erguer os olhos, quando ele limpou a garganta.

– Ei – falei.

– Ei – disse ele de volta. Estava esfregando inconscientemente o que parecia ser uma mancha de farinha em suas calças pretas, mas parou quando percebeu que eu estava olhando.

– Hmm, quer se sentar? – gaguejei, pensando por que era completamente impossível para mim fazer qualquer declaração inteligível ou coerente.

– Claro, eu, hmm. Eu só achei que poderia ser mais fácil fazer isso pessoalmente, já que eu estava, hmm, do outro lado da rua, sabe? – Era reconfortante o fato de ele não estar se saindo muito melhor.

– É, claro, faz todo o sentido. Você disse que estava vindo da aula. Está fazendo curso de bartender? Eu sempre quis fazer isso! – Agora eu estava tagarelando, mas não conseguia parar. – Acho que seria a coisa mais útil, quer você trabalhe ou não em um bar. Sei lá. Seria legal saber fazer um drinque decente ou sei lá o quê. Sabe?

Ele sorriu pela primeira vez, um supersorriso megawatt de orelha a orelha e eu pensei que poderia morrer se ele parasse.

– Não, não é curso de bartender, é de confeitaria – disse ele.

Não fazia muito sentido o segurança gostar de fazer docinhos, mas achei bacana ele ter interesses diversificados. Afinal de contas, tirando a *ego trip* diária de rejeitar pessoas com base apenas em suas aparências, eu imaginava que fosse bem entediante.

– Ah, é mesmo? Interessante. Você cozinha muito em seu tempo livre? – Eu só estava perguntando para ser educada, o que, infelizmente, ficou muito óbvio pelo tom da minha voz. Emendei logo: – Quer dizer, é uma paixão sua?

– Paixão? – Ele sorriu de novo. – Não sei se chamaria de "paixão", mas sim, eu gosto de cozinhar. E eu meio que tenho de cozinhar, para o trabalho.

Ahmeudeus. Eu não podia acreditar que ele tinha chamado a minha atenção por usar aquela palavra ridícula, *paixão*.

– Você *tem de*? – saiu totalmente arrogante. – Me desculpe, não foi o que eu quis dizer. Onde você cozinha?

– Estou estudando para ser chef, na verdade – disse ele, desviando os olhos dos meus.

Isso era uma evolução nova e interessante.

– Um chef? Jura? Onde?

– Bem, na verdade, em lugar nenhum ainda. Já me formei pelo Instituto de Culinária dos Estados Unidos e estou fazendo algumas aulas à noite. Como a aula de confeitos. – Ele riu.

– Como entrou nessa?

– Não estou especialmente nessa, mas é bom saber. Fora fazer omeletes no jantar na infância quando era a minha vez, eu nunca cozinhei de verdade. Morei em Ithaca com um amigo durante um verão na minha adolescência e trabalhei como garçom no Hotel Statler no campus da Universidade de Cornell. Um dia, o gerente-geral me viu servindo café a um hóspede segurando o bule mais de um metro acima da xícara e teve um troço: ele adorou. Ele me convenceu a tentar entrar para a escola do hotel. Conseguiu algumas bolsas de estudo para mim, e eu trabalhei o tempo inteiro como cumim, garçom, gerente noturno, bartender, o que mais você imaginar, e, quando me formei, ele me arrumou um período de um ano como aprendiz em um restaurante famoso da Michelin, na França. Foi tudo ele quem fez.

Eu tinha uma vaga noção de que a minha boca estava aberta de uma forma muito pouco atraente com o choque da informação, mas Sammy graciosamente me salvou de mim mesma ao continuar.

– Você deve estar pensando por que estou trabalhando como segurança no Bungalow, não é?

– Não, de jeito nenhum. Se funciona para você. Hmm, quer dizer, é só outro lado da indústria hospitaleira, certo?

– Estou pagando meus pecados agora. Trabalhei em quase todos os restaurantes da cidade. – Ele riu. – Mas tudo vai ter valido a pena quando eu finalmente abrir a minha própria casa. Espero que antes tarde do que nunca.

Eu devo ter continuado com cara de confusa, porque ele só riu.

– Bem, é claro que a primeira e principal razão é o dinheiro. Na verdade, dá para ganhar decentemente juntando alguns trabalhos como bartender e segurança, e eu tenho um monte deles. Isso me impede de sair à noite e gastar, então eu junto. Todo mundo diz que não há nada como abrir um restaurante nesta cidade. Me disseram que é muito importante conhecer toda a política social, desde quem está dormindo com quem até quem é realmente importante e quem só está fingindo ser alguém. Na verdade, isso não me interessa, mas eu não ando com essa turma, portanto não há forma melhor de observá-los em seu hábitat natural.

Ele colocou a mão em cima da boca e olhou para mim.

– Olhe, eu provavelmente não devia ter dito isso tudo. Não quis ofender você e seus amigos, é só que...

Amor. Amor completo e absoluto. Tive de me segurar para não agarrar seu rosto e lhe dar um beijo bem na boca... ele parecia tão horrorizado.

– Sério, não diga mais nada – falei. Movi a mão para tocar a dele para tranquilizá-lo, mas perdi a coragem no último minuto e meus dedos acabaram constrangedoramente suspensos acima da mesa. Lucinda, do romance, teria presença de espírito suficiente para se sair bem com aquilo, mas eu, aparentemente, não tinha. – Acho sensacional o que está fazendo. Não posso imaginar as coisas que você deve ver todas as noites. Histórias ridículas, certo?

Era só o que ele precisava ouvir.

– Deus, é inacreditável. Todas aquelas pessoas... têm tanto dinheiro e tanto tempo e parecem não querer fazer nada além de me implorar para deixá-los entrar nas boates todas as noites – ele disse. Seus olhos encontraram os meus.

– Mas deve ser engraçado, não? Quer dizer, as pessoas se esmeram para tentar ser legais com você – consegui falar, distraída demais por seu olhar para pensar direito.

– Ah, qual é, Bette, nós dois sabemos que não é assim. Elas puxam o meu saco porque precisam de mim, não porque sabem alguma coisa a meu respeito ou gostam de mim como pessoa. Meu nível de respeito e amizade dura muito pouco, os poucos minutos entre a hora que chegam e o momento em que entram. Não se lembrariam do meu nome se me vissem em qualquer lugar longe daquele cordão de veludo.

O olhar de constrangimento voltou ao seu rosto, e percebi como sua testa se enrugava quando ele a franzia, e isso só o deixava mais gatinho. Ele suspirou, e eu tive o desejo estranho de abraçá-lo.

– Eu falo demais. Esqueça tudo o que eu acabei de dizer. Não levo o trabalho tão a sério, então não devia falar como se fosse mais importante do que é. É só o meio para um fim e eu posso aguentar qualquer coisa que me faça chegar mais perto de ter o meu restaurante um dia.

Eu estava desesperada para que ele continuasse falando, dizendo qualquer coisa sobre qualquer pessoa, para eu poder continuar a olhar seu rosto perfeito e examinar a forma como sua boca se movia e suas mãos gesticulavam, mas ele havia terminado. Quando abri a boca para lhe falar que entendia exatamente o que ele queria dizer e que nunca pensara naquilo daquela perspectiva, ele me interrompeu gentilmente.

– Acho que é fácil falar com você – falou e deu um sorriso tão doce que precisei me lembrar de respirar. – Agradeço se não mencionar nada disso para o pessoal do seu escritório. É mais fácil para mim fazer o que tenho de fazer sem que todo mundo, bem, hmm, você sabe.

Certamente eu sabia. Sem que todo mundo saiba de onde você veio e para onde vai, tentando decidir a cada momento se você cai na categoria "vale a pena conhecer" ou "é seguro não cumprimentar". Sem que todo mundo tente melhorar de posição ou manipular a situação em benefício próprio ou minando, lenta mas decididamente, sua confiança porque os faz sentir-se melhor a respeito de si mesmos. Tio Will estava brincando quando disse "se não pode ter, desdenhe", mas a maioria dessas pessoas não estava. Sim, eu entendo perfeitamente.

– É claro. Totalmente. Eu entendo perfeitamente. Eu, hmm, eu acho o que você está fazendo muito legal – falei.

Mais um sorriso ofuscante. Ah! Tentei pensar em algo, qualquer coisa que eu pudesse dizer que induzisse outro sorriso, mas um de nós finalmente se lembrou de que estávamos ali a trabalho.

Ele parecia completamente recuperado de qualquer momento de vulnerabilidade quando disse:

– Vou pegar um café e depois podemos falar sobre os detalhes do evento. Posso lhe trazer alguma coisa?

Balancei a cabeça e apontei para minha xícara de café.

– Nenhum café com leite desnatado, aromatizado com baunilha, sem açúcar, extraquente e sem espuma?

Eu ri e balancei a cabeça novamente.

– O quê? Acha que eu estou brincando? Eu peço essa porcaria toda vez que venho aqui.

– Pede nada.

– Eu peço, juro que peço. Passei vinte e tantos anos de vida perfeitamente bem com uma xícara de café normal. Às vezes, eu pedia com açúcar e às vezes, tarde da noite, pedia sem cafeína, mas com certeza era só café. Aí, um amigo mencionou como café com leite era bom. Logo depois disso, uma garota da faculdade anunciou que aromatizado ficava ainda melhor. O restante foi vindo sozinho e saiu totalmente do controle. Eu queria, só uma vez, que eles se recusassem a fazer a porcaria do negócio e dissessem "Tome vergonha, Sammy. Seja homem e beba uma maldita xícara de café normal". Mas eles nunca fazem isso e, ai de mim, nem eu. – E, dito isso, ele saiu.

Fiquei olhando enquanto a barista lhe dava um inegável sorriso "sou sua quando você quiser". Acho que não pisquei durante todo o tempo em que ele esteve fora da mesa e dei um suspiro audível quando ele retomou seu assento ao meu lado.

– Muito bem, chega de confissões por hoje. Vamos organizar essa festa? – Ele esfregou a nuca e não pude evitar pensar que já o vira fazer isso um milhão de vezes.

– Claro. O que vem primeiro? – Dei um golinho no meu café e me concentrei em parecer descolada e profissional.

– Para quantas pessoas você disse que é o evento?

– Não tenho certeza, já que ainda não terminei de fazer a lista. – Ou comecei, por falar nisso, mas ele não precisava saber –, mas estou pensando que devem ser umas duzentas.

– E a Kelly & Company vai trazer sua própria equipe ou vai usar a nossa?

Mais uma vez, algo em que eu ainda não havia pensado, mas tentei me lembrar de reuniões anteriores e alinhavar uma resposta semirrazoável.

– Bem, com certeza vou ter alguns patrocínios, então acho que traremos as bebidas, mas usaremos os seus bartenders. Estou presumindo que usaremos o seu, hmm, o seu...

– Apoio? – falou ele em tom de ajuda, sentindo de algum modo meu desconforto em usar a palavra *segurança.*

– Isso, exatamente, mas eu vou ter de verificar isso.

– Por mim, tudo bem. No momento, só o Lot 61 está com essa noite em aberto, mas Amy pode querer rearrumar o horário. Quem vai ser o anfitrião?

– Ah, é, um cara chamado Philip Weston. Ele, é, hmm, ele é...

– Eu sei quem ele é. Seu namorado, certo? Tenho visto muito vocês dois juntos ultimamente. É, tenho certeza de que a Amy vai ficar feliz em ouvir isso, então eu não me preocuparia se o Bungalow vai estar livre nessa noite.

– Não, não, ele não é meu namorado – falei o mais rápido possível. – Não é nada disso. Na verdade, ele é só um cara estranho que eu meio que conheço que...

– Com certeza, não é da minha conta. O cara sempre me pareceu ser um babaca, mas quem sou eu, certo? – Será que era amargura o que detectei? Ou quis detectar?

– É, acho que não é da sua conta, não é? – falei com tanto afetamento que ele chegou a se encolher.

Nos encaramos brevemente antes que ele desviasse os olhos.

Ele tomou mais um gole de seu café e começou a juntar suas coisas.

– Bem, então, isso foi divertido. Vou falar com Amy e lhe dou um retorno sobre o local. Suponho que esteja tudo certo. Como eu disse, quem não agarraria a chance de ter o Sr. Realeza Britânica dando uma festa, certo? Ele vai ter de começar a se bronzear agora, se quiser estar moreno o suficiente na data.

– Obrigada pela sua preocupação, pode deixar que eu dou o recado. No meio-tempo, divirta-se fazendo seus docinhos de massa folhada. Vou resolver os detalhes do evento sozinha ou diretamente com Amy, já que mesmo adorando ser verbalmente atacada por você, no momento eu estou realmente sem tempo. – Levantei-me com a maior firmeza que consegui e comecei a balançar em direção à porta, já pensando em como as coisas tinham saído tão errado em tão pouco tempo.

– Bette! – gritou ele no momento em que eu empurrava a porta aberta. "Ele sente tanto. Ele só teve um dia longo e está muito estressado ultimamente e não tem dormindo o suficiente e não pretendia descarregar em cima de mim. Ou isso ou ele está com um ciúme tão louco, tão violento do fato de Philip e eu estarmos namorando que simplesmente não conseguiu resistir a falar algo horrível. Ou talvez uma combinação das duas coisas", pensei. De qualquer forma, é claro que eu o perdoaria quando ele me implorasse para entender e se desculpasse copiosamente

Virei-me, esperando o tempo todo que ele corresse para mim pedindo perdão, mas em vez disso ele estava segurando alguma coisa e acenando com ela. Meu celular. Que naturalmente começou a tocar antes que eu chegasse até a mesa.

Ele olhou para baixo e eu percebi a rigidez em seu rosto antes de ele forçar um sorriso.

– Que coincidência, é o cara do momento. Quer que eu pegue o recado para você? Não se preocupe, prometo dizer a ele que você está em um jato voltando de Cannes e não sentada numa Starbucks no Centro da cidade.

– Me dê isso aqui – falei rispidamente, querendo me matar por ter gravado o número de Philip no meu telefone enquanto o arrancava dos dedos de Sammy e percebendo, só por um instante, como era bom tocar sua pele. Desliguei a campainha e o joguei dentro da bolsa.

– Não deixe de atender por minha causa.

– Não estou fazendo nada por sua causa – anunciei. Olhei para trás apenas uma vez enquanto saía pela porta, só para vê-lo olhando para mim e balançando a cabeça. "Não é exatamente como a cena se desenvolveria em *Magnate's Tender Touch*", pensei com remorso, mas me animei ligeiramente com a racionalização de que todos os relacionamentos recentes – até mesmo os fictícios – precisam superar obstáculos no começo. Eu não perderia as esperanças com esse. Ainda não.

13

O resto do dia depois do encontro na Starbucks passou em um borrão enquanto eu ficava obcecada, alternadamente, entre minha estranha briga com Sammy e a notícia de que Penelope ia se mudar. Ambos combinados à ideia de que eu era inteiramente responsável por planejar um evento que deveria acontecer em duas semanas e meia, me faziam querer ficar enroscada com Millington e assistir a *Harry e Sally: feitos um para o outro* sem parar na TNT. Quando finalmente cheguei em casa, meu quociente de papo-furado estava rapidamente se aproximando de zero, e eu ainda tinha de atravessar o saguão inteiro para chegar ao elevador, onde com certeza seria abordada por Seamus. Consegui apertar o botão e estava me regozijando silenciosamente com minha vitória quando ele se materializou, como sempre, do nada.

– Teve um bom dia? – perguntou com um sorriso enorme.

– Hmm, é, foi normal, acho. E você?

– Normal é bem diferente de bom. Bette! – Ele estava praticamente cantando. Que tipo de vibração eu emanava que dizia "Fale comigo"?

– Suponho que seja diferente, mas acho que bom seria um exagero. Definitivamente, foi normal – expliquei, pensando se valeria a pena subir 13 andares de escada em vez de esperar o elevador e aguentar a conversa inteira.

– Bem, digamos que eu estou com a forte sensação de que vai melhorar – respondeu com o que era, inconfundivelmente, uma piscada.

– Hmm, é mesmo? – falei, olhando desesperadamente para as portas do elevador e ordenando mentalmente que abrissem. – Isso seria bom.

– É, fui o primeiro a lhe contar. Prevejo oficialmente que o seu dia vai melhorar significativamente nos próximos minutos – disse isso com tanta certeza, e com aquela autoridade especial de "eu sei de algo que você não sabe", que até olhei para ele.

– Há algo que eu deva saber? Há alguém aqui? – perguntei, tão horrorizada quanto curiosa sobre quem poderia estar na porta do meu apartamento esperando que eu chegasse em casa.

– Muito bem, já falei demais, com certeza! – cantarolou. – Não é da minha conta, é claro. Está na hora de voltar para a porta – cumprimentou-me com o chapéu, deu meia-volta e eu fiquei imaginando se haveria alguma maneira gentil de pedir que ele nunca mais falasse comigo.

Entendi exatamente o que ele queria dizer quando saí do elevador e dobrei o corredor para o sortudo número 1.313. Encostadas na porta estavam as flores mais lindas que eu já vira. Meu primeiro pensamento foi que haviam sido deixadas por engano em frente à minha porta e eram na verdade para outra pessoa, mas, à medida que me aproximei, pude ver meu nome escrito com caneta de feltro preta do lado de fora do envelope que estava aninhado no meio do embrulho de celofane. Depois de aceitar que não fora um engano de entrega, um segundo pensamento surgiu na minha cabeça imediatamente: eram do Sammy, que pensara melhor em tudo o que acontecera antes e queria se desculpar por seu comportamento. É! Eu sabia que ele não era um mau sujeito e flores eram uma forma tão doce e cavalheiresca de pedir desculpas. "Eu também sinto muito", direcionei mentalmente às flores. "Não sei por que fui tão nojenta e cruel, principalmente já que não parei de pensar em você nem um segundo desde aquela hora. Sim, eu adoraria encontrá-lo para jantar e botar toda aquela conversa idiota para trás. E, se quer saber, já estou começando a vê-lo como o pai dos meus futuros filhos, então é melhor começarmos a nos conhecer. Como nossos filhos vão adorar ouvir que nosso caso de amor eterno começou com uma briga e flores de desculpas! É tão romântico que eu quase não consigo aguentar. Sim, querido, sim, eu o perdoo e peço desculpas cem vezes e sei que isso irá nos fortalecer."

Ergui o arranjo e destranquei a porta, tão encantada com essa surpresa que mal percebi Millington se enroscando na minha perna. Flores sempre apareciam em destaque nos romances de amor, o que tornava receber um buquê de primeira qualidade ainda mais maravilhoso. Eram, na verdade, três dúzias de rosas em tons de roxo vivo, rosa-shocking e branco, enfiadas apertadas em um vaso curto e redondo que parecia cheio de algum tipo de bolas de gude brilhantes. Não havia nenhum tipo de ornamento, nenhuma fita, laço, folhagem ou horríveis flores do campo; era um arranjo muito simples, elegante e muito, muito caro. O cartão também não era comum, mas de um pergaminho grosso cor de creme, e eu não consegui tirá-lo rápido o bastante do envelope forrado de roxo.

Mas só levou um segundo para meus olhos encontrarem a assinatura e, quando o fizeram, eu achei que ia desmaiar.

> Boneca, eu absolutacomcertezamente serei o anfitrião do evento da BlackBerry! Nós dois vamos transformá-la na festa mais badalada do ano. Você é brilhante. Beijo grande! Philip

O quê?! Reli algumas dezenas de vezes para ter certeza de que meu cérebro estava processando corretamente as palavras e então li de novo, porque ainda não podia acreditar. Como é que ele sabia onde eu morava? Como era possível que soubesse qualquer coisa sobre o evento quando eu ainda não havia falado nada? Mais importante, porém: onde estava Sammy, com sua declaração de amor eterno? Joguei o cartão num canto, deixei as flores na bancada da cozinha e desabei de forma bem dramática no sofá. Em segundos, meu celular e meu telefone fixo começaram a tocar simultaneamente, e uma verificação rápida dos dois produziu resultados ainda mais decepcionantes: Elisa no celular e tio Will no telefone de casa. Nada de Sammy.

Abri o celular e disse para Elisa esperar antes que ela pudesse falar e então atendi o sem fio e disse oi para Will.

– Querida, está tudo bem? Você está atrasada, e Simon e eu estamos preocupados que esteja afogando sua humilhação pública sozinha. Nós dois achamos que você estava linda na última foto que saiu no *New York Scoop*! Vamos encher a cara juntos! Está vindo para cá?

Droga! Eu tinha me esquecido completamente do jantar. Mesmo que as noites de quinta tivessem sido meu compromisso perene desde o dia em que me formara na faculdade, eu faltara nas últimas semanas por causa de eventos da Kelly e obviamente havia furado hoje.

– Will! Desculpe-me se me atrasei, mas estive no escritório até dois minutos atrás e dei um pulo em casa para dar comida para a Millington. Estou literalmente saindo pela porta neste minuto.

– Claro, querida, com certeza. Eu acredito nessa história se é o melhor que você pode fazer, mas não vou deixá-la furar esta noite. Nós a veremos daqui a pouco, certo?

– Claro. Daqui a alguns minutos...

Desliguei sem dizer tchau e voltei para o celular.

– Ei, me desculpe. Meu tio tinha acabado de ligar e eu...

– Bette! Você nunca vai adivinhar! Tenho a melhor notícia do mundo. Você está sentada? Ahmeudeus, estou tão feliz!

Achei que não aguentaria outro anúncio de noivado, então só me recostei nas almofadas e esperei pacientemente, sabendo que Elisa não conseguiria se conter por muito tempo.

– Bem, você nunca vai imaginar com quem eu acabei de falar. – Seu silêncio indicava que eu devia reagir, mas não consegui reunir energia para perguntar.

– Ninguém menos do que nosso solteiro favorito, o lindo e não disponível no momento, o Sr. Philip Weston. Ele ligou para convidar toda a equipe para uma festa e eu atendi e – ah, Bette, não fique zangada, eu não consegui me segurar – perguntei se ele ia ser o anfitrião do seu evento da BlackBerry e ele disse que adoraria – nesse ponto ela chegou a guinchar.

– Jura? – perguntei, fingindo surpresa. – Isso é ótimo. É claro que não estou zangada; isso me poupa o trabalho de pedir. Ele pareceu entusiasmado ou só disposto? – Na verdade, eu não me importava, mas não consegui pensar em outra coisa para dizer.

– Bem, eu não falei com ele, *tecnicamente*, mas tenho certeza de que ele está entusiasmadíssimo.

– Como assim, "tecnicamente"? Você acabou de dizer que ele ligou e...

– Ah, eu disse isso? Opa! – Ela riu. – O que eu quis dizer foi que a *assistente* dele ligou e eu conversei tudo com ela e ela disse que claro que Philip ficaria encantado. É absolutamente a mesma coisa, Bette, portanto eu não me preocuparia nem por um segundo. Isso não é ótimo?

– Bem, acho que você está certa, porque eu acabei de receber flores dele com um cartão dizendo que ele vai fazer, então parece que deu tudo certo.

– Aaaaaaaaaaaaaaah, meu Deus! Philip Weston lhe mandou flores? Bette, ele deve estar apaixonado. Aquele garoto é tão incrível. – Longo suspiro da parte dela.

– É, bem, eu tenho de ir, Elisa. Sério, obrigada por resolver tudo com ele, eu agradeço de verdade.

– Aonde você vai? Vocês dois têm um encontro hoje?

– Hã, não. Só vou jantar na casa do meu tio e depois vou direto para a cama. Não chego em casa antes das duas da manhã desde que comecei a trabalhar com vocês e estou pronta para...

– Eu sei! Não é o máximo? Quer dizer, que outro emprego iria exigir que você saísse e se divertisse todas as noites? Nós temos tanta sorte! – Mais um suspiro, seguido de um momento para que nós duas pudéssemos refletir sobre essa verdade.

– Nós temos, é. Obrigada mais uma vez, Elisa. Divirta-se esta noite, está bem?

– Eu sempre me divirto – cantarolou ela. – E, Bette? Só para lhe dizer que você pode ter conseguido esse emprego por causa do seu tio, mas acho que você está indo muito bem até agora.

Ai. Era típico de Elisa: uma crítica velada que soava como um elogio inteiramente sincero e positivo. Eu não tinha energia para começar, então falei:

– Você acha? Obrigada, Elisa. Significa muito para mim.

– É, bem, você está namorando Philip Weston e, tipo, planejando um evento inteiro sozinha. Eu levei quase um ano para fazer isso depois que comecei.

– Qual dos dois? – perguntei.

– Ambos – respondeu.

Rimos e nos despedimos, e desliguei antes que ela pudesse insistir para que eu fosse a mais uma festa. Por aquele momento muito breve, ela realmente pareceu amiga.

Depois de uma coçada rápida em Millington e uma troca de roupa mais rápida ainda para calças jeans e um blazer, lancei um último olhar amargo para as flores e desci rapidamente para pegar um táxi. Simon e Will estavam discutindo quando entrei no apartamento e esperei em silêncio no saguão ultramoderno, empoleirada em um banco de granito debaixo de um Warhol chamativo que eu sabia que havíamos estudado em história da arte, mas sobre o qual não era capaz de me lembrar de nenhum detalhe.

– Eu só não entendo como pôde convidá-lo para a sua casa – dizia Simon no escritório.

– E eu não sei o que você não entende sobre isso. Ele é meu amigo e está na cidade e seria grosseiro não vê-lo.

– Will, ele odeia gays. Ele ganha a vida odiando gays. Ele *é pago* para odiar gays. Nós somos gays. O que é tão difícil de entender?

– Ah, são detalhes, querido, detalhes. Nós todos dizemos em público coisas que não queremos realmente dizer, para gerar controvérsia: é bom para a carreira. Não quer dizer que realmente acreditamos naquilo. Diabos, na coluna da semana passada mesmo eu tive um momento de fraqueza ou talvez uma alucinação e escrevi aquela frase ridícula sobre música rap ser uma forma de arte em si ou algo tão idiota quanto. Sério, Simon, ninguém acha que eu realmente acredito nisso. É exatamente a mesma situação com o Rush. Seu ódio por judeus, gays, negros é estritamente para dar ibope, certamente não reflete sua opinião pessoal.

– Você é tão ingênuo, Will, tão ingênuo. Eu não posso mais continuar com esta conversa. – Ouvi uma porta bater, um longo suspiro e cubos de gelo sendo jogados em um copo. Estava na hora.

– Bette! Querida! Eu nem a ouvi entrar. Teve sorte o bastante para testemunhar nossa última briguinha?

Dei um beijo em sua bochecha recém-barbeada e assumi meu posto de sempre na poltrona verde-limão.

– Com certeza. Você vai mesmo convidar Rush Limbaugh para vir aqui? – perguntei ligeiramente incrédula, mas não muito surpresa.

– Eu vou. Estive em sua casa uma meia dúzia de vezes desde que nos conhecemos e ele é um ótimo sujeito. É claro que eu não tinha noção de como ele estava fortemente sedado durante aquelas noites, mas de certa forma isso o torna ainda mais simpático. – Ele respirou fundo. – Chega. Conte-me o que há de novo na sua vida fabulosa.

Sempre ficava surpresa como ele podia ser tão calmo e casual sobre tudo. Lembro-me de minha mãe me explicando, quando eu era criança, que tio Will era gay e que Simon era seu namorado e que, desde que duas pessoas sejam felizes juntas, coisas como sexo, raça ou religião não significam nada (o que não se aplicava, é claro, em relação a eu me casar com um não judeu, mas isso nem é preciso dizer. Meus pais eram tão liberais e abertos quanto duas pessoas podem ser quando estão falando sobre qualquer um, menos sua filha). Will e Simon foram a Poughkeepsie algumas semanas depois e nos sentamos à mesa de jantar, tentando engolir punhados de brotos e o que pareciam ser porções intermináveis de sopa *dahl* vegetariana. Eu perguntara em minha voz doce de 10 anos de idade:

– Tio Will, como é ser gay?

Ele ergueu as sobrancelhas para meus pais, olhou para Simon e me olhou diretamente nos olhos.

– Bem, querida, é muito bom, se é que eu posso dizer. Já estive com garotas, é claro, mas você percebe logo que elas, ah, bem, não funcionam para você, se é que me entende.

Eu não entendia, mas com certeza estava gostando da cara aflita que meus pais estavam fazendo.

– Você e o Simon dormem na mesma cama como o papai e a mamãe? – continuei, com a voz mais doce e inocente possível.

– Dormimos, querida. Somos exatamente como seus pais. Só que diferentes. – Ele tomou um gole do uísque que meus pais guardavam para as visitas e sorriu para Simon. – Como um casal casado normal, nós brigamos e fazemos as pazes e eu não tenho medo de dizer a ele que nem ele pode usar calças de linho branco antes do Dia do Memorial de Guerra. É tudo igual.

– Bem, então, esta foi uma conversa esclarecedora, não foi? – Meu pai limpou a garganta. – A coisa mais importante de que deve se lembrar, Bette, é sempre tratar todo mundo igual, independentemente de como possam ser diferentes de você.

Tééééдio. Eu não estava interessada em um discurso sobre o amor, então fiz uma última pergunta.

– Quando você descobriu que era gay, tio Will?

Ele deu mais um gole no uísque e disse:

– Ah, provavelmente quando estava no exército. Eu meio que acordei um dia e percebi que já estava dormindo com meu oficial de comando há algum tempo – respondeu com naturalidade. Balançou a cabeça, mais seguro agora. – É, pensando bem, aquilo *foi* bastante revelador para mim.

Não importava que os termos *dormindo com* e *oficial de comando* não estivessem totalmente claros para mim, a profunda inspiração do meu pai e o olhar que minha mãe deu a Will do outro lado da mesa foram perfeitamente suficientes. Quando perguntei a ele, anos depois, se aquele fora realmente o momento em que percebera que preferia homens, ele riu e disse:

– Bem, não sei se foi a primeira vez, querida, mas certamente foi a única apropriada para a mesa de jantar.

Agora ele estava sentado calmamente, bebericando seu martíni e esperando que eu lhe contasse sobre minha vida nova e melhorada. Mas antes que eu pudesse inventar alguma coisa para contar, ele disse:

– Suponho que tenha recebido o convite de seus pais para o Festival da Colheita.

– Recebi, sim – suspirei. Todos os anos meus pais faziam seu Festival da Colheita no jardim para comemorar o Dia de Ação de Graças com todos os amigos. Era sempre às quintas-feiras e eles nunca serviam peru. Minha mãe telefonara alguns dias antes e, depois de ouvir educadamente os detalhes do meu novo emprego, que para meus pais era só ligeiramente preferível a encher os cofres de um banco corporativo enorme. Ela me lembrou mais uma vez de que estava chegando o dia de sua festa e que esperavam minha presença. Will e Simon sempre confirmavam presença, apenas para cancelar no último minuto.

– Acho que vou levar nós todos até lá na quarta-feira, depois que você sair do trabalho – disse Will agora e eu mal consegui me controlar e não revirar os olhos. – Como vão as coisas, por falar nisso? Julgando por tudo o que tenho lido, você parece ter, ah, *abraçado* o trabalho. – Ele não sorriu, mas seus olhos faiscaram e eu lhe dei um tapa no ombro.

– Hmm, é, você deve estar falando daquela nova notinha no *New York Scoop* – suspirei. – Por que eles estão atrás de mim?

– Eles estão atrás de todo mundo, querida. Quando sua única missão como colunista, on-line ou não, é cobrir o que está sendo consumido no refeitório da Condé Nast, bem, nada deveria surpreendê-la de verdade. Leu a última?

– Aquela não foi a última? – senti o conhecido horror começar a se formar.

– Ah, não, querida, sinto lhe dizer que não foi. Minha assistente a mandou por fax para cá há uma hora.

– É horrível? – perguntei, sem querer realmente uma resposta.

– É menos que lisonjeiro. Para nós dois.

Senti meu estômago se revirar.

– Ah, Jesus. Eu entendo Philip, mas por algum motivo eles me adotaram e não há nada que eu possa fazer a respeito. Agora, eles o incluíram?

– Eu posso me defender, querida. Não gostei, mas eu aguento. Quanto ao que lhe diz respeito, você está certa. Não pode fazer muita coisa, mas eu certamente a aconselharia a não fazer nenhuma idiotice em público ou pelo menos quando estiver na companhia de certo cavalheiro. Mas não estou lhe dizendo nada que você já não saiba.

Eu assenti.

– Só não acho que minha vida seja interessante o suficiente para ser narrada, sabe? Quer dizer, não sou ninguém. Eu trabalho, saio porque tenho de sair e, de repente, minhas atividades estão liberadas para o consumo público.

– Não as suas; as *dele* – observou Will, brincando distraidamente com o anel de platina que Simon chamava de aliança de casamento e ao qual Will se referia como "o cobertor de segurança do Simon".

– Você está certo. Parece que não consigo me livrar. Ele é onipresente. E é uma situação tão esquisita.

– Como assim? – Nós dois sorrimos quando Simon passou como um vendaval em um acesso de ira de linho cor de marfim e Will fez a palavra *piti* com a boca.

– Bem... na verdade, eu não gosto do Philip como pessoa, mas...

– Querida! Não deixe que isso a impeça de namorar alguém! Se *gostar* da pessoa fosse uma exigência para transar com ela, bem, então todos nós teríamos problemas.

– Está vendo? Isso é outra coisa. Não estou realmente dormindo com ele. Ou melhor, ele não está dormindo comigo.

Will ergueu uma sobrancelha.

– Tenho de admitir que isso me deixou confuso.

– Bem, no começo era porque eu não queria. Ou pelo menos era o que eu pensava. Eu só achava que ele era meio um imbecil e, mesmo que tenha certeza disso agora, há algo nele que me atrai. Não algum tipo de qualidade redentora, de forma alguma, mas ele com certeza é diferente de todo mundo que conheço. E simplesmente não está interessado.

Will estava prestes a dizer alguma coisa, mas se conteve assim que sua boca abriu. Ele pareceu recuperar a compostura por um minuto e então disse:

– Entendo. Bem, ah, tenho de dizer que, na verdade, não estou surpreso.

– Will! Eu sou tão bagulho assim?

– Querida, não tenho nem tempo nem inclinação para encher você de elogios agora. Você sabe perfeitamente que não foi isso que eu quis dizer. Só não fico surpreso, já que normalmente os homens que mais falam sobre sexo, os que o tornam um elemento tão crucial de suas identidades, que na verdade se definem por ele, são os que não têm um desempenho à altura. A maioria das pessoas, quando está feliz com essa área de sua vida, também fica feliz em mantê-la em particular. Tudo isso é para dizer que acho que você está na melhor situação possível no momento.

– Ah, sério? Por quê?

– Porque, pelo que você mencionou antes, é importante para sua chefe e para seus colegas que o inglês continue por perto, certo?

– Correto. Sua sobrinha é uma prostituta de luxo e é tudo culpa sua.

Ele ignorou esse comentário.

– Bem, me parece ser uma saída fácil, não? Pode continuar saindo com ele quanto você, ou a sua firma, quiser, mas não tem realmente que, ah, participar de nada repugnante. Está levando o crédito com o mínimo de esforço, querida.

Era uma forma interessante de encarar a coisa. Eu queria contar a ele sobre Sammy, talvez até pedir seu conselho, mas percebi que era ridículo falar sobre minha paixonite não correspondida. Antes que eu pudesse desviar o assunto, meu celular tocou.

– Philip – anunciei, imaginando, como sempre, se devia atender. – Ele parece ligar instintivamente nas horas mais impróprias.

– Atenda, querida. Vou procurar Simon e acalmar seus nervos em frangalhos. O homem é um louco e acho que isso se deve em grande parte a este que vos fala – dizendo isso, ele saiu.

– Alô? – falei, fingindo, como todo mundo faz, não fazer ideia de quem estava ligando.

– Por favor, aguarde para falar com Philip Weston – respondeu uma voz oca. Depois de um instante, Philip falou.

– Bette! Onde você está? O motorista disse que você não está em casa e não posso imaginar onde mais você possa estar.

Havia algumas coisas para interpretar ali, a menor delas sendo como eu acabara de ser ostensivamente acusada de não ter uma vida longe dele.

– Me desculpe, quem está falando? – perguntei com formalidade.

– Ah, pare de fazer esse joguinho, Bette. É o Philip. Mandei um carro até o seu apartamento, mas você não está lá. O Bungalow está fervendo hoje e eu quero vê-la. Venha para cá – ordenou.

– Apesar de agradecer o pensamento, eu tenho um compromisso hoje, Philip. Não posso ir – falei para enfatizar.

Eu podia ouvir Eminem ao fundo e aí palavras abafadas de outra voz masculina.

– Ei, há um cara que quer que eu diga oi por ele. A porra do segurança. Jesus, Bette, você deve frequentar este estabelecimento mais do que eu havia pensado. Cara, qual é o seu nome?

Se tivessem me dado opção naquele momento, eu escolheria a morte a falar com Sammy por intermédio de Philip. Mas antes que eu pudesse mudar de assunto ou pedir para que fosse para outro lugar para eu ouvi-lo melhor, Philip disse:

– Você está ouvindo minha conversa? Cai fora, cara.

Eu me encolhi.

– Philip, muito obrigada pelas flores maravilhosas – soltei, tentando desesperadamente desviar sua atenção. – São as mais lindas que eu já vi e estou muito feliz que você vá fazer a festa da BlackBerry.

– O quê? – Mais conversa murmurada. – O segurança se chama Sammy e ele disse que está trabalhando com você em uma festa ou algo assim. Do que ele está falando, Bette?

– Sim, era disso que eu estava falando. A festa da BlackBerry. – Eu estava gritando para dentro do telefone agora, tentando ser ouvida acima do barulho ao fundo. – A que você topou fazer... as flores... o cartão... lembrou?

– Flores? – Ele parecia genuinamente confuso.

– As que você me mandou hoje, mais cedo? Lembra-se?

– Ah, certo, amor. Acho que Marta deve tê-las mandado. Ela presta muita atenção aos detalhes, mandando coisas em todas as ocasiões apropriadas. É a minha melhor garota.

Era a minha vez de ficar confusa.

– Marta?

– Minha assistente. Ela comanda a minha vida, me faz ficar bem na fita. Funciona, não é? – eu quase podia ouvi-lo sorrir pelo telefone.

– Então, ela lhe contou que concordou em seu nome ser o anfitrião dessa festa? – Mantive minha voz o mais firme e controlada quanto humanamente possível.

– Nem por um segundo, amor, mas tudo bem. Se ela achou bom, eu também acho. Ela vai me dizer onde estar e quando. O quê? – perguntou ele, parecendo distraído.

– O quê? – perguntei de volta.

– Espere um minuto, o segurança quer falar com você. Ele disse que é sobre trabalho.

Isso era inaceitável. Eu quase – quase – havia me esquecido de que Sammy estava lá ouvindo toda essa conversa. Ele ouvira a história das flores e certamente como Philip fora condescendente quando fez a gracinha de informar que o segurança queria falar comigo.

– Espere! Philip, não passe...

– Alô, Bette? – Era o Sammy. Eu não conseguia nem falar. – Ainda está aí?

– Estou aqui – falei meigamente. A sensação de palpitação descrita com tanta nitidez em todos os meus livros começou imediatamente e com grande ímpeto.

– Ei, escute, eu só queria...

Eu o interrompi sem pensar e soltei:

– Me desculpe por ele parecer tão babaca agora, mas ele não consegue evitar nada porque é exatamente isso que é.

Houve um silêncio momentâneo e depois uma risada profunda de concordância.

– Bem, foi você quem disse, não eu. Ainda que eu não vá discordar de você – ouvi uma espécie de conversa abafada e então ouvi Sammy gritar. – Vou guardar bem aqui para você, cara.

– O que está acontecendo? – perguntei.

– Seu namor... seu, hã, seu amigo... viu outro, uh, amigo e entrou para dizer oi. Deixou o celular comigo. Espero que ele não fique muito chateado se o telefone for acidentalmente atropelado por um táxi. Ouça, eu queria muito pedir desculpas por hoje à tarde. Não sei o que me deu, mas eu não tinha o direito de falar aquelas coisas para você. Nós nem nos conhecemos e eu passei totalmente do limite.

Ali estava ele! Meu grande pedido de desculpas e ele não poderia parecer mais sincero se tivesse aparecido do lado de fora do meu prédio e feito uma serenata para mim vestindo aquelas lindas cuecas samba-canção Calvin Klein que eu sabia que ele usava. Eu queria me arrastar por dentro do telefone e cair no colo dele, mas consegui manter um mínimo de controle.

– Esqueça. Também sinto por ter estourado com você daquele jeito. Foi tão culpa sua quanto minha, portanto não se preocupe com isso.

– Ótimo. Então isso não vai atrapalhar nosso relacionamento profissional, certo? Amy me disse hoje que vou ser o contato principal para a sua festa e eu não gostaria que isso afetasse a qualidade do trabalho de nenhum de nós dois.

– Hã, certo. – Nossos empregos. É claro. – Claro, claro, sem problema.

Tentei esconder minha decepção e obviamente não me saí muito bem, porque ele gaguejou de volta.

– Hã, é, bem, nosso trabalho e, é claro, nossa, hã, nossa amizade. Sabe? – Eu quase podia senti-lo enrubescer e só queria acariciar seu rosto com a palma da mão antes de envolver todo o seu corpo com o meu.

– Certo. Nossa amizade. – Isso estava ficando pior a cada segundo que passava e decidi que, por mais que fosse bom ouvir sua voz, continuar essa conversa não poderia render nada de bom.

– Ah, Bette, quase me esqueci de lhe contar! Falei com Amy e ela liberou o Bungalow para vocês naquela noite. Está agendado e não há problema algum. Ela só quer que vocês liberem a entrada de algumas pessoas, mas, tirando isso, você controla inteiramente a lista de convidados. Ela quase nunca concorda com isso. Perfeito, não é?

– Uau! – falei com entusiasmo forçado. – Realmente, é uma ótima notícia. Muito obrigada!

Algumas garotas começaram a rir ao fundo, uma delas repetindo o nome dele algumas vezes, obviamente tentando chamar sua atenção.

– Bem, o dever me chama. É melhor eu voltar ao trabalho. Foi bom falar com você, Bette. E obrigado por ser tão compreensiva a respeito de hoje. Posso te ligar amanhã? Para, hã, discutir os outros detalhes?

– Claro, claro, isso seria ótimo – falei rapidamente, ansiosa para desligar, já que Will acabara de voltar e pusera agourentamente um pedaço de papel no colo. – A gente se fala amanhã. Tchau.

– Era o seu namorado? – perguntou Will, pegando seu drinque novamente e ajeitando-se de novo na cadeira.

– Não – suspirei, pegando meu próprio martíni. – Definitivamente, não era.

– Bem, sem querer estragar sua alegria, mas você vai ter de ler em algum momento. – Ele limpou a garganta e pegou a folha de papel. – Por Ellie Insider. Ela escreveu um parágrafo sobre sua viagem a Los Angeles na semana passada e todas as estrelas de cinema com quem badalou. Em seguida uma pequena cantilena sobre sua enorme popularidade com estilistas, a ponto de todos alegarem vesti-la para eventos. E depois, viemos nós. É curto, mas não doce. "Como qualquer amigo de Philip Weston é nosso amigo, percebemos que não conhecíamos muito sobre sua nova namorada, Bette Robinson. Sabemos que ela se formou na Universidade Emory, que trabalhava no UBS Warburg e que é a nova queridinha da Kelly & Company RP, mas vocês sabiam que ela também é sobrinha do colunista Will Davis? O crítico outrora adorado de tudo o que Manhattan tem está assumidamente um pouco *passé*, mas o que será que ele pensa das coisas que sua sobrinha tem aprontado em público? Nós achamos que não deve estar muito feliz." É isso – disse Will baixinho, jogando calmamente o papel de lado.

Imediatamente senti uma sensação de enjoo, como se tivesse acabado de acordar de um sonho pelada no refeitório do colégio.

– Ah, meu Deus, Will, eu sinto muito. A última coisa que queria era arrastá-lo para o meio disso. E o que ela disse sobre sua coluna evidentemente não é verdade – menti.

– Ah, Bette, querida, cale a boca. Nós dois sabemos que ela está absolutamente certa. Mas você não pode controlar o que essas pessoas escrevem, então não vamos nos preocupar com isso nem mais um segundo. Venha, vamos jantar.

Ele pronunciou todas as palavras corretas, mas a tensão em seu rosto dizia algo diferente, e eu fiquei com uma estranha sensação de tristeza e nostalgia pela forma como as coisas eram antes da minha vida nova e melhorada.

14

— Explique-me novamente por que sua mãe está lhe oferecendo um jantar de despedida mesmo zangada por você se mudar? – perguntei para Penelope. Depois de um dia inteiro checando a lista e ligando para os patrocinadores para a festa da BlackBerry – para a qual só faltavam quatro dias –, parecia que tudo estava indo bem e eu havia fugido para a casa da Penelope na esperança de discutir alguma coisa, qualquer coisa que não fosse relacionada à publicidade. Eu estava jogada no chão do quarto que Avery e Penelope agora dividiam, ainda que não parecesse que Avery houvesse feito muitas concessões para combinar os gastos dos dois: a cama de colchão d'água king size estava em cima de uma imponente plataforma preta, um sofá de couro estilo universitário ocupava o pouco espaço que restava e o único item que podia ser classificado como de "decoração" era uma luminária de lava grande demais e ligeiramente descolorida. A *pièce de résistance*, no entanto, era uma tela de plasma de 55 polegadas pendurada na parede da sala de estar. De acordo com Penelope, Avery não sabia lavar um prato ou pôr um par de meias na máquina de lavar, mas limpava cuidadosamente sua tela plana com um líquido especial não abrasivo todos os fins de semana. Na última vez em que estive lá, ouvi Avery instruir Penelope: "Diga para a empregada manter aquele limpa-vidros longe da minha TV. Aquela merda acaba com a tela. Juro por Deus, se eu a vir chegando perto da minha TV com aquela lata de spray, ela vai ter de procurar outro emprego!" Ao que minha amiga sorrira indulgente, como se dissesse "meninos são assim mesmo". No momento, ela arrumava as roupas de Avery nas malas Louis Vuitton que os pais dele haviam dado para a viagem para Paris em comemoração pelo noivado, enquanto reclamava a respeito do jantar que seria dado aquela noite em sua homenagem. Eu não perguntei por que Avery não podia fazer suas próprias malas.

– E sei lá sei? Ela falou algo estúpido sobre "manter as aparências" ou algo assim. Sinceramente, acho que ela não tinha nada marcado para hoje e não aguentou a ideia de ficar em casa.

– É uma maneira muito positiva de encarar isso. – O saco vazio na minha mão me lembrou de que eu acabara de engolir meio quilo de Red Hots em 12 minutos cravados. Minha boca alternava entre dormente e formigando, mas isso não me fez ir mais devagar.

– Vai ser uma droga e você sabe disso. O melhor que espero agora é que seja tolerável. Que diabo é isso? – resmungou ela, erguendo uma camiseta azul vibrante com letras amarelas que diziam EU FAÇO MINHAS PRÓPRIAS CENAS DE NUDEZ. – Eca! Você acha que ele já usou isto?

– Provavelmente. Jogue fora.

Ela a jogou no lixo.

– Tem certeza de que não me odeia por fazê-la ir hoje?

– Pen! Eu a odeio por se mudar, não por me convidar para o seu jantar de despedida. Quer dizer, não estou exatamente reclamando por seus pais pagarem a conta do jantar no Grill Room. A que horas devo estar lá?

– Quando quiser. Vai começar por volta das 20h30. Chegue alguns minutos antes, talvez, para a gente tomar alguma coisa no banheiro. – Ela sorriu maliciosamente. – Estou pensando seriamente em levar uma garrafinha. Isso é ruim? Irc. Não tão ruim quanto isto... – Desta vez ela segurava um par de cuecas samba-canção desbotado e gasto com uma seta rosa fluorescente nada sutil apontando direto para a virilha.

– Definitivamente e precisamos de uma garrafinha. O que vou fazer sem você? – resmunguei pateticamente. Ainda não aceitara a ideia de que Penelope, que fora a minha melhor e única amiga nos últimos dez anos, ia se mudar para o outro lado do país.

– Você vai ficar bem – disse ela, soando mais segura do que eu gostaria. – Você tem Michael e Megu e toda a galera nova do trabalho e, agora um namorado.

Parecia estranho ela mencionar Michael, considerando que quase não o víamos mais.

– Por favor, Michael tem a Megu. A "galera" do trabalho é exatamente isso: um bando de gente com acesso misterioso a pilhas enormes de dinheiro e inclinação para gastá-lo em muito álcool. Quanto à observação sobre o namorado, bem, nem vou me dignar a responder a isso.

– Cadê a minha garota favorita? – gritou Avery logo depois que a porta da frente bateu. – Esperei o dia inteiro para chegar em casa e levar essa sua bundinha linda para a cama!

– Avery, cale a boca! – gritou, parecendo apenas ligeiramente envergonhada. – A Bette está aqui!

Mas era tarde demais. Ele já aparecera no vão da porta, sem camisa, com o jeans desabotoado e com o zíper abaixado revelando a cueca samba-canção listrada de verde-limão.

– Ah, oi, Bette. – Ele balançou a cabeça na minha direção, não parecendo nem um pouco perturbado por eu ter sido testemunha de sua cena de sedução.

– Ei, Avery – falei, desviando os olhos para os meus tênis e pensando pela enésima vez o que, além de seu abdome reconhecidamente definido, Penelope via nele. – Eu estava saindo. Tenho de ir para casa me arrumar para o grande jantar de hoje. Por falar nisso, o que se usa para ir ao Four Seasons?

– O que quer que você use normalmente para jantar com os seus pais – disse Penelope enquanto um Avery com déficit total de atenção começava a fazer cestas com um par de meias enrolado como bola.

– Você pode querer repensar isso. A não ser, é claro, que queira que eu apareça de pantalonas com uma camiseta em que esteja escrito DÊ UMA CHANCE À PAZ combinando. Eu vejo vocês dois lá à noite.

– Falou – disse Avery, mostrando dois dedos em uma espécie de combinação do sinal de paz com o de gângster. – Até mais, B.

Abracei Penelope e saí, tentando não visualizar o que inevitavelmente aconteceria no momento em que eu saísse. Se corresse para casa, teria tempo de arrastar Millington para um passeio rápido e talvez até tomar um banho de banheira antes do jantar. Peguei um táxi para casa e persegui Millington pelo apartamento por alguns minutos enquanto ela fazia esforço para fugir de mim. Ela sabia instintivamente quando eu planejava levá-la para a rua e, diferente de qualquer cachorro que eu tenha conhecido, odiava. Ela ficava incapacitada durante horas com toda aquela poeira, pólen e tasneira, mas eu achava que era importante para ela sair de vez em quando. Afinal, era apenas dar uma volta no quarteirão. Eu me admirava com o metabolismo dela. Acabáramos de chegar ao Madison Square Park e conseguimos evitar o maluco que normalmente perseguia Millington com seu carrinho de supermercado, quando ouvi meu nome.

– Bette! Ei, Bette, aqui!

Virei-me para ver Sammy sentado em um banco, bebendo café, sua respiração visível no ar gelado. Com o que parecia ser uma mulher linda de morrer sentada bem ao seu lado. Droga. Não havia como escapar. Ele obviamente me vira e percebera quando olhei diretamente para ele, portanto não havia maneira concebível de fingir que a coisa toda nunca havia acontecido. Além disso, Millington decidira ser sociável pela primeira vez em sua curta vida e partiu em direção a eles, esticando sua coleira retrátil até o máximo e atirando-se no colo dele.

– Ei, cachorrinho, como você está? Bette, quem é essa gracinha?

– Que graça – disse a morena, olhando friamente para Millington. – É claro que eu prefiro os Cavalier King Charles, mas os Yorkshires também podem ser bonitinhos.

Miau.

– Oi, eu sou a Bette – consegui dizer, estendendo minha mão para a garota. Tentei sorrir carinhosamente para Sammy, mas imagino que tenha parecido uma careta.

– Ah, nós somos formais? – falou ela com uma risadinha. Esticou a mão depois de me fazer esperar três segundos a mais do que era confortável. – Isabelle.

Isabelle não era menos atraente de perto, mas era mais velha do que eu havia imaginado a princípio. Era alta e magra da forma como só os que realmente passam fome podem ser, mas faltava a ela um certo frescor da juventude, aquela satisfação refrescante que diz "ainda não fui massacrada demais pelos namoros em Manhattan, ainda tenho esperanças de encontrar um cara legal um dia". Era claro que Isabelle havia aberto mão do sonho há muito tempo, ainda que eu imaginasse que suas calças Joseph tamanho 36 combinadas com sua linda bolsa Chloe marrom chocolate e peitos obscenamente rígidos lhe dessem alguma espécie de consolo.

– Hã, então, o que a traz aqui? – perguntou Sammy, limpando a garganta com tanto constrangimento que era óbvio que aqueles dois não eram amigos, irmãos ou colegas de trabalho. E, além disso, ele não ofereceu nenhuma explicação.

– Passeando com o cachorro, tomando um pouco de ar fresco... Você sabe, o de sempre – falei, percebendo que parecia mais do que um pouco na defensiva. Por algum motivo, minha capacidade de travar uma conversa civilizada havia simplesmente evaporado.

– É, eu também – disse ele, parecendo encabulado e ligeiramente constrangido.

Quando ficou claro que nenhum de nós dois conseguia pensar em mais nada para dizer, catei Millington do colo do Sammy, onde ela obviamente estava gostando de ser acariciada – como eu entendia! –, resmunguei um tchau e disparei na direção do meu apartamento numa velocidade que beirava o humilhante. Eu podia ouvir Isabelle rindo e perguntando a Sammy quem era a sua amiguinha, e tive de usar cada grama da minha força de vontade para não voltar e sugerir que, da próxima vez, ela pedisse ao médico para ajustar a injeção de Botox, para não ficar com aquela expressão típica de animal espantado com o farol do carro.

Então era oficial, pensei debaixo da água escaldante do chuveiro: Sammy tinha uma garota. Ou melhor, acho que era mais apropriado dizer que ele tinha uma mulher, já que a dama em questão não podia de forma alguma ter um dia a menos do que 40 anos. É claro que ele não tinha sentido ciúmes naquele dia na Starbucks, quando fizera piada de Philip. Sentindo-me mais ridícula a cada momento que passava, vesti rapidamente um dos velhos conjuntos azul-marinho do banco que tinham sido relegados ao fundo do meu armário e não gastei nem um segundo a mais do que o necessário secando o cabelo e aplicando o mínimo de base nas olheiras.

Quando finalmente cheguei ao Four Seasons, havia quase conseguido me convencer de que eu não me importava. Afinal de contas, se Sammy queria realmente namorar alguém com roupas melhores, mais dinheiro e peitos três vezes maiores do que os meus, bem, isso era direito dele. Quem precisava de alguém tão fútil, aliás? Eu estava esquentando os motores para começar uma lista de seus muitos, muitos defeitos (nenhum dos quais era imediatamente aparente, mas que certamente deviam existir em algum lugar) quando meu celular tocou. Era Elisa, provavelmente ligando, como sempre, para fazer perguntas obcecadamente detalhadas sobre quando, onde, por que e com quem eu vira Philip pela última vez, então eu não atendi e me aproximei do mâitre. O telefone tocou de novo apenas alguns segundos depois e, apesar de eu tê-lo posto para vibrar, ela mandou uma mensagem de texto onde se lia: 911. LIGAR IMEDIATAMENTE.

– Bette? Ei, você já os encontrou? – perguntou Michael, andando na minha direção, parecendo cansado e ligeiramente infeliz. Penelope havia me contado que ele estava em mais uma negociação enorme. Acordado a noite inteira por quatro dias e ainda de pé.

– Não, fomos os primeiros a chegar? – Eu o beijei na bochecha e pensei em quanto tempo fazia desde que o vira. Várias semanas, tanto tempo que eu nem conseguia me lembrar. – Cadê a Megu?

– Ela está no hospital. Acho que a Pen disse que talvez eles tivessem uma mesa particular nos fundos, então vamos lá ver.

– Perfeito. – Tomei o braço que ele me ofereceu e tive uma sensação estranha de estar voltando para casa. – Sabe, faz um século que nós todos não nos encontramos. O que você vai fazer depois? Por que não convencemos a Pen a ir ao Black Door para um drinque ou seis?

Ele sorriu, apesar de parecer que isso exigia toda a sua energia, e assentiu.

– Com certeza. Já estamos todos no mesmo lugar e quando é que isso acontece? Vamos lá.

A mesa parecia comportar 18 ou vinte pessoas, mas no momento em que eu estava cumprimentando o pai de Penelope, meu telefone começou a vibrar de novo.

– Sinto muito, por favor, me dê licença – falei para o pai de Penelope e disparei em direção à porta de novo para desligá-lo. Elisa de novo. Deus, o que podia ser tão importante que ela tinha de usar a técnica de pressão total? Esperei que o telefone parasse de zumbir e então o abri para desligá-lo, mas ela deve ter discado de novo, porque ouvi sua voz emanando da palma da minha mão.

– Bette? É você? Bette, é crucial.

– Ei, ouça, agora não é um bom momento para mim, estou no jantar...

– Você tem de vir para cá agora mesmo, a Kelly está surtando porque...

– Elisa, você nem me deixou terminar. São oito e meia da noite de sábado e estou prestes a me sentar para jantar no Four Seasons com a minha amiga e toda a sua família e é muito importante, então tenho certeza de que você pode resolver o que quer que seja que está fazendo Kelly surtar. – Eu me dei os parabéns por ser firme e estabelecer limites, algo que minha mãe vinha tentando me ensinar desde os 6 anos.

Ela estava respirando pesado a essa altura e ouvi o leve barulho de copos brindando ao fundo.

– Sinto muito, querida, mas Kelly não está aceitando "não" hoje. Ela está jantando com o pessoal da BlackBerry agora, no Vento, e precisa que você os encontre na Soho House até as 21h30 no máximo.

– Impossível. Você sabe que eu estaria aí se pudesse. É obrigatório que eu fique aqui pelo menos pelas próximas duas horas – falei, ouvindo uma hesitação na minha voz. – Quer dizer, 21h30 é ridiculamente cedo e eu não entendo por que, se ela esperava que os encontrássemos, tinha de ser em um sábado à noite ou por que ela não pôde mencionar isso com antecedência.

– Olhe, eu entendo, mas não tem jeito. Você está coordenando a festa, Bette! Eles chegaram mais cedo na cidade e Kelly achou que um jantar de negócios iria acalmá-los, mas parece que eles querem conhecer você... e o Philip. Hoje. Já que a festa está tão perto e parecem estar nervosos.

– Philip? Não pode estar falando sério.

– Você *está* namorando ele, Bette. E ele *concordou* em ser o anfitrião desse evento para nós – falou ela, parecendo uma irmã mais velha e mandona. Vi Penelope se aproximar pelo canto do olho e soube que estava sendo terrivelmente mal-educada.

– Elisa, eu realmente...

– Bette, querida, não quero bancar a chefe aqui, mas seu emprego está em perigo. Vou ajudá-la o máximo possível, mas você *tem de vir para cá*. Vou mandar um carro buscá-la no Four Seasons em trinta minutos. Entre nele.

Quando a ligação foi encerrada, Penelope jogou os braços em volta do meu pescoço.

– Adorei o seu plano! – falou, pegando a minha mão e me levando para a mesa. Ouvi o Sr. Wainwright falando alto sobre um processo que estava coordenando para uma mulher um tanto calada, com um ar digno e pensei se Penelope não gostaria de salvar sua avó de seu futuro sogro.

– Plano?

– É, Michael me contou sobre a reunião no Black Door hoje. Ótima pedida! Faz séculos que não fazemos isso e... – olhou em volta – vou precisar encher a cara depois disso. Você não faz ideia do que a mãe do Avery fez esta noite. Puxou minha mãe e eu para um canto e me deu, com bastante orgulho, uma cópia de *Fête accompli! The Ultimate Guide to Creative Entertaining* (Fête accompli! O guia definitivo para receber com criatividade) e toda a coleção de livros de culinária da *Barefoot Contessa* (Condessa descalça). Ah, mas fica melhor. Ela não apenas destacou todas as suas sugestões para temas de jantares como anotou todos os pratos preferidos do Avery para que eu possa instruir corretamente a cozinheira. Fez questão de me dizer que, como regra geral, ele não gosta de nenhuma comida que deva ser consumida com pauzinhos, nas palavras dela.

– Pauzinhos?

– De comida japonesa. Ela disse que eles "o confundem".

– Isso é sensacional. Ela parece ser uma pérola.

– E. Minha mãe só ficou ali, balançando a cabeça. Conseguiu consolar a mãe do Avery observando como seria fácil para nós achar empregadas domésticas na Califórnia, com aquelas hordas de imigrantes mexicanos. A "terra prometida do trabalho barato", acho que foram suas palavras exatas.

– Vamos nos lembrar de nunca permitir que nossos pais estejam no mesmo aposento novamente, está bem? – disse. – O s meus fariam a festa com essa história. Lembra-se do desastre da última vez?

– Está brincando? – falou ela. – Como poderia esquecer?

Conseguíramos espertamente impedir nossos pais de estarem no mesmo aposento durante os quatro anos de faculdade, mas durante a formatura isso se provara impossível. Uns estavam curiosos sobre os outros e, após muita insistência das duas mães, Penelope e eu havíamos marcado, contra nossa vontade, um jantar no sábado à noite. O estresse começou com a seleção do restaurante: meus pais queriam experimentar o bar totalmente orgânico de comida crua que havia publicado vários livros famosos de receitas, enquanto os pais de Penelope insistiam em ir ao seu local de sempre quando vinham visitar: a Ruth's Chris Steak House. Chegamos a um meio-termo com uma cadeia pan-asiática chique, que não agradou a ninguém, e as coisas só ficaram piores daí em diante. O restaurante não servia o tipo de chá da minha mãe ou o cabernet favorito do pai da Penelope. Quanto aos assuntos relativos à política, carreiras e planos para as formandas estavam fora, já que não havia nenhuma opinião ou ideia em comum. Meu pai acabou conversando com Avery a maior parte da refeição e depois ficou rindo dele, eu fiquei com minha mãe, Penelope com a dela, e seu pai e irmão trocaram uma ou outra frase entre goles das três garrafas de vinho tinto que mataram juntos. Tudo terminou de forma tão constrangedora quanto havia começado, com todo mundo trocando olhares desconfiados e imaginando o que suas filhas haviam visto uma na outra. Penelope e eu deixamos todos em seus respectivos hotéis e fomos imediatamente para o bar, onde terminamos a noite imitando ebriamente cada um, jurando o tempo todo nunca mais repetir aquela noite.

– Venha cá, converse com meu pai para mim, por favor. Faz algumas décadas desde que ele socializou fora do escritório e não parece saber o que fazer. – Ela parecia razoavelmente de bom humor e eu fiquei imaginando como lhe dizer que eu só podia ficar para os drinques porque tinha de ir a uma festa com o malandro bonitão que eu supostamente estava namorando.

– Pen, eu sinto muito fazer isso e eu sei que é a coisa mais escrota e egoísta do mundo, mas acabei de receber um telefonema do trabalho e não tenho absolutamente nenhuma opção a não ser ir, porque estou coordenando este projeto em particular e há pessoas de fora da cidade com quem a minha chefe está no momento e ela está insistindo para que eu a encontre. Apesar de eu ter dito a ela que estava em uma coisa muito, muito importante, ela basicamente ameaçou me demitir, por intermédio de uma terceira pessoa, é claro, se eu não estiver no centro em menos de uma hora. E eu discuti e discuti, mas ela foi inflexível, então estou planejando ir para lá e voltar o mais rápido possível e é claro que ainda vou ao Black Door se vocês não se importarem de me esperar. – Pare. Respire fundo. Ignore o olhar mortal no rosto da Penelope. – Me desculpe! – gemi, alto o suficiente para fazer com que alguns dos garçons olhassem na minha direção. De alguma forma, consegui ignorar a sensação de peso no meu estômago, o olhar surpreso do Michael a alguns metros de distância e o olhar reprovador da mãe de Penelope por causar uma comoção.

– Quando você tem que ir? – perguntou Penelope calmamente, sem que sua expressão revelasse nada.

– Em meia hora. Eles vão mandar um carro.

Ela girou inconscientemente o brinco de brilhante em sua orelha direita e olhou para mim.

– Faça o que tem de fazer, Bette, eu entendo.

– Você entende? – perguntei, quase sem acreditar, mas sem ouvir raiva em sua voz.

– É claro. Sei que você quer estar aqui e, claro, estou decepcionada, mas sei que você não iria a não ser que fosse realmente importante.

– Eu sinto muito, Pen. Prometo compensá-la depois.

– Não se preocupe com isso. Vá, sente-se ali perto do amigo gatinho e solteiro do Avery e pelo menos curta o tempo que tem – ela estava dizendo todas as coisas certas, mas a rigidez de sua boca fazia suas palavras parecerem forçadas.

O amigo definitivamente nada gatinho do Avery começou imediatamente a fazer reminiscências sobre seus dias de loucura na fraternidade em Michigan, enquanto eu passava rapidamente pelos drinques dois e três. Um das amigas de Penelope do banco, uma garota que eu não conhecia quando trabalhava lá mas que parecia estar com a Pen o tempo todo agora, fez um brinde de improviso que foi adoravelmente engraçado e simpático. Tentei sufocar minha amargura quando Penelope jogou seus braços em volta da garota e insisti para mim mesma que isso era minha paranoia falando e que ninguém estava olhando para mim, pensando que eu era uma péssima amiga. A meia hora passou em um milésimo de segundo. Achei melhor sair à francesa do que fazer um grande espetáculo e me explicar para todo mundo, então tentei captar a atenção de Penelope, mas simplesmente fui embora quando pareceu que ela estava deliberadamente me evitando.

Na calçada, ofereci um dólar por um cigarro a um homem bem-vestido, mas ele o recusou e me deu um de graça, acrescentando um aceno de cabeça compadecido. Não havia carro à vista e pensei em voltar para ficar mais alguns minutos, mas exatamente nessa hora uma Vespa verde-limão muito familiar parou ao lado do meio-fio.

– Ei, amor, vamos nessa – disse Philip, abrindo o visor de seu capacete e arrancando o cigarro dos meus dedos para dar um trago. Ele me deu um beijo bruto na boca, a qual, por falar nisso, estava aberta em choque, e saltou para pegar o segundo capacete de debaixo de seu assento.

– O que você está fazendo aqui? – perguntei, tragando profundamente meu cigarro quando ele o devolveu.

– O que acha que estou fazendo aqui? Parece que somos obrigados a comparecer. Então, vamos acabar logo com isso, está bem? Belo terninho. – Ele me olhou de alto a baixo e deu uma risadinha de escárnio.

Seu celular tocou a melodia de "Like a Virgin" – foi a minha vez de rir – e eu o ouvi dizer a alguém que estaríamos lá em dez minutos.

– Na verdade, estou esperando um carro que a Elisa mandou – falei.

– Acho que não, amor. Elisa me mandou. Vamos visitar meu querido amigo Caleb e Elisa vai levar os empresários até nós.

Isso não fazia o menor sentido, mas ele parecia estar trabalhando diretamente sob as ordens da Elisa.

– Por que vamos ao apartamento do seu amigo? – perguntei.

– Ele está fazendo uma reuniãozinha de aniversário em seu apartamento. Uma festa à fantasia, na verdade. Vamos. – Foi só então que percebi que ele estava totalmente vestido com roupas de discoteca dos anos 1970, da calça boca de sino de poliéster marrom à camisa branca com lapelas grandes colada ao corpo e uma espécie de bandana amarrada em volta da cabeça.

– Philip, você acabou de dizer que tínhamos de encontrar Kelly e o pessoal da BlackBerry. Não podemos ir a uma festa à fantasia agora. Eu não estou entendendo!

– Suba, amor, e pare de se estressar. Eu cuido de tudo. – Ele acelerou a Vespa, se é que isso é possível, e deu um tapinha no assento atrás de si. Subi tão graciosamente quanto minhas calças permitiam e passei meus braços em volta de sua cintura. Seu abdome duro como rocha fez resistência.

Ainda não sei por que me virei. Não me lembro de pensar que havia algo fora do comum – se você descontar o fato de que eu estava sendo raptada por uma celebridade absurdamente metrossexual em uma Vespa –, mas ainda assim olhei para trás antes que saíssemos, apenas para ver Penelope de pé no meio-fio. Ela estava com a mão esticada, minha echarpe enrolada frouxamente por cima, a boca aberta, olhando para as minhas costas. Meus olhos encontraram os dela por apenas um breve momento antes de Philip acelerar a lambreta e ela partir, para longe de Penelope, sem me deixar tempo para explicar qualquer coisa.

15

— Quer relaxar, amor? Eu já disse, estou cuidando de tudo.

Philip estacionou a Vespa no tapete na calçada do lado de fora de um lindo prédio de apartamentos no West Village e deu ao porteiro algum dinheiro, que foi recebido com um aceno discreto. Fui atingida pela súbita percepção de que esta era a primeira vez que Philip e eu ficávamos sozinhos desde a manhã em que eu acordara em seu apartamento.

– Relaxar? Está me pedindo para relaxar? – gritei. – Com licença, senhor, pode me chamar um táxi? – perguntei na direção do porteiro, que imediatamente olhou para Philip pedindo permissão.

– Bette, fique calma. Você não precisa de um táxi. A festa é aqui. Agora, entre e vamos tomar uma bebidinha, está bem?

"Bebidinha? Eu acabei de ouvir isso? Esse cara comeu todas as mulheres ativas em Manhattan entre a idade de 16 e 45 e diz 'bebidinha'?" Eu não podia parar para pensar nesse dado perturbador, porém, já que tinha menos de dez minutos para chegar na Soho House.

Ele continuou.

– Elisa me ligou e eu disse que não poderia ir de forma alguma, que estão me esperando na festa do Caleb. Ela perguntou se poderia trazer o pessoal da BlackBerry aqui, disse que eles achariam legal ver "uma festa realmente nova-iorquina" ou uma bobagem assim. Portanto, eles vão chegar a qualquer minuto. É aqui que nós *devemos* estar, está bem?

Olhei para ele desconfiada, imaginando como isso tudo havia ocorrido. Será que Elisa estava me evitando deliberadamente? Considerei isso por um momento, mas percebi que ela não tinha como sabotar essa festa sem que Kelly soubesse e, além disso, por que iria querer isso? Admito, ela pode ter querido Philip em algum momento e talvez parecesse menos amigável ultimamente, mas achei que era só porque estávamos todos realmente muito ocupados no trabalho, planejando eventos individuais além de preparar toda a base para a festa da *Playboy*. Eu só queria telefonar para Penelope, explicar que não havia mentido para deixar o jantar e poder sair pela noite com aquele namorado de araque. Philip já havia passado pelo porteiro e estava esperando impacientemente que eu me juntasse a ele e, assim que entramos no elevador, como era do seu feitio, ele me atacou.

– Bette, eu simplesmente não posso esperar para levá-la para casa mais tarde e comê-la a noite toda – murmurou no meu cabelo, suas mãos percorrendo todo o meu corpo e escorregando por debaixo da minha camisa. – Mesmo nessa roupinha ridícula você é gostosa.

Empurrei sua mão boba para longe e suspirei.

– Vamos só resolver isso, está bem?

– Por que você fica tão irritada, amor? Ah, entendi agora, você gostaria que eu tentasse um pouco mais. Estou totalmente disposto a satisfazer... – E, com isso, ele empurrou sua metade inferior inteira dentro da minha sem a menor habilidade e com sua surra de língua característica. Gwyneth tinha mesmo aturado esse tratamento? Seria realmente possível que ele tivesse dormido com tantas garotas só uma vez que nenhuma delas tivesse se dado o trabalho de lhe dizer que ele não tinha ideia do que estava fazendo? Era nojento, assim como a súbita percepção de que Philip só me perseguia com essa paixão quando sabia que não poderíamos ir adiante. Esta noite não era diferente; não havia perigo de eu rasgar minhas roupas e implorar por sexo quando as portas do elevador podiam se abrir a qualquer momento. O que elas fizeram, direto para dentro do apartamento de cobertura de Caleb. Uma limpada rápida e sutil com as costas da mão pelo meu rosto e meu pescoço removeu a maior parte da saliva e eu estava mais pronta do que nunca.

– Philip, querido, chegue aqui! – gritou um cara magricela de cabelos longos do sofá onde se inclinava sobre um espelho com uma nota enrolada na mão. O que parecia ser uma garota nua estava em seu colo, e ela olhou para meu acompanhante com uma expressão que ultrapassava a admiração e se aproximava da idolatria. Ele cheirou rapidamente, sem esforço, entregou a nota para a garota e então puxou a máscara de volta para cima do rosto.

– Cally, Calzão, esta é a Bette. Bette, Caleb, o dono desta festa magnífica e, a partir de hoje, um cavalheiro 3.0!

– Oi, Caleb, é um prazer conhecê-lo – disse eu para a máscara. – Obrigada por me convidar.

Todos os três se entreolharam, depois olharam para mim e começaram a rir.

– Bette, por que não se junta a nós aqui para uma provinha e depois nós subimos? Está todo mundo no telhado.

– Hã, eu estou legal, obrigada – falei, incapaz de tirar meus olhos da garota. Ela terminou as duas carreirinhas que Caleb deixara para ela e deitou de costas. Tecnicamente não estava completamente nua, se você contasse o retalho de seda cor-de-rosa preso baixo em seus quadris e que cobria apenas a frente de sua pelve, deixando toda a sua parte de trás de fora. O fio dental que eu achara que ela estava usando quando a vi pela primeira vez acabou se revelando nada mais do que a marca do biquíni e seus seios haviam se libertado há muito tempo de seu confinamento de seda, algo no formato de um sutiã, mas sem ganchos, alças ou forma. Ela se enroscou no sofá com um sorriso feliz e bebericou seu champanhe, anunciando que ia se divertir mais um pouco no andar de baixo antes de se juntar aos outros.

– Como quiser, querida – disse Caleb, fazendo sinal para que o seguíssemos. Voltamos para o elevador, onde ele usou uma chave especial que nos permitiu selecionar o botão para o terraço. Quase desmaiei quando as portas se abriram de novo. Não sei exatamente o que estava esperando, mas com certeza não era isso. Talvez eu tenha pensado que seria como a festa do Dia das Bruxas de Michael, quando um bando de seus amigos do UBS e da faculdade haviam se reunido em seu apartamento no quarto andar sem elevador. A mesa da cozinha continha garrafas de bebida barata e de misturas prontas e algumas tigelas de doces, pretzels e molho. Um cara vestido de mulher anunciou que a pizza estava chegando para os farristas sortidos fantasiados, que estavam sentados por ali conversando sobre a faculdade, quem tinha ficado noivo ou sido promovido e quanta merda o presidente Bush estava fazendo no Iraque.

Esta festa era muito, muito diferente. O terraço em si parecia uma réplica exata do Skybar em Los Angeles todo lustroso e chique e moderno, com divãs baixos e lâmpadas de *réchaud* e candelabros geométricos jogando um brilho suave por cima de tudo. Um bar de vidro fosco saía de trás de algum tipo de vegetação ameaçadora e uma cabine de DJ fora instalada em outro canto, quase fora de vista, para não bloquear nem um centímetro da incrível paisagem da cidade que se estendia abaixo de nós. Ninguém parecia muito interessado no Hudson ali, porém, e eu entendi imediatamente por que: os corpos à mostra eram muito mais atraentes do que um rio, e muito mais vastos.

Há festas, há festas à fantasia e há o que estava acontecendo no terraço de Caleb, algo que, por definição, seria tecnicamente qualificado como festa à fantasia, mas que na realidade parecia mais um *revival* de *Hair*, com mais lingerie da La Perla e menos penteados cafonas dos anos 1960. Senti um desejo imediato de tirar os sapatos e a roupa e dar uma volta só de sutiã e calcinha, mesmo que fosse só pelo desejo intenso de passar o mais despercebida possível. Mesmo assim, com certeza estaria mais vestida do que qualquer outra mulher ali, mas, pelo menos, não me destacaria tanto.

Caleb havia desaparecido momentaneamente e voltara com uma taça de champanhe para mim e um copo com algo cor de âmbar para Philip. Eu virei de um gole só e fiquei literalmente de boca aberta com a garota que ele trouxe para nos apresentar. A apresentação foi precedida por um beijo longo e muito visual, durante o qual tanto Caleb quanto a garota abriram tanto a boca e mostraram tanto entusiasmo com as línguas que eu quase me senti como uma participante.

– Hmm – murmurou ele, dando mordidinhas no pescoço dela depois de recuperar a língua das profundezas de seu rosto. – Pessoal, esta é... a garota mais linda desta festa. Ela não é uma gata? Sério, já viram alguém mais deslumbrante em suas vidas?

– Linda – concordei, como se ela não estivesse ali. – Você está absolutamente certo.

A garota parecia não se incomodar por Caleb aparentemente ter esquecido – ou nunca ter descoberto – seu nome. Não era tão estranho, eu achei; parecia que muita gente andava junta, mas na verdade não sabiam os nomes uns dos outros. A música era sempre muito alta e todo mundo normalmente estava bêbado, mas era principalmente porque ninguém se importava. "Vou me lembrar do nome dela quando o ler na Página Seis", eu ouvira Elisa dizer sobre o assunto. Essa garota não parecia se incomodar muito, talvez porque parecesse não entender uma palavra do que estávamos falando. Ela só ria e de vez em quando arrumava a roupa e se concentrava bastante em tocar Caleb o mais frequente e sugestivamente possível.

Mais um cara vestido de mulher (este usando uma máscara de corpo inteiro com seios nus, delineador com purpurina e um turbante xadrez preto e branco à la Yasser Arafat) aproximou-se para anunciar que os carros chegariam dali a alguns minutos para nos levar para o Bungalow para a festa "de verdade" de Caleb.

– Espero que seja melhor do que aquela porcaria de festa no meu aniversário do ano passado – Philip respondeu.

– Por que porcaria? – perguntei, sem me importar, mas tentando parecer interessada para que meu olhar fixo não parecesse tão óbvio.

– Os imbecis na porta deixaram todo mundo entrar e, em uma hora, estava cheio de suburbanos. Foi péssimo.

– Foi – concordou o Arafat travesti. – Totalmente péssimo. Hoje vai ser melhor. O grandão, como é que ele se chama, Sammy, vai estar na porta. Ele não é nenhum gênio, mas também não é um completo idiota.

Sammy! Eu queria cantar seu nome, abraçar o cara que acabara de pronunciá-lo, dançar em pequenos círculos com a ideia de vê-lo. Mas antes eu tinha de sobreviver a isso.

– Então, o que você é? – o cara de turbante me perguntou.

– Ela está fantasiada de megera travad... mulher de negócios – Philip gentilmente respondeu em meu nome. E, enquanto eu olhava em volta, fiquei imaginando o que havia em festas à fantasia que fazia os homens se vestirem de mulher e as mulheres se vestirem de vagabunda. Independente de quão descolada a festa fosse ou do preço da bebida servida, isso acontecia todas as vezes, sem erro. Olhei em volta para as gatinhas, enfermeiras, princesas, cantoras, empregadas francesas, líderes de torcida, colegiais de escola católica, diabas, anjos ou dançarinas sumariamente vestidas, mas aquelas garotas não se preocupavam com esses títulos repressivos. Nenhuma de suas roupas era tecnicamente fantasia, só uma amálgama de tecidos brilhantes e acessórios reluzentes projetados para exibir alguns dos mais belos corpos que Deus já criou.

Uma morena reclinada em uma das camas estava vestindo um par de calças largas de cigano magenta que saía de um cinto nos quadris e se juntava em seus tornozelos, o material transparente permitindo que víssemos seu fio dental com strass, que estava enfiado entre duas nádegas perfeitamente firmes. Em cima, ela usava um sutiã com strass que criava um decote daquela maneira perfeita que dizia "olhem para mim", mas não "eu quero ser Pamela Anderson". Sua amiga, parecendo não ter mais do que 16 anos e deitada ao seu lado, brincando com seu cabelo, usava meias arrastão prateadas que se esticavam tanto pelas pernas infinitas que pareciam parcialmente rasgadas. Ela vestira shortinhos de couro vermelho por cima, tão baixos nos quadris e tão altos nas coxas que ela certamente tivera que fazer um pedido especial à depiladora. O único acompanhamento para a "fantasia" eram as borlas de franjas prateadas penduradas nos mamilos de seus seios do tamanho de maçãs e uma tiara gigante de penas multicoloridas e pele que descia em cascata por suas costas. Eu nunca tivera um único impulso sexual em relação a outra mulher em todos os meus 27 anos de vida, mas pensei que poderia dormir com qualquer uma das duas naquele momento.

– Elas parecem modelos de lingerie, pelo amor de Deus – murmurei baixinho para ninguém em particular.

– Elas são – respondeu Philip, olhando com o que só pode ser descrito como luxúria. – Não está reconhecendo Raquel e Maria Thereza aqui? São as modelos mais importantes da Victoria's este ano, a safra brasileira mais jovem até agora.

Fiquei arrasada ao ver que eles não retocam as fotos tanto quanto eu sempre me convenci de que faziam. Demos uma volta pelo terraço fechado por vidro, só o teto aberto para o céu, enquanto Philip cumprimentava Jimmy Fallon e Derek Jeter batendo as mãos e dava beijinhos nas bochechas (sempre errando por pouco os lábios) de uma longa fila de editoras de revistas de moda, atrizes de TV e jovens estrelas de Hollywood. Eu estava verificando meu celular para ver se Elisa ou Kelly havia ligado quando vi Philip massageando as costas da menina com as borlas nos peitinhos, que agora eu reconhecia como a garota que modelara as calcinhas de algodão que eu havia encomendado recentemente do catálogo da VS e a quem culpara mentalmente pela propaganda enganosa quando eu as vesti e me olhei no espelho. A trilha sonora do Hotel Costes saía de um aparelho plano, parecido com uma TV de plasma pendurado em uma das paredes do lado de fora enquanto as pessoas alternadamente dançavam, fumavam, consumiam drogas, comiam sushi e devoravam umas às outras com os olhos. Fiquei olhando a porta esperando por Elisa, preocupada que não fossem nos encontrar no terraço e acabei lhe enviando uma mensagem de texto com instruções para o elevador. A certa altura, aceitei um drinque oferecido por um deslumbrante garçom sem camisa, que usava um paninho na cintura e salto alto, mas permaneci fincada perto da porta, assegurando-me que podia ver todo mundo que chegava e saía. Houve uma pequena pausa na diversão quando Caleb anunciou que havia uma frota de carros lá embaixo esperando para transportar todo mundo para a boate, mas aí a festa continuou nos elevadores e dentro das duas dúzias de carros que formavam uma fila no quarteirão que ia até onde eu podia ver.

– Philip, não podemos sair desta festa! – chiei baixinho enquanto ele tentava me empurrar para dentro do elevador. – Estamos esperando pelo pessoal da BlackBerry.

– Pare de se preocupar, amor. Elisa me ligou para dizer que a sua chefe falou para ela que a reunião desta noite foi cancelada.

Eu não podia ter ouvido aquilo corretamente. Era *impossível*!

– O quê? Você não pode estar falando sério. – Eu não podia nem considerar a possibilidade de ter sido removida à força do jantar da Penelope para cuidar de clientes que não precisavam de cuidados.

Ele deu de ombros.

– Foi o que ela disse. Vamos, amor, você pode ligar do carro.

Enfiei-me entre Caleb e Philip e tentei não tocar nenhuma das partes expostas do corpo da garota que estava deitada no colo de todos nós.

Disquei o número de Elisa e quase gritei de frustração quando caiu na caixa postal. Kelly respondeu no terceiro toque, parecendo vagamente surpresa por me ouvir.

– Bette? Eu mal estou conseguindo ouvi-la. De qualquer modo, a reunião foi cancelada por hoje. Tivemos um jantar adorável na Soho House e depois tomamos drinques à beira da piscina, mas acho que eles não estão acostumados com a balada de Nova York. Já voltaram para o hotel, portanto você está liberada. Mas estão muito entusiasmados a respeito desta semana! – gritava ela por cima da música em algum lugar e não percebeu que, mesmo que ela não conseguisse se ouvir, eu podia ouvi-la perfeitamente.

– Ah, bem, tudo bem. Hmm, sem problema. Desde que você tenha certeza...

– Você está com o Philip? – gritou.

Ao som de seu nome saindo do telefone, ele apertou meu joelho e começou a subir a mão.

– Estou. Ele está bem aqui. Quer falar com ele?

– Não, não, quero que *você* fale com ele. Espero que vocês estejam no Bungalow. Vai ser uma noite e tanto: todo mundo vai estar lá para o aniversário do Caleb.

– Hein?

– Muitos fotógrafos, muitas oportunidades...

Apesar da esquisitice das táticas óbvias de alcovitagem de Kelly, eu gostava do meu emprego – e dela – naquela época. Eu sabia que não queria nunca mais voltar a trabalhar com fundos de renda mútua. Queria que a festa da BlackBerry fosse o melhor evento do ano e achei que não faria mal tirar algumas fotos com Philip antes de sair de fininho para encontrar Penelope e Michael no Black Door. Além do mais, já estávamos indo para lá de qualquer modo, certo? Apesar da minha indignação por ter sido arrancada do jantar de Penelope, tentei dizer a mim mesma que não era tão ruim...

– Claro, estou entendendo – falei com alegria fingida enquanto removia a mão do Philip de onde ela atualmente residia – na parte de dentro da minha coxa – e dando tapinhas nela, como uma avó faria. – Obrigada, Kell. A gente se vê na segunda-feira.

Os carros encostaram em fila indiana na rua 27 e eu vi que a fila tinha quase cem pessoas, que ficaram olhando, de boca aberta, enquanto saltávamos da frota de carros em nossas fantasias ultrajantes. Sammy estava do lado de fora, ao lado, enquanto um homem da festa usando uma peruca loura longa e saltos muito altos gritava com ele. Tentei chamar sua atenção enquanto furávamos a fila na frente de todos, mas outro segurança aproximou-se de nós primeiro.

– Vocês são quantos? – perguntou ele amigavelmente a Philip, sem demonstrar saber quem qualquer um de nós era.

– Ah, sei lá, cara, quarenta? Sessenta? Quem é que sabe?

– Sinto muito, cara, hoje não – respondeu o segurança, virando as costas. – Festa particular.

– Amigo, acho que você não entendeu... – Philip bateu nas costas dele e o segurança fez cara de quem poderia bater nele, mas aí percebeu o cartão de crédito que Philip estava brandindo – o famoso Black Card. As negociações começaram.

– Só tenho três mesas no momento. Vou deixar entrar seis por mesa e mais dez pessoas, mas é o melhor que posso fazer – falou. – Qualquer outra noite, sem problema, mas hoje realmente está fora das minhas mãos.

Esse cara era obviamente novo e não fazia ideia de com quem estava lidando e Philip parecia estar prestes a informá-lo. Com a voz firme e controlada, ele chegou a sete centímetros do rosto do segurança e disse:

– Olhe, cara, não dou a mínima para o seu problema. Caleb é um dos meus melhores amigos e esta é a festa *dele*. Três mesas não são nada. Quero seis mesas, começando com duas garrafas para cada e todo mundo para dentro. Agora.

Percebi Sammy terminando sua conversa e tentei sair de fininho da frente o mais discretamente possível, para poder me perder na multidão; eu estava desesperada para não deixá-lo me ver com Philip. Por toda a minha volta, caras falavam ao celular, ligando para Deus e todo mundo que conheciam que poderia fazer o segurança liberar a entrada; garotas aproximavam-se dos porteiros com olhar de cachorrinho, esfregando os braços e fazendo baixinho seus pedidos de admissão. Sammy andou em direção a Philip e seu olhar cruzou com o meu enquanto eu me aproximava de novo para ouvir o que estava acontecendo. Eu esperava ardorosamente que ele dissesse a todos para caírem fora, para pegarem seu dinheiro e irem festejar em outro lugar, mas ele só me deu uma olhada rápida novamente e dirigiu-se para o outro segurança.

– Anthony, deixe-os entrar.

Anthony, que já fora surpreendentemente afável e não beligerante, pareceu consternado com essa atitude e começou a discutir.

– Cara, eles têm umas oitenta pessoas. Não me interessa quanto dinheiro eles têm, é o meu que está na reta se...

– Eu falei para deixá-los entrar. Libere quantas mesas precisar e dê-lhes o que quiserem. Faça isso já. – E, dito isso, Sammy me olhou uma última vez e entrou, deixando Anthony para lidar conosco.

– Está vendo, companheiro? – vangloriou-se Philip, incapaz de se conter, supondo que fora a sua fama que garantira a nossa entrada. – Faça o que o bom homem mandou. Leve este cartão e nos arrume umas mesas. Pode fazer isso, não pode?

Anthony pegou o Black Card, as mãos tremendo de ódio, e segurou a porta aberta para os quarenta e poucos de nós que já haviam chegado. A fila ficou em silêncio enquanto entrávamos e todo mundo tentava ver os famosos em meio a nós.

– É o Johnny Depp! – ouvi uma garota sussurrar alto.

– Ahmeudeus! Aquele é Philip Weston? – perguntou uma outra.

– Ele namorou a Gwyneth, não foi? – respondeu um dos caras.

Philip inchou com visível orgulho e me direcionou para a mesa que o mâitre acabara de esvaziar para nós. A turma que fora expulsa estava de pé a alguns metros de distância, segurando seus drinques, os rostos corados de vergonha enquanto nós nos sentávamos em volta da banqueta.

Philip me puxou para seu colo e esfregou a minha perna, massageando-a daquele jeito que faz cócegas de uma forma incômoda e machuca ao mesmo tempo. Ele me preparou uma vodca-tônica usando a garrafa de 400 dólares de Grey Goose que foi imediatamente depositada na nossa mesa e cumprimentou pelo nome cada um que passou, enterrando ocasionalmente o rosto no meu pescoço.

Durante uma dessas enterradas, ele descansou o queixo no meu ombro e ficou olhando para a modelo sentada ao meu lado, as pernas cruzadas sedutoramente, o rosto nas mãos, os cotovelos nos joelhos, as borlas nos mamilos deslizando ligeiramente para fora do centro.

– Olhe só para ela – sussurrou, a voz rouca, os olhos fixos na garota que parecia a mais jovem de todas. – Olhe como ela imita as outras modelos, observando como elas mexem seus quadris, seus olhos, suas bocas e fazendo exatamente a mesma coisa porque sabe que é sensual. Ela está crescendo dentro daquele corpo, ainda não percebe muito bem o que possui e está aprendendo como um pintinho recém-chocado. Não é sensacional de se ver?

"Hmm, totalmente sensacional. Completamente fascinante, na verdade", pensei, mas só o afastei e disse que voltaria já. Ele quase caiu em cima dela enquanto eu me desembaraçava dele e eu o ouvi elogiá-la diretamente enquanto me dirigia para a frente da boate.

Elisa estava enroscada em volta de um homem bonito em uma banqueta perto da porta, sua cabeça e seus ombros encostados no peito dele enquanto seus pés descalços, ainda vermelhos com as marcas das tiras da sandália, descansavam no colo de Davide. Ela não parecia estar muito preocupada e nem ter noção da situação da BlackBerry. Não tinha certeza se ela estava consciente ou mesmo viva até chegar perto o suficiente para ver seu estômago côncavo subir e descer com um movimento mínimo.

– Bette, querida, aí está você! – Ela reuniu energia suficiente para se fazer ouvir acima da música, apesar de provavelmente não ter consumido calorias suficientes naquele dia para se manter de pé. Decidi tocar no desastre da BlackBerry outra hora.

– Ei – resmunguei, demonstrando minha falta de entusiasmo.

– Venha cá. Quero que conheça o mais talentoso terapeuta dermatológico de Manhattan. Marco, esta é a Bette. Bette, Marco.

– Esteticista – corrigiu ele imediatamente.

Eu estava indo agradecer ao Sammy, mas não havia como evitar passar pelo menos alguns minutos na mesa deles. Sentei-me e imediatamente me servi de uma vodca-tônica.

– Oi, Marco, é um prazer conhecê-lo. De onde conhece Elisa?

– De onde conheço Elisa? Nossa, eu gosto de pensar que posso me considerar responsável por essa pele perfeita e *radiante*! – Ele segurou a cabeça dela entre seus dedos manicurados e a empurrou na minha direção como se fosse um objeto inanimado. – Aqui, olhe. Está vendo alguma desigualdade? Está vendo a total e absoluta falta de manchas ou descolorações? Isso é um feito! – falava com um ligeiro sotaque espanhol e muitos floreios.

– Hmm, ela está maravilhosa mesmo. Talvez você possa me ajudar uma hora dessas – falei, porque não conseguia pensar em nada mais.

– Hmm – disse de volta, examinando meu rosto. – Não tenho certeza quanto a isso.

Tomei isso como minha deixa para pedir licença, mas Elisa içou-se até ficar sentada e disse:

– Queridos, façam sala um para o outro por alguns minutos enquanto Davide e eu cumprimentamos alguns amigos.

Olhei para cima e vi Davide inclinar-se para a frente para que a mesa tapasse suas mãos. Ele abriu habilmente a bolsa Dior branca e dourada de Elisa no chão, retirou uma chave do chaveiro, despejou pó branco de um pacotinho minúsculo no sulco mais longo da chave e levou-a rapidamente até o nariz. Sua mão cobria a chave inteira e, se você não estivesse observando com muita atenção, não pareceria mais do que uma coceira casual no nariz, talvez uma fungadinha de alergia. Ele a encheu novamente em um ou dois segundos e a passou de forma invisível para Elisa, que também foi tão rápida que eu nem tinha certeza do que tinha passado debaixo de seu nariz ou quando. Mais alguns segundos e o chaveiro estava de volta à sua bolsa e os dois estavam levantando-se de suas cadeiras, prontos para socializar.

– Podiam pelo menos ter nos oferecido um pouco, não acha? – perguntou Marco.

– É, acho que sim – disse, sem ter certeza se deveria anunciar que nunca havia experimentado e que, ainda que estivesse tremendamente curiosa, meu medo era maior.

Marco suspirou significativamente e deu um longo gole em seu drinque.

– Dia difícil? – perguntei, novamente incerta quanto a como deveria proceder ou escapar.

– Nem me diga. Elisa avacalhou com o meu cronograma de novo. Ela sabe o quanto eu odeio quando ela desmaia na minha cadeira. – Outro suspiro.

– Ela desmaiou? Ela está bem?

Sua enorme revirada de olhos foi seguida de um suspiro longo e exausto.

– Olhe para ela: ela lhe parece bem? Ei, eu sou totalmente a favor de passar fome, com certeza já tive de fazer isso algumas vezes, mas você tem de se responsabilizar por seus atos! Você *sabe* quando está prestes a desmaiar! Você vê bolas de luz diante dos olhos e fica muito tonto. O seu corpo faz isso para que você saiba que está na hora de dar uma mordida naquela barra de cereais que deveria estar carregando para ocasiões como essa. Você tem de prestar atenção aos avisos, sabe, e tirar o rabo da minha cadeira, senão vai avacalhar todo o meu cronograma.

Eu não sabia direito como reagir a isso, então só fiquei sentada e ouvi.

– Essas garotas acham que podem vir depois de uma longa semana de drogas inaláveis e nada de comida e simplesmente apagar na minha cadeira e eu vou cuidar delas. Bem, antigamente eu fazia isso, mas agora tenho coisa melhor para fazer. Para mim, é a mesma coisa que um viciado em heroína: eu não estou nem aí se você usa, cara, mas não tenha uma overdose na minha casa, porque aí vira um problema para mim. Entende?

Eu assenti. "O mundo tem sorte de ter um cara sensível como o Marco", pensei.

– Mas há pessoas em situação pior do que a minha – continuou gravemente. – Um amigo meu é maquiador. Ele leva uma caixa de maquiagem e outra de barras de cereal e caixinhas de suco, porque as garotas estão sempre desmaiando. Pelo menos quando as minhas desmaiam na cadeira eu não tenho de começar tudo de novo. Ele também normalmente as vê logo antes de grandes eventos, quando estão mais famintas, já que estão sem comer absolutamente nada para caberem em seus vestidos. É difícil, cara, elas deixam os restos para que a gente recolha.

– É, sei como é. Ouça, foi muito bom conhecê-lo, mas eu tenho de ir dizer oi para um amigo. Você vai ficar aqui por alguns minutos? – perguntei, percebendo que, se eu não escapasse logo, poderia nunca acontecer.

– Claro, tanto faz, foi um prazer conhecê-la. A gente se fala depois. – Ele meneou na minha direção antes de se inclinar para preparar outro drinque.

Eu queria encontrar Sammy e agradecer a ele pelo que havia feito, talvez explicar que eu não estava lá como acompanhante de Philip ou como sua namorada e nem mesmo por opção, mas quando finalmente consegui passar pela multidão na porta, que parecia ter se expandido exponencialmente na última hora, Sammy não estava em nenhum lugar à vista.

– Ei, você viu o Sammy? – perguntei a Anthony, tentando parecer casual.

Ele parecia ter se acalmado desde a nossa última interação e sacudiu a cabeça enquanto olhava por cima de sua prancheta.

– Nah, ele saiu cedo para encontrar a namorada. Me deixou aqui sozinho em uma das maiores festas do ano. Normalmente ele não faria isso, portanto deve ser importante. Por que, algum problema? Posso tentar ajudá-la daqui a pouco, quando me livrar de algumas dessas pessoas.

– Não, nenhum problema. Eu só queria dizer oi.

– É, bem, ele vai estar aqui amanhã.

Filei um cigarro de um cara em um vestido de baile verde-esmeralda e me forcei a entrar novamente. Porém, não tive de fazer isso. A festa viera a mim.

– Bette! Eu esperava vê-la aqui! – guinchou Abby enquanto seus seios gigantescos ameaçavam tomar conta de todo o seu rosto. – Você devia estar lá dentro, de olho naquele seu garoto, não acha?

– Ei, Abby. Eu adoraria conversar, mas estou indo embora.

– É Abigail agora, na verdade. Entre e fume um cigarro comigo, está bem? Pelos velhos tempos.

Eu queria dizer a ela que não houvera velhos tempos, mas já estava me sentindo derrotada pela imagem mental de Sammy enroscado com Isabelle, a gata do Botox.

– Claro – falei indiferentemente. – Tanto faz.

– Então, conte-me. Como estão as coisas com o Philip? É tão incrível que vocês dois estejam juntos! – disse ela, inclinando-se conspiratoriamente.

– Incrível? Não acho – tentei pensar em algo, qualquer coisa para terminar a conversa.

– Bette! É claro que é! Agora, espero que não se incomode se eu lhe fizer uma pergunta pessoal, mas sempre fui louca para saber: como ele é na cama? Porque, tenho certeza de que você sabe, há boatos de que...

– Abby, não quero ser grossa, está bem? Mas realmente tenho de ir. Não posso ter essa conversa agora.

Ela pareceu completamente inabalada.

– Claro, sem problema. Sei como deve estar cansada com o novo emprego. De qualquer modo, vamos nos encontrar em breve, não é? Ah! E eu adorei o que você fez com esse terninho, só você poderia fazer algo tão comum ficar tão bom.

Afastei-me como se ela fosse um cão raivoso e comecei a tropeçar de volta para a mesa de Elisa para me recompor. Em vez disso, me dirigi para o bar e engoli um martíni, preparado do jeito que Will gosta. Não era tão ruim assim, na verdade, ficar sentada e tomar um porre sozinha, mas quando uma horda inteira de garotas deslumbrantes e praticamente nuas dominou o meu espaço pessoal, a tentação de ir embora foi grande demais para resistir. Não me interessavam as oportunidades da Kelly de ser fotografada, eu simplesmente não conseguia mais aturar os devaneios fascinantes de Philip sobre o ciclo de crescimento das modelos sul-americanas ou as sugestões de Marco para as técnicas mais eficazes de passar fome, então digitei tanto para Philip quanto para Elisa uma linha alegando um mal súbito e desabei no banco de trás de um táxi. Olhei para o meu relógio – 1h30 da manhã. Será que ainda estariam no Black Door? Tive minha resposta quando Michael resmungou alô no quinto toque.

– Foi mal – falei.

– Acabei de chegar em casa – respondeu ele. – Você perdeu uma noite ótima. Mas o Black Door com Pen e Avery é muito diferente do Black Door com Pen e Bette!

Comecei a ligar para a Penelope assim que o taxímetro começou a correr e continuei ligando até finalmente adormecer, um pouco depois das 3h da manhã. Caiu na caixa postal todas as vezes.

16

Voltei a ligar sete horas depois, desesperada para explicar a Penelope que a situação não era o que parecia, mas ninguém atendia. Avery finalmente respondeu um pouco depois do meio-dia, parecendo grogue e ligeiramente de ressaca.

– Ei, Bette, e aí?

– Oi, Avery. Penelope está, por favor? – Eu não tinha nenhum interesse em trocar palavras com ele além do mínimo exigido.

Houve um farfalhar e algo que soou suspeitosamente como um sussurro antes que Avery dissesse:

– Na verdade, ela foi para a casa dos pais para tomar brunch hoje. Quer deixar um recado?

– Avery, por favor, passe para ela. Sei que ela está aí e sei que está chateada comigo e eu quero explicar tudo. Não foi o que pareceu. – Eu estava implorando.

A voz dele ficou mais baixa e conspiratória; ele estava tentando falar sem que Penelope ouvisse.

– Ei, Bette? Não se preocupe. Eu também preferia estar na festa do Caleb ontem à noite. Acredite, se houvesse alguma forma de fugir daquele jantar infeliz, eu teria estado lá com você. A Pen só está exagerando.

É claro que Avery sabia da festa. Eu me senti enojada.

– Não foi nada disso, Avery. Eu não preferia estar... – Percebi que estava justificando meus atos para a pessoa errada. – Quer passar para ela?

Houve mais um farfalhar e uma conversa abafada e então Penelope estava dizendo alô como se não soubesse que era eu do outro lado.

– Ei, Pen. Sou eu. Como você está?

– Ah, Bette. Olá. Eu estou bem, e você?

A conversa pareceu exatamente como as dúzias que eu tinha tido com minha bisavó supereducada, mas ligeiramente senil. Era óbvio que Penelope estava tão furiosa comigo quanto eu havia imaginado.

– Pen, eu sei que você não quer falar comigo agora. Sinto muito que o Avery a tenha enganado para atender ao telefone, mas eu realmente quero pedir desculpas. Ontem à noite não foi o que pareceu.

Silêncio.

– Recebi uma ligação do trabalho dizendo que um pessoal da conta da BlackBerry havia chegado inesperadamente à cidade e que eu precisava ir encontrá-los. Estou encarregada de seu evento esta semana e não havia maneira possível de me recusar a parar e dizer oi.

– É, foi o que você disse. – A voz dela estava gelada.

– Bem, foi exatamente o que aconteceu. Eu esperava ficar uma hora por lá e se Deus quisesse voltar a tempo para a sobremesa. Estava esperando pelo carro que Elisa disse que ia mandar quando Philip apareceu. Aparentemente, Elisa o tinha mandado para me buscar ao invés do carro, já que o pessoal da BlackBerry queria conhecê-lo também. Eu não fazia ideia, Pen, sério.

Houve uma pausa e aí ela falou muito, muito baixo.

– Avery disse que todo mundo a viu na festa de um cara na cidade. Isso não me parece trabalho.

Eu fiquei mais do que horrorizada com o comentário "todo mundo a viu", mas me apressei em explicar o que realmente acontecera.

– Eu sei, Pen, eu sei. Philip me disse que Elisa disse a ele que iríamos encontrar a Kelly lá.

– Ah. A reunião foi boa? – Ela parecia estar amolecendo um pouco, mas a próxima parte não ia ajudar muito.

– Não, eu nem cheguei a encontrá-los. Aparentemente, eles ficaram cansados e voltaram para o hotel depois de tomarem um drinque com a Kelly. A essa altura, era 1h! Não consegui falar com você. Eu sinto tanto, Pen. Saí do seu jantar de despedida porque achei que não tinha escolha e acabou que não havia motivo algum. – Era horrível, mas pelo menos era verdade.

– Por que você não foi ao Black Door? – perguntou. Mas aí sua voz ficou mais doce. – Eu sabia que você não teria ido embora para ir a uma festa – falou. – Avery ficou insistindo que você havia inventado toda a história do trabalho porque essa ia ser a festa de aniversário mais espetacular de todas, mas eu não achei que você faria isso. Só ficou mais difícil de acreditar quando a vi indo embora com o Philip.

Eu queria estrangular Avery com o fio do telefone, mas estava finalmente fazendo progressos com Penelope e tinha de me concentrar nisso.

– Você sabe que eu nunca faria isso, Pen. Não havia outro lugar onde eu quisesse estar ontem à noite. E, se isso serve de consolo, foi uma noite horrível. Totalmente, completamente, absolutamente *nada* divertida.

– Bem, tenho certeza de que vou ler tudo a respeito on-line esta semana – disse ela brincando e riu, mas eu sabia que ainda estava chateada. – Falando nisso, você viu a edição desta manhã?

Meu coração deu um pulo muito pequeno.

– Desta manhã? É domingo! Do que você está falando?

– Ah, não é tão ruim quanto algumas das outras. Não se preocupe – ela se apressou em dizer. Eu sabia que ela queria me fazer sentir melhor, mas sua declaração teve o efeito oposto.

– Avery me mostrou há alguns minutos. É só um comentário irritante sobre como você estava usando um conjunto de terno em uma festa à fantasia.

Era inacreditável! Relativamente falando, o comentário era totalmente inócuo, mas, por alguma razão, era ainda mais desconcertante do que todas as mentiras e descrições enganosas a respeito das minhas atividades noturnas: se eu não podia nem escolher minhas roupas sem atrair comentários públicos, não restara nem um fiapo de privacidade.

– Ótimo. Isso é ótimo – foi só o que eu consegui dizer. – Bem, como evidenciado pelo fato de que eu realmente usei um terno em uma festa à fantasia ontem à noite, você pode ver que eu não estava planejando ir embora do seu jantar.

– Eu sei, Bette. Vamos esquecer isso, está bem?

Estávamos prestes a desligar, quando me lembrei de que não havia convidado Penelope para a festa da BlackBerry.

– Ei, Pen, por que você não vem na terça-feira? Leve o Avery, se quiser, ou vá sozinha. Vai ser divertido.

– Jura? – perguntou ela, parecendo satisfeita. – Claro, parece ótimo. Você e eu vamos finalmente poder nos sentar e botar o papo em dia. Já faz algum tempo, não é?

– Eu adoraria, Pen. Tudo o que eu queria era me esconder em um canto e ficar gozando todo mundo que vemos, mas tenho de lhe avisar agora de que não vou ter um segundo livre. Estou produzindo o negócio todo e sei que vou estar correndo de um lado para o outro, resolvendo mil coisas. Vou adorar se você for, mas não vai ser a melhor noite para botar o papo em dia.

– Ah, é. É claro. Eu sabia disso – disse ela.

– Que tal logo depois do Dia de Ação de Graças? – perguntei. – Podemos jantar sozinhas, só nós duas, antes de você ir.

– Hã, claro. Por que a gente não vai se falando? – Eu a perdera novamente; ela parecia desesperada para desligar.

– Está bem. Bem, hã, me desculpe novamente sobre ontem à noite. Vou esperar ansiosa pela semana que vem...

– Hmm. Tenha um bom dia, Bette. Tchau.

– Tchau, Pen. A gente se fala em breve.

17

Quando você tem 27 anos e o telefone toca no meio da noite, está inclinada a pensar que é algum cara ligando bêbado para convidar para ir à casa dele "passar um tempo", em vez de um desastre relacionado ao trabalho que certamente mudará sua vida para sempre. Não foi o que aconteceu na noite antes da festa da BlackBerry. Quando meu celular tocou às 3h30 da manhã, eu tinha certeza de que era um pepino.

– É a Betty? – perguntou uma mulher mais velha assim que eu abri o telefone.

– Alô? Quem é? Aqui é a Bette – falei, ainda grogue, apesar de já estar ereta e de ter uma caneta na mão.

– Betty, aqui é a Sra. Carter – disse a voz feminina.

– Me desculpe. Pode dizer seu nome novamente, por favor?

– Sra. Carter. – Silêncio. – A mãe do Jay-Z.

Aha!

– Oi, Sra. Carter. – Pensei em como havia selecionado os convidados na lista da festa e em como a Sra. Carter era a única pessoa cuja referência cruzada era "Mãe de Celebridade".

– Estamos tão empolgados por receber seu filho e todos os seus man... hã, seus amigos amanhã. Está todo mundo ansioso! – disse, parabenizando-me silenciosamente pela sinceridade fingida que ouvi em minha própria voz.

– Sim, querida, bem, é por isso que estou ligando. Está muito tarde? Achei que uma grande produtora de eventos como você certamente estaria acordada à meia-noite. Eu não estava errada, estava, meu bem?

– Ah, não, de forma alguma. É claro que estou em Nova York, portanto são três da manhã aqui, mas por favor, não se preocupe com nada. Pode me ligar quando quiser. Há algum problema? – "Por favor não, por favor não, por favor não", entoei mentalmente, imaginando o que mais eu poderia acrescentar ao cheque de 150.000 dólares, suítes na cobertura do Hotel Gansevoort e passagens aéreas na classe executiva que déramos ao homem, sua mãe, sua namorada superstar e seus nove amigos mais íntimos. Quando perguntei por que precisavam de quartos de hotel, já que até eu sabia que Jay-Z tinha um apartamento palaciano em Nova York, sua mãe rira e dissera:

– Apenas reserve.

– Bem, querida, meu filho acabou de ligar e disse que realmente não vê necessidade de pegar um voo tão cedo amanhã. Ele esperava que vocês pudessem marcar um voo um pouco mais tarde.

– Um pouco mais tarde?

– É, você sabe, um voo que chegue mais tarde do que o que já...

– Eu entendi o que quis dizer – falei um pouco ríspida demais. – É só que o evento começa às 19 horas e, no momento, vocês estão todos confirmados para chegarem às 14 horas. Se marcarmos para mais tarde, há chance de não chegarem a tempo.

– Bem, tenho certeza de que você dará um jeito, querida. Tenho de descansar um pouco para nossa grande viagem amanhã, esse itinerário Los Angeles-Nova York sempre me deixa exausta, mas me mande um fax confirmando quando estiver tudo resolvido. Tchauzinho. – E desligou antes que eu pudesse dizer qualquer coisa.

Tchauzinho? Tchau-mané-zinho? Joguei meu celular contra a parede e não senti absolutamente nenhuma satisfação quando ele deu um balido fraco, imediatamente antes de a bateria se soltar e o visor ficar em branco. Millington havia escondido o rosto debaixo do meu travesseiro, na esperança de escapar da minha ira. Fiquei imaginando se eu já passara da idade de desenvolver um vício grave e destruidor em tranquilizantes. Ou analgésicos. Ou ambos. Graças a Deus, as companhias aéreas estavam abertas a noite inteira e eu disquei para a American do meu telefone fixo antes que pudesse danificar mais algum dos meus pertences.

A operadora que atendeu parecia tão cansada e estressada quanto eu estava me sentindo e me preparei para o que certamente seria uma interação desagradável.

– Oi, eu tenho uma pergunta irritante. Fiz reservas para um grupo de 12 pessoas no seu voo das 8 horas do aeroporto de LAX para o JFK e queria saber se poderia mudar todas as passagens para um pouco mais tarde?

– Nome! – latiu, soando não apenas desinteressada, o que eu já esperava, mas totalmente hostil. Fiquei imaginando se ela ia fazer a ligação cair "acidentalmente" só porque não estava a fim de resolver nada. Eu quase podia entender.

– Hmm, a reserva na verdade está no nome de Gloria Carter. As passagens são todas de executiva.

Houve um momento de silêncio profundo antes que ela dissesse:

– Gloria Carter? *A* Gloria Carter? A mãe do Jay-Z?

Como é que as pessoas sabiam dessas coisas era um mistério para mim, mas percebi uma vantagem momentânea e aproveitei.

– Ela mesma. Ele virá para Nova York para uma apresentação, junto com alguns amigos e sua mãe. É claro, se você estiver em Nova

York e puder resolver isso, estará mais do que convidada a passar lá e vê-lo cantar.

Ela soltou o ar audivelmente e disse:

– Fala sério! Jura? Na verdade, eu estou trabalhando em um call center em Tampa no momento, mas meu irmão mora no Queens e eu sei que ele adoraria ir.

– Bem, vejamos o que podemos fazer para mudar o voo. Não quero que eles cheguem tarde demais. – talvez só uma ou duas horas mais tarde, no máximo. Esse voo normalmente chega na hora?

– Querida, aeroporto internacional de Los Angeles para JFK nunca chega na hora – eu me encolhi. – Mas normalmente não é tão ruim. Vejamos, eu tenho um voo saindo de Los Angeles às 10h e chegando em Newark às 16h. Isso funciona?

– Sim, sim, funciona perfeitamente. E você tem 12 lugares vagos? – perguntei cheia de esperanças, pensando que essa mulher podia ser a melhor coisa que já me acontecera.

Ela riu. Ou melhor, cacarejou. Mau sinal.

– Claro que tenho 12 lugares vagos, mas não são todos na executiva. O melhor que posso fazer é quatro na executiva, seis na primeira classe e dois na econômica. É claro que você precisa pagar a diferença para os assentos na primeira classe, o que fica em, ah, deixe-me ver... um total de 17 mil dólares. Pode ser?

Foi a minha vez de rir. Não que alguma coisa fosse engraçada, é claro, mas a única alternativa era chorar.

– Eu tenho escolha? – perguntei humildemente.

– Com certeza, não – falou, soando como se estivesse gostando daquilo. – E é melhor se decidir logo porque mais um assento na executiva acabou de sumir.

– Reserve! – praticamente gritei. – Reserve agora mesmo.

Dei-lhe o número do meu cartão da firma, racionalizando que era melhor do que dizer à Sra. Carter que não havia voos mais tarde e vê-los cancelar tudo, e me joguei debaixo das cobertas novamente.

Quando o despertador berrou algumas horas depois, senti como se tivesse passado a noite dormindo em um chão duro de cimento. Graças a Deus, eu já separara minha roupa para a festa à noite em uma bolsa, portanto a única tarefa verdadeira era permanecer de pé completamente consciente no chuveiro.

Pensando que, se havia um momento para gastar com um táxi, era esse, persegui um por metade do meu quarteirão e me joguei para dentro de cabeça. Não estar enfiada debaixo da terra no metrô sem sinal também me permitiu checar alguns dos websites matutinos no meu BlackBerry novo em folha, um presente do departamento corporativo da companhia para que eu pudesse "me familiarizar com o produto". Puxei notas sobre a pré-estreia de *Shrek 3*, o relançamento do Grey Goose e, é claro, a coluna do *New York Scoop* em que Philip, eu e meu terninho aparecíamos.

Naturalmente, o táxi ficou preso em um engarrafamento a menos de três quarteirões do meu apartamento e eu decidi, contrária ao conselho do taxista, permanecer no veículo com temperatura controlada a todo custo, independente de quanto o taxímetro marcasse ou de quantos tempo levasse para cobrir 200 metros. Eu precisava completar o check-list para o evento da BlackBerry. Com um pacote de Red Hots e um cigarro matutino na mão (o taxista havia me dado sua bênção), verifiquei meu celular para me assegurar de que a Sra. Carter não havia deixado um recado nas quatro horas desde que eu falara com ela. Para meu grande alívio, ela não ligara, mas Penelope também não, e isso era desconcertante. Minhas tentativas em explicar que não era o que parecia, que Philip simplesmente aparecera e que eu não havia mentido para me livrar de seu jantar haviam soado furadas e ridículas até para os meus ouvidos e imagino que, para Penelope, tenham parecido ainda menos críveis. O pior de tudo é que ela e Avery haviam trocado suas passagens e estavam indo embora naquela noite. Eu não entendia o porquê de tanta pressa, principalmente porque Avery só começaria as aulas em um mês, mas imaginei que tinha algo a ver com a ansiedade dele para embarcar em um novíssimo circuito de baladas na Costa Oeste. Isso e o fato de que Penelope faria qualquer coisa para evitar passar o Dia de Ação de Graças com seus pais ou os sogros. A mãe de Penelope despachara seus próprios empregados para recolher suas caixas e bagagens e enviá-las na frente, e Avery e Pen estavam prontos para partir do JFK com suas malas de mão e a companhia um do outro. Michael estava planejando se despedir no aeroporto, mas essa opção não existia para mim.

O único recado era da Kelly, um texto me lembrando de repassar e entregar todo o meu check-list assim que acordasse para que pudéssemos resolver os últimos detalhes juntas. Desdobrei as folhas amassadas e tirei a tampa da caneta com os dentes. Fiquei olhando para elas pelos minutos restantes no táxi sem raciocinar. Eu tinha bastante tempo antes de ela chegar e a coisa mais importante agora era me assegurar que Jay-Z e sua comitiva ficassem sabendo da mudança no voo e pegassem aquele avião sem absolutamente nenhum problema.

Uma rápida olhada no Alerta de Fofocas revelou boas notícias, para variar. A Página Seis havia cumprido sua parte no trato e escrito sobre a minha festa de uma maneira que a fazia parecer exclusiva, animada e muito, muito legal.

> Soubemos que Jay-Z vai fazer uma aparição surpresa na festa de hoje à noite no Bungalow 8 para comemorar o lançamento do novo modelo dos *handhelds* da BlackBerry. Ainda que Bette Robinson, da Kelly & Company, tenha se recusado a confirmar, observadores insistem que a amizade do namorado Philip Weston com o rapper garante que ele é o convidado misterioso. Em um assunto relacionado, o Sr. Weston e amigos foram vistos em uma festa de aniversário sábado à noite acariciando modelos brasileiras, a mais nova tinha apenas 14 anos.

Fiquei tão feliz quanto se tivessem dado o endereço do site para a compra do novo BlackBerry: tudo estava saindo exatamente como eu ordenara e eu sabia que Kelly ficaria tremendamente feliz quando visse. Dei os parabéns a mim mesma, satisfeita com essa menção, e pensei em uma das minilições que Elisa me dera:

– Lembre-se, há uma grande diferença entre furo e favor – disse ela, espalhando páginas impressas de colunas de fofocas pela mesa toda no trabalho.

Fiquei olhando para elas.

– O quê? O que quer dizer?

– Bem, olhe aqui. – Ela apontou para algumas frases de uma estilista iniciante que fora a primeira a perceber que Julia Roberts precisava mandar alargar as roupas porque, a garota presumiu, Julia estava no começo da gravidez. A Página Seis fora a primeira a falar com a estilista, que tinha sido a primeira a perceber a mudança. – O que é isso: furo ou favor?

– Está perguntando para mim?

– Bette, você precisa saber essas coisas. Como vai conseguir a cobertura jornalística pela qual nossos clientes pagam?

– Sei lá... é um furo – falei, escolhendo uma das palavras aleatoriamente.

– Certo. Por quê?

– Elisa, eu percebo que há algo importante aqui, mas não sei o que é. Mas, se você me disser, em vez de me testar, provavelmente vai poupar muito tempo a nós duas...

Ela revirou os olhos dramaticamente e disse:

– Se você olhar com atenção, há uma diferença entre "furo" e "favor". Algo picante e revelador e ligeiramente escandaloso é "furo". Uma celebridade ser vista em uma festa ou em público ou a menção de algum lugar onde estiveram é um "favor". Você não pode pedir todos os favores aos colunistas sem lhes dar um furo. Informação é dinheiro e, quanto mais você tiver, mais favores vai conseguir.

– Então está dizendo que algum assessor de imprensa queria que o nome de sua cliente fosse mencionado na coluna e forneceu essa fofoca sobre Julia Roberts em troca? – parecia tão sórdido, mas certamente fazia sentido.

– Exatamente. O assessor de imprensa deu a informação de mão beijada para a Página Seis e depois fez exigências para uma cobertura em benefício próprio.

Bem, isso não parecia muito difícil. Talvez a Página Seis tivesse interesse em saber que alguns dos melhores partidos da cidade andavam saindo com certas garotas brasileiras que não só eram menores de idade, mas que estavam a anos de poderem ir ao cinema ver filmes censurados sem os pais. Na realidade, eles *tinham* se interessado e, quando em seguida mandei o release que sempre preparávamos para a imprensa – o fax que continha todas as informações sobre a festa, se alguém quisesse escrever sobre ela –, um pesquisador mostrara entusiasmo em possivelmente mencionar a festa da BlackBerry. Hmm, não era difícil, era? Moralmente abjeto e destituído de qualquer integridade? Totalmente. Mas difícil não era.

Quando Kelly finalmente invadiu o escritório, às 9h, eu já completara o check-list e verificara três vezes que o fax com a mudança do voo fora enviado para a residência de Jay-Z e para a de sua mãe, assim como para seu assessor de imprensa, agente, empresário e uma meia dúzia de outros encarregados. Marchei para dentro de sua sala às 9h10 com uma pasta inteira cheia de horários, informações de contatos e números de confirmação e me plantei na poltrona de estampa de zebra diretamente debaixo da janela.

– Estamos prontos para hoje à noite, Bette? – perguntou ela, olhando rapidamente sua caixa de entrada enquanto engolia um litro de Coca diet. – Diga-me que estamos bem.

– Estamos bem – cantarolei, enfiando o *Post* debaixo de seu nariz. – E ainda melhor, se considerarmos isto.

Ela passou os olhos avidamente na matéria, seu sorriso ficando cada vez maior com cada palavra que lia.

– Ahmeudeus – murmurou, mal conseguindo engolir um gole de refrigerante. – Ahmeudeus, ahmeudeus, ahmeudeus. Foi você?

Tive de me segurar para não dar uma dançadinha bem ali no tapete de estampa de zebra.

– Foi – falei baixinho, confiante, ainda que minhas tripas estivessem se contorcendo de nervoso.

– Como? Eles nunca cobrem eventos *antes* que aconteçam.

– Digamos apenas que eu ouvi com muita atenção a valiosa lição de Elisa sobre os conceitos de furo e favor. Acho que o pessoal da BlackBerry vai ficar feliz, não acha?

– Totalmente fantástico, Bette. Isso é incrível! – Ela começou a ler pela terceira vez e pegou o telefone. – Passe isso por fax para o Sr. Kroner na BlackBerry imediatamente. Diga-lhe que eu vou ligar daqui a pouco. – Desligou e olhou para mim. – Muito bem, nossa largada foi perfeita. Me faça um relatório de em que pé as coisas estão.

– É para já. Os releases foram enviados há dez dias para os jornais diários e semanais de sempre – entreguei-lhe uma cópia e continuei enquanto ela a inspecionava –, temos presença confirmada dos jornalistas ou editores da revista *New York*, *Gotham*, do *Observer*, E!, *Entertainment Weekly*, *New York Post*, *Variety* e da seção de eventos do Styles. Aprovei algumas pessoas dos jornais mensais como um gesto de boa vontade, apesar de eles nunca fazerem a cobertura.

– E quanto ao *Daily News*? – perguntou. Eles eram um dos jornais que haviam parado de publicar a coluna do Will e eu me sentia uma traidora só por ter entrado em contato com eles.

– Até agora, ninguém confirmou presença, mas eu ficaria chocada se não houvesse ninguém lá, portanto todos os seguranças foram instruídos a permitir a entrada de qualquer um de posse de um cartão de visitas de uma empresa de mídia legítima.

Ela assentiu.

– Falando nisso, nós *vamos* controlar a entrada, correto? Não vou ver ninguém da Grey Goose tentando botar pessoas para dentro a esmo, vou?

Esse era um ponto ligeiramente delicado. A Grey Goose se oferecera para patrocinar o evento e botara milhares de dólares em bebida gratuita em troca da logomarca no convite e da imprensa que prometemos que estaria lá. Diziam ter entendido que não teriam permissão para levar convidados que não fossem avaliados previamente e colocados com antecedência na lista, mas patrocinadores eram famosos por arrastar dúzias de amigos e associados porque achavam que a festa também era sua. Eu discutira o assunto com Sammy – o que fora desnecessário, porque ele fizera centenas de eventos assim e conhecia a rotina – e ele me garantiu que não seria um problema.

– Todo mundo vai fazer o máximo para garantir que isso não aconteça. Sammy é o melhor e mais antigo segurança do Bungalow e vai ficar na porta hoje à noite. Eu falei com ele – "e simultaneamente sonhei em tirar todo aquele colágeno dos lábios da namorada dele", pensei, mas isso era outra história.

Diferente de Elisa, Kelly ligou o nome à pessoa imediatamente.

– Excelente. Sempre achei que ele era inteligente, pelo menos para um segurança. Que VIPs temos confirmados?

– Bem, obviamente Jay-Z e sua turma. Ele exigiu que um grande contingente de sua gravadora fosse convidado, mas a maioria não respondeu aos convites, portanto não acho que virão muitos. Fora isso, nós temos Chloe Sevigny, Betsey Johnson, Drew Barrymore, Carson Daly, Andy Roddick, Mary-Kate e Ashley e John Stewart como presenças garantidas. Também temos um punhado de socialites de primeira linha. Pode haver mais. Quando você tem um artista tão importante fazendo uma apresentação particular em um lugar pequeno... Eu ficaria chocada se não recebêssemos visitas inesperadas da Gwen ou da Nelly ou de qualquer outra pessoa que possa estar na cidade ou por perto. Os seguranças foram informados.

– E quem fez a avaliação final na lista?

– Eu a revisei tanto com Philip quanto com Elisa, com a aprovação final do Sr. Kroner da BlackBerry. Ele pareceu muito, muito feliz com as presenças esperadas.

Kelly terminou sua garrafa de Coca diet e puxou outra da geladeira debaixo de sua mesa.

– O que mais? Me faça um relatório rápido da decoração, sacolas de presentes, entrevistas e hierarquia de comando.

Eu podia ver que estávamos chegando ao fim e fiquei animada, não apenas porque precisava desesperadamente de outro café e talvez um segundo ovo com queijo, mas porque sabia que estava arrebentando com essa festa e que a Kelly estava impressionada. Eu vinha trabalhando nisso o dia inteiro, todos os dias, desde que ela fora jogada no meu colo e, apesar de poder reconhecer o ridículo do que estávamos fazendo, eu gostava. Eu quase me esquecera de como era trabalhar duro e se sair bem, mas era muito bom.

– Samantha Ronson é a DJ e sabe manter as coisas animadas. O Bungalow está encarregado da decoração, com instruções para fazer tudo minimalista, chique e muito, muito simples. Vou até lá hoje à tarde para dar uma olhada, mas realmente espero apenas alguns nichos com velas votivas bem colocadas e, é claro, as palmeiras iluminadas por baixo. Acho que todas as modelos que chamamos serão a atração principal.

Ao ouvir a palavra *modelo*, Kelly se animou ainda mais.

– Quantas e quem são elas? – perguntou ela com a eficiência de um sargento de quartel.

– Bem, chamei todas as top models como convidadas, como sempre, e depois contratamos aquela nova firma... como é que se chama? Bartenders Bonitos. Eles contratam atores e modelos para servirem drinques no bar ou nas mesas. Eu vi um grupo deles trabalhando em um evento da Calvin Klein há duas semanas e reservei uma frota de rapazes, pedindo que todos tivessem cabelo comprido e se vestissem de branco dos pés à cabeça. São magníficos e realmente causam uma impressão – "eu acabei de dizer isso?", pensei. – Quanto ao restante, os estagiários estão montando as sacolas de presentes agora. Elas contêm garrafinhas de Grey Goose, batom e sombra da MAC, uma cópia da edição de *US Weekly* que está nas bancas, um vale de 30% de desconto na Barney's Co-op e um par de óculos escuros Kate Spade.

– Eu nem sabia que a Kate Spade fazia óculos escuros – disse Kelly, agora quase no final do segundo litro de Coca-Cola diet.

– Nem eu. Acho que é por isso que ela os quer na sacola de presentes. – Quando ela continuou bebendo, achei que era melhor encerrar. – Então, é isso. Falei com o Sr. Kroner e ele entendeu exatamente o que deve ressaltar e o que evitar quando falar com a imprensa e eu estarei lá a noite toda para cuidar de qualquer probleminha. No mais, acho que tudo vai correr tranquilamente. Ah, falei com Philip e acho que ele entendeu que, como anfitrião desse evento, ele não deve beber garrafas inteiras de vodca, dar em cima de pré-adolescentes ou consumir drogas abertamente, como se não houvesse amanhã. Não posso garantir que ele vá seguir as regras, mas garanto que foi pelo menos informado sobre quais são elas.

– Bem, estamos todos lá para nos divertir, não é? Então tenho certeza de que, se Philip quiser se divertir um pouco, não vamos ser tão severos. *Só mantenha isso fora da mídia*. Entendido?

– É claro – assenti solenemente, imaginando como eu ia manter os fotógrafos e colunistas longe da pessoa que tinham sido convidados para encontrar. Decidi resolver isso depois. – E Kelly? Não posso me desculpar o suficiente sobre aquela história no *New York Scoop*. Sinto-me como se tivesse um alvo nas costas só porque estou supostamente namorando Philip Weston. Se eu fosse paranoica, eu acharia que essa tal de Ellie resolveu me pegar.

Ela olhou para mim de uma forma estranha, com uma expressão que parecia pena e eu fiquei pensando se as menções a estavam incomodando mais do que ela demonstrava. Kelly recusara cada um dos meus pedidos de desculpa a respeito da coluna on-line, jurando que qualquer associação com Philip Weston era boa e que só tinha feito com que o perfil da companhia melhorasse, mas talvez ela estivesse ficando cansada dos ataques. O que faria com que fôssemos duas.

– Bette, tenho de lhe contar uma coisa – disse Kelly devagar. Ela puxou outra garrafa plástica de um litro de Coca diet de sua geladeira debaixo da mesa.

Eu podia sentir, pelo tom de sua voz, que isso não era bom.

"Lá vem", pensei comigo mesma. "É aqui que eu sou demitida por algo totalmente fora do meu controle. Ela parece estar sofrendo tanto por ter de fazer isso – afinal de contas, ela é tão leal ao Will, mas eu obviamente não lhe dou opção. Em uma indústria que gira em torno da imprensa, eu fracassei enormemente. Na verdade, é seu dever, sua *obrigação* me demitir –, ela construiu esta firma e eu entro aqui e a degrado. Como vou contar ao Will? Ou aos meus pais?" Eu já começara a calcular quanto tempo levaria para refazer meu currículo e começar a procurar outro emprego quando Kelly tomou um gole e limpou a garganta.

– Bette, prometa-me que o que estou prestes a lhe contar jamais vai sair desta sala.

Eu soltei o ar audivelmente, de alívio. Isso não parecia o começo de um discurso de demissão.

– É claro – disse eu, as palavras se embolando em uma ansiedade apressada. – Se você me diz para nunca mencionar, *é claro* que não vou.

– Almocei no outro dia com uma mulher da Ralph Lauren. Estou com muitas esperanças de tê-los como clientes: eles seriam nossa maior e mais importante conta até agora.

Assenti, enquanto ela continuava.

– É por isso que é tão crucial que você mantenha isso em segredo. Se essa informação vazar, se você contar para alguém, ela vai saber que fui eu e nunca vamos conseguir essa conta.

– Entendo – falei solenemente.

– Tem a ver com o *New York Scoop*...

– Quer dizer, com Ellie Insider?

Kelly olhou para mim.

– Sim. Como você sabe, isso é só um pseudônimo. Ela se esforçou muito para manter sua identidade em segredo, para poder andar por aí livremente e conversar com as pessoas sem elas saberem. Não tenho certeza se esse nome significa alguma coisa para você, mas na verdade a coluna é escrita por uma garota chamada Abigail Abrams.

Não sei como, mas eu soube um milésimo de segundo antes de ela pronunciar o nome que seria o de Abby. Eu *nunca* imaginara que a colunista era alguém que eu conhecia – ou a quem sequer tivesse sido apresentada – mas, de alguma forma, naquele flash momentâneo, eu tive certeza de que ela iria pronunciar o nome da Abby. A percepção não me ajudara em nada, no entanto, e eu não podia fazer nada além de olhar para Kelly, minhas mãos enfiadas debaixo das pernas e aquela mesma sensação sufocante de falta de ar que eu tinha na aula de educação física no quinto ano quando a bola de queimado de borracha vermelha batia no meu estômago e me tirava o fôlego. "Como pude ser tão ingênua? Como pude não saber?" Esforcei-me para respirar e dar sentido ao que Kelly estava dizendo. Todas as coisas horríveis que tinham sido escritas, todos os exageros e distorções e inferências e mentiras deslavadas, tinham vindo de ninguém menos que Abby, a autoproclamada *vórtex* do mundo da mídia. "Por que será que ela me odeia tanto?", eu continuava pensando com uma repetição irracional. "Por quê? Por quê? Por quê?" É claro que nunca havíamos gostado uma da outra; isso era óbvio. Mas o que podia inspirá-la a tentar destruir a minha vida? O que eu havia feito?

Aparentemente, Kelly interpretara meu choque como ignorância, porque ela disse:

– É, eu também não reconheci o nome. Uma ninguém, eu acho, o que na verdade é muito inteligente da parte deles: ninguém pode suspeitar de alguém que não conhece. A mulher da Ralph Lauren é casada com o irmão da Abigail e ela me fez jurar guardar segredo. Tenho a sensação de que ela só queria contar para alguém. Ou talvez esteja testando a minha discrição. Não importa. Não fale nem uma palavra sobre isso com ninguém, mas caso encontre essa garota, você pode garantir que ela consiga as fotos e as informações *certas*.

Inicialmente eu achei que Kelly estava me contando a identidade da colunista para que eu pudesse evitá-la a qualquer custo, mas obviamente essa não era sua intenção.

Ela continuou.

– Agora, você pode lhe passar todo tipo de coisas. – Seja casual, tranquila e faça parecer que é um furo. – E vamos ter uma chance ainda melhor de receber cobertura jornalística para nossos clientes.

– Parece bom – falei baixinho. Mal podia esperar para sair daquela sala e reler cada palavra que Abby havia escrito. Como ela conseguiu qualquer acesso? Pensei com amargura sobre como ela devia ter se sentido quando tropeçou em uma mina de ouro naquela primeira noite no Bungalow 8, a noite em que eu conheci Philip. Estava tudo começando a se encaixar; ultimamente, ela estava em todos os lugares, sempre aparecendo do nada como um boneco de mola, pronta com um comentário maldoso ou um olhar de desdém.

– Muito bem, já chega. Não se preocupe demais com isso agora. Apenas concentre-se em garantir que dê tudo certo hoje à noite. Vai ser sensacional, você não acha?

Murmurei "sensacional" algumas vezes e saí de sua sala. Eu já começara a fantasiar sobre confrontar Abby. Havia um milhão de possibilidades, e cada uma parecia melhor que a anterior. Só quando já estava de volta à mesa circular, olhando para o meu laptop, percebi que não podia fazer coisíssima nenhuma a respeito. Eu não podia contar a ninguém que conhecesse, muito menos para a Abby.

Tentei me concentrar. Depois de cortar a notícia da Página Seis e a prender com fita adesiva no centro da mesa circular do escritório, conectei-me para ver se o avião que estava trazendo Jay-Z de Los Angeles para Nova York havia realmente deixado Nova York na hora, o que aumentaria muito as chances dele chegar a Los Angeles – e voltar novamente – no horário. Até agora, tudo bem. Designei dois estagiários para pegar carros para Newark e monitorar na sua chegada. Isso não era especialmente necessário, já que o Hotel Gansevoort estava mandando duas limusines para pegá-los, mas eu queria alguém lá para confirmar visualmente que eles haviam chegado e entrado no carro sem que nada os distraísse. Um telefonema rápido para Sammy – fique quieto, coração – confirmou que tudo estava correndo tranquilamente. Com minha lista de tarefas pronta, tentei bloquear os pensamentos da crueldade de Abby. Estávamos no fim da tarde e a única coisa que faltava fazer era, bem, absolutamente nada.

18

Não só o avião do Jay-Z estava dentro do horário como chegou alguns minutos adiantado. Ele foi delicado e atencioso. Quase todas as pessoas que haviam confirmado presença no evento compareceram e, milagrosamente, as pessoas que se materializavam na porta sem convites eram todas pessoas que na verdade gostaríamos que fossem. O Sr. Kroner passou a noite enfiado atrás de uma mesa com seus associados e nós nos asseguramos que o pequeno sinal de RESERVADO fosse exibido proeminentemente para eles e que um fluxo constante de garotas bonitas parasse para dizer oi.

Muito mais surpreendente foi Philip. Eu tinha estado aterrorizada que, em um estado de embriaguez, ele fizesse algo que envergonhasse a mim ou à firma, mas ele manteve o nariz limpo, em todos os sentidos, e até conseguiu não enterrá-lo no decote de alguém – pelo menos, não na frente de nenhum fotógrafo –, o que realmente importava. Eu tentara avisá-lo de mil maneiras diferentes que, como anfitrião, ele precisaria ser simpático com todo mundo, mas meu medo fora totalmente infundado. Do momento em que entrou pela porta da frente, seu desempenho foi brilhante. Ele rodou entre todos os grupos reunidos, apertando mãos e meneando solenemente para os empresários, pedindo rodadas de bebidas para os banqueiros e minichampanhes para as modelos e dando tapinhas nas costas das celebridades com um charme estilo Clinton. Ele circulou e sorriu e travou conversas sem esforço, e eu fiquei olhando enquanto homens e mulheres, igualmente, se apaixonavam por ele. Instantaneamente, ficou claro por que as colunas de fofocas o perseguiam e por que mulheres em todos os lugares ficavam em êxtase quando ele voltava sua atenção para elas. Sua habilidade para conversar e brincar e ouvir era tão natural que, quando ele estava perto, as pessoas tinham a sensação de que o volume tinha sido abaixado para tudo e todo mundo a não ser Philip Weston. Elas se desmanchavam com seu toque, sua presença, e eu me vi zumbindo junto com todos os outros. Não podia negar que me sentia estranhamente atraída por ele.

O único quase desastre aconteceu quando o voo de Samantha Ronson vindo de Londres foi cancelado e ficamos sem DJ. Exatamente no mesmo momento, recebi uma ligação do relações-públicas de Jake Gyllenhaal, perguntando se ele poderia entrar na lista VIP da festa. Como acabara de ler uma matéria sobre como ser DJ, pedi ao Jake e às outras celebridades confirmadas para levarem seus iPods pessoais e comandarem o som por uma hora cada um depois que Jay-Z tocasse seu set de vinte minutos. Foi um enorme sucesso; cada um dos nomes famosos havia chegado com um iPod repleto de músicas favoritas e logo todos os presentes sabiam qual era a melhor música para dançar segundo Jerry Seinfeld. Todo o restante correu perfeitamente. Não houve brigas femininas pelas sacolas de presentes, nenhuma confusão na porta, praticamente nenhum drama inesperado para tirar a atenção da transmissão da mensagem: todas as pessoas, jovens, modernas, urbanas e remotamente descoladas estavam na festa para comemorar o BlackBerry, o que devia significar que o próprio BlackBerry é jovem, moderno, urbano e descolado. Assim, você – quem quer que seja e onde quer que esteja lendo sobre esse evento fabuloso – precisa ter um, para que também possa ser jovem, moderno, urbano e descolado.

No geral, o evento foi um sucesso total. Kelly estava feliz, o cliente estava entusiasmado (mesmo que ligeiramente escandalizado e com uma enorme ressaca, pois – aparentemente o Sr. Kroner não estava acostumado à forma entusiástica e comprometida de beber que norteara toda a noite), e os fotógrafos haviam fotografado, fotografado e fotografado quase todas as celebridades que nossa equipe rotativa de estagiários e coordenadores atirava à sua frente. E aí a noite causou um efeito em minha vida amorosa.

Tirando uma pausa, eu escapei para fora sob minha desculpa usual de querer um cigarro. Encontrei Sammy lendo outro livro de bolso amarfanhado, *Empire Falls*, de Richard Russo.

– Está se divertindo? – perguntou ele, acendendo meu cigarro. Eu colocara as duas mãos em volta do isqueiro para proteger a chama do vento e senti uma palpitação no meu peito quando nossas peles se tocaram. Seria tesão, amor ou apenas câncer de pulmão precoce? Naquele momento, não parecia importar.

– Inacreditavelmente, estou. – Eu ri, sentindo de repente que tudo estava ótimo. – Se você me dissesse há alguns meses que eu estaria planejando uma festa no Bungalow 8 com Jay-Z como atração principal, eu teria achado que você estava louco. Eu odiava trabalhar em banco. Eu meio que havia me esquecido de como era *querer* fazer algo bem.

Ele sorriu.

– Obviamente, você faz isso bem. Todo mundo está falando sobre você.

– Falando sobre mim? Não sei se gosto do som disso.

Ele se virou para verificar os nomes de algumas garotas na lista e deixou-as entrar.

– Não, não, é tudo bom. Só que você organizou tudo bem e sabe como fazer as coisas. Não lembro a última festa que tivemos aqui que tenha corrido tão tranquilamente.

– Sério? – Parte de mim sabia que toda essa conversa era absolutamente ridícula. Estávamos, afinal de contas, falando de produção de eventos, mas ainda assim era bom ouvir.

– Claro. A pergunta é: você gosta?

– Bem, *gostar* é uma palavra forte para praticamente qualquer coisa, não acha? – Ele riu, e eu tive de enfiar as mãos nos bolsos do casaco para não agarrar seu rosto. – É bem diferente do Corpo de Paz, é claro, mas por enquanto está bom.

Seu rosto se fechou quase que instantaneamente.

– É – foi tudo o que ele disse.

– Então, o que vai fazer no Dia de Ação de Graças? – soltei, sem perceber que poderia parecer que eu o estava convidando para sair, quando na realidade eu só queria mudar de assunto. – Vai a algum lugar com a sua namorada? – acrescentei casualmente para lhe mostrar que eu sabia qual era a situação.

Ele me deu mais um olhar pouco à vontade, seguido por uma contorção óbvia, mandando uma mensagem muito clara. Eu havia passado do limite.

– Eu, hã, eu não queria dizer...

– Não, não se preocupe – interrompeu ele, apoiando as costas na parede como se estivesse se sentindo tonto. – É só que, bem, é meio complicado. Longa história. De qualquer maneira, na verdade vou para casa neste fim de semana. O meu coroa não está muito bem e já faz alguns meses que eu o visitei.

– Onde fica a sua casa?

Ele me olhou com curiosidade, como se estivesse tentando ler meu rosto e disse baixinho:

– Poughkeepsie.

Se ele tivesse dito que tinha nascido no Laos, não teria me chocado mais. Ele estava me manipulando? Brincando? Teria descoberto que eu era de Poughkeepsie e estava indo para casa este fim de semana e achou que isso era engraçado de alguma forma? Uma olhada rápida para seu rosto, sorrindo docemente enquanto me observava processar a informação – indicava que não.

– Poughkeepsie, Nova York? – foi só o que consegui dizer.

– A primeira e única.

– Isso é loucura. Eu sou de lá...

– É, eu sei. Eu só não sabia se você sabia. Eu me lembro de você – disse ele suavemente, olhando pela rua 27 para, pelo que eu podia ver, absolutamente nada.

E, é claro, me lembrei de tudo na hora. Não que houvesse muitas pistas, mas eu sempre tivera a sensação de que ele me era familiar. A vez em que ficáramos bem aqui e ele brincara dizendo que uma das garotas que acabara de entrar precisava de aulas sobre como ser "hippie chique", já que seu xale esvoaçante estava todo errado e que ela devia ir para o interior do estado para ter aulas com os profissionais. Aquele dia na Starbucks, quando ele passara a mão na nuca e eu podia jurar que já vira isso. A primeira noite na festa de noivado da Penelope, quando ele não queria me deixar entrar e eu não conseguia deixar de sentir que ele estava olhando para mim, quase esperando que eu dissesse algo. Era tudo tão óbvio agora. Samuel Stevens, o cara do ensino médio que era bonito demais para o seu próprio bem. O cara que todo mundo achava que era gay por ser grande e lindo e não praticar nenhum esporte, mas que, em vez disso, ficava na sua enquanto trabalhava em alguns restaurantes locais conhecidos. O cara que era considerado convencido e arrogante quando éramos adolescentes e jovens demais para perceber que ele era profundamente tímido, um solitário, alguém que não se sentia à vontade com qualquer grupo de garotos. O cara que se sentava na mesa diagonal à minha no curso de oficina, sempre concentrado nas bandejas de madeira ou máquinas de chiclete que estávamos aprendendo a fazer, sem nunca paquerar, sonhar acordado, dormir ou cochichar com seus companheiros de mesa. O cara que toda garota deveria ter amado mas na verdade odiava porque, de alguma forma, ele estava além dela, já olhando para o futuro, além da idiotice do segundo grau e hierarquias sociais e aparentemente sem noção da existência de qualquer outra pessoa. Fiz alguns cálculos rápidos e me dei conta de que eu não o via há quase 12 anos. Eu era caloura e ele estava no último ano quando fizemos aquele curso de oficina antes de ele se formar e sumir para sempre.

– Curso de oficina do Sr. Mertz, 1991, certo?

Ele assentiu.

– Ahmeudeus, por que você não disse nada antes? – perguntei, puxando outro cigarro. Eu lhe ofereci um e ele aceitou, acendendo primeiro o meu, depois o próprio.

– Sei lá, provavelmente deveria ter dito. Achei que você não fazia ideia. Achei esquisito não dizer nada de cara e depois passou tempo demais. Mas eu me lembro de quando todo mundo estava lixando e talhando, você estava sempre escrevendo cartas, pelo que parecia, linha após linha, página após página, e eu sempre ficava imaginando como alguém podia ter tanto a dizer. Quem era o sortudo?

Eu havia quase me esquecido das cartas. Não escrevia uma daquelas há anos. Era mais fácil agora que não ouvia mais meus pais me perguntando o que eu fizera pelo mundo aquele dia. Eles me ensinaram a escrever cartas quando eu tinha idade suficiente para colocar frases no papel e eu instantaneamente adorei. Eu escrevia para deputados, senadores, CEOs, lobistas, organizações ambientais e, às vezes, para o presidente. Toda noite durante o jantar nós discutíamos alguma injustiça grave e no dia seguinte eu escrevia a minha carta, contando a alguém o meu ultraje em relação à pena de morte, ao desmatamento, à dependência do petróleo estrangeiro, à contraceptivos para adolescentes ou leis de imigração proibitivas. Elas eram sempre muito indignadas e presunçosas e eram lidas como as missivas altivas e hipócritas que eram, mas meus pais eram tão generosos com sua aprovação que eu não podia parar. Elas diminuíram no final do ensino médio, mas só parei completamente quando um cara com quem eu estava ficando no primeiro ano da faculdade pegou uma da minha escrivaninha e fez algum comentário casual sobre como era bonitinho que eu estivesse tentando salvar o mundo. Não foi tanto o que ele disse, mas quando. O estilo de vida dos meus pais já não era tão atraente. Eu trocara a persona alternativa, do tipo paz na Terra, por uma vida social universitária, significativamente mais em voga, bastante rápido. Às vezes, ficava imaginando se tinha sido um pouco radical demais na minha rejeição. Provavelmente havia um bom meio-termo em algum lugar, mas trabalhar em banco e, sejamos francos, produção de eventos não haviam exatamente me levado de volta ao altruísmo.

Percebi que Sammy me observava intensamente enquanto eu me lembrava daquela época e disse:

– Sortudo? Ah, elas não eram para um namorado ou algo do tipo. Os garotos não curtiam muito o estilo dreadlock/sapatilhas que eu fazia naquela época. Eram só, você sabe, cartas para... sei lá, nada especial.

– Bem, eu sempre achei você uma gatinha.

Eu imediatamente me senti corar.

Por algum motivo, isso me deixava mais feliz do que se ele tivesse anunciado seu amor eterno por mim, mas não tive tempo para curtir, porque meu celular tocou com uma mensagem de texto urgente: "Boneca, kd vc? Preciso Cristal já."

Por que Philip não podia simplesmente pedir a um dos 36 modelos masculinos/garçons que estavam por ali exatamente para isso estava além da minha compreensão, mas eu sabia que tinha de dar uma olhada nas coisas.

– Ouça, tenho de voltar para lá e garantir que todo mundo esteja bêbado o suficiente para se divertir, mas não tão acabado a ponto de fazer uma idiotice, mas estava pensando: você precisa de uma carona para casa amanhã?

– Para casa? Para Poughkeepsie? Você vai?

– Eu não poderia perder o Festival da Colheita anual.

– Festival da Colheita? –Ele pausou mais uma vez para abrir o cordão de veludo, dessa vez para permitir a entrada de um casal que não tinha coordenação suficiente para andar, mas ainda assim parecia ter capacidade de se agarrar.

– Não me pergunte. É uma coisa que meus pais fazem todos os anos no Dia de Ação de Graças e minha presença é obrigatória. Tenho quase certeza de que meu tio vai pular fora, já que sempre inventa algum compromisso urgente na última hora, mas ele vai me emprestar o carro. Eu ficaria feliz em lhe dar uma carona – falei, rezando fervorosamente para que ele aceitasse e não quisesse convidar sua cara-metade madura.

– Hã, claro, quer dizer, se você não se incomoda, isso seria ótimo. Eu estava planejando pegar o ônibus na quinta de manhã.

– Bem, eu estava planejando ir amanhã depois do trabalho, então, se você puder ir na quarta-feira em vez de na quinta, eu adoraria a companhia. Sempre me dá vontade de jogar o carro para fora da estrada perto de Peekskill. – Eu me parabenizei mentalmente por finalmente conseguir manter uma conversa normal com aquele garoto.

– É, eu gostaria muito – falou, parecendo feliz. É claro que eu também ficaria feliz se não tivesse de aturar uma viagem de quatro horas de ônibus para um trajeto que normalmente leva duas horas. Assegurei a mim mesma que fora a minha companhia que o convencera, não apenas a chance de escapar do aspecto grudento e claustrofóbico do ônibus.

– Ótimo. Por que não me encontra no apartamento do meu tio às, vejamos, talvez por volta das 18 horas? Ele mora na Central Park West, na esquina noroeste da rua 68. Pode ser?

Ele só teve tempo de dizer que mal podia esperar antes de Philip se materializar do lado de fora e literalmente me arrastar pelo braço para dentro. Não me incomodei muito, porém, considerando o que eu teria no dia seguinte. Flutuei feliz pelo salão, aceitando cumprimentos de todo mundo da equipe e ouvindo enquanto convidados falavam "que festa maravilhosa" estávamos dando aquela noite. Quando a festa começou a perder o gás, às duas da manhã, aleguei mais uma dor de cabeça para Philip, que pareceu feliz em ficar para trás com Leo e uma garrafa de Cristal. Em casa, me enrosquei na cama com um Slim Jim e um romance Harlequin novinho. Foi a noite mais perfeita da qual eu podia me lembrar.

19

Eu mal podia conter meu entusiasmo enquanto esperava por Sammy na portaria do prédio de Will. Aquele dia se arrastou interminavelmente. Não importava que Kelly tivesse comprado café da manhã para todo mundo no escritório para comemorar o sucesso da noite anterior ou que ela estivesse tão impressionada com a noite anterior que tivesse me declarado oficialmente a segunda em comando para a festa da *Playboy*, subordinada diretamente a ela. O rosto de Elisa ficou rígido quando o anúncio foi feito; ela estava lá há um ano e meio a mais do que eu e obviamente esperara coordenar o maior evento da firma. Mas, após algumas observações sobre como estava feliz em "dar uma chance a outra pessoa" na coordenação de algo que certamente seria um caos total, ela colou um sorriso no rosto e propôs que tomássemos um drinque para comemorar. Jornais e websites que nem estavam na festa a cobriram, escrevendo esbaforidamente como "a multidão de celebridades e socialites" tinham ido para prestigiar o "mais moderno acessório urbano". Quase não caiu a ficha quando uma caixa chegou diretamente do escritório do Sr. Kroner com BlackBerries suficientes para encher uma loja inteira de celulares, o bilhete tão efusivo que eu quase fiquei sem graça. Mal percebi as poucas linhas no *New York Scoop* que anunciavam que eu tinha sido vista chorando em um canto enquanto Philip dava uns malhos com uma estrela de novela nigeriana e não fiquei nem um pouco chateada quando Elisa me confidenciou que pegara "acidentalmente" uma carona na Vespa de Philip porque "estava tão bêbada e ela e Davide tinham brigado, mas que nada – *nada, juro pela minha vida e pela sua – havia acontecido*". Não, eu não tinha nem mesmo registrado nenhuma dessas coisas, porque nada disso fazia com que os minutos ficassem mais curtos ou me botava mais rápido no mesmo carro que Sammy. Quando ele atravessou a porta do saguão do meu tio usando um par de jeans gastos e um suéter muito justo, com uma mochila de exército passada pelo ombro, eu não sabia se seria capaz de manter meus olhos na estrada tempo suficiente para sairmos da cidade.

– Ei – disse ele quando me viu sentada no banco, fingindo examinar o jornal. – Nem posso lhe dizer quanto eu agradeço por isso.

– Não seja ridículo – falei, ficando na ponta dos pés para cumprimentá-lo com um beijo na bochecha. – É você quem está me fazendo um favor. Espere um segundo, vou pedir para o meu tio descer com as chaves.

Will só concordara em me emprestar seu Lexus durante o fim de semana depois que eu jurara sustentar a história que ele inventara para explicar sua ausência. Apesar de eu só estar dando uma carona a Sammy até a casa de seus pais, ele insistiu em que Sammy também fosse totalmente informado sobre a história.

– Jura que decorou bem os detalhes, querida? – perguntara nervosamente ao entregar as chaves enquanto nós três estávamos em sua garagem subterrânea.

– Will, pare de se preocupar. Prometo que não vou entregá-lo. Passarei pelo sofrimento sozinha. Como sempre.

– Faça isso por mim. Vamos repassar mais uma vez. Quando ela lhe perguntar onde estou, o que vai dizer?

– Eu simplesmente vou explicar que você e Simon não suportaram a ideia de passar um fim de semana inteiro em uma casa que usa energia solar, onde nunca há água quente o bastante e os lençóis de fibras naturais sem tingimento pinicam e nada nunca está realmente limpo, já que eles não usam produtos químicos, então, em vez disso, você resolveu admirar a colheita de sua suíte de frente para o mar em Key West. Ah, é, e que você acha bastante chato quando a conversa durante o jantar consiste apenas em ecopolítica. É mais ou menos isso? – Eu sorri docemente.

Ele olhou impotente para Sammy e tossiu algumas vezes.

– Não se preocupe, senhor, a Bette sabe o que dizer. – Ele lhe garantiu, sentando no assento do carona. – Simon recebeu um pedido de última hora para substituir um daqueles músicos desaparecidos e o senhor achou que não seria correto deixá-lo sozinho no feriado, por mais que quisesse ver todos. O senhor mesmo teria telefonado, mas está com um prazo curtíssimo com o desgraçado do seu editor e ligará na semana que vem. Eu a treinarei no caminho.

Will soltou as chaves na palma da minha mão.

– Sammy, obrigado. Bette, quero que preste muita atenção nos discursos sobre poder: as mulheres podem fazer qualquer coisa, você sabe. E tente não se sentir muito mal pela minha pessoa, relaxando à beira da piscina com um daiquiri e um livro.

Eu queria odiá-lo, mas ele parecia tão feliz com seu álibi e seus planos furtivos que eu só o abracei e liguei o carro.

– Você me deve uma. Como sempre. – Enfiei a bolsa de Millington no banco de trás e joguei um biscoito dentro para que ela não chorasse ou reclamasse enquanto dirigíamos.

– É claro, querida. Eu lhe trarei uma daquelas camisetas bregas com franjas ou talvez uma ou duas velas de coco. Fechado? Dirija com cuidado. Ou não. Só não me ligue se acontecer alguma coisa ou pelo menos nos próximos três dias. Divirta-se! – gritou, jogando beijos pelo retrovisor.

– Ele é ótimo – disse Sammy enquanto evoluíamos lentamente pelo tráfico da West Side Highway. – Como um garotinho que não foi à escola porque fingiu que estava doente.

Enfiei *Monster Ballads* (compradas de um número 0800 em um ataque de insônia às três da manhã) no rádio para seis CDs e pulei as faixas até encontrar "To Be With You", do Mr. Big.

– É mesmo, não é? Sinceramente, não sei o que eu faria sem o tio Will. Ele é o único motivo de eu ser normal hoje.

– E seus pais?

– Eles são remanescentes dos anos 1960 – falei – e levam isso muito a sério. Minha mãe chorou quando raspei as pernas pela primeira vez, aos 13 anos, porque ficou com medo que eu me subjugasse às expectativas culturais ditadas pelos homens quanto à beleza feminina.

Ele riu e começou a se instalar, esticando as pernas e pondo as mãos atrás da cabeça.

– Por favor, diga que ela não conseguiu convencê-la a desistir dessa prática em particular.

– Não, ela não conseguiu, pelo menos não hoje em dia... ainda que eu só tenha me raspado de novo na faculdade. Uma vez, eles insistiram em que eu sozinha era responsável por destruir todo um ecossistema porque comprei um chaveiro de couro de cobra. Ah, e houve a vez em que não tive permissão para ir à maior festa do pijama do quarto ano porque eles perceberam que os pais da anfitriã se recusavam a reciclar os jornais. Acharam que era um ambiente potencialmente nocivo para uma criança passar doze horas.

– Você está brincando.

– Não estou não. Não quero dizer que eles não são ótimas pessoas, porque são. É só que eles são *realmente* engajados. Às vezes eu queria ser mais como eles.

– Eu não a conhecia bem no ensino médio, mas lembro que você era mais assim do que essa, hã, essa coisa nova-iorquina.

Eu não sabia muito bem o que dizer.

– Não, não era isso que eu queria dizer – ele se apressou em falar. – Você sabe, sempre me deu a impressão de estar muito envolvida em tantas causas. Lembro que você escreveu aquele editorial no jornal da escola sobre o direito de escolha das mulheres. Eu ouvi alguns dos professores conversando sobre ele na sala de estudos um dia – eles não acreditavam que você era só uma caloura. Eu o li depois de ouvi-los e também não pude acreditar.

Senti uma ligeira excitação com a ideia de que ele lera e se lembrava do meu artigo, como se de repente tivéssemos uma ligação íntima.

– É, bem, é difícil manter isso. Principalmente quando é algo escolhido para você e não algo que você mesmo descobre.

– É justo. – Eu podia vê-lo assentir pelo canto do meu olho. – Eles parecem interessantes.

– Ah, você não faz ideia. Por sorte, mesmo sendo hippies, eles ainda eram hippies *judeus* e não gostavam muito do estilo de vida com privações. Como meu pai constantemente observa, "Ninguém é mais convincente por vir de um ambiente de pobreza ou de conforto: é o argumento que importa, não as armadilhas materiais ou a falta delas".

Ele parou de beber seu café e virou-se para me olhar. Eu podia sentir seus olhos no meu rosto e sabia que ele estava escutando com atenção.

– Ah, sim, é verdade. Eu nasci em uma comunidade no Novo México, um lugar que eu não estava totalmente convencida de que era realmente um estado até ver o mapa eleitoral de 2000 na CNN. Minha mãe adora contar como ela me pariu em sua "cama de núpcias" diante de todas as crianças da comunidade, que haviam sido levadas para ver o milagre da vida acontecer diante de seus olhinhos. Sem médico, sem medicação, sem lençóis esterilizados, só um marido com um diploma de botânica, uma parteira treinada em toque terapêutico que a orientava com respiração de ioga, o guru da comunidade e duas dúzias de crianças abaixo de 12 anos que muito provavelmente continuaram virgens até bem depois dos 30 por terem testemunhado aquele milagre em particular.

Não sei o que me fazia continuar falando. Fazia anos que eu não contava essa história para ninguém, a última vez provavelmente fora quando Penelope e eu nos conhecemos durante a semana de orientação em Emory, enquanto fumávamos maconha nos arbustos perto das quadras de tênis e ela admitiu que seu pai conhecia seus funcionários do escritório melhor do que sua família e que achava que sua babá negra era sua mãe até ter cinco anos de idade. Achei que não havia maneira melhor de animá-la do que lhe mostrar como seus pais eram normais. Rimos durante horas naquela noite, deitadas na grama, chapadas e felizes. Apesar de meus namorados terem conhecido meus pais, nunca tinha falado deles assim com ninguém. Sammy me fazia querer lhe contar tudo.

– Isso é absolutamente inacreditável. Quanto tempo ficou lá? Você se lembra?

– Eles só moraram lá até eu ter uns dois anos e aí mudaram-se para Poughkeepsie porque arrumaram empregos em Vassar. Mas é daí que vem o meu nome. Primeiro, eles queriam me chamar de Soledad, em homenagem à prisão californiana que abrigou os manifestantes de Berkeley, mas aí seu xamã ou sei lá quem propôs Bettina, por causa de Bettina Aptheker, a única mulher membro do Comitê de Planejamento do Movimento pela Liberdade de Expressão de Berkeley. Eu me recusei a responder a qualquer nome que não fosse Bette quando tinha 12 anos e "The Wind Beneath My Wings" era um sucesso nas rádios e Bette Midler era legal. Quando finalmente percebi que passara a usar o nome da cantora ruiva de uma música de autoajuda cafona das Top 40, era tarde demais. Todo mundo me chama assim agora, exceto meus pais, é claro.

– Uau. Eles parecem ser tão interessantes. Eu adoraria conhecê-los algum dia.

Eu não sabia muito bem como responder a isso – poderia ser um pouco desconcertante para ele se eu anunciasse que eles eram seus futuros sogros –, então perguntei sobre seus pais. Nada me veio à cabeça quando tentei me lembrar de Sammy no ensino médio, e me ocorreu que eu não fazia ideia de como era sua vida familiar.

– E você? Há algo interessante sobre a sua família ou eles são normais?

– Bem, dizer que são normais parece um pouco forçado. Minha mãe morreu quando eu tinha 6 anos. Câncer de mama.

Abri a boca para pedir desculpas, para murmurar algo ineficaz e clichê, mas ele me interrompeu.

– Parece uma merda, mas sinceramente eu era muito novo para me lembrar. Foi esquisito não ter mãe enquanto crescia, mas com certeza foi mais difícil para minha irmã mais velha e, além do mais, meu pai era ótimo.

– Como ele está? Você falou algo sobre ele não estar bem.

– Não, ele está bem. Só está sozinho, eu acho. Ele namorou uma mulher durante anos e eu não sei direito o que aconteceu, mas ela se mudou para a Carolina do Sul há alguns meses e meu pai não está aceitando bem. Só achei que uma visita podia ajudar.

– E a sua irmã? Qual é a história dela?

– Ela tem 33 anos. É casada e tem cinco filhos. *Cinco* filhos, quatro meninos e uma menina, você acredita? Começou logo depois do ensino médio. Ela mora em Fishkill, portanto podia ver meu pai o tempo todo, mas seu marido é meio idiota e ela está ocupada agora que vai voltar para a faculdade para estudar enfermagem, então...

– Vocês são próximos? – Era estranho ver isso tomar forma, um universo que eu nunca soubera que existia para ele, que eu nunca imaginei que existisse quando o vira cumprimentar vários magnatas e magnatas em-treinamento no Bungalow 8 todas as noites.

Ele pareceu pensar sobre isso por um segundo enquanto abria uma lata de Coca-Cola que tirou da mochila, oferecendo-me um gole antes de tomar.

– Chegados? Não sei se eu diria exatamente isso. Acho que ela se ressente por eu ter saído de casa para ir para a faculdade quando ela já tinha um filho e outro a caminho. Ela faz muitos comentários sobre como eu sou a razão de viver do papai e que pelo menos um de nós teve a chance de deixá-lo orgulhoso, você sabe, esse tipo de coisa. Mas é uma boa garota. Meu Deus, eu peguei pesado agora. Me desculpe por isso.

Antes que eu pudesse falar alguma coisa, lhe dizer que estava tudo bem, que eu adorava ouvi-lo falar sobre absolutamente qualquer coisa, uma faixa do Whitesnake começou a tocar e Sammy riu de novo.

– É sério, essa música? Como consegue ouvir essa porcaria?

O papo continuou fácil depois disso, só conversa fiada sobre música, filmes e as pessoas ridículas com as quais lidávamos o dia inteiro. Ele tomou cuidado para não mencionar Philip e eu retribuí o favor não falando de Isabelle. Tirando isso, conversamos como se nos conhecêssemos a vida toda. Quando percebi que só estávamos a meia hora da cidade, liguei para avisar meus pais que ia deixar alguém e que estaria lá em pouco tempo.

– Bettina, não seja ridícula. É claro que você vai trazê-lo para jantar! – minha mãe só faltou berrar ao telefone.

– Mãe, tenho certeza de que ele quer ir para casa. Ele veio ver a família dele, não a minha.

– Bem, não deixe de convidá-lo. Nunca conhecemos nenhum dos seus amigos e seu pai ficaria muito feliz. E é claro que ele é mais do que bem-vindo à festa amanhã. Está tudo arrumado e pronto para começarmos.

Prometi a ela que repassaria a informação e desliguei.

– O que foi? – perguntou ele.

– Ah, minha mãe quer que você venha jantar, mas eu lhe disse que você provavelmente quer ir para casa ver seu pai. Além do mais, as coisas que eles tentam empurrar como comida são horríveis.

Ele ficou em silêncio por um segundo, então disse:

– Na verdade, se você não se incomoda, seria muito bom. Meu pai só está me esperando amanhã, de qualquer modo. Além disso, talvez eu possa ajudar na cozinha, fazer aquele tofu ser um pouco mais saboroso – disse com hesitação, tentando parecer indiferente, mas eu senti (rezei, esperei, desejei) que houvesse mais.

– Ah, hã, está bem – falei, tentando parecer desencanada, mas soando completamente contra a ideia. – Quer dizer, se você quer, vai ser ótimo.

– Tem certeza?

– Absoluta. Eu lhe dou uma carona para casa depois e prometo não prendê-lo além do absolutamente necessário. O que ainda vai ser tempo suficiente para que eles tentem convertê-lo a um estilo de vida vegetariano, mas esperemos que seja suportável. – O constrangimento havia passado. Eu estava em êxtase. E ligeiramente aterrorizada.

– Está bem, isso parece bom. Depois das histórias que você me contou, sinto como se tivesse de vê-los agora.

Minha mãe estava sentada no balanço da varanda enrolada em várias camadas de lã quando paramos na entrada que dividia em dois os quase três hectares de terreno no qual viviam há um quarto de século. O Toyota Prius híbrido que tinham para emergências (eu imaginava frequentemente o que eles pensariam se soubessem que toda a lista A de Hollywood também os dirigia) estava parado na entrada, coberto com lona, já que andavam de bicicleta 99 por cento do tempo. Ela largou o livro que estava segurando com as mãos enluvadas (*Técnicas do Batik*) e correu em direção ao carro antes mesmo que eu o pusesse em ponto morto.

– Bettina! – gritou, abrindo com um puxão a porta do lado do motorista e juntando as mãos animadamente. Agarrou meu braço e me puxou para um abraço e fiquei imaginando se alguém além da minha mãe e do meu cachorro algum dia ficaria tão feliz em me ver. Ficamos ali por um momento a mais do que o necessário e eu imediatamente me esqueci de quanto temera essa visita.

– Oi, mamãe. Você está ótima. – E estava mesmo. Tínhamos o mesmo cabelo longo, grosso e rebelde, mas o dela adquirira um tom lindo de cinza e literalmente brilhava ao cair por suas costas, dividido exatamente ao meio, como ela o usava desde a adolescência. Ela era alta e delicadamente magra, o tipo de mulher cuja expressão determinada é a única pista de que não é tão frágil quanto aparenta. Como sempre, ela não usava maquiagem e, como enfeite, apenas um sol de turquesa pendendo de uma correntinha fina de prata. – Este é meu amigo, Sammy. Sammy, minha mãe.

– Olá, Sra. Robinson. – Ele fez uma pausa. – Uau, isso ficou esquisito, não é? Mas acho que deve estar acostumada.

– Estou mesmo. "Jesus me ama mais do que você pensa."* De qualquer modo, por favor, me chame de Anne.

– Foi muita gentileza sua ter me convidado, Anne. Espero não estar sendo inconveniente.

– Bobagem, Sammy. Vocês dois nos fizeram ganhar a noite. Agora entrem, antes que congelem.

Nós a seguimos pela porta simples de pinho depois de retirar uma Millington que espirrava de sua bolsa Sherpa e nos dirigimos para os fundos, para uma pequena estufa que haviam instalado alguns anos antes, "para contemplar a natureza quando o tempo não está cooperando". Era a única construção moderna de toda a casa rústica, e eu a adorava. Totalmente fora do estilo "chalé de toras", a estufa tinha um clima zen, como algo que você pudesse descobrir escondido no spa do último hotel Schrager. Era toda de vidro, em formato angular, com bordos vermelhos frondosos em torno do perímetro e todas as espécies imagináveis de plantas, arbustos, flores e moitas que podiam de algum modo sobreviver a uma atmosfera como aquela. Havia um lago, ligeiramente maior do que um poço de areia de um campo de golfe, com lírios flutuantes e algumas espreguiçadeiras de teca ao lado para relaxar. A estufa se abria para um jardim enorme e cercado de árvores. Meu pai estava corrigindo trabalhos em uma mesa baixa de madeira, com uma luminária chinesa de papel pendurada no teto, parecendo razoavelmente arrumado em um par de jeans e sandálias Naot com meias felpudas ("Não há necessidade de comprar essas Birkenstocks alemãs quando os israelenses as fazem tão bem quanto", ele gostava de dizer). Seu cabelo ficara um pouco mais grisalho, mas ele pulou de pé com a mesma agilidade de sempre e me envolveu em um abraço de urso.

– Bettina, Bettina, você voltou para o ninho – cantarolou, me puxando para uma dancinha. Dei um passo para o lado, sem graça, e o beijei rapidamente na bochecha.

– Oi, papai. Quero que conheça meu amigo, Sammy. Sammy, este é o meu pai.

---

* "Jesus loves you more than will know", parte da letra de " Mrs. Robinson, de Simon e Garfunkel. (*N. da T.*)

Rezei para que meu pai fosse normal. Você nunca sabia exatamente o que ele diria ou faria, principalmente para fazer uma piada interna comigo. Na primeira vez em que meus pais foram à cidade depois da minha formatura, levei Penelope para jantar conosco. Ela os encontrara na formatura e uma vez antes disso, e provavelmente não se lembrava de nada sobre eles, mas meu pai não se esqueceu de muita coisa. Ele beijou galantemente sua mão depois de ser reapresentado, e disse:

– Penelope, querida, é claro que me lembro. Nós todos saímos para jantar e você trouxe aquele rapaz simpático. Como era seu nome? Adam? Andrew? Lembro-me de que ele era muito inteligente, articulado – disse inexpressivamente, sem o menor sinal visível de sarcasmo.

Era a forma sutil do meu pai de fazer uma piada interna. Avery estava tão chapado durante o jantar que tivera problemas para responder perguntas simples sobre a matéria em que se formara ou sua cidade natal. Apesar de não ver Avery e Penelope há anos, meu pai ainda me ligava ocasionalmente e fingia ser o traficante fictício de Avery, me perguntando em uma voz falsa de barítono se eu gostaria de comprar meio quilo "de um bagulho bom à beça". Achávamos que era hilário e ele claramente não resistia a dar uma cutucadinha de vez em quando. Penelope, acostumada a pais distantes e sem noção, não detectara nada e simplesmente sorriu de forma simpática. Meu pai não sabia nada sobre Sammy, então achei que estávamos a salvo.

– É um prazer, Sammy. Venha se sentar e fazer companhia a um velho. Você é daqui mesmo?

Nós todos nos sentamos. Meu pai serviu o chá Yogi de alcaçuz egípcio que minha mãe fazia aos baldes enquanto Sammy arrumava cuidadosamente seu corpo grande em uma das enormes almofadas bordadas com contas espalhadas em volta da mesa. Eu me joguei entre ele e minha mãe, que cruzou as pernas ao estilo indiano tão graciosamente que parecia ser vinte anos mais jovem.

– Então, quais são os planos para o fim de semana? – perguntei animadamente.

– Bem, as pessoas só vão chegar no final da tarde de amanhã, então você está livre até lá. Por que vocês dois não dão uma olhada no que está acontecendo na universidade? Tenho certeza de que deve haver uma ou duas boas programações – minha mãe falou.

– O corpo de baile da universidade vai apresentar uma matinê de Ação de Graças amanhã. Posso arrumar ingressos, se estiverem interessados – papai ofereceu. Ele ensinara Ecologia por tanto tempo em Vassar e era um professor tão admirado no campus que podia arrumar praticamente qualquer coisa. Minha mãe trabalhava no departamento de saúde emocional da clínica médica do campus, dividindo seu tempo igualmente entre atendimento por telefone (vítimas de estupro, suicidas, crises de depressão em geral) e convocando a universidade a adotar uma abordagem mais holística em relação aos problemas dos alunos (acupuntura, ervas, ioga). Eles eram o casal de estimação de Vassar, como eu sabia que haviam sido o casal de estimação de Berkeley por tantos anos na década de 1960.

– Talvez eu dê uma olhada, mas estão esquecendo que Sammy está aqui para visitar sua família – falei, dando a ambos olhares de aviso para deixarem o assunto quieto. Peguei uma colherada do açúcar mascavo e passei o prato para Sammy.

– Por falar nisso, qual foi a desculpa de Will para não poder vir de novo? – perguntou minha mãe desinteressadamente.

Sammy se apresentou antes que eu pudesse intervir, sem perceber que meus pais já haviam sacado há muito tempo as histórias e desculpas ridículas do Will, se tornara um dos passatempos preferidos da família contar e recontar as mentiras novas e criativas que ele inventava. Ele e minha mãe eram próximos, apesar do pequeno detalhe de ela ser uma hippie liberal irritante que se recusava a se filiar a um partido político e de ele ser um republicano conservador irritante que se definia por um. De alguma forma eles se falavam semanalmente e até conseguiam ser carinhosos quando estavam juntos, ainda que adorassem implicar um com o outro na minha frente.

Sammy falou:

– Não era algo a ver com o trabalho de Simon? – disse para mim.

– A Filarmônica chamou Simon no último minuto para substituir um músico doente. Eles realmente não lhe deram opção. Não podia dizer não – ele soltou antes que eu pudesse impedir. Ele era leal, eu tinha de admitir.

Minha mãe sorriu primeiro para mim, depois para meu pai.

– Ah, é? Achei que ele tinha dito algo sobre uma reunião de emergência com seu advogado no escritório em Nova Jersey.

Sammy corou, imediatamente convencido de que ele, de algum modo, confundira a história. Hora de intervir.

– Eles sabem que Simon não está substituindo ninguém, Sammy, e também sabem que você sabe. Não se preocupe, você não entregou nada.

– Foi gentil da sua parte, Sammy, mas eu simplesmente conheço meu querido irmão bem demais para continuar acreditando nas histórias. Para onde eles foram? Miami? Bahamas?

– Key West – disse, enchendo as canecas de todo mundo.

– Você ganhou, meu bem. – admitiu meu pai. – Sua mãe apostou comigo que ele cancelaria no último minuto e que poria a culpa no Simon. Para ser franco, estou encantado por ele finalmente ter desistido daquela velha desculpa do prazo – os dois caíram na gargalhada.

– Bem, é melhor eu começar a preparar o jantar – minha mãe anunciou. – Fui ao mercado dos fazendeiros hoje e comprei todos os especiais de inverno.

– Posso ajudá-la? – Sammy perguntou. – É o mínimo que posso fazer depois de mentir para vocês. Além do mais, faz algum tempo que não entro em uma cozinha doméstica, eu realmente ia gostar.

Meus pais olharam para ele com curiosidade.

– Sammy é chef – falei. – Ele estudou no Instituto Americano de Culinária e está planejando abrir seu próprio restaurante algum dia.

– É mesmo? Que interessante! Está cozinhando atualmente em algum lugar em Nova York? – meu pai perguntou.

Sammy sorriu timidamente, olhou para baixo e disse:

– Na verdade, comecei a fazer o brunch de domingo no Gramercy Tavern há alguns meses. É bastante gente. Tem sido uma ótima experiência.

Senti um raio me atravessar. Quem era esse cara?

– Bem, nesse caso, venha comigo. Pode fazer algo interessante com abobrinha? – minha mãe perguntou, passando seu braço pelo braço dele depois que ele havia se içado das almofadas no chão.

Em poucos minutos Sammy estava ao fogão, enquanto minha mãe sentava-se em silêncio à mesa, olhando maravilhada para ele, incapaz de disfarçar seu prazer.

– O que você está fazendo? – perguntei enquanto ele escorria uma panela de massa antes de adicionar um fio de azeite de oliva. Ele enxugou as mãos no avental que minha mãe fornecera (no qual estava escrito NA ACEITAÇÃO ESTÁ A PAZ) e supervisionou seu progresso.

– Bem, pensei que podíamos começar com uma salada de macarrão com cenouras tostadas, pepinos e pinhões e talvez um antepasto de abobrinha. Sua mãe disse que queria algo simples como entrada, então eu estava pensando em experimentar sanduíches de grão-de-bico com curry na focaccia e um acompanhamento de pimentões vermelhos recheados com arroz e escarola. O que todo mundo acha de maçãs assadas com chantili fresco e este sorvete aqui para a sobremesa? Eu tenho de admitir, Sra. Robinson, a senhora escolheu uns ingredientes fantásticos.

– Nossa, mamãe, o que você estava planejando fazer? – perguntei, adorando a expressão no rosto de ambos.

– Cozido de forno – disse ela, sem tirar os olhos de Sammy. – Só jogar tudo junto e assar por alguns minutos, eu acho.

– Bem, isso também parece ótimo. – Sammy apressou-se em dizer. – Eu ficaria feliz em fazer isso, se a senhora preferir.

– Não! – Meu pai e eu gritamos ao mesmo tempo.

– Por favor, continue, Sammy. Isso vai ser um verdadeiro banquete para nós – falou papai, dando um tapinha em suas costas e provando a pasta de grão-de-bico com os dedos.

O jantar foi incrível, é claro, tão bom que não fiz nenhum comentário maldoso a respeito da falta de carne ou da abundância de comida orgânica, mas foi mais por eu não ter nem notado. Todas as minhas preocupações sobre o constrangimento potencial de Sammy partilhando a mesa com meus pais haviam se evaporado quando acabamos a salada de macarrão. Sammy brilhava com os constantes elogios que todos lhe dispensavam e ficou feliz e falante como eu nunca tinha visto. Antes que percebesse, eu estava limpando a mesa sozinha e meus pais haviam sequestrado Sammy de volta para a estufa para mostrar as tão temidas fotos de bebê pelado na banheira e todas as coisas que eu supostamente conquistara na vida e que ninguém, além das pessoas que me trouxeram ao mundo, pode achar importantes. Era quase meia-noite quando meus pais finalmente anunciaram que iam dormir.

– Vocês dois estão mais que convidados a ficar aqui, mas seu pai e eu precisamos dormir – anunciou minha mãe enquanto apagava a última guimba de seu cigarro de cravo, um agradinho que partilhavam quando estavam com espírito festivo. – Amanhã é um grande dia. – Ela estendeu a mão para meu pai, que a pegou com um sorriso. – Foi um prazer conhecê-lo, Sammy. Adoramos conhecer os *amigos* da Bette.

Sammy ficou de pé num salto.

– Também foi um prazer conhecê-los. Obrigado por me convidarem. E boa sorte com a festa amanhã. Parece ótimo.

– É, bem, é uma tradição. Esperamos vê-lo lá. Boa noite – disse meu pai alegremente, seguindo minha mãe para dentro da casa, mas não antes de se inclinar e sussurrar um obrigado fervoroso para Sammy por lhe permitir uma refeição comível.

– Eles são ótimos – disse Sammy baixinho quando a porta havia se fechado. – Depois da maneira como você os descreveu, eu sinceramente estava esperando aberrações de circo, mas eles não poderiam ser mais normais.

– É, bem, depende da sua definição de *normal*, eu acho. Você está pronto?

– Hã, claro. Se você estiver. – Ele parecia hesitante.

– Bem, achei que você ia querer ir para casa, mas eu topo dar um tempo aqui se você topar – falei, prendendo o fôlego o tempo todo.

Ele pareceu pensar durante um minuto e então disse:

– O que acha de irmos ao Starlight?

Era oficial: ele era perfeito.

Soltei a respiração.

– Ótima ideia. É só a melhor lanchonete do mundo. Você gosta de lá tanto quanto eu?

– Mais. Eu costumava ir até lá sozinho no ensino médio, se pode acreditar na humilhação que isso significa. Eu simplesmente me sentava lá com um livro ou uma revista e uma xícara de café. Partiu meu coração quando a senhora com verrugas original foi embora.

O Starlight fora o epicentro da nossa vida social no ensino médio, o lugar onde eu passei grande parte da minha adolescência, curtindo com meus amigos que, como eu, não eram bonitos ou descolados o suficiente para serem considerados populares, mas que ainda podiam confiantemente alegar superioridade em relação aos CDFs e esquisitos (principalmente as figuras aterrorizantes da matemática e dos computadores) que relutantemente ocupavam os degraus abaixo de nós. A hierarquia social era estritamente mantida: a galera descolada monopolizava a área de fumantes, os que tinham incapacidades sociais graves jogavam videogames nos dois reservados lá no fundo e a minha galera (uma mistura de garotos hippies, punks alternativos e os alpinistas sociais que ainda não tinham entrado para a primeira divisão) ocupava a meia dúzia de mesas e todo o balcão entre uma coisa e outra. Os meninos ficavam sentados em um reservado, fumando e discutindo bastante elegantemente, com a forte sugestão de experiência, se sacrificariam boquetes ou sexo se fossem forçados a decidir, enquanto nós, suas fiéis namoradas (que não estávamos fazendo muito mais do que beijar qualquer um deles), bebíamos café e analisávamos em detalhes que garota na escola tinha as melhores roupas, seios e namorado. O Starlight era a versão de Poughkeepsie do Central Perk,* apenas ligeiramente mais grudento e com luzes fluorescentes, reservados de vinil marrom e uma equipe de garçons em que cada funcionário, inacreditavelmente, possuía ou uma verruga facial protuberante ou não tinha um dedo. Eu adorava a forma como algumas pessoas permaneciam ligadas a seu quarto de infância ou a lugares em que passavam as férias de verão e eu voltava, como um

---

* Cafeteria onde os personagens do seriado *Friends* costumavam se reunir. (*N. da T.*)

pombo-correio, toda vez que voltava à cidade. A ideia de Sammy lá sozinho me deixou triste e nostálgica.

Nós nos instalamos no reservado menos grudento que pudemos encontrar e fingimos examinar os menus de plástico, que não haviam mudado em décadas. Embora empanturrada, fiquei entre a torrada de canela e as batatas fritas, até decidir que o excesso de carboidratos era aceitável fora dos limites da cidade de Manhattan e pedir os dois. Sammy pediu uma xícara de café normal. Uma das minhas garçonetes favoritas, a mulher com o cabelo mais comprido do universo saindo da verruga perto de seus lábios, havia bufado quando ele pedira leite desnatado em vez de creme e os dois agora estavam envolvidos em alguma espécie de competição de olhares através do aposento.

Nós bebericamos café e conversamos e beliscamos a comida.

– Você nunca mencionou que estava fazendo o brunch no Gramercy Tavern. Eu adoraria ir lá.

– É, bem, você nunca mencionou ter sido a oradora da sua turma. Ou que ganhou o Prêmio Martin Luther King por serviço comunitário multicultural.

Eu ri.

– Rapaz, eles não deixaram nada de fora, não é? Achei que era sorte você ter se formado três anos antes de mim, assim não se lembraria de nada disso, mas eu devia saber.

A garçonete encheu novamente a xícara de Sammy e deixou um pouco do café espirrar, para encerrar a batalha.

– Eles têm orgulho de você, Bette. Acho isso tão legal.

– Eles *tinham* orgulho de mim. É diferente agora. Não acho que minha recém-descoberta habilidade para atrair celebridades para o Bungalow 8 e ser mencionada em colunas de fofocas era exatamente o que eles haviam imaginado para mim.

Ele deu um sorriso triste.

– Todo mundo abre mão de alguma coisa, sabe? Não significa que você é diferente da pessoa que era naquela época.

A forma como ele falou me fez querer acreditar.

– Podemos sair daqui? – perguntei, pedindo a conta, que, independente de quantas pessoas havia na mesa ou do que fosse pedido, sempre dava exatamente três dólares por pessoa. – Acho que preciso guardar minha energia para a festividade de amanhã, à qual espero conseguir convencê-lo a comparecer...

Ele deixou uma nota de 20 dólares na mesa ("Para compensar todas as noites em que deixei uma gorjeta ruim depois de ficar sentado lá por horas") e colocou a mão nas minhas costas para me guiar para fora. Nos afastamos por tempo suficiente para que ele ganhasse um porquinho de pelúcia da máquina para mim. Ela ficava no saguão, logo depois do mostruário giratório de tortas. Eu o apertei contra mim e ele me disse que nunca tinha gasto tão bem dois dólares em moedas de 25 centavos. Os 15 quilômetros até a casa dele foram silenciosos e percebi que, em todos os anos em que havia morado em Poughkeepsie, nunca tinha estado nessa parte da cidade. Nós dois estávamos contemplativos, sem nenhuma das conversas, piadas, confidências que partilháramos durante as últimas nove horas que passáramos juntos – nove horas que pareciam cinco minutos. Encostei na entrada curta e sem asfalto de uma casa em estilo colonial pequena e bem-arrumada e coloquei o carro em ponto morto.

– Eu me diverti muito esta noite. De dia, de noite, tudo. Obrigado pela carona e pelo jantar, por tudo.

Ele não parecia estar com pressa de sair do carro e eu finalmente me permiti entreter a ideia de que ele poderia me beijar. Qualquer romance Harlequin certamente destacaria como a eletricidade entre nós era palpável.

– Está falando sério? Eu é que devia agradecer! Foi você quem impediu que passássemos por uma noite horrível de intoxicação alimentar, você sabe – soltei. Aí, enfiei as mãos debaixo dos joelhos para evitar que tremessem.

E então ele estava saltando. De uma hora para a outra, ele simplesmente abriu a porta e pegou sua mochila no banco de trás e acenou, resmungando algo sobre me ligar no dia seguinte. A decepção doeu como um tapa na cara e coloquei o carro em marcha à ré o mais rápido possível, queria ir embora antes que começasse a chorar. "Por que diabos ele estaria minimamente interessado em você?", perguntei a mim mesma, revendo a noite na minha cabeça. "Ele precisava de carona e você lhe ofereceu uma e ele não fez nada além de ser muito simpático. Você viajou e precisa esquecer isso imediatamente, antes que banque a completa idiota." Conforme eu me virava para sair de ré da entrada de cascalho, vi uma figura se aproximando do carro.

Ele estava falando, mas eu não conseguia ouvi-lo através da janela fechada. Abri o vidro e freei.

– Esqueceu alguma coisa? – perguntei, tentando impedir que minha voz tremesse.

– Esqueci.

– Bem, espere um segundo. Pronto, a porta de trás está aberta, então...

Não consegui terminar. Ele enfiou o braço pela janela do lado do motorista e por cima do meu colo e eu fiquei com medo por um instante, até ele pegar a marcha e colocar o carro em ponto morto. Ele então soltou meu cinto de segurança, abriu a porta com um puxão e me puxou para fora do carro.

– O quê? Não sei...

Mas ele me silenciou pegando meu rosto com as mãos, exatamente da maneira que toda garota quer e nenhum cara faz. Como na capa de *Sensualmente sua*, se eu me lembrava corretamente, o desenho que simbolizara para mim a definição dos amassos românticos. Suas mãos eram frias e fortes e eu estava convencida de que ele podia sentir meu rosto queimando, mas não houve tempo para me preocupar com isso. Ele se inclinou para a frente e me beijou com tanta suavidade que eu mal pude reagir, sem nenhuma escolha a não ser ficar ali e deixar acontecer, chocada demais até mesmo para beijá-lo de volta.

– Prometo que não vou me esquecer disso da próxima vez – falou ele com o que eu juro era o tipo de rouquidão que você só ouve em filmes. Segurou galantemente a porta aberta para mim e fez um sinal indicando que eu deveria me sentar de novo. Feliz por não ter mais de depender das minhas pernas para me apoiar, eu despenquei desajeitadamente no assento e sorri enquanto ele fechava a porta e andava em direção à casa.

20

Eu tinha acabado de pendurar a última lanterna de papel em formato de feijão quando minha mãe finalmente se aquietou e me perguntou sobre Sammy.

– Bettina, querida, Sammy parece ser um ótimo rapaz. Seu pai e eu gostamos de conhecê-lo ontem à noite.

– É, ele parece ser legal. – Eu ia fazê-la suar para me fazer falar e ia curtir cada segundo.

– Ele virá à festa? – Ela botou uma travessa de *hummus* perto de uma bandeja de azeitonas mistas e deu um passo para trás a fim de admirar seu trabalho antes de voltar sua atenção para mim.

– Acho que não. Sei que ele gostaria, mas nós dois só vamos ficar o fim de semana aqui e acho que ele precisa passar um tempo com o pai. Ele falou que talvez saíssem para comer um filé ou algo assim.

– Hmm, é mesmo? – perguntou com a voz tensa, tentando visivelmente não comentar sobre o que ela certamente estava prevendo ser uma orgia carnívora. Sammy só dissera que eles iam sair para fazer o jantar de Ação de Graças, mas era fácil e divertido demais levá-la à loucura. – Talvez ele queira dar uma passada aqui depois e experimentar um pouco dos nossos melhores vegetais locais?

– É, bem, pode deixar que eu vou repassar esse convite sensual. – Fiquei chateada quando Sammy ligou para dizer que não poderia vir à festa e mais ainda quando ele mencionou que não voltaria para a cidade de carro comigo. Depois de me agradecer muito educadamente pela carona do dia anterior, explicou que tinha de trabalhar sábado à noite e que iria voltar de ônibus. Pensei em ir embora mais cedo também, mas sabia que meus pais ficariam chateados, então só lhe desejei boa-noite e desliguei.

– Ei, Bettina, quer vir me ajudar com isto, por favor? – Meu pai estava arrumando carinhosamente uma pilha de gravetos e lenha em uma trama complexa. A *pièce de résistance* de todo Festival da Colheita era a fogueira ritual, em volta da qual todo mundo se reuniria para dançar, beber vinho e "fazer uma serenata para a colheita", o que quer que isso quisesse dizer.

Saltitei até ele, sentindo-me especialmente liberta em um par de calças gastas de veludo da época do ensino médio, um suéter de lã com zíper e um casaco grosso de felpa de lã. Era uma sensação esquisita e maravilhosa, um alívio dos tops diáfanos e dos jeans colados que eu agora usava religiosamente, que levantavam a bunda e prendiam as coxas. Meus pés estavam envoltos em meias peludas de angorá e enfiados em um par de mocassins Minnetonka supermacios. Com sola de borracha. Com miçangas. Com franja. Eram uma terrível abominação da moda no ensino médio, mas eu os usava mesmo assim. Sentia-me ligeiramente impura por usá-los novamente, agora que estavam estampados nas páginas da *Lucky*, mas eram confortáveis demais para serem rejeitados por princípio. Respirei fundo o ar do final de novembro e senti algo estranhamente parecido com felicidade.

– Ei, pai, o que eu posso fazer?

– Pegue aquela pilha ao lado da estufa e traga-a para cá, se puder – grunhiu ele enquanto içava uma tora especialmente grande para cima do ombro.

Ele me jogou um par de luvas de jardinagem grandes demais, que já estavam pretas há muito tempo, por causa da sujeira, e fez um sinal na direção da madeira. Coloquei as luvas e mudei a lenha de uma área para a outra, uma tora por vez.

Minha mãe anunciou que ia tomar banho, mas que havia deixado uma chaleira de chá Yogi de alcaçuz egípcio na cozinha. Nós nos sentamos, nos servimos e bebemos.

– Então, diga-me, Bettina. Qual é o seu relacionamento com aquele ótimo rapaz da noite passada? – perguntou papai, tentando parecer casual.

– Ótimo rapaz? – falei, mais para ganhar tempo do que para fazer piada. Eu sabia que os dois queriam desesperadamente ouvir que Sammy e eu estávamos namorando, e Deus sabe que ninguém mais do que eu queria que isso fosse verdade, mas não conseguia me obrigar a explicar a situação toda.

– Bem, claro que você sabe que sua mãe e eu sonhamos que você se case com alguém como o namorado da Penelope. Como ele se chama?

– Avery.

– Certo. Avery. Quer dizer, seria ótimo ter um suprimento infinito de maconha boa, mas, se não der para ser um gato daqueles, esse tal de Sammy parece legal. – Ele riu de sua própria piada.

– É, bem, não tenho nada muito emocionante para contar. Eu só dei a ele uma carona até aqui, sabe? – Não queria me aprofundar no assunto; sentia-me velha demais para contar aos meus pais uma coisa que no momento se qualificava como um pouco mais do que uma paixonite.

Ele deu um gole no chá e olhou para mim por cima de sua caneca dos Veteranos Pela Paz. Nem meu pai nem minha mãe eram veteranos, até onde eu sabia, mas não falei nada.

– Está bem. Então, como vai o novo emprego?

Eu conseguira não pensar em trabalho por 24 horas inteiras, mas de repente senti uma necessidade absurda de verificar minhas mensagens. Por sorte não havia sinal de celular na casa dos meus pais e eu não me dei o trabalho de ligar de seu telefone fixo para o meu número.

– Na verdade, é bem legal – falei rapidamente. – Muito melhor do que eu esperava. Gosto da maioria dos meus colegas. As festas ainda são divertidas, apesar de agora eu saber que pode ficar cansativo muito rápido, e estou conhecendo milhares de pessoas novas. No geral, parece um bom plano por enquanto.

Ele assentiu uma vez, como se estivesse processando a informação, mas eu podia ver que queria dizer algo.

– O que é? – perguntei.

– Não, nada. É tudo muito interessante.

– O que há de tão interessante? São só eventos. Não é o que eu chamaria de fascinante.

– Bem, é claro, foi exatamente o que eu quis dizer. Não entenda mal, Bettina, mas nós, quer dizer, sua mãe e eu, estamos um pouco surpresos por você ter escolhido esse caminho.

– Bem, não é o UBS! Mamãe quase teve um infarto quando descobriu que um dos clientes deles era a Indústria Química Dow. Ela me escreveu cartas todos os dias durante três semanas me acusando de apoiar o desflorestamento, o câncer de pulmão em crianças e, de alguma forma que até agora não entendi a guerra no Iraque. Não se lembra? Ela entrou num pânico tão grande que eu finalmente tive de pedir que me afastassem daquela conta. Como podem ficar chateados por eu ter um novo emprego?

– Não é que estejamos chateados, Bettina, é só que achamos que você estava pronta para fazer algo, algo... significativo. Talvez escrever propostas de subvenção. Você sempre foi uma escritora maravilhosa. Não passou um tempo falando em Planejamento Familiar? O que aconteceu com isso?

– Eu mencionei muitas coisas, papai. Mas apareceu isso e eu estou gostando. É tão ruim assim? – Eu sabia que parecia estar na defensiva, mas odiava aquela conversa.

Ele sorriu e colocou a mão em cima da minha na mesa.

– Claro que não é tão ruim. Sabemos que vai acabar encontrando seu caminho.

– Encontrar o meu caminho? Quão condescendente é isso? Não há nada errado com o que eu estou fazendo...

– Bettina? Robert? Onde vocês estão? As garotas da cooperativa agrícola acabaram de ligar e estão a caminho. A fogueira está pronta? – A voz da minha mãe reverberava pela casa de madeira e nós olhamos um para o outro e depois ficamos de pé.

– Estou indo, querida – gritou papai.

Coloquei nossas canecas na pia e passei por meu pai enquanto corria para cima para trocar um par de calças baggy por outro. Quando acabei de passar uma escova nos cabelos e esfregar um pouco de vaselina nos lábios (os mesmos lábios que Sammy havia beijado há apenas vinte horas), pude ouvir vozes no quintal.

Em uma hora a casa estava lotada de gente que eu nunca vira. Tirando um punhado de vizinhos e pessoas da universidade que eu conhecia há anos, havia grandes grupos de estranhos espalhados por ali, bebericando cidra quente e provando o *baba ghanoush*.

– Ei, mãe, quem são essas pessoas? – perguntei, aproximando-me silenciosamente enquanto ela preparava mais limonada na cozinha.

O sol mal havia se posto, ou melhor, o céu havia escurecido, já que não havia realmente feito sol naquele dia, e um tipo de banda *klezmer** começara a tocar. Um homem usando sandálias parecidas com as do meu pai gritou alegremente e começou a pular de uma maneira que poderia tanto indicar um rompimento de hérnia quanto o desejo de dançar. Não era um jantar de Ação de Graças típico.

– Bem, vejamos. Há muita gente nova este ano. Tivemos mais tempo para socializar, já que seu pai está ministrando apenas um curso este semestre. O grupo sentado à mesa é da nossa cooperativa agrícola. Sabia que mudamos para uma nova há alguns meses? A nossa estava ficando tão fascista! Ah, e aqueles dois casais adoráveis conhecemos do hortifrúti na rua Euclide. Vejamos... Há algumas pessoas que conhecemos durante a vigília silenciosa de uma semana, no mês passado, em prol da abolição da pena de morte e algumas do nosso comitê para a construção de ecoaldeias autossustentáveis...

Ela continuou tagarelando enquanto enchia as bandejas de gelo e as colocava em ordem no congelador. Eu me apoiei na bancada e fiquei imaginando quando, exatamente, perdera contato com a vida dos meus pais.

– Venha, quero apresentá-la a Eileen. Ela trabalha no atendimento de crises comigo e foi minha salvadora este ano. Ela sabe tudo sobre você e estou louca para que vocês duas se conheçam.

Não tivemos de procurar por muito tempo, porque Eileen apareceu na cozinha antes que pudéssemos equilibrar as jarras em bandejas para as levarmos para fora.

– Ah, Deus, esta deve ser Bettina! – ofegou ela, correndo na minha direção, seus braços carnudos balançando. Era agradavelmente gorda, sua forma arredondada e sorriso enorme conferindo-lhe uma aparência confiável. Antes que eu tivesse pensado em me mexer, ela tinha me agarrado como a um recém-nascido.

– Ah! Estou tão feliz por finalmente nos conhecermos. Sua mãe me falou tanto de você; cheguei até a ler algumas das cartas fan-

* Banda de música judaica tradicional do Leste Europeu. (*N. da T.*)

tásticas que você escreveu no ensino médio! – Nesse momento eu lancei um olhar assassino para minha mãe, mas ela simplesmente deu de ombros.

– Sério? Bem, isso já faz um tempo. É claro que também ouvi coisas ótimas sobre você – menti. Eu só ouvira o nome da mulher há trinta segundos, mas minha mãe parecia satisfeita.

– Hmpf! É mesmo? Bem, venha cá. Sente-se do lado da tia Eileen e conte-me como é ser tão famosa!

O negócio da "tia Eileen" foi um pouco demais, considerando-se que ela parecia ter só uma década a mais do que eu, mas entrei na brincadeira e me plantei na mesa da cozinha.

– Famosa? Eu não sou famosa, só trabalho com gente que é, trabalho com relações públicas, mas com certeza não me descreveria desse modo – falei devagar, agora convencida de que Eileen havia me confundido com a filha de outra pessoa.

– Amiga, posso morar em Poughkeepsie, mas ninguém lê mais fofocas do que eu! Agora, não esconda nadinha! Como é namorar aquele deus do Philip Weston? – Aqui ela respirou profundamente e fingiu desmaiar. – Vamos lá, não deixe nenhum detalhe de fora. Ele é o homem mais lindo do planeta!

Eu ri desconfortavelmente, repassando rotas de fuga na minha cabeça, mas não fiquei realmente chateada até ver o rosto da minha mãe.

– Perdão? Philip quem?

Eileen virou-se para ela sem acreditar e disse:

– Anne, *tente* me dizer que você não sabe que sua própria carne e sangue está namorando o homem mais desejável do mundo. Só *tente*! – guinchou ela. – A única razão por eu não ter lhe perguntado diretamente foi porque eu sabia que encontraria Bettina esta noite e queria ouvir cada detalhe picante diretamente de sua boca!

Minha mãe não pareceria mais surpresa se eu tivesse batido nela e percebi naqueles poucos segundos que meus pais, felizmente, não haviam lido os últimos episódios escritos por Abby.

– Eu, hã, eu não sabia que você tinha um namorado – gaguejou, muito provavelmente sentindo-se duplamente traída: não só sua filha omitira informações vitais, mas esse lapso na comunicação mãe-filha estava à vista de sua colega de trabalho. Eu queria abraçar minha mãe e puxá-la para um canto e tentar explicar tudo, mas Eileen continuava me enchendo de perguntas.

– Philip tem alguma explicação para dizer por que ele e Gwyneth terminaram? Sempre fiquei imaginando isso. Ah, e ele já se encontrou pessoalmente com a rainha da Inglaterra? Imagino que sim, com a família dele sendo da nobreza e tudo, mas fico imaginando como ele será.

– Nobreza? – sussurrou minha mãe, segurando-se na bancada para se apoiar. Ela parecia querer fazer um milhão de perguntas, mas tudo o que conseguiu dizer foi:

– E o rapaz de ontem à noite?

– Ele esteve aqui? – Eileen imediatamente exigiu saber. – Philip Weston esteve aqui? Em Poughkeepsie? *Ontem* à noite? Ahmeudeus...

– Não, Philip Weston não esteve aqui. Eu dei uma carona para um amigo e ele parou aqui para conhecer papai e mamãe. Não estou tecnicamente namorando Philip. Nós só saímos algumas vezes. Ele é amigo de todo mundo com quem eu trabalho.

– Ooooooh – ofegou Eileen. Essa era claramente uma boa explicação. Minha mãe não parecia tão feliz.

– Você saiu algumas vezes com quem? Weston qualquer coisa? quer dizer, com um dos famosos Weston ingleses?

Senti um pouco de orgulho de até minha mãe ter ouvido falar nele.

– O primeiro e único – falei, feliz pelas coisas estarem finalmente se acalmando.

– Bettina, você *sabe* que os Weston são antissemitas famosos? Não se lembra da situação com as contas de banco suíças do Holocausto? E, se isso não fosse ruim o bastante, eles têm fama de empregar semiescravos em suas fábricas na América do Sul em um ou dois de seus negócios. E você está *namorando* um deles?

Eileen rapidamente percebeu que a conversa tinha começado a degringolar e saiu fora discretamente.

– Não estou namorando ele – insisti, apesar de a negação parecer ridícula, levando-se em conta o fato de que eu acabara de admitir estar saindo com ele.

Ela olhou para mim como se estivesse vendo meu rosto pela primeira vez em meses e balançou a cabeça devagar.

– Eu nunca esperei isso de você, Bettina, realmente nunca esperei.

– Esperou o quê?

– Nunca achei que uma filha minha se associaria a esse tipo de pessoa. Queremos que você seja tudo o que é, inteligente e ambiciosa e bem-sucedida, mas também tentamos injetar em você algum nível de consciência social e civil. Onde isso foi parar, Bettina? Diga-me, onde isso foi parar?

Antes que eu pudesse responder, um homem que eu nunca tinha visto antes entrou correndo na cozinha para anunciar que precisavam da minha mãe lá fora para tirar uma foto para um jornal local. Nos últimos cinco anos meus pais vinham usando sua festa anual para levantar fundos para o abrigo para mulheres que sofreram abuso na área, e o evento havia se tornado uma instituição tão importante em Poughkeepsie que tanto o jornal local quanto o jornal da faculdade a cobriam. Observei enquanto meus pais posavam para o fotógrafo, primeiro na estufa e depois perto da fogueira, e passei o resto da noite conhecendo o máximo de seus amigos e colegas de trabalho que podia. Nem meu pai nem minha mãe mencionaram meu emprego ou Philip Weston novamente, mas a sensação estranha permanecia. De repente, eu mal podia esperar para voltar para a cidade.

21

A semana após o Dia de Ação de Graças foi brutal. As preocupações dos meus pais estavam pesando sobre mim, Philip estava ligando sem parar, e, ainda que dissesse a mim mesma que não havia razão para me preocupar, ainda não tivera notícias de Sammy. Passei alguns dias revivendo sonhadoramente O Beijo, lembrando-me da forma como Sammy me puxara para fora do carro e imaginando quando ele finalmente entraria em contato, mas isso estava começando a perder o charme. Para piorar as coisas, Abby não parara de escrever sobre mim, apesar de eu ter estado fora da cidade durante cinco dias inteiros. A coisa toda era um borrão, mas eu tinha certeza de que Abby não estivera presente no Festival da Colheita dos meus pais e por isso era tão enervante ver meu nome destacado na manchete do *New York Scoop*. PROBLEMAS NO PARAÍSO? ROBINSON SE RECUPERA EM SUA CIDADE NATAL. Abby chegara a comentar sobre como minha "súbita ausência" era notória, já que Philip e eu éramos "inseparáveis", e o fato de eu ter "fugido" para a casa dos meus pais no interior do estado obviamente indicava um grande problema no relacionamento. Havia até uma linha extraespecial sugerindo que meu "fim de semana longe do circuito de festas" *poderia* ter algo a ver com a necessidade de "desintoxicação" ou talvez "lamber as feridas da rejeição". Ela terminava a matéria encorajando todo mundo a ficar ligado para mais detalhes da saga Weston/Robinson.

Eu havia arrancado a primeira página do pacote grampeado, enrolado em uma bola e jogado com o máximo de força que consegui para o outro lado da sala. Problemas no relacionamento? Desintoxicação? *Rejeição*? Ainda mais ofensiva do que a insinuação de que Philip e eu estávamos namorando era a sugestão de que não estávamos. E desintoxicação? Já era ruim o bastante ser retratada como uma baladeira fora de controle, mas era quase mais constrangedor ser a pessoa que não sabe lidar com isso. A coisa toda estava se tornando ridícula demais para compreender. Levei três dias seguidos para assegurar a Kelly (e Elisa, que parecia especialmente preocupada) que Philip e eu não estávamos brigando, que eu não tinha ido a Poughkeepsie procurar clínicas de reabilitação em potencial e que eu não tinha a intenção de "dispensar" Philip por motivo algum tão cedo.

Eu agora havia passado a maior parte de dezembro comparecendo ao máximo de eventos possível, circulando com Philip e estimulando, de modo geral, os comentários maldosos de Abby (que ficava feliz em cumprir seu papel), e tudo havia voltado a uma versão doente do normal. Kelly nos pusera trabalhando em turnos durante o feriado; já que não podíamos todos viajar ao mesmo tempo, e eu concordei em fazer um coquetel para profissionais judeus na noite de

Natal em troca de ter o ano-novo de folga. Estava ansiosa para passar o reveillón com Penelope em Los Angeles, finalmente aceitando seu convite para ir visitá-la e comprando a passagem no momento em que soube do meu cronograma de trabalho. Faltavam duas semanas para o Natal e nossas reuniões de equipe das segundas-feiras de manhã estavam mais frenéticas do que nunca. Eu estava sonhando acordada sobre como logo estaria botando a conversa com Pen em dia, tomando bloody marys de short e chinelos ao lado da praia, no meio do inverno, quando a voz de Kelly interrompeu meus pensamentos.

– Aceitamos um novo cliente com o qual eu estou muito empolgada – anunciou Kelly com um sorriso enorme. – A partir de hoje, nós representamos oficialmente a Associação de Proprietários de Casas Noturnas de Istambul.

– Há vida noturna em Istambul? – perguntou Leo, examinando o que parecia ser uma cutícula perfeita.

– Eu não sabia que eles permitiam boates na Síria! – exclamou Elisa, parecendo chocada. – Quer dizer, muçulmanos nem bebem, certo?

– Istambul é na Turquia, Elisa – disse Leo, parecendo satisfeito consigo mesmo. – E, ainda que seja um país muçulmano, é muito, muito ocidentalizado, e o Estado e a Igreja são totalmente separados. Ou o Estado e a Mesquita, eu deveria dizer.

Kelly sorriu.

– Exatamente, Leo, é isso. Como vocês todos sabem, estamos prontos para expandir para clientes internacionais, e acho que esse vai ser o começo perfeito. A associação é composta de quase trinta proprietários de casas noturnas na grande Istambul que procuram alguém para promover a agitada vida noturna da cidade. Bem, eles nos escolheram.

– Eu não sabia que as pessoas iam à Turquia para festejar. – Elisa fungou. – Quer dizer, não é exatamente Ibiza, não é?

– Bem, é exatamente por isso que eles precisam da nossa ajuda – disse Kelly. – Pelo que sei, Istambul é uma cidade cosmopolita, realmente muito chique, e eles não têm dificuldade de atrair todo tipo de europeus fabulosos que amam as praias e as boates e as compras baratas. Mas o turismo sofreu desde 11 de setembro, e eles querem alcançar os norte-americanos, principalmente os jovens, e lhes mostrar que as baladas em Istambul são tão acessíveis quanto as da Europa, mas mais baratas *e* exóticas. É nosso trabalho fazer com que eles virem *o* destino de férias.

– E como, exatamente, vamos fazer isso? – perguntou Leo, examinando a fivela de seu cinto Gucci e parecendo extremamente entediado.

– Bem, para começar, vamos ter de nos familiarizar com o que estamos tentando promover. Motivo pelo qual vocês todos vão passar o ano-novo em Istambul. Skye vai ficar comigo para comandar os negócios aqui. Vocês partem dia 28 de dezembro.

– O quê? – Quase gritei. – Nós vamos para a *Turquia*? Em duas semanas? – Senti uma mistura de terror em dizer a Penelope que eu não iria para Los Angeles e empolgação com a perspectiva de ir para um lugar tão incrível.

– Kelly, eu concordo com a Bette. Não sei se é uma boa ideia. Eu, tipo, não costumo visitar países destruídos pela guerra – disse Elisa.

– Eu não estava dizendo que não quero ir – sussurrei humildemente.

– Destruído pela guerra? Você é burra? – perguntou Skye.

– Não me incomodo com destruído pela guerra, só não acho muito atraente ir para um país do Terceiro Mundo onde a comida é perigosa, a água não é segura e não existe serviço de quarto decente. No ano-novo? Jura? – falou Leo, olhando para Kelly.

– Está vendo, isso é uma parte do problema – disse Kelly, mantendo a calma muito melhor do que eu teria conseguido na posição dela. – A Turquia é uma democracia ocidental. Eles estão tentando entrar para a União Europeia. Há um Four Seasons, um Ritz e um Kempinski na cidade. Há uma butique Versace, pelo amor de Deus. Tenho a mais profunda confiança de que todos ficarão perfeitamente confortáveis. Sua única missão quando estiverem lá é checar o máximo de boates, lounges e restaurantes humanamente possível. Levem roupas bonitas, bebam o champanhe que lhes oferecerem, façam compras, gastem. Saiam o máximo que puderem. E, é claro, entretenham seus convidados.

– Convidados? Os proprietários das boates, você quer dizer? Não vou me prostituir para uns donos de boate na Turquia, Kelly! Nem mesmo por você – disse Elisa, cruzando os braços em cima do peito em uma demonstração de firmeza moral.

Kelly sorriu.

– Isso foi engraçado. – Ela fez uma pausa para dar ênfase. – Mas não tema, jovem Elisa. Os convidados aos quais estou me referindo são um grupo cuidadosamente selecionado de formadores de opinião daqui mesmo de Manhattan.

A cabeça de Elisa girou abruptamente, prestando atenção.

– Quem? Quem vai? O que você quer dizer? Vamos levar pessoas fabulosas conosco? – perguntou.

Davide e Leo também se aprumaram. Ficamos todos sentados, ligeiramente inclinados para a frente, esperando que Kelly nos contasse o restante da notícia.

– Bem, ainda não recebemos a confirmação final de todos, mas até agora temos promessas de Marlena Bergeron, Emanuel de Silva, Monica Templeton, Oliver Montrachon, Alessandra Uribe Sandoval e Camilla von Alburg. O fato de não haver nada especial organizado aqui para a noite de Réveillon ajuda: todo mundo está procurando algo para fazer. Vocês todos vão viajar de jatinho particular e ficarão no Four Seasons. O cliente vai cuidar de tudo: carros, bebidas, jantares, o que vocês precisarem para lhes proporcionar, e aos fotógrafos, momentos de diversão.

– Jatinho particular? – murmurei.

– Fotógrafos? Por favor, diga que não vai nos mandar para lá com um avião cheio de paparazzi – choramingou Elisa.

– Só o de sempre; não vai haver mais do que três e todos são freelancers, portanto não estarão presos a nenhuma publicação em especial. Com mais três ou quatro jornalistas, teremos uma cobertura fantástica.

Considerei essa informação. Em menos de duas semanas, eu estaria a caminho de Istambul, na Turquia, tendo de beber, dançar e ficar à beira da piscina de um dos melhores hotéis do mundo e tendo como única missão de verdade ter de manter um punhado de socialites e figurantes cuidadosamente selecionado abastecido com álcool e drogas suficientes para garantir que estivessem bêbados o bastante para parecerem felizes nas fotos, mas ainda suficientemente coerentes para dizerem algo compreensível aos repórteres. As fotos das festas seriam publicadas ostensivamente em todos os tabloides e jornais semanais quando voltássemos e as legendas descreveriam como todo mundo que era alguém se divertia em Istambul e ninguém nem ia perceber que tínhamos sido pagos para levar a festa para lá, incluindo fotógrafos selecionados a dedo para registrá-la e jornalistas para descrevê-la. Era brilhante e representava o lema do nosso ramo – " Primeiro finja, depois publique" – à perfeição.

Mas aí uma imagem de Penelope apareceu na minha mente e eu quase me engasguei. Como poderia fazer isso com ela novamente?

– Bette, tomei a liberdade de pedir para a associação reservar a suíte nupcial para você e Philip. É o mínimo que posso fazer por meu casal favorito! – anunciou Kelly com evidente orgulho.

– Philip vai? – grasnei. Depois do beijo de Sammy, meu falso relacionamento com Philip parecia ainda mais estranho.

– Bem, é claro que vai! A maior parte disso foi ideia dele! Eu estava lhe contando sobre nosso novo cliente no evento da BlackBerry e ele ofereceu seus serviços, disse que ficaria feliz em levar um grupo de amigos para se divertir lá, se fosse ajudar. Até ofereceu o jatinho do pai, mas a associação já tinha planejado usar o dela. Bette, você deve estar tão feliz!

Abri a boca para dizer alguma coisa, qualquer coisa, mas Kelly já se dirigira para a porta da sala de reuniões.

– Muito bem, crianças, temos muito trabalho a fazer durante as próximas duas semanas. Elisa, vou pôr você como responsável pelo contato com o cliente e com os convidados para confirmar e reconfirmar todos os detalhes da viagem: assegure-se de que todos saibam onde e quando vão partir e do que precisam. Leo, você vai se concentrar em manter contato com os jornalistas, fotógrafos e seus editores; monte um release breve e um briefing e lhes dê o máximo de fotos existentes de nossos convidados que puder reunir. Davide, comece a organizar pastas sobre o grupo que estão convidando. Estão todos no

e o ano-novo. Eu disse a eles que já tinha planos para o ano-novo, mas aí eles disseram que haviam convidado os pais e o irmão de Avery também, então todos nós temos de ir, eu não tenho escolha. Como sempre.

Isso era bom demais para ser verdade.

– Sério? Você vai para o México? – perguntei, só para garantir que tinha ouvido a história direito, mas para Penelope eu devo ter soado muito, muito zangada.

– Ah, Bette, eu sinto tanto, tanto, tanto. É claro que vou reembolsá-la pela passagem que você não vai usar e vou lhe comprar outra para voltar assim que puder. Só, por favor, me perdoe. Se serve de consolo, meu ano-novo vai ser um completo pesadelo... – Ela parecia tão perturbada que eu quis abraçá-la.

– Pen, não se preocupe com isso...

– Sério? Você não está zangada?

– Se estamos sendo honestas aqui, eu estava ligando para lhe dizer que eu não ia poder ir aí no ano-novo. Kelly quer mandar todos nós para a Turquia.

– *Turquia*? – Ela parecia confusa. – Por que Turquia?

– Trabalho, se pode acreditar. Temos um novo cliente, uma associação de donos de boates, e eles querem que a gente promova a vida noturna de Istambul. Vamos basicamente exportar a festa para eles e garantir que ela seja coberta aqui. Eles acharam que o ano-novo seria o momento perfeito para começar.

Ela começou a rir e disse:

– Então você me fez contar toda a história triste quando estava ligando para cancelar tudo de qualquer jeito? Você é uma piranha!

– Hmm, me desculpe, você acabou de dizer na minha cara que não é para eu ir visitá-la, portanto não vejo como pode me chamar de piranha. – Nós duas estávamos rindo e eu senti como se tivesse me livrado de um peso enorme.

– Falando sério, agora, isso parece tão legal – disse ela. – Vai ter tempo de visitar os pontos turísticos enquanto estiver lá? Já ouvi pessoas descrevendo a Hagia Sofia como uma experiência transcendental. E a Mesquita Azul, o Grande Mercado. Um passeio de barco pelo Bósforo! Meu Deus, Bette, parece incrível...

Eu não queria dizer a ela que as únicas atividades diurnas que eu vira no itinerário até agora eram massagens com pedras quentes ou que o único passeio de barco agendado era um coquetel, então só murmurei junto com ela e tentei mudar de assunto:

– Eu sei, provavelmente vai ser ótimo. O que há com você?

– Ah, nada demais – falou. – Uma coisa e outra, sabe?

– Penelope! Você se mudou recentemente para o outro lado do país, se eu me lembro bem. Como está aí? O que está acontecendo? Conte-me tudo! – Acendi um cigarro e puxei Millington para o meu colo, pronta para ouvir como a ensolarada Los Angeles era fabulosa, mas o tom de Penelope claramente não era de entusiasmo.

– Bem, até agora, tudo bem – disse ela com cuidado.

– Você parece infeliz. O que está acontecendo?

– Eu não sei – suspirou. – A Califórnia é legal. Na verdade, é bem bonita. Muito bonita. Quando você deixa para lá aquela bobagem de vitamina de broto de trigo, não é um lugar ruim para se viver. Temos um ótimo apartamento em Santa Monica, a algumas quadras da praia, e é sensacional estar longe dos nossos pais. Sei lá, é só...

– É só o quê?

– Bem, eu achei que o Avery ia se acalmar um pouco quando chegássemos aqui, mas ele imediatamente ficou amigo de um grupo inteiro de garotos de Horace Mann que vieram para cá depois da faculdade. Eu quase não o vejo mais. Como as aulas dele não começam até o meio de janeiro, ele tem mais um mês inteiro cheio de tempo para ficar fora a noite inteira, todas as noites.

Não falei o que estava pensando: típico.

– Ah, querida, tenho certeza de que ele está só se acostumando com o lugar novo. As coisas vão se acalmar quando começarem as aulas.

– Acho que sim. Você está certa, tenho certeza. É só que, bem, ele... – Ela fez uma pausa. – Deixe para lá.

– Penelope! O que você ia dizer?

– Você vai achar que eu sou a pior pessoa do mundo.

– Deixe-me lembrá-la, minha amiga, que você está falando com alguém que está "namorando um cara por motivos estritamente profissionais". Eu não acho que esteja em posição de julgar ninguém agora.

Ela suspirou.

– Bem, eu olhei a conta do Avery no Yahoo uma noite dessas quando ele estava no Viceroy e encontrei alguns e-mails um tanto inquietantes.

– Vocês dois têm acesso à conta de e-mail um do outro? – perguntei horrorizada.

– É claro que não. Mas foi muito fácil descobrir a senha dele. Digitei o nome do seu bong* e *voilà*! Acesso instantâneo.

– Do bong dele? O que você encontrou? – certamente eu não achava que ela era má por entrar na conta dele. Passei meses tentando ver quando Cameron digitava sua senha, mas ele sempre era rápido demais.

– Sei que provavelmente estou exagerando, mas há uns e-mails muito fofos para uma garota que trabalhava com ele em Nova York.

– Defina *fofo*.

– Ele fica falando sobre como ela aguenta mais álcool do que qualquer outra garota que ele tenha conhecido.

– Uau, ele é um verdadeiro Don Juan, P. O cara podia escrever um livro sobre sedução.

– Não é? Eu sei que parece ridículo, mas na verdade parece uma paquera. Ele assinou "beijinhos".

– Ah, meu Deus. Ele é gay? Ele definitivamente não é gay, é? Quem é o hétero que faz isso?

– Bem, com certeza ele nunca fez isso comigo. Só fiquei cismada. Perguntei casualmente a ele ontem à noite quando chegou em casa às três da manhã se ainda mantinha contato com alguém do trabalho e ele disse que não, imediatamente antes de apagar. Eu estou exagerando? Hoje de manhã ele foi tão gentil e se ofereceu para me levar para fazer compras, passarmos o dia juntos...

* Espécie de cachimbo usado para fumar ervas. (*N. do E.*)

Eu não sabia bem o que dizer. Ainda faltavam mais de oito meses para o casamento e parecia que Penelope poderia, talvez, perceber que Avery era um tremendo idiota e não valia todo o seu futuro de casada antes que fosse tarde demais. Eu ficava feliz em atiçar o fogo sempre que possível, mas ela teria de chegar àquela conclusão sozinha.

– Bem – falei devagar, escolhendo as palavras com o maior cuidado –, é normal para qualquer relacionamento ter seus altos e baixos, não é? É por isso que as pessoas ficam noivas antes. É só isso. Um noivado. Se você descobrir algo sobre ele e achar que não pode viver com isso para sempre, bem, você não é casada e...

– Bette, não é isso que eu estou dizendo – disse ela rispidamente. Epa. – Eu amo Avery e é claro que vou me casar com ele. Só estava falando para a minha melhor amiga sobre o que eu acho ser uma suspeita ridícula, infundada e paranoica. É óbvio que isso é um problema meu, não do Avery. Só preciso confiar mais no que ele sente por mim, só isso.

– Claro, claro, Pen. Entendo perfeitamente. Eu não quis insinuar nada. E é claro que estou sempre aqui para você, só para ouvir. Sinto muito ter dito isso.

– Esqueça, só estou nervosa agora. Meio com saudades de casa. Olhe, obrigada por ouvir. Sinto por tudo isso. Como vão as coisas com você? E Philip? Ele está bem?

Como as coisas haviam fugido tanto ao controle que minha melhor amiga não apenas perguntava sobre Philip, como também não fazia ideia da existência de Sammy? Era inimaginável pensar que eu podia beijar alguém como Sammy e não contar para Penelope em trinta segundos quando trabalhávamos juntas o dia inteiro e íamos ao Black Door à noite, mas há séculos não fazíamos isso. Pelo menos, era o que parecia.

– É complicado. Todo mundo acha que estamos namorando, até ele, provavelmente, mas na verdade não estamos – falei, sabendo muito bem que não estava fazendo o menor sentido, mas sem ter energia para explicar tudo.

– Bem, provavelmente não é da minha conta, mas não sei se ele é o cara certo para você, Bette.

Fiquei imaginando o que ela diria se soubesse o que minha mãe havia me contado sobre os Weston.

Eu suspirei.

– Sei disso, Pen. Só estou desarmada agora, entende?

– Na verdade, não – disse ela. – Você não explicou direito.

– É só que esse emprego meio que se infiltrou no restante da minha vida. Minha chefe não é muito boa em distinguir o que acontece no escritório e o que acontece em todos os outros lugares, então há muita coisa se misturando. Isso faz sentido?

– Não. O que a sua chefe tem a ver com a sua vida pessoal?

– Não é só isso. Will me arrumou esse emprego e espera que eu me saia bem. Ele pediu um favor enorme para me arrumar isso. E estou me saindo bem, eu acho, o que quer que isso signifique. Mas essa história toda do Philip está amarrada. – Eu sabia que estava sendo completamente absurda, que podia estar falando um dialeto africano em que se estala a língua pela clareza que estava dando a Penelope ou a mim mesma, mas eu simplesmente não tinha energia.

– Está bem – disse ela hesitante. – Não faço ideia do que você está dizendo, mas estou sempre aqui, está bem? Só estou a um telefonema de distância.

– Eu sei, querida, e agradeço por isso.

– Mais uma vez, eu sinto tanto pelo ano-novo, mas fico feliz que você vá fazer uma coisa tão mais maravilhosa. Vou ler a respeito em todos os jornais...

– Isso me faz lembrar! Eu ainda não te contei... como posso ter me esquecido disso? Sabe como o *New York Scoop* tem escrito todas aquelas coisas maldosas sobre mim?

– Sei, tem sido difícil não ver ultimamente.

– Bem, tem alguma ideia de quem está escrevendo aquilo?

– Claro. É algum pseudônimo idiota, não é? Ellie alguma coisa?

– É, e sabe quem é?

– Não, eu deveria?

– Essa, minha cara Pen, é Abby. Vórtex. Aquela puta tem me seguido por aí e publicado toda aquela porcaria com um nome falso.

Ouvi uma inalação profunda.

– Abby está por trás daquilo tudo? Tem certeza? O que você vai fazer a respeito? Precisa fazer com que ela pare.

Eu bufei.

– Nem me diga! A Kelly me contou há semanas, mas me fez jurar segredo! Não paro de pensar nisso, mas estamos sempre apressadas e eu me esqueci de lhe contar. Não é uma loucura? Nunca pensei que ela me odiasse *tanto*.

– *É* esquisito. Sei que ela não é sua fã número um, e nem minha, por falar nisso, mas o que ela está fazendo parece cruel demais, até para ela.

– Eu só quero confrontá-la e não posso. É tremendamente irritante. – Olhei para o relógio no decodificador da TV e pulei do sofá. – Ahmeudeus, Pen, são quase 20 horas. Odeio sair correndo: a reunião do clube do livro é aqui hoje e tenho de arrumar tudo.

– Não sei por que, mas adoro que você ainda leia esse negócio. Você é tão romântica, Bette.

Pensei em Sammy e quase disse alguma coisa, mas decidi não falar nada no último segundo.

– É, você me conhece, sempre com esperanças – falei alegremente.

Senti-me ligeiramente melhor quando desligamos. Eu devia ter passado a tarde fazendo buscas no Google e lendo sobre as pessoas que íamos levar para a Turquia, mas não aguentaria cancelar o clube do livro a não ser que fosse absolutamente necessário. Levei uma hora inteira para arrumar o apartamento para as meninas, mas, quando o interfone tocou pela primeira vez, eu sabia que valeria a pena.

– Decidi homenagear o tema latino desta noite – anunciei depois que todas já haviam se instalado. Estávamos lendo *Amor por conveniência* e a capa trazia um homem alto de smoking (presumivelmente o amante latino) abraçando uma mulher elegante em um vestido de noite no convés do que parecia ser um iate. – Temos aqui uma jarra de sangria e outra de margueritas.

Elas bateram palmas, deram urras e se serviram.

– Além disso, tenho *quesadillas* de frango, miniburritos e tortilhas com pastinha de guacamole sensacionais. E, para a sobremesa, bolinhos Magnólia.

– O que bolinhos com cobertura cor-de-rosa têm a ver com nosso tema latino? – perguntou Courtney, pescando um na bandeja.

– Isso foi, admito, meio a esmo, não consigo pensar em uma sobremesa espanhola que eu prefira a bolinho Magnólia – disse eu. Nesse momento, Millington deu um latidinho de seu esconderijo no canto. – Querida, venha cá. Venha cá, boa menina – chamei. Ela condescendeu e passeou até onde eu estava, mostrando para todo mundo o minúsculo sombrero que usava para a ocasião.

– Você não fez isso. – Jill riu, pegando Millington no colo e admirando seu chapéu.

– Ah, eu fiz. Comprei naquela loja de roupas para bebês no centro. Está vendo, ele vem com uma alça no pescoço, então não cai. Não é ótimo?

Janie se serviu de mais uma *quesadilla* e coçou Millington distraidamente.

– Bette, e pensar que você era um membro hesitante que se recusava a receber e virou a Martha Stewart do clube... Bem, tenho de dizer, é muito impressionante.

Eu ri.

– Acho que meu emprego está se infiltrando em outras áreas da minha vida, não é? A essa altura, posso organizar um evento dormindo.

Nós comemos e bebemos primeiro, deixando a onda da sangria bater decentemente para poder discutir com total franqueza quanto tínhamos adorado a seleção da noite. Quando finalmente Vika tirou a cópia gasta de sua bolsa de carteiro, nós já estávamos bem bêbadas.

– Vou ler o resumo do website – anunciou ela, desdobrando uma folha impressa. – Estão prontas?

Nós todas assentimos.

– Muito bem, lá vai. "O milionário espanhol César Montarez desejou Rosalind desde o momento em que a viu; a atração eletrizante não é como nada que ele tenha sentido antes. Mas César não respeita mulheres interesseiras e Rosalind está determinada a nunca ser uma delas até César descobrir que ela tem dívidas secretas. Agora ele pode *comprá-la* como sua *amante*... e Rosalind não tem escolha a não ser pagar seu preço..." Uau. Parece muito sexy. Comentários?

– É tão romântico quando ele a vê naquele restaurante na beira do mar. Ele simplesmente *sabe* que ela é a mulher da sua vida. Por que os caras normais não são assim? – Courtney perguntou.

"Tenho certeza de que o Sammy é assim", pensei, minha mente divagando.

Todas nós analisamos nossos personagens favoritos, reviravoltas na trama e cenas de sexo, o que inevitavelmente levava a conversas sobre nossas próprias vidas, sobre histórias do trabalho, algumas reclamações da a família e, na maior parte, homens.

Era quase meia-noite quando o interfone do saguão tocou.

– Sim? – perguntei, apertando o botão.

– Há um Philip Weston aqui para vê-la, Bette. Devo deixá-lo subir?

– Philip? Ele está aqui? Agora? – Não percebi que tinha dito isso em voz alta até Seamus cantarolar de volta.

– Está sim, Bette.

– Estou com visitas – disse, em pânico. – Pode pedir para Philip me ligar quando chegar em casa?

– Bette, amor. Me deixe subir. Meu camarada aqui, qual é o seu nome? Seamus? Bom sujeito! Estamos tomando uma cerveja e falando sobre como você é uma boa garota. Agora, seja uma boa menina e me deixe subir.

Olhei para meu jeans rasgado e minha camiseta velha e imaginei o que Philip podia querer à meia-noite. Seria óbvio com um cara normal, mas Philip nunca tinha me ligado bêbado, que dirá visitado, e eu cheguei a me sentir enjoada.

– Que se dane – suspirei. – Suba.

– Ahmeudeus, Philip Weston está aqui? Agora? – perguntou Janie parecendo ofegante. – Mas nós todas estamos horrorosas. *Você* está horrorosa.

Ela estava certa, é claro, mas não havia tempo para fazer nada a respeito.

– Bette, não pense que vai se livrar fácil dessa. Nós vamos embora, mas é melhor estar preparada para se explicar na próxima reunião.

Courtney concordou com a cabeça.

– Você nega que as colunas do *The New York Scoop* sejam verdadeiras, mas Philip Weston aparece no seu apartamento no meio da noite? Nós merecemos todos os detalhes picantes!

Houve uma batida, seguida por um som surdo no corredor. Abri a porta e Philip cambaleou para dentro.

– Bette, amor, estou um pouco bêbado – falou arrastado, desabando contra a parede.

– É, eu estou vendo. Entre – falei, meio arrastando-o, meio lhe dando apoio, enquanto ele cambaleava para dentro e as garotas se afastavam para os lados, abrindo caminho.

– Philip Weston – ofegou Janie.

– O primeiro e único. – Ele sorriu e passou os olhos pela sala antes de cair de costas no sofá. – Boneca, de onde vieram todas essas garotas deslumbrantes?

Courtney ficou olhando para ele por dez segundos inteiros antes de se virar para mim e dizer, bastante apropriadamente:

– Bette, nós vamos embora agora. Pessoal, vamos embora, deixar Bette e Philip, hã, a sós. Tenho certeza de que ela vai nos contar *tudo* a respeito na próxima reunião. Por falar nisso, qual é o próximo?

Alex ergueu um exemplar de *The Taming of The Dark Lord* (Domando o lorde das trevas), virado para que só nós pudéssemos ver, e disse:

– Eu indico este.

– Fechado – falei. – Leremos esse para a próxima vez. Obrigada por virem, meninas.

– Ah, não, obrigada *você* – falou Janie enquanto eu me despedia de todas com um abraço.

– Não posso esperar para ouvir essa – sussurrou Jill.

Quando todas haviam ido embora, voltei minha atenção para o inglês bêbado no meu sofá.

– Café ou chá?

– Gim-tônica parece absolutamente fabuloso, amor. Gostaria de uma saideira agora.

Pus a chaleira no fogo e sentei-me na cadeira em frente a ele, incapaz de chegar mais perto porque o fedor de álcool era pungente.

Estava emanando dos poros dele daquela maneira especial que os caras têm quando passaram a noite inteira bebendo, envolvendo tudo dentro de um raio de um metro e meio naquele fedor típico de andar de fraternidade do primeiro ano. Ele, porém, ainda conseguia parecer adorável. Seu bronzeado era tão firme que não permitia que ficasse com a aparência verde que provavelmente deveria estar e seu cabelo espetado estava modelado com mousse de maneira perfeita.

– Então, onde você esteve esta noite? – perguntei.

– Ah, aqui e ali, amor, aqui e ali. Um maldito repórter me seguindo a noite toda com seu maldito câmera. Mandei eles me deixarem em paz, mas acho que me seguiram até aqui – resmungou, esticando-se para pegar Millington, que olhou para ele, rosnou e fugiu.

– Venha cá, cadelinha. Venha cá dizer oi para o Philip. O que há com o seu cachorro, amor?

– Ah, ela sempre foi especialmente cautelosa com ingleses altos e bêbados usando mocassins Gucci sem meia. Sério, não é nada pessoal.

Por algum motivo, ele achou isso histericamente engraçado e quase caiu do sofá num ataque de gargalhada.

– Bem, se ela não vem, que tal você vir aqui e me cumprimentar direito?

A chaleira apitou enquanto eu ia até o fogão para servir nosso chá. Vi de relance Millington se escondendo no chão do banheiro às escuras, tremendo ligeiramente.

– Amor, você realmente não devia ter se dado todo esse trabalho – gritou ele, soando um pouco mais coerente.

– É chá, Philip, é só água fervente.

– Não, amor, sua escolha de roupas. Sério, eu a comeria independentemente do que você estivesse vestindo. – Ele caiu em outro ataque de gargalhadas e eu fiquei pensando como era possível alguém ser tão inteligente.

Coloquei uma caneca na frente dele, que beliscou minha bunda em retribuição.

– Philip – suspirei.

Ele colocou as mãos em volta dos meus quadris com uma força surpreendente e me puxou para seu colo.

– Todo mundo acha que você é minha namorada, amor. – Ele estava embolando as palavras novamente.

– É, esquisito, não é? Em especial porque nós nunca tivemos, hmm, intimidade.

– Você não tem espalhado isso por aí, tem? – perguntou rapidamente, parecendo alerta pela primeira vez desde que entrara.

– Espalhado o quê?

– Chegue mais perto, boneca. Beije-me.

– Estou bem aqui, Philip – falei, respirando pela boca.

Ele enfiou a mão por baixo da minha camiseta e começou a acariciar as minhas costas. Era tão bom que eu consegui esquecer por um milésimo de segundo que era um Philip bêbado que estava fazendo aquilo e não Sammy. Sem pensar, passei meus braços em torno do seu pescoço e pressionei minha boca contra a dele. Não percebi imediatamente que ele havia aberto a boca para reclamar, não para me beijar de volta.

– Uau, amor, tente não tirar as calcinhas – ele se afastou chocado e me olhou como se eu tivesse acabado de arrancar todas as minhas roupas e pulado em cima dele.

– O que houve? O quê? – perguntei. Recusei-me a deixá-lo sair pela tangente desta vez; eu tinha de saber de uma vez por todas que não era minha imaginação ou alguma desculpa esfarrapada. Eu queria confirmação de que, por qualquer motivo que fosse, ele preferia morrer a me tocar.

– É claro que gosto de você, amor. Cadê aquela bebida? Por que não bebo isso um pouco e aí podemos conversar?

Saí de cima dele e peguei uma garrafa de Stella Artois da geladeira. Eu a comprara há um ano porque havia lido na *Glamour* que você sempre devia ter uma cerveja gelada na geladeira no caso de um cara se materializar no seu apartamento e aplaudi silenciosamente os bons sujeitos da equipe editorial. Quando voltei, no entanto, Philip parecia estar inconsciente.

– Philip. Ei, olhe, tenho uma cerveja para você.

– Argh – grunhiu ele, os olhos tremendo, um sinal de que estava fingindo.

– Vamos, levante-se. Você pode estar bêbado, mas não está dormindo. Por que eu não o ponho em um táxi?

– Hmm. Vou dormir só um pouquinho, amor. Argh. – Ele jogou os pés com mocassins no meu sofá com uma agilidade surpreendente e abraçou uma almofada.

Passava um pouco das duas da manhã quando joguei um cobertor por cima de um Philip que roncava, retirei Millington do espaço entre a banheira e a pia e enfiei nós duas debaixo das cobertas sem me incomodar em me despir ou apagar as luzes.

23

O dia finalmente havia chegado: estávamos prontos para partir aquela noite para a Turquia. Eu chegara no escritório para resolver algumas coisas de última hora apenas para encontrar um fax de Will. A primeira página só dizia "Eca" e anexado havia uma nota do *New York Scoop*. A manchete dizia: SERÁ QUE O BALADEIRO FAVORITO DE MANHATTAN É GAY OU ESTÁ SÓ CONFUSO? Assinatura: Ellie Insider, é óbvio. Saber quem era ela só piorava as coisas. O texto se desenvolvia sem meio termo:

> Philip Weston, herdeiro da fortuna Weston e membro da Turma dos Ingleses em Nova York, surpreendeu muita gente semana passada quando foi visto no Roxy, a boate notoriamente extravagante de Chelsea. Weston, que foi ligado nos jornais a várias editoras de moda da *Vogue*, modelos brasileiras e aspirantes a estrelas de Hollywood, foi visto enroscado com um homem não identificado na sala VIP da boate, segundo fontes. Quando Weston aparentemente percebeu que havia sido visto, partiu às pressas de Vespa para a casa de seu caso atual, Bettina Robinson, uma associada de Kelly & Company (ver quadro ao lado). O assessor de imprensa de Weston recusou-se a comentar.

"Ver quadro ao lado. Ver quadro ao lado. Ver quadro ao lado." Li essas palavras quase uma dúzia de vezes antes de conseguir me forçar a olhar para a direita. Como era de esperar, havia uma foto minha, tirada no Bungalow 8 na noite em que eu conhecera Philip, encostada sugestivamente nele, minha cabeça jogada para trás obviamente em êxtase enquanto eu parecia estar literalmente despejando champanhe garganta abaixo, aparentemente sem notar nem a câmera nem a mão de Philip na minha bunda. Se, além da amnésia, eu precisasse de mais provas de quanto eu estava chapada naquela noite, bem, ali estava. Manchete: QUEM É BETTINA ROBINSON? Assinatura: Ellie Insider. Dentro do quadro de uma coluna do comprimento da página havia uma lista dos meus detalhes biográficos, incluindo a data e o local do meu nascimento (felizmente só dizia "Novo México"), colégios, diplomas, posição no UBS e relação com Will, que era descrito como "o controverso colunista nacional cujos leitores eram compostos exclusivamente de pessoas brancas, ricas e acima dos 50 anos". Era um pesadelo, naturalmente, mas até ali estava correto. Só quando meus olhos foram forçados para o último parágrafo eu achei que poderia vomitar. Abby conseguira alguém para declarar em público que eu "certamente tinha conhecido a cama de muitos rapazes como estudante de Emory" e que houvera "acusações sobre questões de integridade acadêmica, mas ninguém sabia ao certo". Outra pessoa fora citada descrevendo como eu vinha "planejando assumir a Kelly & Company" apesar de não ter experiência prévia na área. Quando Abby pediu para elaborar, a "fonte" simplesmente insinuou que "todo mundo sabe que ela nunca escreveu seus próprios trabalhos e era conhecida por ser 'amiguinha' de seus professores assistentes nas disciplinas que achava especialmente difíceis, as quais, devo dizer, provavelmente eram a maioria". A última frase do curto parágrafo sugeria que eu perseguira Philip agressivamente desde o momento em que o conhecera, a fim de me tornar um nome importante também e progredir em minha nova carreira.

Minha primeira reação, é claro, foi caçar Abby e submetê-la a uma morte terrível e criativa, mas era difícil considerar qualquer detalhe porque eu estava tendo dificuldades para respirar. Busquei ar de forma bastante dramática por alguns momentos. De um jeito estranho, eu entendia a atitude de Abby. Se ela tivesse atribuído todas essas coisas a si mesma em vez de a mim, eu teria aplaudido sua honestidade. Mas essa compreensão foi breve, desaparecendo no momento em que Kelly apareceu no vão da porta de sua sala, segurando com força uma cópia do jornal e com um sorriso tão maníaco que eu instintivamente me afastei na minha cadeira de rodinhas.

– Bette! Você viu, certo? Você leu, não leu? – perguntou freneticamente, correndo na minha direção com toda a graça e entusiasmo de um jogador de futebol americano.

Ela interpretou meu tempo de reação retardado como negação e jogou literalmente o jornal em cima da minha mesa.

– Você não leu nem o Alerta de Fofocas? – guinchou. – As garotas ligaram para a minha casa hoje de manhã para me contar sobre isso.

– Kelly, eu, hã, eu estou simplesmente cheia desse...

– Sua sirigaita! E eu achando esse tempo todo que você era uma boa abelhinha trabalhadora, trabalhando como escrava num banco, levando uma vida decididamente nada fabulosa e agora descubro que você era uma baladeira disfarçada? Bette, sério, não sei como lhe dizer como estou chocada. Nós todos a tínhamos classificado como, bem, meio reservada, digamos, sem querer ofender, é claro. Eu achava que simplesmente não era da sua natureza. Só Deus sabe onde você vinha se escondendo nos últimos anos. Você já percebeu que é um quadro inteiro? Tome, leia.

– Eu já li – falei entorpecidamente, sem me sentir chocada por Kelly estar encantada em vez de horrorizada com a cobertura. – Você sabe que nada disso é verdade, não é? A garota que escreveu isso na verdade fez faculdade comigo, sabe, e ela...

– Bette, você é um quadro. Repita comigo: Quadro. No *New York Scoop*! Há uma foto enorme sua, e você parece uma estrela do rock. Você *é* uma estrela, Bette. Parabéns! Isso pede uma comemoração!

Kelly saiu correndo, presumivelmente para planejar um brinde matutino com champanhe, enquanto eu fiquei considerando a possibilidade de simplesmente pegar um avião para Istambul e ficar lá para sempre. Em poucos minutos meu telefone começou a tocar sem parar com todo tipo de ligações desagradáveis, cada uma hedionda de sua própria maneira. Meu pai ligou imediatamente para anunciar que, mesmo ele estando em casa por causa das férias de inverno, um de seus alunos havia lhe mandado a matéria por e-mail; em seguida, minha mãe disse que ela tinha ouvido alguns voluntários em seu serviço de atendimento de crise imaginando se algum dia eu admitiria o fato de estar namorando um escravocrata que odiava judeus e se eu queria conversar com alguém a respeito do que pareciam ser meus problemas de "promiscuidade/autoestima"? Uma mulher deixou um recado oferecendo seus serviços para ser minha assessora de imprensa, mencionando educadamente que isso nunca teria acontecido se eu fosse sua cliente, e alguns colunistas de fofocas de pequenos jornais locais pelo país queriam saber se eu aceitaria dar entrevistas por telefone para discutir assuntos cruciais como o rompimento de Brad e Jen, meu lugar favorito para me divertir em Nova York e minha avaliação sobre a orientação sexual de Philip. Megu ligou em nome do Michael para dizer que se eu quisesse conversar sobre qualquer coisa, eles queriam que eu soubesse que ambos estavam à minha disposição. Elisa ligou de um táxi a caminho do escritório para me parabenizar pelo meu status de quadro, assim como a assistente de Philip, Marta. Simon ligou enquanto eu estava indo de carro para o aeroporto. Ele declarou, muito ternamente à vista de nossas conversas anteriores, que nenhuma pessoa respeitável lia o *New York Scoop* e para não me preocupar porque ele tinha certeza de que ninguém jamais leria aquilo.

Decidi ignorar todo mundo, mas aí me lembrei de que estava saindo do país e que não podia realmente evitar ligar para os meus pais uma última vez para me despedir. Optei pelo celular do meu pai, achando que não estaria ligado e eu poderia deixar um recado para os dois, desejando-lhes um feliz ano-novo e dizendo que ligaria quando voltasse. Não tive tanta sorte.

– Bem, olhe só quem é. Anne, venha cá, nossa filha famosa está ao telefone. Bettina, sua mãe quer falar com você.

Ouvi um barulho de passos e alguns bips enquanto eles acidentalmente apertavam números no teclado antes da voz da minha mãe soar alta e clara.

– Bettina? Por que estão escrevendo todas essas coisas a seu respeito? É verdade? Diga-me o que é o quê, porque nem sei o que dizer às pessoas quando elas perguntam. É claro que eu nunca pensaria que alguma palavra dali era verdadeira, mas desde que eu soube a respeito daquele rapaz Weston...

– Mãe, não posso falar sobre isso agora. Estou a caminho do aeroporto. É claro que é tudo mentira, como você pode pensar que não?

Ela suspirou e eu não sabia se era de alívio ou frustração.

– Bettina, querida, você pode entender como uma mãe pode ficar na dúvida, principalmente quando descobre que sua própria filha de repente vive uma vida estranha e misteriosa.

– Pode ser estranha, mãe, mas não é misteriosa. Eu prometo. Explico tudo quando voltar, mas agora eu tenho de me apressar ou vou me atrasar para o voo. Diga tchau ao papai para mim. Eu ligo para vocês quando voltar no domingo, está bem? Eu te amo.

Houve um momento de hesitação enquanto ela decidia se forçava ou não o assunto e então outro suspiro.

– Está bem, falamos com você depois. Veja o máximo que puder, querida, e tome cuidado. E tente manter sua vida particular longe dos olhos do público, está bem?

Juntando tudo, tinha sido uma manhã absolutamente horrível, mas felizmente eu tinha um novo problema para tirar minha cabeça do quadro no jornal. Louis Vuitton. Muitas. Carrinhos cheios delas, na verdade. Mais baús, malas com rodinhas, frasqueiras, envelopes para roupas, mochilas e bolsinhas exibindo os LV interligados do que certamente havia na sede em Milão ou na gigantesca butique na Quinta Avenida. Aparentemente, todos a bordo haviam recebido o memorando dizendo que Louis Vuitton era a mala ideal. Três carregadores de uniforme bordô estavam lutando para levá-las do sutilmente chamado terminal Milhão para a barriga do Gulfstream, mas seu progresso era lento. Elisa, Davide, Leo e eu havíamos pegado uma limusine da cidade para Teterboro algumas horas antes para garantir que tudo estaria pronto para a chegada do helicóptero que traria Philip e seu grupo do heliporto em Wall Street para o aeroporto.

No meio-tempo, já que eu fora abençoada com tarefas estimulantes e desafiadoras como supervisionar o carregamento das Louis Vuittons e me assegurar de que havia um suprimento suficiente de spray facial de água Evian a bordo, eu não tinha muito tempo para me estressar sobre ter sido retratada como uma prostituta mentirosa e trapaceira no que agora era o jornal de fofocas mais badalado e cobiçado, que havia chegado às mãos de cada um dos meus amigos, colegas de trabalho e parentes. Estávamos nos aproximando de nossa partida, marcada para as 17 horas – com todos a bordo, a não ser uma de nossas convidadas de última hora, uma socialite e seu "convidado" que telefonara para dizer que estavam presos no trânsito no túnel Lincoln, quando surgiu a primeira crise.

Havia tantas malas que os carregadores não conseguiam fazer caber tudo no avião.

– Estamos com a capacidade cheia no voo de hoje – disse um deles. – Os Gulfstream Five normalmente aguentam seis malas de tamanho normal ou quatros malas grandes por pessoa, mas este grupo está muito acima disso.

– Quão acima?

– Bem – respondeu, enrugando a testa –, em média vocês têm quatro malas grandes cada um. Uma moça tem sete, incluindo um baú tão grande que precisamos trazer um guindaste do hangar para colocá-lo a bordo.

– O que vocês sugerem que a gente faça? – perguntei.

– Bem, dona, a melhor solução seria eliminar algumas malas.

Sabendo perfeitamente bem que estaríamos apelando para a pior solução, achei que poderia tentar ser cooperativa e ver se alguém estava disposto a abrir mão de algumas posses. Subi a bordo do jatinho, peguei emprestado o headset do copiloto e expliquei nossa situação pelo alto-falante. Como era de esperar, a notícia foi recebida com escárnio e assovios.

– Você, tipo, tem de estar brincando – disse Oliver, rindo histericamente. – É uma porra de um jato particular, pelo amor de Deus. Diga-lhes para darem um jeito.

Oliver estava acostumado a dar esse tipo de ordem: ele era o fundador de um fundo de investimentos tão enormemente bem-sucedido que a *Gotham Magazine* o elegera o solteiro mais cobiçado de 2004.

– Se você pensou por um segundo que eu vou sem os meus sapatos, está muito enganada – gritou Camilla, a herdeira de uma companhia de cosméticos, entre goles de Cristal. – Quatro dias, 12 combinações de roupas e duas mudanças possíveis de sapatos por roupa. De jeito nenhum vou deixar alguma coisa para trás.

– Quero cada um desses baús postos neste avião – anunciou Alessandra. – Se me lembrei de trazer baús vazios para todas as coisas que eu comprar, então o mínimo que eles podem fazer é descobrir como fazê-los chegar lá. – Sua mãe era uma compradora famosa, uma mulher famosa por gastar milhões por ano em roupas, sapatos e bolsas, ao estilo Imelda Marcos. Obviamente, filha de peixe, peixinho era.

– Pare de se preocupar demais, amor. Venha cá e tome um drinquezinho. Deixe que a tripulação cuide disso, é para isso que pagamos a eles. – Isso veio de Philip, é claro, que estava esparramado em um dos sofás de couro cor de creme, sua camisa Armani xadrez com um botão a mais aberto. Elisa parecia igualmente despreocupada enquanto se empoleirava no colo de Davide, concentrando-se intensamente em conectar seu iPod aos alto-falantes do sistema de som da cabine.

Era mais do que justo. Se ninguém mais se importava, eu também não. Além do mais, desde que eles não deixassem para trás minha única Samsonite prateada, realmente não era problema meu. Aceitei uma taça de champanhe de uma comissária cujo uniforme azul-marinho só destacava sua silhueta perfeita e escutei um dos pilotos – que também parecia um astro de cinema, incluindo o maxilar talhado à la Brad Pitt e luzes sutis nos cabelos – nos dar o resumo do voo. Era apenas ligeiramente irritante olhar tanto para os passageiros quanto para a tripulação e perceber que todos os envolvidos pareciam ter saído direto de um episódio de *The Fabulous Life Of*, a não ser por essa que vos fala.

– O tempo de voo deve ser de dez horas com turbulência mínima enquanto atravessamos o Atlântico – falou o piloto com um sorriso de parar o coração e algum tipo de sotaque europeu indeterminado. "Ninguém tão bonito assim deveria ser responsável por nossas vidas", pensei. Alguém ligeiramente mais feio e não tão bacana provavelmente beberia menos e dormiria mais.

– Ei, Helmut, por que não desviamos a rota para Mykonos e encerramos o dia? – Philip gritou para o piloto.

Vivas correram por todo o avião.

– Mykonos? – perguntou Camilla. – Isso é, tipo, *tão* mais atraente do que Beirute. Pelo menos, é civilizado. Há um Nobu lá.

Helmut riu novamente.

– É só falarem, crianças, e eu os levarei para onde quer que queiram ir.

Uma voz de mulher ergueu-se acima das outras. Vinha das escadas para a pista.

– Nós vamos para Mykonos? – nós a ouvimos perguntar a alguém, apesar de ainda não conseguirmos ver quem era. – Achei que íamos para Istambul. Deus do Céu, a porra do meu agente não consegue fazer nada direito. Eu estava pronta para comprar um tapete turco – ela choramingou.

Ocorreu-me que essa devia ser Isabelle, nossa socialite que faltava, que não tinha um emprego e certamente nenhuma necessidade aparente para ter um agente. No momento em que eu a estava parabenizando mentalmente por saber que Istambul era na Turquia, um casal entrou e olhou em volta. Um casal que consistia, como usualmente são, em duas pessoas. Meu cérebro levou um segundo para registrar que a metade masculina desse casal em particular era ninguém menos do que Sammy. O meu Sammy.

– Isabelle, querida, é claro que nós vamos para Istambul, exatamente como lhe disseram. Os meninos estão só brincando; você sabe como eles ficam quando você menciona as ilhas gregas. Deixe suas coisas aí e venha tomar um drinque. – Elisa correu para reconfortar a mulher que eu imediatamente reconheci do parque. – E apresente-nos a seu amigo lindo.

Ao ouvir isso, Sammy pareceu congelar, ficando tão rígido e pouco à vontade que achei que poderia cair. Ele ainda não me vira, não registrara o grupo inteiro, mas conseguiu balbuciar alguma coisa.

– Eu sou o Sammy. Do Bungalow 8? – falou, sua voz estranhamente aguda.

Elisa olhou para ele inexpressivamente enquanto Isabelle lutava para arrastar para dentro uma mochila Louis Vuitton. Ela deu um tapa no ombro dele e fez sinal em direção à bolsa, que ele levantou sem esforço e colocou debaixo de uma das banquetas de couro.

– Bungalow? Nós nos conhecemos lá alguma noite? – perguntou Elisa com uma expressão confusa. Lembrei-me da meia dúzia de vezes em que eu fora lá com ela e ficara olhando enquanto ela flertava com Sammy, o abraçava, agradecia a ele e, de forma geral, agia como se eles fossem os melhores amigos. Até onde eu podia ver porém, isso não era teatrinho, ela realmente não fazia ideia de quem ele era.

A essa altura, a atenção de todos fora voltada para o constrangimento que se desenrolava e todos deviam estar imaginando por que, exatamente, esse cara muito atraente parecia tão familiar quando não conseguiam localizá-lo.

– Eu trabalho lá – falou ele baixinho, olhando-a diretamente no rosto.

– No Bungalow 8? – perguntou Elisa, parecendo mais perplexa do que nunca. – Ah, entendi! Você quer dizer que passa tanto tempo lá que acabou virando um escritório para você! É, entendo perfeitamente o que quer dizer. É assim para nós também, não é, Bette? – Ela riu e deu um golinho e pareceu aliviada por ter resolvido o quebra-cabeças.

Um raio atravessou Sammy ao som do meu nome, mas ele manteve o olhar fixo no rosto de Elisa, como se fosse fisicamente incapaz de desviar os olhos. Passaram-se uns dez segundos antes que ele virasse lentamente a cabeça e olhasse para mim. O sorriso que se seguiu era triste, mas não surpreso.

– Ei – falou ele, mas saiu parecendo mais um sussurro. Isabelle se instalara ao lado de Elisa e todos os outros haviam voltado a conversar, o que só servia para fazer o momento parecer intensamente íntimo.

– Oi – disse eu, tentando me manter casual enquanto minha cabeça tentava freneticamente processar o novo rumo que as coisas tinham tomado. Quando Kelly nos dera a lista final do grupo, mencionara que Isabelle Vandermark concordara apenas se pudesse levar seu assistente. Naturalmente, Kelly havia concordado. Será que isso significava que Isabelle não era namorada do Sammy? Eu tinha de saber. – Há lugar bem aqui – falei, acenando em direção da minha esquerda. – Se você precisa de um.

Ele olhou para Isabelle, que estava conversando com Elisa, e começou a tentar passar por cima de pernas e bagagens de mão para abrir caminho até mim. Ele contrastava totalmente com o extravagante Leo e com o meticulosamente vestido Philip, de certa forma mais masculino e vulnerável ao mesmo tempo. Quando caiu na poltrona de couro ao lado da minha, foi como se todo o ar tivesse sido sugado para fora da cabine elegante.

– Bette – começou ele, falando tão baixinho que eu tive de me inclinar para a frente para ouvi-lo. – Eu não fazia ideia de que você estaria aqui. Sinto muito sobre isso. Eu realmente não sabia que esta viagem era sua.

– O quê? Ela simplesmente lhe disse que vocês iam para Istambul por alguns dias? – perguntei, segurando as lágrimas.

– É, se pode acreditar, foi exatamente o que aconteceu. Ela mencionou algo na semana passada sobre querer que eu fosse com ela para alguma estratégia de marketing, mas não me disse aonde realmente iríamos até ontem. Realmente não fiz nenhuma pergunta, só fiz a mala.

– Você simplesmente vai aonde quer que ela diga para ir? E o seu trabalho? E a faculdade? Não entendo como você pode deixar tudo de lado porque ela quer que você vá. Ninguém mais aqui tem emprego, então não é tão estranho que peguem um jatinho para Istambul quando sentem vontade. Isso significa que você pediu demissão?

Ele pareceu encabulado a princípio e depois seu rosto ficou mais duro.

– Não, eles entendem no trabalho. Às vezes acontecem essas coisas.

– Ah, bom, isso faz sentido – falei com crueldade. – Agora você está sendo perfeitamente claro.

– Bette, eu sinto muito, é complicado. Ela é complicada.

Eu amaciei um pouco quando vi como ele estava arrasado.

– Olhe, Sammy, me desculpe. Não é da minha conta. Só estou surpresa, só isso – me ocorreu que, infelizmente, ele não me devia nenhuma explicação. Desde O Beijo, eu só o vira nas boates. Numa dessas vezes, ele estava sendo importunado por um grupo de banqueiros vestidos de cáqui, insatisfeitos por estarem sendo barrados na fila na calçada. Ele só olhara para mim, dera um sorrisinho e levantara o cordão para eu poder passar.

– Vamos esquecer isso por enquanto, está bem? Tive um dia e tanto tentando fazer com que ela chegasse aqui – disse ele, fechando os olhos.

Pensei sobre o terrível Alerta de Fofocas, mas me contive de tentar superá-lo em termos de dias ruins.

A tripulação resolveu a situação da bagagem e, após algumas instruções de segurança espantosamente resumidas dadas pela comissária, decolamos em um céu sem lua. Em poucos minutos, Elisa começou a despejar uma pequena montanha de comprimidos na mesinha de centro à sua frente e a leiloá-las, ao estilo da Sotheby's.

– Estimulantes, calmantes, o que eu posso lhes oferecer? Nós queremos nos divertir ou dormir? – perguntou ela ao grupo já entediado. – Isso fica entre nós, certo? – Ela virou-se para um dos repórteres, que apenas assentiu inexpressivamente.

– Dormir – choramingou Isabelle. – Tive uma semana dos infernos e estou exausta.

– Definitivamente, dormir – concordou Leo, tirando os tênis Prada e abrindo seus dedos cheios de talco no ar.

Davide assentiu e até Philip concordou que poderia ser inteligente dormir durante o voo, já que sua única tarefa nos próximos dias era se divertir.

– Vocês são sem graça! – falou Elisa como um bebê, sacudindo a cabeça em uma demonstração de decepção de mentirinha. – Mas se é o que todo mundo quer... como posso ajudar?

– O que você tem? – perguntou Emanuel, o bilionário argentino, sem muito interesse. Ele mal parecia capaz de erguer o rosto do copo de martíni do tamanho de uma tigela que segurava com as duas mãos.

– Pode dizer, eu tenho. Apenas me diga do que você precisa. De qualquer modo, temos de nos livrar disso tudo antes de aterrissarmos. Eu vi *O expresso da meia-noite* e não quero fazer parte daquilo – anunciou ela.

– É, você não se mete com os turcos e as drogas – disse Philip, concordando. – A recepção vai cuidar de nós quando chegarmos lá, mas eu não a aconselharia a levar nada consigo.

– Eu aceito uns Valiuns – anunciou Leo.

– Xanax para mim.

– Você tem algum Ambien? Se eu tomar dois e uma bebida, devo ficar legal.

– E Percocet? Pode me arrumar algum?

Todos esperaram pacientemente sua vez enquanto Elisa andava pela cabine, dando a cada pessoa uma porção individualizada, conseguindo fornecer todas as marcas e dosagens que haviam sido pedidas. Só Sammy e eu recusamos, mas ninguém pareceu perceber. Acendi um cigarro em um esforço para não parecer angelical demais, mas isso não era exatamente junkie para aquela galera. Sammy pediu licença, dizendo que estava com dor de cabeça, e perguntou a Philip se tinha problema se ele se deitasse no quarto.

– O avião não é meu, cara, fique à vontade. Só não se incomode se eu pedir para você sair daqui a pouco – disse Philip num tom afável enquanto olhava lascivamente na minha direção.

Eu me encolhi, mas me forcei a levantar o apoio para os pés e me concentrar por alguns minutos em *Pulp Fiction*, que começara a passar em uma tela de plasma do tamanho de uma parede. Quando eu estava começando a prestar atenção, conseguindo tirar Sammy da cabeça por sólidos períodos de trinta segundos, Elisa veio saltitando até onde eu estava.

– Está bem, então, eu ainda estou, tipo, totalmente por fora – falou, rasgando o invólucro de um novo maço de Marlboro Lights. – Quem *é* aquele cara?

– Que cara? Sammy?

– O cara da Isabelle. O que ele quis dizer com ele *trabalha* no Bungalow?

– Ele é o segurança lá, Elisa. Você deve tê-lo visto pelo menos mil vezes.

– O segurança? O que o *segurança* está fazendo na nossa viagem? – sibilou ela. Quase que imediatamente sua expressão mudou de nojo para compreensão. – Ah, já entendi. Ele é um dos Downtown Boys. É, isso faz todo o sentido.

– Acho que ele não mora no centro – falei, tentando lembrar se eu sabia onde Sammy morava.

Ela me olhou desdenhosamente.

– Bette, você *conhece* a Downtown. É a companhia que contrata caras lindos como barmen ou seguranças ou garçons para festas e eventos particulares. Você pediu todos aqueles gatinhos para trabalhar na festa da BlackBerry, não foi? Bem, a Downtown é *muito* mais exclusiva, e é um segredo conhecido que eles estão disponíveis para os clientes para *quaisquer* necessidades que possam ter.

Olhei para ela.

– O que você está dizendo?

– Só que eu não ficaria surpresa se Isabelle mantivesse Sammy disponível para acompanhá-la a eventos, trabalhar em suas festas, *lhe fazer companhia*. Coisas desse tipo. Seu marido não é exatamente muito interessado nas obrigações sociais.

– Ela é casada? – Essa era a melhor notícia que eu ouvira o dia todo.

– Está falando sério? – perguntou Elisa, perplexa. – Acha que ela é a socialite mais vista de Manhattan porque é simpática? O marido dela é algum tipo de visconde austríaco, não que seja tão difícil encontrar algum nobre na Áustria, uma das Cem pessoas mais ricas da *Forbes* todos os anos desde o começo dos anos 1980.

Nossa, provavelmente desde sempre. O quê? Achou que o segurança era namorado dela?

Meu silêncio disse tudo.

– Ahmeudeus, você pensou. Que bonitinho, Bette! Você acha sinceramente que alguém como Isabelle Vandermark namora seguranças? – Ela estava rindo tanto que quase engasgou. – Que ideia genial! Ela pode estar *dando* para ele, mas com certeza não estão *namorando*!

Por alguns instantes, pensei em queimá-la com o meu cigarro, mas estava feliz demais com o que acabara de saber para odiar Elisa tanto assim. Ela ficou entediada depois de alguns minutos e voltou a se enroscar em volta de Davide, que parecia não conseguir desviar os olhos dos peitos de Isabelle, e tentou flertar com Philip, que estava conversando profundamente com Leo sobre os méritos e as ciladas de deixar o pedicuro tirar a pele morta com um barbeador em vez de simplesmente passar uma pedra-pomes. Os fotógrafos e repórteres estavam na deles, jogando Texas Hold'Em na grande mesa de jantar e entornando copos de bourbon. Todos os outros estavam inconscientes ou quase e, antes até de ter chegado à cena em que Travolta enfia a agulha no peito de Uma Thurman, eu também dormia profundamente.

24

Só quando eram quase duas horas da tarde do dia seguinte eu tive meu primeiro segundo sozinha. Passamos a noite voando, aterrissamos às 11 horas da manhã de quinta-feira e imediatamente saímos do interior de couro superelegante do Gulfstream para o interior de couro superelegante de uma frota de limusines, cortesia da Associação de Proprietários de Boates – ou APB, como o Sr. Kamal Avigdor abreviava. O Sr. Avigdor obviamente recebera o memorando a respeito das qualificações de beleza de nosso grupinho e era lindo da forma mais clássica. Ele nos recebeu com duas garotas deslumbrantes, que alegou serem suas assistentes, mas que devem ter passado pelo papel de namorada uma ou duas vezes, no tapete vermelho que fora estendido na pista, um sorriso caloroso iluminando seu rosto. Seu terno preto era justo e cortado da maneira que apenas homens europeus conseguem trajá-los, e seu conjunto monocromático de camisa e gravata verdes apenas iluminava sua pele e cabelo escuros e olhos verdes. Naturalmente, ele usava os acessórios perfeitos, com mocassins Ferragamo, um relógio Patek Philippe e uma espécie de bolsa macia masculina que teria feito qualquer homem normal soluçar em humilhação, mas que, de alguma forma, conseguia fazê-lo parecer ainda mais másculo. Calculei que deveria ter algo entre 30 e 35 anos, mas não ficaria nem um pouco surpresa se descobrisse que ele era dez anos mais velho ou mais novo. Mais impressionante do que tudo, ele cumprimentou cada pessoa pelo nome quando desembarcamos.

Elisa, Leo, Davide e eu fomos para a cidade no carro com o Sr. Avigdor, que insistiu com bastante veemência para que o chamássemos de Kamal, enquanto os outros entraram nas limusines atrás de nós. Ele nos fez todo o relatório do fim de semana, assegurando-nos de que nossa única responsabilidade coletiva era fazer com que nossos convidados se divertissem enormemente e que cuidaria de todo o resto. Devíamos avisá-lo se quisessem qualquer coisa, o que quer que fosse ("E, por qualquer coisa, quero dizer qualquer coisa – meninos, meninas, artigos de couro, comidas e bebidas difíceis de encontrar, 'substâncias recreativas'..."), e ele garantiria que chegasse às mãos da pessoa certa. Os itinerários que nos entregou pareciam mais listas de restaurantes e boates do que algum tipo de cronograma; os dias estavam completamente em branco, deixando tempo para "o sono da beleza, tratamentos de spa, compras e sol que todos certamente vão querer", mas as noites estavam lotadas. Durante três noites, começando sempre às 20 horas, nós comeríamos em um restaurante espetacular, iríamos a dois bares espetaculares e terminaríamos em uma boate superespetacular e ultraexclusiva, onde ficaríamos até quase o nascer do dia, igualzinho aos jovens turcos e turistas europeus. A noite de ano-novo só diferia das outras porque deveríamos fazer um brinde de champanhe – em cadeia nacional de TV – ao soar da meia-noite. Fotógrafos iriam documentar cada minuto da diversão fabulosa e Kamal esperava que a publicidade resultante ajudasse tanto a Turquia quanto os Estados Unidos; afinal de contas, quem não quer se divertir no lugar em que Philip Weston esteve?

O check-in foi tranquilo, com apenas uma meia dúzia de reclamações a respeito dos quartos ("perto demais de onde as camareiras guardam os negócios de limpeza"; "não têm toalhas suficientes para secar tanto cabelo"; "não tenho o menor interesse em ter a vista de uma *mesquita*!") e todos estavam de bom humor quando nos reunimos novamente durante o impressionantemente elegante brunch de champanhe dado em nossa homenagem no telhado do hotel, que dava para o majestoso Palácio Topkapi. Consegui sair de fininho depois de uma hora e andei alguns quarteirões até o Grande Bazaar, onde eu planejava perambular e ficar de queixo caído com tudo e todos. Entrei pelo Portão Nuruosmaniye sob os gritos de "Senhorita, eu tenho o que está procurando", e andei sem rumo pelo prédio cavernoso, andando em zigue-zague por entre as barracas abarrotadas, absorvendo as quantidades infinitas de miçangas, prata, tapetes, especiarias, narguilés e vendedores que bebiam, fumavam, bebiam e fumavam. Eu estava pechinchando por uma pashmina azul-bebê com um homenzinho que não podia ter menos de noventa anos quando senti um tapinha no meu ombro.

– Você sabe que está brigando por aproximadamente quarenta centavos, não é? – perguntou Sammy, sorrindo como se tivesse acabado de descobrir um segredo enorme.

– Eu sei disso! – falei indignada. É claro que eu não sabia.

– Então, por que está fazendo isso?

– Obviamente você não conhece muito bem a cultura daqui. Eles esperam que você pechinche. Na verdade, sentem-se insultados se você não pechinchar.

– Ah, é mesmo? Senhor, que preço está pedindo por essa echarpe? – perguntou, dirigindo-se ao vendedor corcunda com a voz mais suave que se possa imaginar.

– Seis dólares americanos, senhor. É da melhor qualidade. Veio do Sul. Foi feita pela minha própria neta há apenas uma semana. É linda. – O homem sorriu, revelando uma gengiva totalmente banguela que, de alguma forma, o fazia parecer ainda mais simpático.

– Vamos levar – anunciou Sammy, tirando algumas liras turcas da carteira e colocando-as delicadamente nas mãos do homem, finas como papel. – Obrigado, senhor.

– Obrigado *ao senhor.* Uma linda pashmina para uma linda moça. Tenham um bom dia – falou ele alegremente, dando um tapinha nas costas de Sammy antes de voltar para seu narguilé.

– É, você está certa. – Sammy sorriu para mim de novo. – Ele me pareceu muito insultado. – Passou a echarpe em volta do meu pescoço e juntou o meu cabelo para levantá-lo, deixando-o cair em cima do tecido macio e sedoso.

– Você não precisava fazer isso! – "Mas fico tão feliz que tenha feito", pensei.

– Eu sei. Eu quis fazer, para pedir desculpas por entrar de penetra na sua viagem. Eu realmente não sabia que você ia estar aqui, Bette. Sinto muito sobre isso.

– Sente pelo quê? – falei alegremente. – Não seja ridículo, não tem do que se desculpar.

– Quer tomar um café comigo? Estou há horas neste país e ainda não tomei um café turco. Estou empolgado com a ideia de que não vai ser com leite desnatado, superquente, sem creme, sem açúcar ou misturado. O que me diz?

– Claro. Meu guia de viagem diz que o melhor lugar fica a algumas entradas daqui.

– O seu guia de viagem?

– *Lonely Planet.** Como pode ir a qualquer lugar sem um *Lonely Planet*?

– Você é tão certinha – disse ele, puxando a ponta da minha pashmina. – Nós estamos hospedados no Four Seasons, sendo transportados por motoristas particulares e temos contas ilimitadas para despesas, e você está seguindo seu *Lonely Planet*? Incrível.

---

* Série de guias turísticos. (*N. da T.*)

– Por que, exatamente, isso é tão incrível? Talvez eu queira ver algumas coisas que não estejam no circuito spa-praia-jantar exclusivo para membros.

Ele balançou a cabeça, abriu o zíper de sua mochila e procurou alguma coisa lá dentro.

– É por isso que é tão incrível – disse, puxando sua cópia exatamente do mesmo livro. – Venha, vamos achar aquela barraca.

Sentamos em dois banquinhos minúsculos em volta de uma mesa proporcional e fizemos sinal com a mão para pedir duas xícaras de café, que vieram acompanhadas de um pratinho de biscoitos de açúcar.

– Posso lhe perguntar uma coisa? – pedi, sorvendo o líquido grosso da xicrinha.

– Claro. Pode perguntar.

– Qual é o seu relacionamento com Isabelle? – perguntei, tentando soar casual.

Seu rosto enrijeceu. Ele não disse nada, apenas olhou para o tampo da mesa e rangeu os dentes.

– Esqueça, não é da minha conta – acrescentei rapidamente, desesperada para não arruinar o momento.

– É complicado – disse ele.

– Foi o que você disse. – Vi um gatinho pequeno pular do chão para o topo de uma enorme pilha de tapetes, onde a menina adolescente que cuidava da barraca lhe deu um prato de leite. – Bem – falei finalmente –, o problema é seu. Vamos só curtir nosso café, está bem?

– Ela me paga para passar tempo com ela – disse ele baixinho, movendo os olhos para encontrarem os meus enquanto tomava um gole.

Bem, eu não sabia exatamente o que fazer com essa informaçao. Nao era um choque total, considerando o que Elisa havia dito, mas a forma como ele declarou isso, tão calmamente, da forma tão trivial que eu estava descobrindo ser tão, *tão* Sammy – bem, parecia muito estranho.

– Não sei se eu entendo. Isso tem a ver com trabalhar para uma daquelas agências que contratam todos os caras gatos para trabalhar como barmen, essas coisas?

Ele deu uma risada alta.

– Não, eu nunca fiz essas coisas, mas agradeço por ter pensado que eu alcançaria o quociente de beleza deles.

– Então não entendi mesmo.

– Muitas vezes, as pessoas nos conhecem no Bungalow e depois nos contratam para trabalhar em suas festas particulares, coisas do tipo. Eu trabalhei como barman no verão passado, e Isabelle ia muito lá. Acho que ela gostou de mim, pois começou a me pagar alguns milhares de dólares por noite para ser barman em seus jantares ou conhecer e receber convidados em seus eventos beneficentes. Quando foi nomeada copresidente da festa beneficente anual do Jardim Botânico de Nova York, ela decidiu contratar um assistente em período integral. Acho que eu era a escolha natural, porque eu podia, hã, fazer outras coisas também.

– Outras coisas? Ela paga para você dormir com ela? – deixei escapar antes de poder até mesmo pensar no que eu estava dizendo.

– Não! – disse ele cortante, olhando para mim com um olhar frio como aço. – Me desculpe. Não é nada estranho que você pense isso, mas sou meio sensível a respeito do assunto. A resposta curta é não, não estou dormindo com ela, mas a resposta mais honesta é que não sei quanto tempo mais vou conseguir me safar com isso. É claro que, no começo, não pensei que esse aspecto fosse existir, mas está se tornando bastante claro que é o que ela espera.

– E o marido dela? – perguntei.

– O que tem ele?

– Ele não liga que sua esposa tenha contratado um cara jovem e lindo para lhe fazer companhia em casa, ajudá-la com suas atividades beneficentes variadas, acompanhá-la em escapadas românticas de fim de semana para Istambul? Dá para imaginar que ele não ficaria muito feliz. – Tremi um pouco por tê-lo chamado indiretamente de "lindo".

– Por que ele não ficaria feliz? Desde que ela seja discreta e não o faça passar vergonha e esteja disponível quando ele precisar dela para seus compromissos de trabalho, acho que está para lá de contente de não ter de ir a todos os compromissos sociais dela e lhe dizer como ela é linda e discutir à exaustão se ele a prefere vestindo Stella McCartney ou Alexander McQueen. Na verdade, é ele quem assina os meus cheques. É um cara legal.

Eu não sabia muito bem como reagir a nada disso, então fiquei sentada, tentando pensar em algo inofensivo para dizer.

– É só um trabalho que por acaso paga muito, muito bem. Se um dia eu quiser abrir meu próprio negócio, não posso abrir mão de um salário de seis dígitos para passar algumas horas por semana com uma mulher bonita.

– Seis dígitos? Está *brincando*?

– Nem um pouco. Por que outro motivo você acha que eu faria isso? É mais do que humilhante, mas estou de olho no prêmio. O qual, por um acaso, pode estar mais próximo do que eu pensava. – Ele jogou um biscoito para dentro da boca e mastigou.

– Como assim?

– Bem, não é nada definitivo, mas uns caras do Instituto de Culinária dos Estados Unidos vieram falar comigo na semana passada sobre abrirmos um restaurante juntos.

– Sério? – Eu me aproximei. – Conte-me tudo.

– Bem, acho que você chamaria mais de uma franquia do que de um restaurante novo. É do pessoal dono do Houston's e já existem alguns na Costa Oeste. Dizem que eles fazem sucesso. É um menu norte-americano bem básico, não há muitas chances de fazer algo criativo, já que o conceito e o cardápio não são negociáveis, mas seria todo meu. Ou, pelo menos, meu e deles – ele parecia tão entusiasmado quanto alguém que tivesse acabado de saber que tinha uma doença sexualmente transmissível.

– Bem, parece ótimo – falei, tentando injetar algum nível de entusiasmo em minha voz. – Você está animado?

Ele pareceu pensar nisso por alguns segundos e então suspirou.

– Não sei se animado é a palavra certa, mas acho que é uma boa oportunidade. Não é exatamente o que eu tinha em mente, mas é um passo na direção certa. É loucura achar que eu seria capaz de incorporar minha própria visão pessoal em um restaurante neste ponto da minha carreira, simplesmente não é realista. Portanto, respondendo à sua pergunta, se eu tenho um desejo ardente de ser proprietário de um terço de um restaurante Houston's no Upper East Side? Não muito. Mas se isso me permitir parar de trabalhar no Bungalow 8 e for um avanço decente na minha carreira, então sim, acho que vale a pena.

– É justo – disse. – Parece uma grande oportunidade.

– Por enquanto. – Ele se levantou, comprou mais dois cafés e colocou um na minha frente. – Está bem, sua vez.

– Minha vez de quê? – perguntei, ainda que obviamente soubesse onde isso ia parar.

– Qual é a sua história com o Sr. Weston?

– É complicado.

Ele riu de novo e revirou os olhos dramaticamente.

– Ahã, que bonitinho. Qual é, eu acabei de lhe contar toda a história sórdida. Como foi que você acabou namorando ele?

– O que você quer dizer com isso?

– Nada, só que vocês dois parecem ser muito... bem, muito diferentes.

– Diferentes como? – Eu sabia exatamente o que ele estava dizendo, mas era divertido vê-lo se contorcer.

– Ah, qual é, Bette, pare com a palhaçada. Eu sei o que é vir de Poughkeepsie e se enturmar com a galera descolada de Nova York, está bem? Eu entendo. O que eu não entendo é como pode gostar dele. Você pode ser capaz de andar com a galera dele, mas isso não faz com que seja um deles. O que, por falar nisso, é muito bom.

Pensei nisso por um momento antes de dizer:

– Eu não estou namorando com ele de verdade.

– Todas as colunas de fofocas em Manhattan os veem juntos em todos os lugares. Ei, eu a vejo constantemente no Bungalow com ele. Você pode não chamar de namoro, mas acho que ele ainda não percebeu isso.

– Sinceramente não sei como explicar porque não tenho certeza se eu mesma entendo. É quase como se Philip e eu tivéssemos um acordo mútuo e tácito de fingir que estamos juntos apesar de na realidade nunca termos tido nada.

A cabeça dele estremeceu.

– Vocês o quê? Isso é impossível.

– Não é impossível. Estaria mentindo se dissesse que não fico imaginando por que ele não parece interessado, mas eu lhe garanto, nós não trilhamos esse caminho...

Sammy terminou sua segunda xicrinha de café e pareceu meditar sobre isso.

– Então, o que você está dizendo é que nunca transou com ele?

Olhei para ele e fiquei feliz em ver que ele se importava.

– Nem de longe. E, no interesse da sinceridade absoluta, eu cheguei a tentar seduzi-lo algumas vezes. Sempre há uma desculpa: ele bebeu demais, ficou até tarde com outra garota. É mais do que insultuoso quando você para para pensar, mas o que se pode fazer? A quantidade de tempo que passo com ele tem um efeito direto nas minhas responsabilidades no trabalho. Kelly está exultante com a publicidade que ele traz para a firma e eu só preciso sorrir para algumas fotos. Nunca pensei que fosse fazer isso, mas nós temos um acordo tácito um tanto quanto estranho: eu ajo como sua namorada e ele me dá uma força enorme no trabalho. É arrepiante, mas de uma forma estranha, é totalmente justo. Nós dois estamos tirando o que queremos disso.

– Não ouvi uma palavra do que você disse.

– Ótimo. Obrigada por escutar. Foi você quem pediu, você sabe.

– Eu meio que desliguei depois que disse que nunca dormiu com ele. Você *realmente* não está namorando ele? – perguntou, girando sua xícara vazia em pequenos círculos com o dedão.

– Sammy, você viu o jeito de Philip, ele não é capaz de namorar ninguém. Não faço a menor ideia de por que ele me escolheu e, para ser franca, faz bem para o meu ego. Mas eu jamais poderia namorar uma pessoa como ele. Mesmo que ele tenha abdome de tanquinho.

– Tanquinho, é? Melhor do que este? – E, antes que eu soubesse o que estava acontecendo, ele levantou a camisa, revelando uma barriga sarada.

– Ave Maria. – Eu ofeguei, esticando a mão para passá-la nas dobrinhas. – Acho que vou ter de dar esse ponto para você.

– Acha? – perguntou, deixando a camisa cair, mas pegando a minha mão e me puxando mais para perto. – Venha cá.

Nós nos beijamos de verdade dessa vez, chegando tão perto um do outro quanto permitiam os minibanquinhos, tocando rostos, cabelos e pescoços enquanto tentávamos chegar ainda mais perto.

– Não se faz isso aqui – disse um homenzinho, batendo duas vezes no tampo da mesa. – Não é direito.

Nós nos afastamos, envergonhados com a reprimenda, e nos endireitamos. Sammy pediu desculpas ao homem, que só assentiu e foi em frente, e então virou-se para olhar para mim.

– Nós acabamos de dar nosso primeiro beijo em público? – perguntou ele.

– Com certeza. – Eu ri, radiante. – E acho que isso foi mais do que um beijo. Pode até ser qualificado como um belo amasso no Grande Bazaar de Istambul, nada menos.

– Existe lugar melhor? – Perguntou ele, chegando para o lado para que eu pudesse me levantar. Comecei a andar na sua frente para sair do café, mas ele me puxou pela mão.

– Eu não estou brincando, Bette. Não estou de brincadeira com você. – Ele olhou para mim.

– Eu também não estou, Sammy. – Achei que ia engasgar com as palavras, mas o sorriso dele me permitiu respirar de novo.

– Eu queria abraçá-la agora, mas não quero ser açoitado por atentado ao pudor.

Em vez disso, ele passou o braço em volta dos meus ombros.

– Vamos segurar a onda até o final desta viagem, está bem? Vamos fugir quando der, mas não podemos ser pegos.

Eu assenti, embora tudo o que realmente quisesse fosse colocar uma semana de Valium nas respectivas bebidas de Isabelle e Philip e observá-los agitar os braços por algum tempo antes de caírem em um sono agradável, tranquilo e permanente. Mas, não! Isso não era justo. Nenhum dos dois merecia morrer. Concordei silenciosamente em poupar a vida deles, caso pegassem um avião só de ida para a aldeia africana subsaariana de sua escolha. Isso seria aceitável.

Levamos mais de uma hora para percorrer o trajeto de cinco quarteirões até o hotel. Nós nos beijamos, agarramos, tocamos e amassamos em toda entradinha escondida que pudemos encontrar, utilizando cada beco, saguão, árvore e banco particular ou deserto que nos escondesse de olhares de reprovação por alguns minutos. Quando o exterior amarelo-dourado do Four Seasons finalmente ficou visível, eu conseguira estabelecer acima de qualquer dúvida razoável que Sammy usava cuecas Calvin Klein samba-canção.

– Entre você primeiro. Faça o que tiver de fazer para sobreviver nos próximos dias, exceto tocar Philip Weston, de qualquer jeito, forma ou maneira. Abomino a ideia de você dividir o quarto com ele. – Ele curvou a boca para baixo, em uma demonstração de nojo e estremeceu um pouco.

– Ah, é, e eu estou encantada com a ideia de você dormindo na cama junto com Isabelle, o tempo todo lhe dizendo como ela fica linda com sua nova lingerie La Perla. – Só a ideia me deixava enjoada.

– Vá – disse ele, apertando a boca contra a minha. – Eu a vejo no jantar hoje à noite, está bem?

– Está bem – falei, dando-lhe um beijo rápido. E então, sem querer, eu gaguejei. – Vou sentir saudades.

Sorri para o porteiro do hotel e literalmente saltitei pelo saguão até o elevador e depois até o meu quarto. Mal percebi Philip esparramado na cama, vestindo apenas uma toalha e uma máscara de dormir de seda.

– Onde você esteve, amor? Estou totalmente acabado. Essa ressaca está me matando e você me deixou aqui sozinho – choramingou. – Por que não faz uma compressa fria para mim? Isso seria genial.

– Por que você não faz suas próprias compressas frias, Philip? – perguntei animadamente. – Só vim deixar essas coisas antes de ir para o spa. Tome um analgésico ou dois e esteja pronto e vestido no saguão às 19h45, está bem?

Bati a porta com força para fazer o máximo de barulho e fui saltitando por todo o caminho até o mármore lustroso do banho turco do hotel. Mandei a recepcionista do spa acrescentar uma massagem, pedicuro e copo alto de chá de menta à minha esfoliação e me despi lentamente na sauna a vapor com cheiro de eucalipto, pensando em Sammy.

25

Como éramos uma dúzia de pessoas sem nada para fazer além de beber e jogar conversa fora, nos sentamos para jantar naquela noite e jogamos um jogo de perguntas sobre cultura pop. Não tinha esse nome, é claro, nem houve menção alguma sobre estarmos jogando – que dirá um jogo de perguntas –, porque isso seria totalmente caído, mas a maneira como respondíamos a rodadas de perguntas ida e volta indicava que era, sem discussão, exatamente isso. Me fez lembrar da forma como Michael e Penelope faziam perguntas sobre *Barrados no baile* um para o outro. "Quem foi o primeiro dono do Peach Pit After Dark?" Michael perguntava, inclinando-se para a frente como se não pudesse estar falando mais sério. "Hmm, como se todo mundo não soubesse essa? Rush Sanders, o pai do Steve. De graça!", Penelope diria revirando os olhos exasperadamente. Eles continuavam durante horas ("Em que hotel Dylan morava com seu pai, Jack?" "Qual é o nome do personagem da temporada inaugural que acidentalmente dá um tiro em si mesmo em sua própria festa de aniversário?", "Verdadeiro ou falso: Donna dormiu com Ray Pruit?"), cada uma com o propósito de provar que conheciam cada cena, cada personagem.

Eu dificilmente podia alegar superioridade intelectual em relação a Elisa e Marlena só porque elas podiam dizer os nomes de todos os membros do grupo de cabala da Madonna, principalmente quando meus melhores amigos podiam declarar quando, exatamente, Mel Silver havia traído Jackie (a mãe da Kelly) e eu conseguia me lembrar dos nomes do produtor do casamento de Trista e Ryan e do filho cambojano adotado de Angelina Jolie. Dito isso, eu nunca vira um grupo que parecesse tão unanimemente entediado, indiferente e desinteressado jogar algo com tanto fervor.

– Ah, como se todo mundo não soubesse que Marc Anthony tinha dois filhos antes de se casar com a J. Lo. Isso é, tipo, a informação mais elementar possível, mas pode me dizer a localização do tribunal no qual ele deu entrada no divórcio? – Alessandra praticamente gritou para Monica.

Ela bufou.

– Por favoooorrr, você está brincando. Se algum dia você leu alguma coisa na vida, sabe que ele entrou com o divórcio na República Dominicana para agilizar as coisas. O que você provavelmente não sabe – porque não está disponível para a leitura das massas naqueles jornalecos que publicam dia sim, dia não – é o nome do barco que George tem em sua casa no lago Como.

– George? – perguntou Oliver, enquanto todos se inclinavam para a frente.

– Clooney – disse Marlena. – Quem mais?

– Ahmeudeus, eu não posso mais ficar ouvindo isso – choramingou Leo. – Vocês são todos tão ridículos.

Parabenizei Leo silenciosamente por seu bom senso, mas me precipitei.

– Vocês acham que essas coisas são relevantes? Digam o nome de três pessoas que Jade Jagger já namorou e digam-me em que joalheria ela trabalha atualmente.

Philip suspirou e deu um tapinha nas costas de Leo indiferentemente.

– Leo, meu camarada, desafie-nos. Essa foi, de todas, a pior pergunta em que eu podia pensar, principalmente já que cada uma das pessoas aqui presentes esteve na grande inauguração da loja da Garrard.

Isso continuou durante toda a refeição e só quando chegou a sobremesa começamos a imaginar como seria uma boate turca.

– Bem, eu certamente não vou cobrir mais do que isso. Sei que é um país muçulmano e tudo o mais, mas estou vestida da maneira mais conservadora que meu guarda-roupa permite – anunciou Isabelle, voltando os olhos para sua roupa. Seu vestido frente-única parecia feito de metal; deixava suas costas e parte da sua bunda inteiramente nuas, embora qualquer área verdadeiramente obscena estivesse coberta, e a peça chegasse até os joelhos. Na frente, o decote descia até o umbigo, mas o tecido ainda se agarrava a seus seios perfeitos bem próximo dos mamilos. Inspecionando com mais atenção, percebi que ela devia tê-lo preso com fita adesiva. Sandálias prateadas de salto agulha e uma bolsinha de crocodilo completavam seu visual.

– Vocês acham que eles têm Cristal aqui? – perguntou Davide com urgência. – Eles servem bebidas, não é, Bette?

Eu estava prestes a dizer a ele que provavelmente sobreviveria à noite independentemente da presença de garrafas de Cristal de um litro e meio, mas Kamal, que estava ouvindo em silêncio sem nenhuma expressão, inclinou-se para a frente com um ar conspiratório.

– Amigos, eu lhes garanto que vão encontrar tudo o que desejam. A festa de hoje certamente os agradará, já preparamos tudo.

– Então, Kamal, vamos falar sobre garotas. Como são as garotas turcas? – perguntou Philip. Davide riu de forma apreciativa e Elisa fez um show ao revirar os olhos na minha direção. Percebi rapidamente que era assim que as namoradas deviam agir e revirei os meus de volta no mesmo instante.

– Falando hipoteticamente? – perguntou Kamal. Parou para pensar por um instante e então disse: – Sr. Weston, acho que vai achar que as garotas turcas são como as garotas norte-americanas ou inglesas ou de qualquer outro lugar: algumas estão, digamos, mais dispostas, enquanto outras vêm de boas famílias e não querem saber disso.

– E quais delas teremos mais chances de conhecer esta noite, Kamal? As dispostas ou as frígidas?

Philip claramente conquistara Kamal, pois ele começou a sorrir e a entrar na brincadeira. Tomou um gole gigantesco de seu copo antes de tentar ficar o mais sério possível e dizer:

– As primeiras, Sr. Weston. Prevejo que vai encontrar mais da primeira categoria esta noite.

Philip sorriu de volta e ergueu a mão para dar um *high-five*, que Kamal retribuiu imediatamente

– Isso será aceitável, Sr. Avigdor. Obrigado.

Como era de esperar, nenhuma conta apareceu na mesa e, quando finalmente entramos todos no barco – um iate, talvez, ou quem sabe um veleiro – que nos transportaria pelo Bósforo até Bella, eu estava ligeiramente bêbada e de certa forma curtindo aquela noite. Em um esforço para parar de observar Isabelle apalpando Sammy, eu tinha ido de pessoa em pessoa, convencendo-os a posar para os fotógrafos por meia hora antes de chegarmos à boate, seguida de mais meia hora de "balada para divulgação" em que qualquer coisa que eles dissessem ou fizessem podia ser relatado pelos jornalistas que trouxéramos conosco. No entanto, depois disso, o trabalho estaria oficialmente encerrado e todo mundo poderia se divertir a qualquer nível de devassidão que desejasse sem se preocupar muito com aquelas desagradáveis manchetes de COCAÍNA E PROSTITUTAS!. Ainda tínhamos de ter cautela com a imprensa turca, mas eu não acreditava que eles fossem ser um grande problema e Kamal prometeu mantê-los fora das áreas VIP. No geral, quase todos aparentavam estar satisfeitos com o acordo e a galera parecia quase entusiasmada quando o barco atracou em um píer coberto com um tapete vermelho.

– Todos os homens vão ficar olhando para nós? – perguntou Elisa a Kamal, seus olhos esbugalhados de preocupação.

– Ficar olhando para vocês? Por quê? É claro que vão notar sua beleza, mas não acho que a deixarão pouco à vontade – disse ele.

– Bem, se só estão acostumados a ver mulheres usando burkas, imagino que iremos nos destacar – disse ela pensativamente.

Sammy me lançou um olhar – um dos muitos daquela noite, já que tínhamos nos sentado de frente um para o outro durante o jantar – e eu consegui prender uma gargalhada, ainda que não sem fazer barulho. Ela se virou rapidamente e olhou para mim.

– O que foi? Você está a fim de ter um bando de peões olhando para você a noite toda? Eu não tinha de voar até aqui para isso, podíamos simplesmente ter ido para Nova Jersey!

Kamal gentilmente a ignorou enquanto nos ajudava a sair do barco e nos apresentava a um outro grupo de homens, que eram bonitos e pareciam muito bem-sucedidos. Eram nossos outros clientes e cada um tinha entre duas e quatro garotas deslumbrantes babando a cada palavra que diziam. Para grande surpresa de Elisa e Isabelle, essas garotas não estavam usando burkas. Não estavam nem mesmo usando sutiãs, se formos falar tecnicamente. A quantidade de pele feminina nua em exibição era quase ofuscante e ainda nem tínhamos entrado.

Um dos novos homens se apresentou como Nedim e anunciou, com bastante estardalhaço, que era o dono da Bella, o espaçoso complexo de diversões que se estendia diante de nós. Tinha sua própria marina para permitir que celebridades e VIPs visitantes não tivessem de se submeter a toda a situação da porta; os convidados podiam simplesmente sair de seus barcos e cair direto em uma banqueta, onde qualquer coisa em que pudessem pensar ou desejar seria providenciada imediatamente. Nedim conseguia parecer como todos os donos de boate que eu já conhecera: era o clássico fumante inveterado, com camiseta vintage e tênis retrô, cabelo arrepiado ao qual ninguém daria bola se ele não dirigisse o Porsche vermelho obrigatório e distribuísse garrafas de champanhe.

– Senhoras, senhores, bem-vindos ao Bella – anunciou ele, abrindo os braços grandiosamente –, o melhor destino noturno em Istambul. Bella fica, como podem ver, no rio Bósforo, bem no ponto divisório entre a Europa e a Ásia, e nossa clientela com certeza reflete essa sensação internacional. Venham comigo, por favor, e preparem-se para usufruir de tudo o que a Bella tem a oferecer.

Ele nos escoltou até uma enorme mesa redonda empoleirada na água dentro de uma seção da boate separada por cordões que praticamente berravam "VIP". Só um portãozinho frágil nos separava do rio e mesmo ele tinha apenas setenta centímetros de altura, um desastre em potencial para bêbados, segundo a minha experiência. A vista era incrível: tanto barcos grandes quanto pequenos navegavam lentamente pela água turva, passando em frente a uma mesquita lindamente iluminada com minaretes que pareciam alcançar o céu. O chão era de madeira escura brilhante, quase preta, e os bancos eram de brocado de cetim com fios dourados entremeados. Era totalmente ao ar livre, a não ser por algumas lonas brancas que ondulavam ao vento e conferiam ao lugar todo um ar exótico e sensual; a única luz vinha de lanternas turcas de vidro e centenas de velas de *réchaud* incrustadas em suportes para velas votivas. Tigelas de minidamascos e pistaches partidos com as mãos descansavam em todas as superfícies disponíveis. Era sem dúvida o lugar mais sexy em que eu já estivera, de uma elegância muito mais natural do que todos os lugares da moda de Nova York ou Los Angeles, mas sem aquela arrogância que os lugares pareciam desenvolver quando sabiam que eram quentes.

Uma esquadra de garçons bem-vestidos circundou a mesa instantaneamente e anotou nossos pedidos de bebidas. Em menos de meia hora, todo mundo estava agradavelmente de pileque e, quando chegou a meia-noite, Elisa e Philip estavam dançando em cima das mesas. Pareciam bem à vontade com a encoxada que estavam dando. Sugeria algo romântico – e recente. Os fotógrafos se esbaldaram de tanto clicar, mas Nedim e sua equipe os encheram com tanta birita e garotas e Deus sabe mais o quê que perderam a cena de Marlena atracada a um famoso jogador turco de futebol que também estava na área VIP. Consegui separá-los antes que alguém percebesse e os convenci de que seriam muito mais felizes no quarto dela no Four Seasons, e nem protestaram quando os levei até uma limusine que estava esperando na frente e instruí o motorista a levá-los de volta para o hotel. Eu acabara de desligar de um telefonema para a recepcionista – que me garantiu que eles seriam levados imediatamente para o quarto de Marlena e que todos os fotógrafos e repórteres seriam mantidos longe – quando Sammy apareceu ao meu lado.

– Ei, onde você andou se escondendo? – perguntou, passando os braços em volta de mim por trás e beijando o meu pescoço. – Consegui saber onde você estava a noite toda e de repente você desapareceu.

– Oi – falei.

Ele olhou em volta para ter certeza de que não via Isabelle ou Philip ou qualquer pessoa com uma câmera.

– Vamos dar o fora daqui – disse com a voz áspera. – Estão todos tão bêbados que nem vão notar – mais uma vez ele beijou o meu pescoço, dessa vez mais rudemente e, pela primeira vez, tive um pressentimento de que Sammy não era só um cara legal. Graças a Deus.

– Não posso, Sammy. Eu quero, mas não posso. Tenho de ficar de olho em todo mundo aqui, é literalmente minha única responsabilidade.

– São quase duas da manhã. Quanto tempo mais você acha que eles podem continuar com isso?

– Você, de todas as pessoas, sabe a resposta disso. Até o dia amanhecer, fácil. Talvez a gente possa dar um jeito mais tarde, no hotel, mas no momento eu tenho de voltar para lá.

Ele deixou os braços caírem ao lado do corpo e suspirou alto.

– Eu sei que é assim que tem de ser, mas é um saco. Vá você primeiro, eu vou daqui a alguns minutos.

Ele começou a passar os dedos pelo meu cabelo, mas os tirou abruptamente quando ouviu seu nome.

– Sammy? Você está aqui? Vocês viram meu namo, meu, hmm, meu assistente? – a voz aguda de Isabelle ecoou pela água. Virei-me para vê-la perguntando a um dos seguranças uniformizados que nos observavam atentamente para garantir que não fôssemos importunados.

– Meu Deus do céu – resmungou Sammy, afastando-se de mim. – O que é, será que ela não consegue achar o banheiro sozinha? Eu tenho de ir.

– Espere, eu resolvo isso – falei e apertei a mão dele – Isabelle, aqui! Ele está aqui!

A cabeça de Isabelle girou e, quando ela nos viu, pareceu primeiro aliviada e depois confusa. Ela me ignorou completamente enquanto se dirigia a Sammy.

– Estou há horas procurando por você – choramingou, obviamente esquecendo-se de que eu estava ali e então deixando o muxoxo de lado quando se lembrou.

– Desculpe-me roubá-lo de você, Isabelle. Marlena e o cara com quem ela se agarrava estavam bem alucinados e o Sammy foi gentil em me ajudar a botá-los em um carro. Estávamos voltando neste instante.

Isso pareceu abrandá-la, apesar de ainda não tomar conhecimento da minha presença. Ela estava olhando para Sammy e ele estava intensamente concentrado em seus próprios pés.

– Bem, então eu vou ver como estão todos lá dentro – falei animadamente. Dirigi-me para a porta, mas não antes de ouvir a voz de Isabelle mudar de choramingas para cruelmente fria.

– Eu não lhe pago tanto dinheiro para me negligenciar e me abandonar! – chiou ela.

– Ah, poupe-me, Isabelle – disse Sammy, soando mais exausto do que chateado. – Eu fui ajudá-la por cinco minutos. Nem cheguei a abandoná-la.

– Bem, como acha que me sinto sentada lá sozinha enquanto o meu homem sai correndo para ajudar outra pessoa?

Infelizmente, eu tinha de atravessar a porta e não consegui ouvir a resposta de Sammy. A área VIP estava completamente vazia quando finalmente consegui atravessar as hordas de desconhecidos. O rap e o hip-hop norte-americanos tinham dado lugar a uma espécie de trance music turca e parecia que o lugar inteiro estava pulsando com corpos parcamente escondidos. Camilla, Alessandra e Monica haviam encontrado homens – um jogador de futebol do Real Madrid; um âncora da CNN Internacional e um playboy inglês que alegava conhecer Philip desde o colégio interno – e estavam enfiadas com eles em vários cantos escuros pela Bella, sob o olhar atento de Nedim e dos outros proprietários. Avistei Elisa e Davide de pé perto da pista de dança, gesticulando furiosamente um para o outro. Achei que brigavam, até chegar perto o suficiente para ouvir. Não estavam realmente discutindo ou tendo algum tipo de desentendimento: ambos encontravam-se obviamente tão ligados de pó que falavam um *para* o outro, cada um tão envolvido com a importância de suas próprias ideias que gritavam entusiasmadamente por cima da voz do outro. Como sempre, os fotógrafos e repórteres pegaram uma mesa para si, longe de nós, e pareciam estar se afogando em álcool destilado mais uma vez. Seis maços de cigarros vazios estavam espalhados em volta deles e mal olharam para cima quando perguntei se precisavam de alguma coisa. Não vi Leo, mas não foi difícil localizar Philip: simplesmente procurei a garota mais loura, com os maiores peitos do aposento, e então desviei os olhos alguns centímetros para a direita. Ele estava com o braço em torno da cintura dela e ambos estavam na frente da cabine do DJ. Ela me parecia vagamente familiar, mas não consegui identificá-la de costas. Enquanto eu esperava que se virassem, vi quando Philip removia um maço gigantesco de notas do bolso de trás de seu jeans AG e o jogava na direção do DJ magricelo, que manteve a pose obrigatória de "fone pressionado contra o ombro".

– Ei, camarada, quanto custa para você tocar alguma coisa com palavras? – perguntou enquanto a garota ria e dava um grande gole em seu drinque. – Não consigo mais ouvir essa merda turca.

O DJ botou a mão em cima do dinheiro e fez com que ele desaparecesse debaixo de uma das máquinas em sua mesa. Acenou para outro garoto sentado em um reservado e lhe disse algumas palavras. O segundo cara virou-se para Philip e disse:

– O que você quer ouvir? Ele pode tocar qualquer coisa.

– Diga-lhe que queremos um pouco de Bon Jovi ou Guns n' Roses.

O ajudante traduziu e o DJ assentiu, parecendo confuso. Em menos de dez segundos, "Paradise City" estava saindo aos berros dos alto-falantes e Philip estava sacudindo a cabeça no ritmo. Quando me viu, inclinou-se para cochichar algo para a garota, que assentiu e se mandou.

– Ei, amor, essas músicas não são muito melhores? – perguntou, olhando seu reflexo no vidro da cabine do DJ.

– Aquela era Lizzie Grubman? – perguntei, descobrindo finalmente por que ela me parecia tão familiar.

Ele voltou a bater a cabeça contra uma parede imaginária.

– Parece que ela e Tara Reid ouviram falar da nossa festinha chique aqui este fim de semana e quiseram vir ver com seus próprios olhos.

– Ela é, hmm, ela é bonita – falei de forma pouco convincente, sabendo que, em termos profissionais, eu deveria estar feliz por Lizzie Grubman e Tara Reid terem seguido nosso grupo até Istambul.

– Tem o rosto igual a uma bolsa de crocodilo – falou ele, me agarrando e me puxando para a pista de dança. – Vamos, amor, relaxe um pouco. Vamos dançar.

Saí de fininho depois de alguns minutos e voltei para Elisa, que parecia ter se acalmado um pouco. Estava sentada no colo de Davide, falando baixinho enquanto ele massageava seus ombros e dava longas tragadas no baseado pendurado em seus lábios.

– Ei, acham que podem cuidar de tudo aqui? Acho que algumas pessoas voltaram para o hotel e eu provavelmente devia ir para lá, para garantir que está tudo em ordem.

– Claro, tanto faz. Você se preocupa demais, Bette. Está todo mundo se divertindo. Cadê o Leo? Só diga a ele que você está indo embora e nós a veremos no hotel, está bem? – Ela riu enquanto Davide soprava a fumaça da maconha em seu rosto.

– Maravilha. Vou fazer isso. A gente se vê amanhã.

– Tá, tudo bem. Não pretendo ver a luz do dia amanhã, mas vou procurá-la quando acordar. Ah, cadê o Philip? – perguntou, esforçando-se bastante para parecer casual.

– Philip? Da última vez que o vi, ele estava dançando com Lizzie Grubman e Tara Reid.

– O quê? Elas estão aqui? – Ela pulou do colo de Davide e colou um sorriso enorme no rosto. – Com certeza eu vou lá dar um oi. A gente se vê depois, Bette.

Olhei em volta procurando Leo, mas quando não consegui encontrá-lo em lugar nenhum, achei que ele devia ter encontrado um cara e havia se retirado para seu quarto para brincar. Nedim se ofereceu para me acompanhar de volta ao hotel em seu Porsche e eu me senti tentada a aceitar até ele deixar sua mão roçar meu cóccix enquanto sorria sugestivamente e dizia que ia me mostrar os lugares badalados do fim de noite em Istambul. Recusei educadamente e peguei uma limusine. A mulher na recepção me cumprimentou pelo nome e me contou quem já havia voltado e a que horas.

– Ah, espere, há um recado para você. – Ela me entregou um pedaço de papel dobrado, que eu abri imediatamente, esperando algum desastre. ENCONTRE-ME NO QUARTO 18 QUANDO VOLTAR estava escrito em negrito, tudo em caixa alta. Não estava assinado, mas havia uma chave de plástico inclusa.

Considerei minhas opções por um momento: o bilhete tinha de ser do Sammy. De alguma forma, ele arrumara um quarto longe de Isabelle para que nós pudéssemos passar algum tempo a sós. Era, se eu ousasse pensar a respeito, o gesto mais romântico e emocionante de toda a minha vida. Eu estava polida e lustrosa do spa naquela manhã e agora meu namorado secreto tinha ligado. A vida não podia ficar muito melhor do que isso.

A viagem de elevador pareceu durar séculos e, quando finalmente bati na porta, eu estava tremendo de nervoso.

A porta levou quase um minuto para ser aberta, um minuto que pareceu um mês, e me veio um pensamento fugaz e aterrorizante de que não era o Sammy afinal de contas ou que talvez o bilhete fosse para outra pessoa. Uma dúzia de possíveis equívocos passaram pela minha cabeça nos trinta segundos em que fiquei parada ali, enraizada no carpete, entrando silenciosamente em pânico e imaginando como poderiam esperar que eu reagisse se não fosse ele, se ele não estivesse esperando do lado de dentro, preparado para arrancar minha roupa e me jogar no que certamente seria uma cama king size ornada em toda a sua glória deslumbrante de cinco estrelas. "Por favor", rezei para alguma entidade desconhecida, "por favor, faça com que seja ele e faça com que ele me queira tanto quanto eu o quero e também faça com que ele tenha..."

A porta se abriu de supetão e Sammy me puxou para dentro imediatamente, apertando sua boca contra a minha mesmo antes de bater a porta com o pé.

– Eu te quero tanto – ofegou, passando a boca pelo meu rosto, meu pescoço, meus ombros enquanto puxava as alcinhas do meu vestido para o lado antes de ficar frustrado e puxar o negócio todo por cima da minha cabeça.

Essas foram as últimas palavras com que nos preocupamos. Desabamos na cama, que possuía cada centímetro de deslumbramento que eu havia imaginado, e nos atacamos mutuamente com uma ferocidade que teria me assustado se não tivesse me encantado tanto. Era impossível dizer que membros pertenciam a quem e eu perdi toda a consciência de tempo, espaço ou de onde, exatamente, estava sendo tocada. Foi uma sobrecarga total dos sentidos: o peso do corpo dele, o cheiro de seu desodorante, a forma como os pelos nos meus braços e na minha nuca se arrepiavam toda vez que seus dedos desciam pelas minhas costas. Era, eu tinha de admitir, uma cena de sexo saída diretamente de um Harlequin – talvez melhor. Foi só quando alguém bateu na porta que eu notei as dúzias de velas espalhadas ou as duas taças de vinho tinto que permaneciam intocadas ou a ótima trilha sonora do Buddha Bar tocando no CD player Bose ao lado da cama.

– Quem sabe que você está aqui? – sussurrei, saindo de cima dele e despencando em um movimento só.

– Ninguém além da recepção. Joguei no meu cartão de crédito pessoal.

– Será que Isabelle ouviu?

– Sem condição. Ela tomou um punhado de Ambien para acabar com a diferença de fuso. Não vai acordar pelos próximos dois dias.

Continuamos a discutir sobre isso por mais alguns minutos, até eu perceber que a noite havia dado lugar à manhã e que era melhor eu voltar para o meu quarto oficial se não quisesse enfrentar muitas e muitas perguntas.

Ele me puxou para cima de si novamente e começou a beijar meu lóbulo, com brinco e tudo.

– Não vá. Pelo menos, ainda não.

– Eu tenho de ir, sinto muito. Você não quer que isso se torne público, quer? Pelo menos, não assim.

– Eu sei, eu sei, você está certa. Não assim. Teremos todo o tempo do mundo juntos quando voltarmos a Nova York.

– Não vai conseguir se livrar de mim quando estivermos em casa – sussurrei. Meu vestido curto e bordado de contas estava embolado em uma bola pequenininha em cima da mesa, mas consegui vesti-lo com um mínimo de dignidade antes de cair de volta na cama. A ideia de vestir qualquer tipo de roupa de baixo era insuportável; depois de soltar meu sutiã tomara que caia de seu lugar de descanso na cabeceira, joguei-o junto com minha calcinha dentro da bolsa.

Ele puxou um lençol da cama que havíamos bagunçado e o enrolou em volta da cintura enquanto nos dirigíamos para a porta.

– Bette, obrigado por uma noite incrível – falou, segurando meu rosto com as duas mãos, fazendo-o parecer pequeno, delicado e absolutamente lindo.

Fiquei nas pontas dos pés para passar meus braços em volta de seu pescoço uma última vez.

– Foi perfeito – disse eu.

E foi perfeito, tudo o que eu esperava que fosse, até o exato segundo em que abri a porta e fui recebida pelo flash mais claro e mais agressivo que já tinha visto. Ele continuou disparando rapidamente enquanto eu permanecia parada, congelada, chocada demais para me mexer.

– Ah, ei, foi mal. Quarto errado – disse John, um dos fotógrafos que tínhamos carregado conosco.

– O que diabos está acontecendo? – perguntou Sammy.

– Deixe que eu cuido disso – falei. – Fique aqui.

Saí para o corredor e fechei a porta atrás de mim.

– O que foi isso? O que você está fazendo? – praticamente gritei.

– Ei, querida, me desculpe. Não precisa se preocupar, sério, eu não vi nada – disse ele de modo pouco convincente. Era o mais ardiloso do grupo e tinha me deixado nervosa desde o início – a maior parte de seu trabalho consistia em fotos estilo paparazzi que ele vendia para os jornalecos mais bregas pela maior oferta. Kelly insistira em que seria bom levá-lo porque os editores fotográficos adoravam tudo o que ele oferecia.

– Por que estava de tocaia no meu quarto? Hã, quer dizer, neste quarto. Passei a manhã inteira indo falar com todo mundo para decidir a programação desta noite, então você vê, não há nada interessante aqui.

– Olhe, não me importa para quem você está dando. – Ele riu alto e com muito gosto. – É claro que posso achar alguém que esteja interessado em saber que a garota do Philip não passou a noite com ele, mas você foi muito legal com a gente nesta viagem, então vamos esquecer que isso aconteceu.

Desgraçado. Ele estava abertamente olhando com malícia para minha roupa e o que eu imaginava ser um rosto todo borrado de maquiagem e aquele ar geral de noite de sexo ininterrupto que simplesmente não pode ser negado.

– Além do mais – continuou, soltando o flash da câmera e enfiando-o em uma bolsa tiracolo preta –, o que eu *achei* que estava acontecendo aqui teria sido tão mais picante do que você dando para o cara da Isabelle.

– Como disse? – Eu queria estrangulá-lo por sugerir que qualquer coisa podia ser melhor do que a noite que eu acabara de ter, pelo fato de ele não acreditar na minha história ridícula sobre programação e porque ele tivera a ousadia de declarar que Sammy pertencia a Isabelle. É claro que eu não conseguia pensar em nada remotamente insultuoso ou inteligente para dizer.

– Bem, digamos apenas que fontes indicaram a possibilidade de uma festinha particular entre o seu namorado e uma das pessoas mais próximas dele. – Ele ergueu sua monocelha farta e esticou os lábios em cima dos dentes num esforço para sorrir.

– Por "namorado" eu quero dizer Philip Weston – acrescentou com um sorriso.

Engoli minha raiva.

– Hmm, ainda que tudo isso pareça fascinante, tenho de voltar lá para cima para continuar minha ronda, portanto, se me der licença... – Passei por ele descalça, com minhas sandálias em uma das mãos e minha bolsa na outra e tracei uma linha reta até o elevador.

Quanto mais eu pensava a respeito, menor o pesadelo me parecia, principalmente porque ele não parecera particularmente fascinado pelo escândalo – ou falta de – de Sammy e eu. "E por que ficaria?", pensei. O homem passa a vida seguindo celebridades extremamente famosas e documentando todo o drama que conseguem criar, então por que deveria se interessar minimamente em uma produtora insignificante que parecia estar pulando a cerca extracurricular? E nem era com alguém famoso! É claro que havia a questão do Philip. E, se Kelly descobrisse que eu tinha sido pega fazendo companhia para o amigo de aluguel de Isabelle, ela não ficaria feliz. Isabelle podia insistir em que eu fosse demitida. Mas eu estava botando o carro na frente dos bois; parecia pouco provável que John vazasse qualquer coisa. Só Abby parecia interessada no meu paradeiro e não havia possibilidade de que ela possuísse tentáculos que chegassem até Istambul. Percebi que isso era uma parte do motivo pelo qual ficara tão perturbada quando vi o fotógrafo: por maravilhosas 24 horas, eu me esquecera de como era se sentir perseguida, espionada e vulnerável. Como Abby estava a uns bons oito mil quilômetros de distância, eu não tinha aquela sensação constante e sinistra de que alguém estava tentando expor minha vida particular para o grande público. Respirei fundo e lembrei a mim mesma que poderia ser bem pior e agradeci por Abby estar em um país completamente diferente.

Quando cheguei perto, vi que a porta do meu quarto e de Philip estava ligeiramente aberta, o que era perceptível apenas se você ficasse bem ao lado e olhasse, e ouvi uns sons abafados vindos de dentro. Passava um pouco das oito da manhã – praticamente o meio da noite, se levássemos em conta que eu só voltara para o hotel às 3h e que Philip ainda estava na Bella quando fui embora – e entendi imediatamente que o suposto ménage à trois muito provavelmente *estava* acontecendo, só que no meu quarto. A ideia de bater passou rapidamente pela minha cabeça, mas, em vez disso, empurrei a porta, abrindo-a.

Passei pelo canto da sala de estar e atravessei as portas francesas que davam para o quarto, apenas para ver Leo escarrapachado, nu, na cama. Levei mais um segundo ou dois para perceber que o tufo de cabelos que estava no momento se sacudindo para cima e para baixo na área geral da região pélvica exposta de Leo, a bunda pelada me cumprimentando, pertencia ao Sr. Philip Weston. Antes que eu pudesse sequer reagir, Leo me viu.

– Ei, Bette, e aí? – perguntou Leo indiferente, sem fazer nenhuma tentativa de se cobrir ou cobrir Philip.

Ao ouvir o som do meu nome, a cabeça de Philip girou, expondo os poucos centímetros do corpo nu de Leo que eu ainda não havia visto.

– Ah, oi, gata, e aí? – perguntou ele, limpando a boca delicadamente com uma fronha. – Onde você esteve a noite inteira?

– Onde eu estive a noite inteira? – Como sempre, só consegui repetir.

– Eu esperei séculos, amor – choramingou ele, pulando da cama como um garotinho na manhã de Natal e vestindo um roupão. Eu me toquei que era a primeira vez que o via completamente nu.

– Séculos, é? – respondi brilhantemente.

– Bem, se tivesse voltado na hora em que deveria, acho que Leo não teria acabado na minha cama. Você não acha, amor?

Eu dei uma gargalhada. *Isso* era engraçado.

– Ah, Philip. Por favor! Você não quis dormir comigo desde...

– Relaxe, boneca, acalme-se um pouco. Leo apareceu aqui há alguns minutos e simplesmente apagou. Eu devo ter dormido também. Fomos malucos em beber tanto, mas pelo menos dormimos até passar.

Eu estava rindo incontrolavelmente agora.

– Está falando sério? Está dizendo que eu não vi o que acabei de ver? – Se pelo menos um dos dois tivesse a delicadeza de parecer minimamente constrangido pelo que acabara de acontecer, eu poderia – poderia – ter sido capaz de lidar com aquilo.

– Ei, pessoal, eu vou pedir café e suco de laranja, talvez alguns croissants. Estou sentindo uma ressaca daquelas se aproximando – anunciou Leo. Continuou sem fazer nenhuma tentativa de se cobrir, pegando o controle remoto em vez disso, e zapeando pelas opções de filmes do hotel.

– Boa pedida, camarada. Quero um expresso duplo, algumas aspirinas e um bloody mary em um copo bem alto.

– Isso está acontecendo? – perguntei, imaginando em que momento a minha noite, ou melhor, a minha vida, tinha dado uma guinada e entrado num universo paralelo. Tinha a sensação de que estava vivendo em alguma espécie de realidade alternativa, mas aparentemente eu vivia lá sozinha.

– Hmm? – perguntou Philip, deixando seu roupão cair de novo na frente de nós dois enquanto entrava no chuveiro, deixando a porta do banheiro escancarada. – Leo? Diga à sua colega de trabalho que você e eu somos apenas camaradas.

Leo conseguiu se desvencilhar do emaranhado de cobertas, que pareciam ter sido submetidas a um ritmo pesado por horas, e vestiu seus jeans sem cueca.

– Claro, Philip. Bette, nós somos só amigos, querida. Quer comer alguma coisa?

– Hã, não, obrigada. Eu, hã, acho que vou tomar café lá embaixo, está bem? Vejo vocês dois depois. – Peguei um par de jeans limpos, uma camiseta e um par de chinelos, joguei-os dentro de uma sacola de plástico da lavanderia do hotel e saí correndo do quarto, sentindo-me ligeiramente enjoada enquanto deixava Philip e Leo em sua tranquilidade doméstica.

Eu queria matar algum tempo no restaurante do térreo e fazer um lanche antes de poder voltar para o meu quarto em segurança, mas assim que o garçom trouxe o café da manhã completo e uma cesta com doces e bolinhos incríveis, Elisa entrou aos tropeções e despencou na cadeira à minha frente.

– Não consigo dormir e estou prestes a me matar – anunciou.

Entrei em pânico assim que a vi, convencida de que ela já sabia o que tinha acontecido. Achei que ninguém estaria acordado àquela hora, mas seu cabelo embaraçado e olheiras profundas e mãos trêmulas indicavam que provavelmente tomara drogas demais para sequer pensar em dormir, então descera para esperar a onda passar.

– Ei, claro, sente-se – disse eu, tentando parecer indiferente.

O garçom lhe trouxe uma xícara e um pires. Seus olhos vidrados fixaram-se neles por um momento, como se jamais tivesse visto nenhuma das duas coisas, mas ela se recuperou e se serviu de café. Aí, ela me olhou suspeitosamente.

– Você acordou cedo. Cadê o Philip? – perguntou, terminando a xícara inteira de um gole só.

– Philip? – Tentei rir, mas saiu parecendo mais uma engasgada. – Ah, ele está dormindo, eu acho. Não sei por que acordei tão cedo. Deve ser a diferença de fuso.

– Diferença de fuso? – bufou ela. – Se esse é seu único problema, tome um Xanax. Eu me sinto um lixo.

– Tome, coma alguma coisa. Você parece estar precisando comer um pouco.

Outra bufada.

– Esse bolinho equivale em gordura e carboidratos a pelo menos dois Big Macs. Não, obrigada. – Ela encheu outra xícara de café preto e a engoliu.

– Davide está lá em cima? – perguntei, não por algum interesse genuíno, mas porque achei que devia dizer alguma coisa.

– Não sei onde ele está. Eu o perdi de vista às três da manhã. Deve ter ido para a casa de alguma garota turca. – Ela não parecia nem chateada nem surpresa com isso.

Só fiquei olhando para ela.

Ela simplesmente suspirou.

– Philip provavelmente nunca faria isso com você, certo? Ele é um cara tão legal...

Quase cuspi meu suco de laranja, mas de alguma forma consegui manter a compostura.

– Hmm – murmurei. – Já ouviu alguma coisa sobre Philip ter... bem, é, sobre ele ter interesse em...

Ela me olhou com olhos vidrados.

– Interesse em quê?

– Ah, sei lá... caras?

Isso induziu uma ofegada e seu queixo caiu totalmente.

– Philip Weston? Gay? Está brincando? Bette, como pode ser tão ingênua? Só porque ele tem uma noção de estilo sensacional e dirige uma Vespa e faz ioga não significa, de forma alguma, que ele goste de meninos.

"Não", pensei para mim mesma, "é claro que não. Mas e o fato de eu tê-lo flagrado meia hora atrás fazendo sexo oral em nosso colega de trabalho muito gay e muito assumido?"

– Certo, não, eu entendo o que você está dizendo. É só que...

– Bette, quando vai dar valor a esse menino? Qualquer garota sensata faria qualquer coisa, tudo, para segurá-lo, mas você parece não entender isso. Então, parece que tivemos algum escândalo por aqui esta manhã. – Ela mudou de assunto tão rápido que eu mal tive tempo de raciocinar que o que ela estava falando poderia dizer respeito a mim.

– Escândalo? Com alguém do grupo? Alguém viu?

Ela me olhou nos olhos e por um momento eu tive certeza de que sabia a história toda. Mas aí ela simplesmente disse:

– Não sei exatamente. Um dos fotógrafos... o gordo, como é o nome dele?... mencionou que pode ter tirado algumas fotos "interessantes" de alguém em situação comprometedora. Tem alguma ideia de quem foi e o que aconteceu?

Mastiguei deliberadamente meu croissant e fixei meu olhar na primeira página do *International Herald Tribune.*

– Hmm, não, não ouvi nada. Devemos nos preocupar? Quer dizer, não queremos que algo realmente prejudicial vaze.

Elisa serviu uma terceira xícara de café e permitiu-se um único pacotinho de Equal. Suas mãos tremeram com o esforço.

– Acho que vamos ter de esperar para ver, não é? Vou tentar dormir, tenho de estar aqui embaixo dentro de algumas horas para minha esfoliação no banho turco. Ouvi dizer que é melhor para sua pele do que peeling com laser. A gente se vê depois.

Eu a observei mancar para fora em seus cambitos e tentei entender o que, exatamente, tornara aquela interação tão esquisita. Mas a menção de uma esfoliação me fez lembrar meu próprio compromisso, então terminei o café da manhã e fui para o spa para minha massagem pré-passeio turístico, acrescentando uma pedicure com parafina para completar. Essa eu havia feito por merecer.

26

— Tenho de dizer, acho que essa é a minha favorita – anunciou Will, me passando uma página impressa pela mesa. Ele não parecia especialmente divertido. Tomara para si a função de juntar uma pequena coleção de notas de jornal que haviam mencionado meu nome desde que eu começara na Kelly & Company e nós a estávamos revisando juntos, durante o brunch. Na semana anterior, eu voltara da Turquia e do que achei ter sido uma viagem inacreditavelmente bem-sucedida. Ninguém parecia ter a mínima ideia do que acontecera *realmente* com Philip ou Sammy. Estava se tornando óbvio que eu relaxara cedo demais.

Pelo visto, Abby era onisciente. De alguma forma ela entrara em contato com John, o fotógrafo gordo, porque conseguira pegar um pedacinho da verdade e transformá-la em uma mentira hedionda. Publicara essa pérola em especial na quinta-feira e, dessa vez, eu achei que Kelly ia ter um ataque cardíaco:

> A relações-públicas Bette Robinson gerou sua própria publicidade, dizem as fontes, enquanto comandava uma viagem de marketing para Istambul no mês passado. Mais conhecida por seu relacionamento com Philip Weston, dizem que Robinson esteve intimamente envolvida com Rick Salomon - mais conhecido como o cara que nos deu a fita pornô de Paris Hilton - no mesmo hotel em que também dividiu um quarto com Weston. Será que os leitores podem esperar uma refilmagem da famosa fita pornô, dessa vez estrelando nossa produtora de festas favorita no lugar da nossa baladeira preferida? Fiquem ligados.

A foto que acompanhava a adorável notinha era aquela tirada quando abri a porta do quarto de Sammy, segurando as sandálias com uma das mãos e passando a outra por meu cabelo desgrenhado da cama. Minha boca estava aberta de maneira nada atraente e minha maquiagem estava borrada debaixo dos olhos. Eu parecia tão vagabunda quanto Paris, menos o corpo e as roupas sensacionais. Uma silhueta no fundo fora desfocada; se examinada com atenção, era claramente um homem com um lençol enrolado em volta da cintura, mas identificá-lo além disso era impossível. Era Sammy, é claro, o desgraçado do fotógrafo passara cinco dias seguidos com ele e sabia disso perfeitamente bem, mas obviamente não havia se dado o trabalho de fornecer essa informação quando vendeu a foto para Abby. Imaginei que ela passara pouco tempo tentando descobrir quem era o cara antes de escolher aleatoriamente alguém especialmente prejudicial e dando-lhe o papel de meu amante ilícito da madrugada.

Pela primeira vez desde que eu começara a trabalhar para ela, vi que Kelly não estava feliz com a cobertura. Ela me perguntou, brandamente, se havia alguma verdade nas alegações e depois continuou com perguntas sobre por que Abby tinha resolvido me pegar. Eu lhe garanti que nunca encontrara o cara do vídeo pornô da Paris Hilton e com certeza não transara com ele, com ou sem câmera, e ela pareceu acreditar em mim. Estranhamente, nunca lhe ocorreu me perguntar quem era o cara, se não era o Sr. Paris Hilton, então não precisei mentir. Após essa rápida sessão de perguntas e respostas, Kelly me instruiu a resolver qualquer animosidade com Abby, já que esse tipo de publicidade não estava mais sendo útil. Ela me lembrou de que estávamos a apenas quatro semanas da festa da *Playboy* e que não deveria haver publicidade negativa, verdadeira ou não, envolvendo a minha vida particular entre a presente data e o dia da festa. Garanti a ela que compreendia perfeitamente e jurei dar um fim naquilo, ainda que não tivesse, até então, nenhuma ideia realista de como fazer isso. Eu sabia que tinha de ligar para Abby e confrontá-la diretamente, mas só a ideia de ouvir sua voz me deixava doente de terror.

Philip, é claro, mantivera sua boca fechada; só eu sabia que ele ficara aliviado pela foto ser da minha indiscrição, mesmo que ele parecesse um otário cuja namorada o traía abertamente, ou, como Will o chamara, um corno.

Pelo menos não era uma foto de sua visitinha ao outro time. Philip e eu ainda não havíamos nem mencionado o que acontecera naquela primeira noite na Turquia. Nem uma palavra. Nada. As coisas voltaram ao seu padrão normal durante o restante da viagem. Dois dias de tratamentos de spa e devassidão até altas horas. Olhando, mas não tocando Sammy (o Ambien de Isabelle não durara tempo suficiente), e basicamente assegurando-me de que todos os convidados estivessem satisfeitos e longe de confusões. Terminamos a viagem como havíamos começado: fingindo estar juntos, ainda que qualquer pessoa que se desse o trabalho de olhar com atenção teria notado que eu não cheguei nem a cochilar no quarto de Philip.

Na semana desde que voltáramos, Philip e eu tínhamos nos visto e nenhum dos dois negava quando as pessoas presumiam que estávamos juntos. Depois do caos da foto, a "reconciliação" me deu algum espaço com Kelly. Mas eu precisava de uma forma de sair desse "relacionamento" com pouco drama, não só por causa da pressão dos tabloides, mas porque eu realmente gostava do Sammy.

A boa notícia é que todos os veículos diários e semanais que tinham importância haviam dedicado grandes espaços à devassidão cuidadosamente orquestrada do grupo e uma Associação de Proprietários de Casas Noturnas muito feliz estava certa de que em breve haveria um número sem precedentes de baladeiros norte-americanos. Só o *New York Scoop* publicara a minha foto feia. Kelly pareceu tranquila depois que soube que Philip e eu havíamos "voltado". Sammy pedira mil desculpas, apesar de Isabelle mantê-lo numa rédea tão curta que tivéramos pouco contato desde a viagem. As únicas pessoas que pareciam realmente arrasadas eram os meus pais.

Minha mãe estava tão histérica quando ligou que tive de desligar no meio da conversa e fazer Will ligar de volta para ela para explicar que você não pode acreditar em tudo o que lê, principalmente quando se trata de colunas de fofocas. Ele conseguiu acalmá-la um pouco, mas isso não mudava o fato um tanto perturbador de que, mesmo que eu não tivesse dormido com o cara que fez o vídeo pornô de Paris Hilton, meus pais tenham visto uma foto minha logo depois que eu havia obviamente dormido com alguém. Eles não entendiam o que eu estava fazendo profissional ou pessoalmente... ou por quê. Apesar de não haver nada de bom a respeito da situação, o pior parecia ter passado e o único que ainda parecia obcecado com aquilo era Will.

Era domingo, exatamente uma semana depois de termos voltado da Turquia, e eu estava no meu brunch de sempre com Will e Simon. Eu estava lamentando a falta de veracidade da matéria quando Will me interrompeu.

– Bette, querida, pare de usar a palavra *verdade* quando estiver se referindo a colunas de fofocas. Faz com que você pareça ingênua.

– Bem, e o que eu devo fazer? Não esquentar com o fato daquela piranha vingativa poder inventar o que quiser a meu respeito e eles publicarem? É um milagre e uma bênção eu ainda ter o meu emprego.

– É mesmo? – Ele ergueu as sobrancelhas e bebericou seu bloody mary, o mindinho esticado.

– Foi você quem praticamente me obrigou a aceitar esse emprego, se bem me lembro. Disse que eu precisava de mais amigos, sair, ter uma vida. Bem, eu fiz exatamente isso.

– Isto – disse ele, segurando a foto para enfatizar – não era o que eu queria dizer. E você sabe disso. Querida, eu fico feliz em apoiá-la no que quer que a faça feliz, mas acho que não é preciso ser muito observador para dizer que esse não é o caso.

Bem, aquela me deixou momentaneamente muda.

– Então, o que propõe que eu faça? – perguntei. – Você achava que economia era um saco e agora está desaprovando um emprego que *você* escolheu para mim porque uma garota que eu conheci em uma vida anterior resolveu pegar no meu pé? Isso parece injusto.

Ele suspirou.

– Bem, querida, contenha-se. Você já é grandinha e tenho certeza de que vai encontrar algo um pouco mais, como devo dizer?, *discreto* do que seu atual estilo de vida. Planejar festas e sair, tomar um ou dois drinques, uma travessura com um gatinho é uma coisa, e eu apoio isso inteiramente. Mas namorar com um moleque mimado para agradar sua chefe, ter seu nome e seu rosto estampado em todos os jornais desta cidade e, acima de tudo, esquecer o aniversário do seu tio porque estava ocupada demais agindo como babá internacional para um grupo de estrelas e socialites de segunda categoria não era exatamente o que eu tinha em mente quando recomendei que aceitasse esse emprego.

O aniversário do Will. Dois de janeiro. Eu havia esquecido.

Will fez sinal para o garçom trazer outro bloody mary.

– Querida, me dê licença um minuto. Vou lá para fora com este celular e tentar descobrir onde está o Simon. Ele não é de se atrasar tanto. Colocou o guardanapo na cadeira e atravessou o aposento cavernoso em algumas passadas largas, com a aparência perfeita de um distinto cavalheiro.

Quando voltou, ele estava tranquilo e sorrindo.

– Como vai sua vida amorosa, minha querida? – perguntou, como se não tivéssemos falado sobre Philip de forma alguma.

– Já não falei o bastante? Não tenho o menor interesse em Philip.

– Querida, eu não estava falando sobre Philip. O que houve com aquele garoto grandão com quem você foi de carro para Poughkeepsie? Gostei muito dele.

– Sammy? Como pode ter gostado dele? Só o viu por trinta segundos.

– É, mas naqueles trinta segundos ele mostrou que estava perfeitamente disposto a mentir por mim. Isso sem dúvida é uma pessoa de qualidade. Então, diga-me, não há nenhum interesse ali? – Ele me olhou com uma intensidade que Will raramente dedicava a qualquer coisa.

Pensei por um momento se devia ou não lhe contar toda a história de Istambul e então entreguei. Pelo menos uma pessoa na minha vida devia saber que eu não era uma completa vagabunda.

– Hmm, é, acho que se pode dizer isso – balbuciei.

– Dizer o quê? Que você está interessada nele? Ou que não está? – Ele piscou.

Respirei fundo.

– Ele é o cara na foto. Só que não dá para ver.

Will olhou para mim como se estivesse tentando segurar um sorriso enorme.

– Ele foi para a Turquia com você? Como conseguiu isso, minha querida?

– É uma história meio longa, mas basta dizer que eu não sabia que ele ia estar lá.

Will ergueu uma das sobrancelhas.

– Sério? Bem, fico feliz em ouvir isso. Sinto que tenha ido parar nas colunas de fofocas, mas fico feliz por vocês dois terem, ah, consumado seu relacionamento.

Fiquei ouvindo Will tagarelar por algum tempo sobre como ele sempre me imaginara com alguém como Sammy, o tipo forte e caladão, e como já era hora de eu arrumar um namorado decente que entendesse o que era realmente importante. E, ah, por falar nisso, qual é a tendência política dele? Respondi alegremente a todas as suas perguntas, satisfeita em falar a respeito de Sammy, já que não podia estar com ele. Havíamos acabado de começar a atacar nossos omeletes quando Will tocou no único assunto que eu queria esquecer.

– Bem, pelo menos agora há um bom motivo para eu não ter visto minha própria sobrinha desde que ela voltou ao país, há uma semana. Eu ficaria ofendido se você estivesse simplesmente se divertindo a trabalho toda noite, mas agora que há um namorado na história... Novos relacionamentos devem ser acalentados, e o começo é a melhor época! Ah, como me lembro do começo! Você não se cansa do outro, e cada momento que passam separados parece uma tortura. O que dura mais ou menos uns dois anos, é claro, quando as coisas dão uma guinada de 180 graus e você briga por cada momento que puder ficar sozinho. Mas você tem muito tempo antes que isso aconteça, querida. Então, conte-me, como tem sido?

Perfurei meus ovos e os arrastei pelo prato antes de largar o garfo com tudo.

– Na verdade, nós não nos vimos desde que voltamos – falei, percebendo como isso parecia horrível. – Não que haja algo errado – acrescentei rapidamente. – Ele está muito ocupado negociando com umas pessoas sobre abrir um restaurante, o que não é seu objetivo final, mas parece ser uma ótima oportunidade no momento, e nós conversamos pelo telefone algumas vezes, mas eu também tenho andado alucinada preparando tudo para a festa da *Playboy* e, bem, você sabe como é.

Ouvi as palavras saírem da minha boca e sabia que parecia uma garota iludida tentando convencer a si mesma e a todas as outras pessoas que um cara estava muito interessado, mesmo que todos os sinais externos indicassem que não. Era extremamente desconcertante que eu não tivesse visto Sammy desde que tínhamos voltado, mas era verdade que nós dois estávamos extraordinariamente ocupados e, além disso, era bastante comum não ver um namorado novo durante uma semana em Nova York. Além do mais, lembrei a mim mesma, ele ligara três vezes em sete dias e sempre dizia que momentos maravilhosos tinha tido comigo na Turquia, que não podia esperar que as coisas se acalmassem para que pudéssemos ter um encontro de verdade. Eu havia lido romances demais para saber que a pior coisa que eu podia fazer era forçar ou exigir. Até agora as coisas haviam acontecido naturalmente e, apesar de achar que teria sido bom tê-lo visto uma ou duas vezes na última semana, isso não era um grande motivo de preocupação. Afinal de contas, eu tinha quase certeza de que tínhamos um longo e lindo futuro juntos, então para que apressar as coisas agora?

– Hmm, entendo. – Will pareceu preocupado por um momento, mas depois desenrugou a testa. – Tenho certeza de que sabe o que está fazendo, querida. Planeja vê-lo novamente?

– Na verdade, sim. Tenho de dar uma passada em uma festa da *In Style* amanhã à noite e ele vai estar trabalhando. Ele me convidou para tomar um café depois.

Isso pareceu satisfazer Will.

– Excelente. Mande-lhe lembranças minhas. – Ele cruzou as mãos e se inclinou para a frente como uma amiga ansiosa para saber das últimas. – Eu ordeno que o convide para o brunch no próximo domingo – falou enquanto Simon finalmente chegava.

– Sammy? Ooh, grande ideia! Seremos só nós quatro. Nos dê a chance de realmente conhecer esse rapaz – concordou Simon. Obviamente, meu grande relacionamento secreto com Sammy não chegava nem perto disso.

– Por melhor que pareça, meninos, Sammy faz o brunch no Gramercy Tavern, portanto ele não pode vir ao nosso. Talvez uma outra hora – acrescentei quando fizeram cara de desalento.

– Bem, talvez possamos ir até lá – disse Will meio desanimado. – Ouvi dizer que a comida é decente.

Simon assentiu sem entusiasmo.

– É, por que não fazemos isso? Parece bastante agradável... Uma hora dessas...

E finalmente, felizmente, a conversa mudou para a viagem que fariam para o Caribe e eu pude ficar sentada em silêncio, fingindo interesse enquanto sonhava com meu encontro romântico para tomar café de madrugada com meu novo namorado.

27

Segunda-feira foi um borrão. Eu estava tão animada para ver Sammy depois do trabalho que atravessei o dia flutuando em um estado quase de sonho. Não me lembrava de nem um único assunto que havíamos discutido durante a reunião matutina e, mesmo tendo estado presente o tempo inteiro, tive de pedir a uma das Garotas da Lista para fazer uma cópia das anotações que ela fizera para que eu pudesse me familiarizar com o que havia sido dito. O escritório estava em um estado de mobilização total agora que a festa da *Playboy* se aproximava rapidamente e, apesar de estar oficialmente no comando, eu não conseguia me concentrar. Dei uma fugida durante o almoço para fazer as mãos. Às três, anunciei que ia comprar café, mas na realidade fui correndo ao alfaiate para buscar o vestido de noite sexy que havia comprado no fim de semana, que deixei para ser encurtado. Quando finalmente deu 18 horas, comecei a balbuciar mentiras e inventar histórias incompreensíveis sobre meus pais, tio Will, uma amiga doente, qualquer coisa que me permitisse sair cedo e ter umas boas horas para ir para casa, relaxar e me arrumar de uma forma minimamente sã. Passei um e-mail para Kelly e Elisa dizendo que eu poderia dar uma olhada na festa da *In Style* naquela noite e me apresentar no dia seguinte, e então saí do escritório exatamente às 18h30.

A noite desapareceu em um torvelinho de atividades de embelezamento (incluindo raspar, esfregar, arrancar, preencher, escovar, pintar e hidratar) e, quando finalmente o táxi parou na frente do Bungalow, eu estava praticamente sem ar com a expectativa. Will me empurrara para a Bergdorf's depois do brunch no dia anterior e insistira em me dar o lindo vestido Chaiken. Ele tinha uma cintura alta mágica que fazia a minha barriga parecer inexistente e uma saia que fluía graciosamente até os meus joelhos. Eu nunca tivera um único item tão lindo ou tão caro; assim que fechei o zíper, uma hora antes, eu soube que a noite seria especial.

A expressão de Sammy quando saltei do táxi não decepcionou. Observei enquanto seus olhos percorriam a distância dos meus saltos prateados brilhantes até os brincos longos superglamourosos que Penelope me dera no meu último aniversário. Seu sorriso foi ficando maior até que ele finalmente parou de olhar e disse "uau". A isso seguiu-se algo parecido com um gemido grave e eu achei que ia morrer de felicidade.

– Gostou? – perguntei, resistindo ao impulso de girar. Por algum milagre, estávamos sozinhos na calçada, o último de um grupo de fumantes acabara de voltar para dentro.

– Bette, você está simplesmente linda – disse ele, e pareceu estar falando sério.

– Obrigada! Você também não está nada mal – "leve e tranquila", continuei lembrando a mim mesma. "Continue leve e tranquila e deixe-o querendo mais."

– Ainda estamos de pé para mais tarde? – perguntou ele, fazendo um gesto de "um segundo" para duas garotas que acabavam de se aproximar do cordão de veludo.

– Claro. Eu topo, se você topar... – minhas palavras eram casuais, mas tive de ter um controle enorme para não engasgar de esperança.

– Com certeza. Se não se importar de esperar, devo poder sair daqui à 1 hora, 1h15, no máximo. Conheço um lugar legal aqui perto.

Dei um suspiro de alívio por ele não cancelar. Não importava que 1 hora da manhã fosse levar umas boas quatro horas para chegar ou que eu fosse estar igual a um zumbi no trabalho no dia seguinte. Nada disso importava nem um pouco porque, dentro de um período de tempo aturável, eu estaria enfiada em um reservado com a minha cabeça descansando no ombro forte e sólido de Sammy, bebericando meu expresso minúsculo e rindo como uma garotinha com as coisas deliciosas que ele sussurraria ao meu ouvido, como já era hora de nós dois terminarmos quaisquer "situações" que tivéssemos com Isabelle e Philip para ficarmos juntos, completamente e com honestidade; como ele nunca conhecera ninguém que o compreendesse tão bem quanto eu; e como era incrível que tivéssemos partilhado a infância em Poughkeepsie. Ele me diria que não seria fácil, ficarmos juntos, com as pressões sociais e profissionais que enfrentaríamos, mas que tínhamos algo pelo qual valia a pena lutar e que ele estava pronto e disposto. Eu fingiria pensar a respeito disso, como se dissesse "é, eu entendo o que quer dizer", e, quando finalmente olhasse para ele e concordasse que sim, isso tudo parecia ser uma boa ideia, ele me puxaria em sua direção e me beijaria, primeiro suavemente e depois com mais urgência. Daquele momento em diante, ficaríamos juntos em todos os sentidos, melhores amigos, amantes e almas gêmeas e, apesar de certamente haver desafios, superaríamos tudo lado a lado. Eu havia lido tantas vezes a mesma história em meus romances que mal podia acreditar que tinha a minha própria versão na vida real.

– Claro, isso parece ótimo. – E, antes que ele pudesse mudar de ideia ou dizer mais alguma coisa, passei graciosamente (eu esperava) por ele, abri a porta eu mesma e deslizei para dentro do salão lotado.

Uma da manhã chegou com uma rapidez surpreendente. Reuni meu bom humor circulando pelo ambiente, conversando primeiro com Elisa, depois com Davide e então com alguns caras que eu conhecia superficialmente por intermédio de Avery. Nada podia estragar a minha noite, nem mesmo ver Abby de relance, escondendo-se em um canto escuro ao lado do bar. Ela me pegou olhando para ela e, antes que eu percebesse o que estava acontecendo, estava de pé ao meu lado, me cumprimentando com um abraço. Eu a empurrei e dei um passo para trás, examinando seu rosto como se estivesse tentando localizá-lo, e então simplesmente dei as costas e me afastei. Por meio segundo ela gritou o meu nome e tentou me seguir, mas eu estiquei a mão direita no ar enquanto andava na direção oposta e, quando finalmente cheguei na mesa da Kelly & Company, ela havia desaparecido. Eu acabara de me servir calmamente de uma taça de champanhe quando Sammy se aproximou e me fez um sinal de que podíamos ir embora.

Andamos quase dez quarteirões antes de chegarmos a uma lanchonete minúscula que ainda estava com as velas de Natal nas janelas. Ele segurou a porta para mim e então escolheu um reservado pequeno no canto – exatamente como eu havia previsto. Soprei nas mãos para esquentá-las e, quando as passei em volta da minha caneca de chocolate quente, Sammy botou as suas em cima das minhas.

– Bette, tenho de lhe perguntar uma coisa – falou, seus olhos encontrando os meus diretamente.

Eu quase engasguei, mas consegui controlar a minha respiração. "Me perguntar uma coisa? Me perguntar o quê? Me perguntar se estou namorando outra pessoa porque você acha que agora seria um bom momento para parar? Me perguntar se consigo me ver como sua companheira para o resto da vida? A resposta é sim, sim, é claro, Sammy, mas não é um pouco cedo para essa conversa?" Eu estava avaliando cada uma dessas possibilidades e mais, quando ele disse:

– Preciso perguntar se você teria um pouco de paciência.

Isso meio que fez tudo parar bruscamente. "Paciência?" Eu não tinha certeza, mas isso não me parecia o começo de uma conversa sobre compromisso. Pelo menos não da forma que acontecia em qualquer romance de respeito.

Como sempre, qualquer controle que eu tivera sobre a língua inglesa havia desaparecido.

– Ter paciência? – repeti.

– Bette, eu quero que isso dê certo, mais do que tudo, mas preciso que tenha paciência comigo. Recebi um telefonema hoje de manhã que me deixou pasmo.

– Que tipo de telefonema? – perguntei. Isso *definitivamente* não era uma boa notícia.

– De um advogado. Um sócio de uma grande firma no Centro. Ele disse que representava uns investidores que poderiam estar interessados em financiar um restaurante novo. Aparentemente, eles têm participações em um monte de negócios diferentes, mas nenhum restaurante no momento. Estão querendo bancar um chef novo e badalado, palavras dele, não minhas, e estão avaliando algumas opções. Ele me perguntou se eu achava interessante.

Bem, não sei o que eu estava esperando, mas não era isso. Por sorte, me lembrei de que ele esperava que eu tivesse alguma reação.

– Parabéns – falei automaticamente. – É uma ótima notícia, não acha?

Ele pareceu aliviado.

– Acho, claro que acho. É só que, se eu quiser correr atrás disso, vou ficar loucamente ocupado. Querem que eu escreva uma apresentação cobrindo todas as minhas ideias sobre possíveis espaços, temas, decoração, até mesmo ajudantes, *sous-chefs* e confeiteiros. Tenho de lhes dar tudo isso, mais três propostas de cardápios inteiramente diferentes, no mês que vem.

Finalmente entendi a parte da "paciência".

Ele continuou:

– Mal tenho tempo do jeito que as coisas estão com o trabalho e as aulas, mas isso vai me tomar todos os minutos possivelmente livres que eu puder encontrar. A boa notícia é que vai permitir que eu acabe com toda a situação com a Isabelle, o que é um alívio enorme, porém vou estar mais ocupado do que nunca. Eu nunca pediria para você me esperar, mas, bem, se houvesse um meio de você entender que...

– Não diga mais nada – falei, inclinado-me em sua direção, para o outro lado da mesa. – Eu entendo perfeitamente e não poderia ficar mais feliz por você.

Eu me forcei a dizer o que sabia ser o certo e depois, quando estava revendo a conversa, em meu apartamento com Millington no colo, me dei os parabéns por ter dito aquilo. Não era o que eu esperava ouvir, disso eu tinha certeza, mas como todas as heroínas sobre as quais eu lera, iria lutar pelo que queria.

Consegui sorrir para Sammy, ainda que ele parecesse sinceramente arrasado.

– Você vai ser ótimo – falei. Ficamos de mãos dadas por cima da mesa e eu apertei suas mãos quando disse isso. Terminamos nossas bebidas e eu segurei as lágrimas até ele me botar em um táxi. Isso era só mais um pequeno obstáculo que eu teria de superar e estava disposta a fazê-lo. Qualquer coisa que valesse a pena ter, era algo pelo que valia a pena lutar, e valia a pena ter Sammy. Se era preciso ter paciência, então eu teria paciência. Era óbvio que Sammy e eu éramos feitos um para o outro.

28

– Muito bem, pessoal, chegou a hora. Façam silêncio e vamos começar! – Kelly acabara de engolir sua quarta Coca diet e pediu a quinta enquanto nos instalávamos para nossa última reunião antes da festa da *Playboy*. Estávamos em uma mesa isolada no Balthazar, o restaurante favorito de Kelly para o almoço e seu local preferido para fazer reuniões antes de grandes eventos. A comida acabara de chegar; Kelly empurrou sua salada niçoise para o lado e se levantou da mesa, tremendo ligeiramente por causa da cafeína.

– Como vocês todos sabem, amanhã é o Dia D. Vamos repassar o check-list juntos, mas isso é uma mera formalidade. Por que, vocês podem perguntar, isso é uma mera formalidade? Porque tudo, *tudo*, será executado sem nenhum problema. Se *jamais* existiu uma hora para perfeição, é amanhã à noite. E, no caso de haver alguma dúvida na cabeça de alguém, vai ser *perfeito* porque eu não vou admitir que seja diferente.

Estávamos todos balançando a cabeça, acostumados aos discursos de incentivo pré-eventos da Kelly, quando houve uma ligeira comoção na porta. Nossa mesa virou-se para olhar, junto com todas as outras pessoas no restaurante. Leo falou primeiro.

– Ashlee e Jessica Simpson com – ele esticou o pescoço para analisar o grupo de acompanhantes – aquele garoto, como é mesmo o nome? Aquele com quem a Ashlee terminava e voltava? Ryan alguma coisa? E o pai das meninas.

– Quem cuida disso? – latiu Kelly.

– Deixe comigo – respondeu Elisa na hora.

Ela puxou o celular de sua enorme bolsa Marc Jacobs azul-pavão e começou a procurar nos contatos. Encontrou o que estava procurando e ligou. Dez segundos depois, estava falando rapidamente enquanto nós todos escutávamos.

– Oi, aqui é Elisa, da Kelly & Company. Isso, exatamente. Bem, é que eu acabei de saber que as meninas estão na cidade e nós adoraríamos recebê-las na nossa festa da *Playboy* amanhã. – Partia-se do princípio que a pessoa do outro lado da linha sabia tudo sobre a festa. Afinal de contas, quem não sabia?

Elisa sorriu e deu uma olhada astuta para Kelly enquanto apontava para o telefone.

– Sim, é claro. Não, eu entendo perfeitamente. Estamos dispostos a fornecer 15 minutos totalmente privados para que elas não tenham de dividir o tapete vermelho com mais ninguém quando chegarem e, naturalmente, serão escoltadas para sua própria mesa na ala VIP.

Ela fez uma pausa para ouvir e então disse:

– As meninas terão atendimento pessoal a noite toda, portanto qualquer coisa de que precisem poderá ser resolvida imediatamente. Posso garantir que não terão de dar absolutamente nenhuma entrevista; no entanto, se elas pudessem fazer a gentileza de posar para alguns fotógrafos selecionados, teríamos um enorme prazer em cobrir os custos de suas suítes de hotel, cabelo e maquiagem, transporte e, se necessário, seleção de roupas.

Mais uma pausa e então enrugou as sobrancelhas.

– Sim, é claro que os dois estarão lá. Ahã, eu ficaria feliz em organizar isso para você. – Sua empolgação havia diminuído e ela agora estava claramente fingindo. – Ótimo! Entrarei em contato amanhã de manhã cedo para combinarmos todos os detalhes. Vou esperar ansiosamente para vê-las amanhã à noite. Maravilha! Tchau!

– Bom trabalho! – disse Kelly enquanto nosso grupo aplaudia de leve, fazendo-me lembrar mais uma vez que Kelly era, pelo menos em termos de chefes, bem legal. – Qual foi a última exigência que você disse que podíamos conseguir?

Elisa trincou os dentes.

– Ah, a assessora de imprensa mencionou como as duas garotas são apaixonadas por Philip Weston. Ela queria saber se ele poderia ir conhecê-las.

Kelly gritou.

– É claro! Fácil demais! Bette, você e o Philip vão receber essas garotas assim que entrarem e as levarão até seus lugares. Diga ao Philip para flertar, flertar, flertar. Elisa, faça Bette ligar e combinar tudo com a assessora amanhã, está bem? E por falar nisso, Bette, como estão as coisas no seu lado?

Eu podia sentir Elisa olhando para mim, e senti que o olhar não era cheio de amor.

– Hã, tudo parece estar em ordem. – Meu foco era a surpresa da meia-noite. Eu vinha trabalhando nisso sem parar no último mês, planejando cada minuto em detalhes e estava finalmente convencida de que ia ser espetacular. Kelly aprovara o meu plano, mas insistiu para que ficasse entre nós, já que não queria arriscar que qualquer coisa vazasse para a imprensa. Como resultado, ninguém além de nós duas e do próprio Hef fazia ideia do que ia acontecer à meia-noite. – O show da meia-noite está pronto, espero que tudo corra tranquilamente.

Elisa bocejou alto.

Eu continuei:

– Credenciei toda a imprensa com crachás impossíveis de copiar, alterar ou falsificar e cada um será enviado por mensageiro para seu dono exatamente uma hora antes da festa. Aqui estão as cópias da lista de imprensa. – Fiz uma pausa para puxar uma pilha de papéis e passá-los pela mesa. – Com cada repórter e fotógrafo que estará presente; o que, se houver algo específico, eles têm mais interesse em cobrir; quem é mais provável que publiquem; as pessoas e os lugares que cada um será ou não capaz de acessar; e, é claro, suas preferências em termos de bebidas.

Kelly balançou a cabeça e estudou a folha.

– Os acompanhantes estão listados aqui?

– Claro. Todo mundo do escritório vai fazer turnos, de acordo com o meu cronograma, escoltando vários membros da imprensa para garantir que tenham contato com as pessoas que queremos que encontrem.

– Tive uma reunião de fechamento ontem com a equipe de produção que estamos usando e estou tranquila com a forma como esse lado está saindo – interrompeu Elisa. – Seus planos para o layout do bar, barmen, iluminação, tablados, música, decoração e bufê parecem bater com nossas instruções e com as preferências do cliente.

Kelly empurrou a alface pelo prato e então mudou de ideia, preferindo dar um gole em seu Chardonnay em vez disso.

– Está bem, isso é bom – murmurou. – Mas vamos voltar à situação com a imprensa por um minuto. Bette, entrou em contato com todos os editores fotográficos para lhes dizer que terão nossa total cooperação com qualquer coisa que precisem?

– Entrei. Pedi para alguns estagiários ligarem para eles no começo da semana e na quarta-feira já haviam falado com todos. No geral, acho que estamos muito bem.

A reunião de almoço continuou assim por mais uma hora antes de Kelly nos dar o restante da tarde de folga para irmos para casa, cuidarmos da aparência, tentarmos relaxar e nos prepararmos mentalmente para a noite seguinte. Eu já planejara ficar em casa naquela noite – com Millington e uma tigela enorme de pipoca de micro-ondas com muita manteiga – e assistir a um filme depois do outro na TNT, então fiquei extasiada em saber que teria a tarde de folga também. É claro, o tempo extra significaria ainda mais oportunidades para pensar em Sammy. Não fora um grande problema nas últimas semanas porque eu estivera atolada de trabalho com os preparativos, mas eu me arrepiava em pensar o quanto podia ficar obcecada se me dessem um pouco de tempo livre.

Kelly pagou a conta e estavam todos se despedindo quando Elisa me puxou de lado.

– Posso falar com você um minuto? – perguntou ela.

– Claro, o que houve?

– Olhe, eu sei que as coisas ficaram meio esquisitas entre nós, mas acho que temos de nos esforçar ao máximo para trabalharmos juntas amanhã à noite. Nenhuma de nós quer passar a noite inteira *trabalhando*, então precisamos descobrir um sistema no qual só uma de nós esteja trabalhando e a outra possa relaxar. E depois a gente troca. Entendeu?

Fiquei surpresa ao vê-la admitir que havia tensão entre nós, mas feliz por ela não estar mais tão chateada.

– Claro, parece bom. Não imagino que vá haver muito tempo amanhã para fazer nada além de *resolver*, mas a gente pode tentar, não é?

Aparentemente, isso era tudo o que ela precisava ouvir.

– Ótimo. Isso parece ótimo. A gente se vê amanhã, Bette!

Fiquei olhando enquanto ela enrolava sua echarpe com franjas em volta do pescoço emaciado e saía para a rua fria. "Garota estranha", pensei, observando-a chamar um táxi. Esperei até seu táxi partir antes de sair para a rua. Eu tinha toda a tarde para mim mesma pela primeira vez em minha memória recente e não queria desperdiçar nem um segundo.

29

Eu acabara de ver *Mensagem para você* e estava na metade de *Namorada de aluguel* quando o telefone tocou. Fiquei surpresa ao ver o número de Penelope no identificador de chamadas – surpresa e felicíssima. Eu tinha lhe dado um resumo sobre Sammy, mas ela não fazia ideia de quanto eu o adorava. Eu conseguira ler nas entrelinhas de seus solilóquios entusiasmados e chegara à conclusão de que Avery quase nunca estava por perto, que ela ainda não encontrara um emprego e que os casais com quem estavam andando não faziam exatamente o seu tipo, mas ela não admitia nada disso diretamente. Sem ter muito mais sobre o que conversar, repassávamos e-mails idiotas uma para a outra, escrevíamos bobagens e falávamos muito de vez em quando a respeito de assuntos seguros, mas eu não conseguia me lembrar da última vez que recebera um velho e bom telefonema da minha melhor amiga tarde da noite.

– Ei, B, como você está? Desculpe-me por ligar tão tarde, mas a diferença de fuso realmente é uma droga e achei que você ainda poderia estar acordada. Avery está viajando de novo e eu não tenho realmente mais ninguém aqui para ligar e perturbar, então você é a feliz ganhadora desta noite!

Sua voz parecia deprimida e eu desejei que estivéssemos mais perto.

Pen, estou tão feliz por você ter ligado! Como você está?

– Eu não a acordei, não é?

– De jeito nenhum. Só estou assistindo a filmes ruins. O que está acontecendo na sua vida? É tão bom falar com você!

– Seu namorado herdeiro britânico está aí? – perguntou ela.

Se tudo estivesse normal, Penelope já teria analisado mais de cem vezes comigo o que o papo do Sammy sobre "ter paciência" queria dizer e teria me assegurado repetidamente de que era só questão de tempo até ficarmos juntos. Agora, apesar de saber sobre Sammy, ela não parecia nem entender que eu não estava realmente namorando Philip.

– Pen, ele não é meu namorado, você sabe disso. Philip e eu devemos ir à festa da *Playboy* juntos, mas é só para as fotos.

– Certo, é claro. Quando vai ser isso? É um negócio importante, não é?

– É amanhã à noite! É estressante porque estamos trabalhando nisso há séculos e eu sou basicamente a primeira em comando, abaixo da Kelly. Mas até agora parece que está indo tudo bem. Se os fotógrafos se comportarem e as Coelhinhas todas aparecerem, deve dar tudo certo.

Continuamos assim por alguns minutos, nenhuma das duas admitindo que tínhamos grandes buracos de informação sobre a vida uma da outra.

– Então, o que pretende fazer a respeito da Abby e do fato de ela continuar publicando aquelas mentiras sobre você? – perguntou ela, parecendo a velha Penelope pela primeira vez na noite toda.

Eu vinha tentando não pensar sobre isso, mas quando pensava, a raiva e a sensação de ser violentada eram suficientes para me deixar louca.

– Ainda não consegui descobrir por que ela me odeia tanto. É uma tortura não poder confrontá-la. Você acha que as pessoas realmente acreditaram que eu estava tendo um caso com o cara do vídeo da Paris Hilton? Eu nem sei como ele se chama!

– Ninguém sabe – falou ela, rindo baixinho. – Não faço ideia de qual seja o problema dela, apesar de achar que não é difícil imaginá-la publicando todo esse lixo a seu respeito quando ela costumava roubar os trabalhos dos outros na faculdade e dizer que eram dela, certo? Você se lembra, no segundo ano, de quando ela faltou ao enterro da avó porque estavam entrevistando novos colunistas para o jornal? A garota tem um problema sério. Avery sempre disse que ela é do tipo que venderia a mãe para se dar bem e eu acho que ele está certo. Ele dormiu com ela, é claro, então acho que deve saber.

– O quê? Avery transou com Abby? Eu não sabia disso.

– Não tenho certeza, mas acho que transou. Todos os amigos dele transaram. Nossa, todos os caras que nós conhecemos a comeram na faculdade. Acho que prefiro não ter certeza, mas se tivesse de apostar...

Engoli uma onda de enjoo com a ideia e reuni energia para dizer:

– Então, como vai aquele seu noivo? Você falou que ele está viajando?

Seu suspiro disse mais do que qualquer das palavras que se seguiram.

– Ele vai bem, eu acho. Não o tenho visto muito, isso é certo. Achei que as coisas iam mudar quando ele voltasse a estudar e tivesse de estar no campus todos os dias, mas isso só lhe deu mais tempo livre para ficar na rua até tarde. Ele fez um monte de novos amigos, então acho que isso é bom.

– Você gosta de alguma das namoradas deles?

Ela bufou.

– Que namoradas? São todos garotos de 22 anos, recém-saídos do cursinho. Ele age como se fosse o chefão e eles, seus acólitos. É ligeiramente perturbador, mas como posso reclamar?

Bem, éramos duas. Tentei levar a conversa para algo mais neutro.

– Tenho certeza de que é só um período de adaptação. Vocês estão pelo menos explorando a cidade? Sei que Los Angeles não é Nova York, mas deve haver algo para fazer aí, certo?

– Eu vou à praia de vez em quando. Faço compras na Whole Foods, entrei para a ioga, estou fazendo todo o negócio do Jamba Juice, indo a muitas entrevistas. Sei que vai aparecer alguma coisa, mas até agora não surgiu nada interessante. Avery vai voltar depois de amanhã, então talvez a gente faça uma viagem de carro até Laguna. Ou para o México de novo... aquilo foi legal. Se ele não tiver de estudar o tempo todo. – Ela parecia tão indiferente que eu queria chorar por ela.

– Onde ele está, querida? Há quanto tempo ele viajou?

– Ah, ele só voltou para Nova York por alguns dias. Algum tipo de negócio de família, uma reunião com o administrador de seu fundo e seu contador ou algo assim. Não sei exatamente o que é, mas eu tinha uma entrevista hoje, então ele disse que podia cuidar disso sozinho e que não havia razão para eu atravessar o país de avião.

– Entendi. Bem, queria que você estivesse aqui para ir comigo à festa da *Playboy*. Eu a colocaria na patrulha das Coelhinhas, a faria percorrer o salão e garantir que todos os rabinhos permanecessem presos. Parece sensacional, não é?

– Parece, sim. Bette, eu morro de saudades de você.

– Eu também, Pen. E, se tiver vontade, pegue um avião e venha me visitar. Você não se mudou para Guam, só está na Costa Leste. Se estiver com saudades de casa, nós adoraríamos tê-la aqui como hóspede. Quem sabe eu, você e Abby não saímos para almoçar e depois leremos no dia seguinte que nós duas fomos vistas transando com toda a linha defensiva dos Giants? Isso não seria maravilhoso?

Ela riu e eu quis abraçá-la.

– Para lhe dizer a verdade, não sou necessariamente contra transar com o time inteiro. Isso não é ruim, é?

– Claro que não, querida, claro que não. Ouça, eu tenho de tentar dormir um pouco porque o dia amanhã vai ser incrivelmente longo, mas podemos nos falar quando a festa finalmente acabar?

– Claro. É tão bom ouvir a sua voz. Boa sorte para chegar ao final da noite de amanhã sem nenhum grande escândalo. Eu te amo, B.

– Eu também te amo, Pen. As coisas vão melhorar, eu prometo. Estou com saudades, vamos nos falar em breve.

Botei o fone de volta na base e me arrastei para a cama para ver o restante do filme, feliz só em saber que Penelope e eu, de alguma maneira, íamos ficar bem.

30

— Testando, um, dois, três, testando. Todo mundo está me ouvindo? Contagem. Um... – falei no meu headset, esperando que todos dissessem seus números e me avisassem que os fones de ouvido estavam funcionando. Quando Leo disse o número 16, soube que estavam todos ali e respirei fundo. Os convidados estavam começando a chegar e eu estava tentando freneticamente conter a maré de problemas que não parecia terminar. Toda a minha confiança e planejamento perfeito do dia anterior estavam começando a se esvair e estava ficando mais difícil dominar meu pânico.

– Skye, está me ouvindo? – sibilei no microfone que rastejava furtivamente por fora da minha orelha e terminava bem em cima do meu lábio superior.

– Bette, querida, estou bem aqui. Acalme-se, está tudo bem.

– Eu vou me acalmar quando você me disser que a passarela finalmente foi terminada. Estava uma merda há dez minutos.

– Estou do lado de fora e está tudo bem. Nove metros de logos das Coelhinhas da *Playboy* em cartolina, esperando que as celebridades fiquem na frente para tirar fotos. Eles deram os toques finais há um minuto e deve estar seco em mais alguns minutos. Não se preocupe.

– Elisa? Estamos com o cronograma final para a imprensa e a segurança? Sammy, do Bungalow 8, está encarregado da entrada VIP, portanto ele precisa saber quais fotógrafos podem entrar onde. – Eu estava latindo ordens como uma louca e odiando o som da minha própria voz a cada minuto que passava. Não hesitei, porém, quando disse o nome de Sammy, e isso era um progresso. Ele me dera um beijo na bochecha quando eu chegara algumas horas antes e sussurrara "Boa sorte", e tudo o que consegui fazer foi não desmaiar. A única coisa que me permitia sobreviver àquela noite era saber que estaríamos no mesmo aposento pelas próximas seis horas.

– Certo. *ET* e *Access Hollywood* têm os melhores lugares. A E! ainda estava hesitando se viria ou não, ficaram putos por não conseguirem a exclusiva, mas, se mandarem alguém, estaremos preparados. Todos esses mais a CNN, a MTV e um cara que está fazendo um documentário sobre festas para a Fox e foi liberado por algum diretor poderoso do estúdio vão ter permissão para entrar; os paparazzi de tabloides de sempre vão ficar do lado de fora. Estão todos sendo informados sobre quem é quem e quais são VIPs o bastante para usar essa entrada. Só há uma pergunta. Quem é Sammy?

Eu não podia dizer pelo microfone que Sammy estava conectado ao nosso sistema e ouvia cada palavra que estávamos dizendo, nem que só de olhar para ele meus nervos pegavam fogo.

– Elisa, que gracinha. Só dê a lista a ele, está bem? – Rezei para que ela parasse por ali, mas, em seu estado mental permanentemente enevoado pela fome, ela insistiu.

– Não, sério, Bette. Quem é Sammy? – choramingou. – Ah, espere, ele é o chefe da equipe de produção, certo? Por que ele precisa da lista final de VIPs?

– Elisa, Sammy está encarregado da segurança esta noite. Não nos animamos com a ideia de usar os seguranças estilo Gestapo do Sanctuary, então Sammy fez a gentileza de nos ajudar. Ele deve estar do lado de fora, repassando os detalhes de última hora. Só lhe dê uma lista – achei que isso encerraria o assunto, mas é claro que Elisa não havia terminado.

– Ah, espere! Sammy. Não é o cara que Isabelle mantinha comissionado? Claro! Agora eu me lembrei. Ele foi para Istambul conosco, não foi? Ela o botou correndo como um escravo o fim de semana inteiro. Você achou que eles estavam...

– O quê? Elisa? Não consigo ouvi-la. Vou falar com o Danny agora, portanto vou tirar o som dos meus fones. Volto em dois minutos. – Arranquei os fones e despenquei em uma das banquetas, tentando não imaginar o que Sammy havia achado daquela conversinha.

– Qual foi? – perguntou o sempre articulado Danny de seu posto no bar. Ele estava comendo as Coelhinhas com os olhos enquanto elas corriam de um lugar para o outro, preparando-se para o ataque dos homens grudentos e mulheres ciumentas.

– Nada, nada. Acho que estamos prontos, não acha?

– Sim.

– Consegue pensar em alguma coisa que eu esteja esquecendo?

Ele bebeu sua terceira cerveja em cinco minutos.

– Não. – Ele arrotou.

Olhei em volta e fiquei satisfeita com o que vi. A boate havia sido transformada no espaço perfeito para se comemorar cinquenta anos de coelhinhas. Tínhamos dois esquemas de entrada, uma para VIPs e outra para todo o restante, cada uma escondida por uma tenda negra com bastante tapete vermelho e logos. Os caras da segurança estariam todos usando ternos e discretos fones de ouvido para permanecerem o mais imperceptíveis possível. Depois de entrarem em uma tenda externa, cada convidado seria admitido em um longo corredor coberto de preto, que culminaria em uma ampla escadaria adornada com cortinas negras diáfanas. Ao subir as escadas e passar pelas cortinas, se encontrariam numa espécie de palco elevado, uma plataforma onde todo mundo poderia observar enquanto desciam as escadas para o salão principal. Um bar de 25 metros ocupava o lado esquerdo do salão, onde 35 barwomen de calças colantes, sutiãs de biquíni e orelhas de coelhinha estariam preparando drinques a noite toda. A parede atrás do bar estava coberta com uma colagem do chão ao teto de páginas de centro da *Playboy* dos últimos cinquenta anos: todas eram coloridas e ampliadas em duas vezes o tamanho do pôster e não estavam reunidas em nenhum padrão aparente (salvo pela abundância de fotos pré-depilação com cera). A área VIP ficava na extrema direita, uma seção separada por cordões, com banquetas de veludo preto e sinais de RESERVADO descansando ao lado dos baldes de gelo em cada mesa de vidro. Surgindo do centro exato do salão havia um palco circular enorme em forma de bolo, com várias camadas. As duas camadas de baixo serviriam como espaço para as coelhinhas dançarem na apresentação à meia-noite, e o nível mais alto seria descoberto para revelar nosso convidado-surpresa. Uma pista de dança gigantesca, de 360 graus, circundava o palco em forma de bolo e era adornado com bancos baixos de veludo em volta do perímetro.

– Ei, como estão as coisas? – perguntou Kelly, girando para exibir seu vestido envelope superjusto, supercurto e quase transparente.

– Você está incrível – falei com sinceridade.

– Bette, quero que conheça o Henry. Henry, esta é uma das minhas estrelas mais brilhantes, Bette.

Um homem de aparência agradável, mas totalmente indescritível, de uns 40 anos, altura mediana, nem gordo nem magro e com cabelo castanho estendeu a mão e revelou um dos sorrisos mais calorosos que eu já vira.

– É um prazer conhecê-la, Bette. Kelly já me falou muito a seu respeito.

– Bem, eu espero – falei sem um fio de criatividade. – Espero que estejam se divertindo. A festa deve começar a ficar animada em breve.

Os dois riram e olharam um para o outro com um carinho tão entusiasmado que era impossível não odiá-los.

Às 22h, a festa estava a toda. Hef pegou as duas mesas VIP mais proeminentes com seis namoradas e bebeu Jack Rabbits, uma combinação de Jack Daniels e Coca diet. Espalhadas em mesas em torno dele estavam celebridades variadas e suas *entourages*. James Gandolfini, Dr. Ruth, Pamela Anderson, Helen Gurley Brown, Kid Rock, Ivanka Trump e Ja Rule, todos pareciam bastante satisfeitos com drinques ilimitados e as bandejas de morangos e chocolates em forma de coelhos que nós fornecemos. Os desconhecidos estavam começando a chegar no ponto em que já haviam bebido um pouco e estavam prontos para dançar, e as coelhinhas estavam em circulação total, roçando-se contra todos os caras e quase todas as garotas no salão. Era fascinante observá-las. Quase duzentas usando orelhas de coelho, bustiês de cetim preto e calcinhas fio dental pulsavam pelo salão sacudindo seus traseiros para enfatizar os rabinhos de coelho e empurrando a pelve para a frente a fim de mostrar as fitinhas de corrida de cavalo que anunciavam seus nomes e cidades natais. O que os homens não percebiam era que a verdadeira festa era no banheiro feminino do andar de baixo, onde as coelhinhas se reuniam para fumar, conversar e rir dos homens boquiabertos. Elas tinham de abrir o zíper de suas roupas e despi-las completamente para poderem fazer xixi e não podiam se vestir novamente sem ajuda. Encostei-me contra a parede, olhando, esperando um reservado vagar, enquanto uma garota loura esticou as mãos e segurou os seios enormes, tipo travesseiros, de outra coelhinha com as duas mãos. Ela os admirou por alguns segundos antes de perguntar, com os peitos ainda nas mãos:

– Verdadeiros ou criados?

A que estava sendo apalpada riu e deu uma reboladinha.

– Amiga, estes foram totalmente comprados. – Aí ela se agachou, inclinou-se para a frente e apertou os seios contra o peito o máximo possível enquanto fazia sinal para a outra fechar seu zíper. Quando se endireitou novamente, o cetim negro mal cobria seus mamilos e parecia que ela poderia tombar para a frente por causa do desequilíbrio de peso. Elas terminaram seus Cosmopolitans contrabandeados, deixaram os copos vazios na pia e meio correram, meio pularam de volta para a festa no andar de cima.

Quando eu mesma voltei, fiz mais uma verificação superficial pelo fone com todo mundo para ver se estava tudo caminhando como planejado, e felizmente havia poucas emergências: uma bola de espelhos que caíra, mas não machucara ninguém, algumas briguinhas que Sammy e sua equipe já haviam apartado e uma falta de cerejas ao marasquino por causa de coelhinhas famintas que estavam, pelo que me foi dito, pegando-as aos punhados atrás do bar. Elisa parecia estar sóbria e no controle do lounge VIP, enquanto Leo conseguira não tirar as calças tempo bastante para patrulhar o bar e a pista de dança. Só faltava uma hora para a surpresa da meia-noite e estava na hora de eu me concentrar nisso.

A apresentação-surpresa da meia-noite tinha sido meu bebê, algo em que vinha trabalhando especialmente duro desde que voltara da Turquia, e eu estava desesperada para que corresse bem. No momento, apenas Kelly, a chefe de relações-públicas da *Playboy* e o próprio Hef sabiam o que esperar e eu mal podia aguardar para ver a reação de todos. Eu estava prestes a verificar pela terceira vez com Sammy e sua equipe na porta que eles sabiam que era para barrar a entrada de Abby se ela tentasse entrar, quando ouvi sua voz estalar pelo fone.

– Bette? É Sammy. Jessica e Ashlee acabaram de encostar o carro.

– Entendido. Estarei aí em um segundo.

Peguei um gim-tônica no bar principal para subornar Philip, mas não consegui encontrá-lo em lugar algum. Não querendo que as irmãs entrassem desacompanhadas, anunciei pelo fone para que qualquer um que visse Philip me encontrasse na porta da frente e então corri para lá assim que elas puseram os pés para fora do Bentley que tínhamos mandado para buscá-las.

– Oi, meninas – falei, um tanto desajeitadamente. – Estamos todos tão felizes que tenham vindo! Entrem, vou lhes mostrar o lugar. – Eu as guiei pelo tapete vermelho, apertando os olhos com a luz dos flashes.

Elas posaram como profissionais pelos 15 minutos requisitados, projetando seus quadris e passando os braços uma em volta da outra e andando alegremente em seus saltos prateados de 12 centímetros antes de me seguirem e passarmos por Sammy (que piscou) direto para a seção VIP. Acenei para o cara lindo que contratáramos para atender qualquer desejo delas e disparei para encontrar Philip, que continuava, até então, arisco.

Apesar de ter passado várias mensagens de SOS pelo rádio e patrulhado o salão eu mesma várias vezes, eu não conseguia encontrá-lo em lugar algum. Estava prestes a mandar alguém ao banheiro masculino para ver se ele estava lá fazendo sabe Deus o quê quando olhei para o meu relógio. Faltavam cinco minutos para a meia-noite e o show ia começar a qualquer minuto. Corri para o andar de cima e fiz um sinal para o DJ, que cortou "Dancing Queen" no meio e soltou o rufar eletrônico de tambores. Esse era o sinal. Hef se desembaraçou de seu bando de namoradas e subiu lentamente para o segundo nível do palco, batendo uma vez no microfone antes de ribombar:

– Muito obrigado a todos por virem.

Ele foi cortado pelos vivas frenéticos e barulhentos da multidão, que batia palmas e gritava e entoava "Hef, Hef, Hef!".

– Sim, obrigado. Muito obrigado a todos por virem comemorar comigo e com a minha equipe. – Ele fez uma pausa breve para piscar para a multidão, o que estimulou urros desenfreados. – Cinquenta anos de histórias importantes, escritores célebres e, é claro, garotas bonitas!

A multidão continuou a gritar durante todo o discurso, chegando a um nível quase ensurdecedor quando ele agradeceu a todos pela última vez e voltou para as mesas centrais e dianteiras onde suas mulheres o esperavam. Algumas pessoas acharam que havia acabado e começaram a voltar para o bar ou para a pista de dança, mas pararam congeladas no lugar quando o DJ começou a tocar "Parabéns a você". Antes que alguém percebesse o que estava acontecendo, um palco circular minúsculo, onde cabia apenas uma pessoa em pé, começou a subir do meio do bolo. Ele subiu até que a sombra de uma mulher podia ser vista através da cortina diáfana que a cobria, enquanto todo mundo permanecia parado, preso ao chão, os pescoços se esticando em direção ao teto. Quando a miniplataforma parou, cerca de três andares acima da multidão, o material branco e fino simplesmente evaporou e, parada ali em um vestido de noite roxo, justo, brilhante e bordado de contas, com um boá de peles, estava Ashanti, totalmente deslumbrante. Ela começou a cantar em uma voz grave e rouca a versão mais sexy de "Parabéns a você" que eu jamais ouvira. Era uma óbvia homenagem à famosa performance de Marilyn Monroe para JFK, só que Ashanti dedicou sua apresentação a Hef, chamado-o de "presidente da terra da xana" e, quando ela terminou, a multidão enlouqueceu. Confetes de purpurina dourada choveram no salão, enquanto a galera gritava e todas as Coelhinhas – todas as 85 – chutavam o ar no estilo da Broadway em torno da camada mais baixa do palco. O DJ imediatamente colocou "Always on Time" e a dança imediatamente passou de animada a frenética. Ouvi um cara atrás de mim gritar em seu celular "Cara, essa é a festa da porra do século!" e mais do que alguns casais recém-formados começaram a dar uns amassos na pista de dança. Tirando o comentário da "terra da xana", tudo saíra exatamente como eu planejara, provavelmente até melhor.

Elisa, Leo e Sammy já haviam me informado pelos fones de ouvido que a festa era um sucesso; até Kelly conseguira agarrar um fone e gritar sua aprovação. A euforia durou mais uns sete ou dez minutos, até que tudo foi ladeira abaixo em uma velocidade absurda, ameaçando me levar junto. Eu estava perambulando pelo lounge VIP tentando encontrar Philip quando, enfiada no canto mais escuro da área separada, vi uma cabeça loura muito familiar subindo e descendo entre um par de seios tipo Coelhinha. Olhei em volta freneticamente procurando por uma câmera, esperando, rezando para que uma delas tirasse uma foto de Philip mordiscando o decote daquela garota e a estampasse em todos os jornais da cidade para que eu pudesse finalmente, abençoadamente, terminar com ele. Parecia estranho vê-lo tão íntimo com uma garota tão pouco tempo depois de tê-lo visto sendo *tão* íntimo com um cara, mas era uma saída fácil para mim, uma saída que eu queria. Percebi que aquela era a minha chance: eu faria alegremente o papel de namorada traída se isso significasse ter um motivo para terminar com ele de uma vez por todas. Inclinei-me para bater no ombro dele, ansiosa para fazer uma cena pública de indignação, mas me encolhi quando o garoto se virou e gritou:

– Que porra você quer? Não está vendo que estou ocupado?

Não era Philip. Nenhum sotaque britânico, nenhum maxilar esculpido, nenhum sorriso "eu fui um garoto levado". Para minha grande surpresa, o rosto que me olhava de volta, o rosto contorcido de raiva e contrariedade, pertencia a outra pessoa que eu conhecia bastante bem: Avery. Seu queixo caiu quando ele me viu.

– Bette – sussurrou.

– Avery? – Eu não podia me mexer, não conseguia pensar, não conseguia pensar em uma única coisa adequada para dizer. Tinha uma vaga consciência de que a garota estava olhando para nós dois com uma espécie de olhar complacente, mas era difícil ver seu rosto no escuro. Além disso, quase toda a sua boca estava inchada de beijar e havia batom borrado em seu queixo e na bochecha. Mas depois de estudá-la por 15 segundos, percebi que eu também a conhecia. Era Abby.

– Bette, isso é, hã, isso não é o que... Bette, você conhece Abby, não conhece?

Ele suava visivelmente e mexia as mãos em uma espécie de movimento espástico no sentido anti-horário na direção da garota enquanto simultaneamente tentava fingir que ela não estava ali.

– Bette! Que bom vê-la novamente. Vi aquela matéria a seu respeito no outro dia – trinou ela. Sua mão percorreu as costas de Avery bastante deliberadamente, esfregando e massageando enquanto eu observava cada movimento e ela me observava observando-a.

Continuei a encará-los, ainda sem palavras, percebendo que Abby ainda achava que eu não fazia ideia de sua identidade profissional. Era tudo horrível demais para raciocinar e, já que eu não conseguia decidir qual dos dois confrontar primeiro, simplesmente fiquei parada ali. Aparentemente, Avery tomou isso como uma indicação de que deveria continuar a falar.

– Penelope sabe que eu estou em Nova York e é claro que sabe que adoro sair, mas, hmm, não sei se seria bom para ela saber sobre, é... sobre isso. Ela, hmm, ela está tendo de se adaptar a muita coisa com a mudança e tudo o mais e acho que seria mais, ah, mais *consideração* com ela se não a chateássemos mais, sabe? – falou enrolando quase todas as palavras.

Abby escolheu esse momento para se inclinar para a frente e começar a lamber o lóbulo da orelha dele, fechando os olhos fingindo paixão depois de olhar diretamente para mim. Avery a afastou como um mosquito e levantou-se, colocando o braço debaixo do meu cotovelo e me guiando para longe da mesa. Ele estava a ponto de apagar de bêbado, mas ainda conseguia se mover com bastante destreza.

Permiti ser guiada para longe por um segundo antes de voltar à realidade e arrancar meu braço de sua mão.

– Seu desgraçado! – sibilei. Eu queria gritar, mas não saiu nada.

– Há algum problema aqui? – perguntou Abby enquanto se emparelhava ao lado de Avery.

Olhei para ela, quase com medo do meu ódio.

– Problema? Não, por que você diria isso? Problema algum. Mas é engraçado, tenho a sensação estranha de que você não vai escrever amanhã sobre como se jogou em cima do noivo de outra pessoa, alguém que você conhece há mais de oito anos. Não, eu imagino que a coluninha de amanhã não vai ter nenhuma menção a você ou ao Avery. Em vez disso, vai ter alguma historinha encantadora sobre como eu estava roubando gorjetas do bar ou me drogando com os dançarinos ou fazendo sexo grupal com os fotógrafos, certo?

Os dois olharam para mim. Abby falou primeiro.

– O que está dizendo, Bette? Você realmente não está falando coisa com coisa.

– Ah, é mesmo? Interessante. É um azar para você eu saber que é Ellie Insider. Sabe por que isso é uma droga para você, além do fato de ser um nome bem idiota? Porque não vou descansar até todo mundo saber também. Vou ligar para cada repórter, editor, blogueiro e assistente nesta cidade inteira e direi quem você é e como você mente. Mas vou me divertir acima de tudo contando toda a história para a sua editora. Vou jogar as palavras *calúnia* e *processo legal* só para me divertir. Talvez ela tenha interesse em ouvir como você quase foi expulsa da faculdade por ter roubado o trabalho de outra pessoa? Ou talvez ela ache divertida a história de como uma noite você dormiu não com um, não com dois, não com três, mas com quatro jogadores da equipe de lacrosse? Hmm, Abby, o que você acha?

– Bette, escute, eu... – Avery parecia não ter ouvido uma palavra do que eu havia dito, claramente preocupado apenas em como isso afetaria sua própria vida.

– Não, Avery, escute você – sibilei com mais malevolência em minha voz do que jamais ouvira enquanto dava as costas para Abby e me virava para ele. – Você tem uma semana a partir de hoje para contar para Penelope. Você me ouviu? Uma semana ou ela vai saber por mim.

– Jesus Cristo, Bette, qual é, você não faz ideia do que está dizendo. Cara, você não faz ideia do que realmente aconteceu. Não estava rolando nada.

– Avery, me escute. Pode me ouvir? Uma semana. – Virei-me para sair, rezando silenciosamente para que ele não pagasse para ver e me fizesse contar a ela. Já seria difícil o bastante contar para minha melhor amiga que o safado do noivo dela a havia abandonado em uma cidade nova para passar um fim de semana em casa bebendo e pulando a cerca, mas seria especialmente ruim ter de fazer isso quando a nossa amizade estava meio estremecida.

Eu já me afastara alguns metros, quando senti o braço de Avery passar pelo meu cotovelo e apertar. Ele puxou com tanta força que eu tropecei e teria caído de cara no chão se ele não tivesse me puxado para cima e me empurrado para cima de uma banqueta. Seu rosto estava a cinco centímetros do meu, seu hálito quente e alcoolizado esquentando a minha pele e ele soou bem coerente quando sussurrou:

– Bette, vou negar cada palavra que você disser. Em quem ela vai acreditar? Eu, o cara que ela *idolatra* há uma década, ou você, a amiga que dá o cano em sua festa de despedida para ficar com um cara? Hein? – Ele se inclinou ainda mais para perto, pairando sobre mim com todo o seu corpo e seu rosto contorcido em uma expressão atormentada e ameaçadora e imaginei por alguns instantes se lhe dar uma joelhada no saco seria apropriado. Eu estava mais enojada com sua proximidade do que preocupada com a minha segurança, mas não tive tempo de tomar uma decisão; antes que eu pudesse colocar meu joelho em posição de ataque, o corpo inteiro de Avery pareceu flutuar para trás.

– Posso ajudá-lo com alguma coisa? – Sammy perguntou a Avery enquanto o mantinha ereto segurando-o pela camisa.

– Cara, tire a porra das mãos de mim. Quem é você? – cuspiu Avery, parecendo mais bêbado e cruel do que eu jamais vira. – Isso não é da porra da sua conta, está ouvindo?

– Eu sou da segurança e é da porra da minha conta.

– Bem, esta aqui é a porra da minha amiga e nós estávamos conversando, porra, portanto caia fora! – Avery se aprumou, numa tentativa frustrada de recuperar um fiapo de dignidade.

– Ah, é mesmo? Engraçado, a porra da sua *amiga* não parecia nada feliz por estar fazendo parte da porra da sua "conversa". Agora, saia daqui.

Fiquei olhando os dois discutindo, enquanto esfregava meu braço, imaginando quem seria o primeiro a usar a palavra *porra* três vezes em uma única frase.

– Cara, fique frio. Ninguém pediu a porra da sua ajuda, está bem? Eu conheço Bette há um tempão, então afaste-se e nos deixe terminar. Você não tem nenhum drinque para servir, sei lá?

Por um segundo, achei que Sammy ia bater em Avery, mas ele se recompôs, respirou fundo e se virou para mim.

– Tudo bem aí? – perguntou.

Eu queria lhe contar tudo, explicar que Avery era o futuro marido de Penelope e lhe dizer como eu o havia visto com outra garota e como essa outra garota era Abby, que era Ellie Insider e, mesmo que eu sempre tivesse sabido que ele era um traidor filho da puta, nunca o vira tão beligerante. Queria jogar meus braços em volta do pescoço do Sammy e agradecer de novo e de novo por tomar conta de mim e por se intrometer quando achava que eu estava em perigo e pedir seu conselho sobre o que dizer para Penelope e como lidar com Avery.

Só por um momento, pensei em fazer exatamente isso, dane-se a festa, o emprego e o que Abby certamente escreveria na manhã seguinte, só pegar Sammy e deixar tudo aquilo para trás. Mas é claro que ele sabia o que eu estava pensando, podia ver no meu rosto e inclinou-se para perto e sussurrou discretamente:

– Fique fria. A gente conversa sobre isso mais tarde, Bette.

Eu estava tentando me acalmar quando Elisa e Philip entraram cambaleando de braços dados.

– O que está acontecendo aqui? – perguntou Philip, parecendo totalmente desinteressado pela cena.

– Philip, fique fora disso, não é nada – falei, desejando que os dois desaparecessem.

– Por que você não tira o seu macaco do meu pé, Elisa? – choramingou Avery depois de se servir de mais um drinque. – Esse cabeção se meteu numa história que não é de sua conta. Eu estava batendo um papo com uma velha amiga e de repente ele pirou. Ele trabalha para você?

Já tendo perdido o interesse pela situação, Philip caiu bêbado no sofá e concentrou-se em preparar um gim-tônica. Elisa, no entanto, não gostou de ouvir que um dos empregados estava incomodando um de seus baladeiros favoritos.

– Quem é você? – perguntou para Sammy.

Ele olhou para ela e sorriu como se dissesse: "Está brincando, sua idiota? Nós viajamos recentemente para um país estrangeiro juntos por cinco dias inteiros e agora você não faz ideia de quem eu sou?" Quando ele encontrou um olhar inexpressivo, disse simplesmente:

– Eu sou Sammy, Elisa. Nós nos encontramos algumas dúzias de vezes no Bungalow 8 e estivemos juntos em Istambul. Eu estou no comando da segurança esta noite. – Sua voz era forte e equilibrada, sem o mínimo sinal de condescendência ou sarcasmo.

– Hmm, muito interessante. Então o que está me dizendo é que porque você trabalha na porta do Bungalow algumas noites por semana e serve de brinquedinho para Isabelle Vandemark de repente acha que tem justificativa para tratar um de nossos amigos, um VIP, ainda por cima, com essa grosseria? – Era óbvio que ela estava bêbada e curtindo sua demonstração de poder na frente do grupo todo.

Sammy olhou para ela inexpressivamente.

– Com todo o respeito, seu amigo estava incomodando a minha... estava agredindo a sua colega de trabalho ali. Ela não parecia feliz com as atenções dele, então eu o encorajei a voltá-las para outro lugar.

– *Sammy*? É esse o seu nome? – Perguntou com maldade. – Avery Wainwright é um de nossos amigos mais íntimos, e eu tenho certeza de que Bette jamais se sentiria desconfortável perto dele. Você não deveria estar, sei lá, separando brigas no banheiro ou dizendo a todos aqueles garotos suburbanos na fila lá fora que eles não são bem-vindos aqui?

– Elisa – falei baixinho, sem saber o que dizer em seguida. – Ele só estava fazendo seu trabalho. Achou que eu precisava de ajuda.

– Por que você o está defendendo, Bette? Vou me assegurar de que seus superiores saibam que ele iniciou um incidente com um de nossos VIPs. – Ela se virou para Sammy e ergueu uma garrafa vazia de Grey Goose. – Enquanto isso, faça alguma coisa útil e nos traga outra garrafa.

– Elisa, querida, ela o está defendendo porque ela está dando para ele – cantarolou uma voz detrás de nós. Abby. – Pelo menos, é o que eu apostaria. Philip, você não pode estar muito feliz com isso, não é? A sua namorada está dando para o segurança do Bungalow. Muito sexy. – Ela riu.

Philip deu uma risadinha, sem a menor vontade de brincar de quem está dormindo com quem comigo.

– Ela não está, não – Ele riu, esticando as pernas por cima da mesa de vidro. Ela pode não ser fiel a mim, mas não acho que temos de acusá-la de dar para os empregados. Bette, você não está dando para os empregados, está, amor?

– Claro que está. – Abby riu. – Ei, Elisa, por que nunca me deu essa dica? É tão óbvio, você devia saber. Não acredito que não vi antes.

Foi como tomar com uma pá na cabeça. "Por que você nunca me deu essa dica?" Tudo ficou repentina e horrivelmente claro. Abby sabia onde eu estava e com quem estava o tempo todo porque Elisa lhe dizia. Era muito simples. Fim da história. A única parte que eu não entendia muito bem era por que Elisa faria isso comigo para começar. Abby era mais evidente: ela era uma garota totalmente cruel, vingativa e de má índole que venderia sua própria mãe moribunda, ou dormiria com o noivo de uma amiga, se isso significasse avançar um milímetro em sua carreira ou ajudasse sua reputação. Mas por que Elisa?

Elisa, sem saber mais o que fazer, começou a rir e a bebericar seu champanhe. Ela olhou para mim apenas uma vez, por tempo suficiente para eu saber que era verdade, e então desviou o olhar antes que eu pudesse dizer uma palavra a respeito. Avery começara a argumentar de novo e Sammy dirigira-se novamente para a porta com um olhar de desaprovação no rosto. Só Philip estava bêbado demais ou indiferente demais para realmente entender o que estava acontecendo. Ele insistiu.

– Você está, gata? Está tendo um lance com o segurança? – Philip cutucou, brincando distraidamente com o cabelo de Abby enquanto ela me olhava intensamente, um olhar claro de prazer em seu rosto. Foi só então que fiquei imaginando se ele também sabia o tempo todo sobre a pequena aliança de Elisa e Abby. Ou pior, se estivera envolvido com elas, procurando ele mesmo alguma confirmação heterossexual pública? Era horrendo demais para imaginar.

– Hmm, é uma pergunta interessante, Philip – falei o mais alto que ousava. Avery, Elisa, Philip, Abby e Sammy todos se viraram para olhar para mim. – Acho interessante você estar tão fascinado com se eu transei ou não com "o segurança", como está dizendo. Não pode ser porque você está com ciúmes. Afinal de contas, nós nunca fomos além de uns amassos molhados e um tanto desajeitados.

Philip parecia que ia morrer. Todos os outros pareciam confusos.

– O quê? Ah, qual é, gente, por favor! Vocês todos sabem tudo sobre todo mundo e nunca nem suspeitaram de que esse autoproclamado presente de Deus para as mulheres na verdade prefere homens? Bem, podem acreditar.

Todo mundo começou a falar ao mesmo tempo.

– Sei, até parece – disse Elisa.

– Bette, amor, por que está falando essas bobagens? – perguntou Philip com uma calma na voz que não combinava com sua expressão.

Um grito de um assistente não identificado saiu dos meus fones de ouvido dizendo que P. Diddy acabara de chegar sem aviso prévio, tendo vindo de uma festa mais cedo em algum lugar próximo. Normalmente, essa chegada teria sido motivo de comemoração; no entanto, considerando-se que esta noite ele estava com uma *entourage* de cem pessoas, era um desastre. Aparentemente, estava extremamente insatisfeito por ter esperado tanto tempo lá fora, mas como Sammy estava lá dentro, o segundo em comando da segurança não quisera tomar nenhuma decisão. Devíamos lhe dizer que ele não podia entrar porque já estávamos superlotados? Dizer que ele podia escolher dez amigos e a mesa VIP que quisesse, mas que o restante de seu grupo tinha de ir embora? Descobrir um jeito de expulsar cem pessoas presentes para acomodar sua galera? E quem, exatamente, seria a sortuda a dar essa notícia? Ninguém estava exatamente tentando agarrar a oportunidade.

Antes que pudéssemos nos entender em relação ao desastre de Diddy, um dos estagiários me chamou com a notícia de que convidados high-profile de uma banda de rapazes estavam sendo presos por comprar drogas no banheiro – o mesmíssimo banheiro onde um dos nova-iorquinos mais célebres havia parado brevemente no final de seu turno fazendo controle de público do lado de fora. A parte perturbadora dessa informação obviamente não era o incidente em si, mas o fato de que, de acordo com o estagiário, isso estava no momento sendo registrado por não menos do que cinco paparazzi, e as fotos se sobressairiam no jornal a todas as coisas boas que queríamos promover.

O terceiro chamado foi feito por Leo. Ele me informou que, de alguma forma, e ninguém sabia como, a companhia de produção calculara mal o pedido e a champanhe acabara.

– Impossível. Eles sabiam quantas pessoas estariam aqui. Sabiam que nossa maior preocupação acima de destilados e cerveja era a champanhe. As Coelhinhas bebem. As garotas bebem. Os banqueiros bebem. A única maneira de manter as garotas na rua até tarde é champanhe. São só meia-noite e meia! O que vamos fazer? – Eu estava gritando acima do som extremamente alto de uma música de Ashlee Simpson.

– Eu sei, Bette, estou cuidando disso. Mandei alguns barmen saírem para procurar quantas caixas puderem encontrar, mas não vai ser fácil a esta hora da noite. Eles podem comprar algumas garrafas em lojas de bebidas, mas não sei onde vão encontrar quantidades enormes agora – disse Leo.

– Bette, preciso saber o que você quer que eu faça com nosso VIP que está esperando – gritou o assistente em pânico na porta, pelos fones. – Ele está ficando inquieto.

– Bette, você está aí? – Meu fone de ouvido estalou e a voz de Kelly veio retumbando. Ela tinha pegado o fone de alguém de novo e estava começando a entender o que estava acontecendo. A chefe legal de sempre tinha desaparecido e fora substituída por um monstro demoníaco. – Está sabendo que temos garotos sendo presos por posse de drogas? As pessoas não são PRESAS nas nossas festas, está me ouvindo?

Ela sumiu por um momento, mas voltou alta e clara.

– Bette, está me ouvindo? Quero você na porta imediatamente! Está tudo desmoronando e você não está em lugar nenhum. Onde diabos você está?

Vi Elisa remover os fones de ouvido, não sei se por pura sabotagem ou simplesmente por estar bêbada, e despencar ao lado de Philip, onde começou a competir com Abby por sua atenção. Por que brigar quando você pode beber? Eu estava reunindo energias para lidar com todos os problemas com os quais eu pouco me importava quando ouvi um comentário final.

– Ei, companheiro? É, você bem aí. – Philip, que agora embalava Abby debaixo de um braço e Elisa debaixo do outro, estava gritando para Sammy. Avery estava sentado balbuciando incoerentemente ao seu lado.

– Sim, cara? – perguntou Sammy, ainda sem ter certeza de que Philip estava falando com ele.

– Seja um bom sujeito e nos traga uma garrafa de alguma coisa? Meninas, o que querem? Champanhe? Ou preferem algum drinque com vodca?

Parecia que Sammy tinha levado um tapa.

– Eu não sou seu garçom.

Aparentemente, Philip achou isso hilário, porque teve uma convulsão de riso.

– Apenas nos traga uma bebida, está bem, camarada? Estou menos interessado nos detalhes sobre como isso vai acontecer.

Não esperei para ver se Sammy ia bater nele ou ignorá-lo ou pegar a garrafa de vodca. Eu não estava pensando em muita coisa além de quanto uma cama seria confortável e quanto eu não estava nem aí para se P. Diddy trazia um convidado ou cem ou até mesmo aparecia. Ocorreu-me que eu estava passando praticamente todos os minutos de todos os dias e noites com algumas das piores pessoas que já conhecera e não tinha nada em troca além de uma caixa de sapatos repleta de recortes que humilhavam não só a mim, mas também a todo mundo que eu amava. Enquanto eu ficava ali parada observando um fotógrafo tirar várias fotos de Philip fazendo caretas e ouvindo ainda mais problemas pelo meu fone de ouvido como se fossem crises mundiais gigantescas, pensei em Will e Penelope e nas garotas do clube do livro e em meus pais e, é claro, em Sammy. E mais uma vez, com uma sensação de calma que eu não sentia há muitos meses, simplesmente removi meu fone, coloquei-o na mesa e disse baixinho para Elisa:

– Para mim, acabou.

Virei-me para Sammy e, sem me importar com quem ia ouvir, falei:

– Estou indo para casa. Se você quiser passar lá mais tarde, eu ia adorar vê-lo. Moro na rua 28 Leste, 145, apartamento 1.313. Vou esperar por você.

E, antes que alguém pudesse dizer alguma coisa, eu dei as costas. Atravessei a pista de dança, passei por um casal que parecia realmente estar copulando ao lado do DJ e fui direto para a porta, onde uma horda de pessoas parecia estar se balançando com a música. Vi Kelly pelo canto do olho e algumas Garotas da Lista que estavam paquerando alguns dos caras do grupo de P. Diddy, mas consegui passar silenciosamente por eles e chegar à calçada. A multidão ameaçava tomar a rua e ninguém estava prestando a menor atenção em mim. Consegui andar até a metade do quarteirão sem falar com ninguém e estava abrindo a porta do táxi para o qual fizera sinal quando ouvi

Sammy gritar o meu nome. Ele correu na minha direção e bateu a porta do táxi antes que eu pudesse entrar.

– Bette. Não faça isso. Eu posso cuidar de mim mesmo lá dentro. Vamos, volte para a festa e podemos conversar sobre isso depois.

Eu fiquei na ponta dos pés para beijar sua bochecha e levantei o braço para chamar outro táxi.

– Não quero voltar lá para dentro, Sammy. Eu quero ir para casa. Espero vê-lo mais tarde, mas tenho de sair daqui.

Ele abriu a boca para protestar, mas eu entrei no táxi.

– Também posso tomar conta de mim mesma – falei com um sorriso enquanto me sentava. E me afastei de toda aquela onda de pesadelo.

31

Às 2h30 da manhã, ainda não havia sinal de Sammy. Meu telefone tocava sem parar, com ligações de Kelly e Philip e Avery, mas ignorei todas. Eu me acalmara o suficiente para escrever uma carta de desculpas para Kelly e, às 3h, chegara à conclusão de que Elisa, diferente de Abby, não era necessariamente cruel e maldosa, só tinha muita, muita fome. Quando deu 4 horas e eu ainda não tinha notícias de Sammy, comecei a temer o pior. Adormeci por volta das 5 horas e quase chorei quando acordei sem nenhuma mensagem e nenhum Sammy.

Ele finalmente ligou às 11 horas da manhã seguinte. Pensei em não atender ao telefone – decidi que não ia atender, na verdade –, mas só ver seu nome na telinha era o suficiente para demolir minha força de vontade.

– Alô? – falei. Eu pretendia parecer leve como uma brisa, mas o barulho que saiu parecia resultado da falta de oxigênio.

– Bette, é o Sammy. Estou ligando num momento ruim?

“Bem, isso depende”, eu queria dizer. “Está ligando para pedir desculpas por ontem à noite ou no mínimo me oferecer alguma explicação por não ter vindo? Porque, se é esse o caso, então este é o melhor momento possível, venha cá, para eu fazer um omelete levinho e massagear seus ombros e beijá-lo inteiro. No entanto, se está ligando com a menor insinuação que seja de que há algo errado com você, comigo ou, pior do que tudo, conosco, então talvez eu deva lhe informar que estou muito, muito ocupada no momento."

– Não, é claro que não. O que há? – Isso parecia relaxado e despreocupado, certo?

– Eu queria saber como as coisas acabaram ontem à noite. Fiquei tão preocupado com você, você simplesmente foi embora no meio da festa. – Ele não mencionou meu convite para vir à minha casa, mas a preocupação em sua voz mais do que compensou o fato. Só saber que ele estava interessado me fez começar a falar e, uma vez que tinha começado, eu parecia não conseguir parar.

– Foi feio eu simplesmente ter ido embora: muito imaturo e nada profissional. Eu devia ter ficado e trabalhado até o final da noite, independente do quanto estivesse difícil. Mas foi como se nem estivesse no meu próprio corpo. Eu simplesmente fui embora, e estou feliz por isso. Você faz alguma ideia do que aconteceu ontem à noite? – perguntei.

– Na verdade, não, mas sei que não gosto nada daquelas pessoas, Bette. Por que aquele tal de Avery estava com as mãos em você? O que estava acontecendo?

Então eu lhe expliquei tudo. Contei como encontrara Philip e Leo juntos em Istambul. Descrevi a situação com Abby/Ellie e como ela conseguira todas as informações de Elisa. Disse que Elisa parecia especialmente competitiva nos últimos tempos e que eu sabia que ela queria Philip, mas fiquei chocada que fizesse isso comigo. Contei-lhe tudo sobre Penelope e Avery, de seu primeiro encontro até o dia de seu noivado, e então contei que encontrara Avery aos amassos com Abby. Confessei que andava faltando a vários jantares na casa de Will e Simon e cancelando muitos brunches de domingo porque sempre parecia haver algo mais urgente para fazer. Disse que não havia retornado nenhum dos telefonemas de Michael me convidando para encontrá-lo para tomar um drinque porque andava ocupada demais e realmente não sabia o que dizer. Admiti que meus pais estavam tão decepcionados que mal conseguiam falar comigo e que eu não fazia nenhuma ideia do que andava acontecendo na vida da minha melhor amiga. E pedi desculpas a ele por tentar esconder ou negar que estivéssemos juntos, porque eu estava empolgada com isso, não envergonhada.

Ele ouviu e fez algumas perguntas, mas quando eu o mencionei, ele suspirou. Mau sinal.

– Bette, eu sei que você não sente vergonha, sei que não tem nada a ver com isso. Nós dois concordamos que seria melhor mantermos isso em segredo, dadas nossas atuais situações. Não seja tão dura consigo mesma. Você fez a coisa certa ontem à noite. Era eu quem devia estar pedindo desculpas.

Abri um pacote de Red Hots e despejei alguns na mão.

– Do que está falando? Você foi ótimo ontem à noite.

– Eu devia ter dado um soco na cara daquele garoto – disse. – Só isso.

– Qual deles? Avery?

– Avery, Philip, qual é a diferença? Tive de reunir toda a minha força de vontade para não matá-lo.

Ele disse a coisa certa, então por que meu estômago ainda parecia estar no chão? Será que era porque eu ficava imaginando quanto podia estar preocupado para esperar dez horas para ligar? Ou porque ainda não o ouvira dizer uma palavra a respeito de nos encontrarmos? Ou talvez fosse mais simples e eu só estivesse estressada com meu desemprego inesperado e a realidade de ter de procurar mais um emprego estava começando a se instalar. Eu sempre soubera que trabalhar em um banco não era para mim, mas era desconcertante tentar trabalhar em uma profissão totalmente diferente, inegavelmente mais divertida, e perceber que também não servia para aquilo. Como se tivesse recebido a deixa, Sammy me perguntou o que eu ia fazer e eu lhe disse que Kelly graciosamente me oferecera alguns projetos como freelancer quando liguei para me desculpar naquela manhã, mas que aceitara minha demissão sem discutir. Acrescentei que talvez fosse hora de engolir meu orgulho e trabalhar com Will. Enquanto minha mente divagava, percebi que nem havia perguntado o que estava acontecendo com seu restaurante.

Quando mencionei isso ele ficou em silêncio por um momento antes de dizer:

– Tenho boas notícias.

– Você conseguiu! – gritei sem pensar. Então, rezei por um segundo antes de acrescentar, com muito mais prudência: – Você conseguiu?

– É, eu consegui – disse, e eu podia sentir seu sorriso. – Fiz a apresentação e as propostas de cardápio em menos de duas semanas. O advogado disse que seus clientes ficaram impressionados. Eles me escolheram como seu chef e compraram um lugar pequeno no East Village.

Eu mal conseguia falar de tanta empolgação, mas ele não pareceu perceber.

– É, tudo vai acontecer muito rápido. Parece que havia um restaurante pronto para abrir, mas os investidores pularam fora no último segundo. Algum escândalo corporativo que vazou, eu acho. De qualquer modo, esses investidores se apresentaram e compraram o lugar bem barato. Começaram imediatamente a procurar um chef e querem abrir o mais rápido possível. Você acredita?

– Parabéns! – falei com entusiasmo genuíno. – Isso é incrível. Sabia que você ia conseguir! – eu estava sendo sincera, é claro, mas, no momento em que as palavras saíram da minha boca, meu instinto mudou completamente de rumo. Eu me odiava por pensar isso, mas isso não parecia ser uma boa notícia para nós.

– Obrigado, Bette. Isso significa muito para mim. Eu não podia esperar para lhe contar.

Antes que pudesse até mesmo pensar em editar minhas palavras, eu soltei:

– Mas o que isso significa para nós?

Houve um momento de silêncio horrível, horroroso, penetrante e, ainda assim, eu não entendi completamente. Eu sabia que éramos feitos um para o outro. Os obstáculos não eram insuperáveis, só degraus para um relacionamento mais forte.

Quando finalmente falou, Sammy parecia derrotado, não um pouco triste.

– Eu vou me casar com esse projeto – foi só o que ele conseguiu dizer e, no instante em que pronunciou essas palavras, eu sabia que não ia rolar. Nós, quero dizer.

– É claro – falei automaticamente. – Essa é a oportunidade de uma vida.

Era neste momento que um herói de romances diria "E você também, e é por isso que vou fazer tudo o que puder para que dê certo", mas Sammy não disse isso. Em vez, disso, ele falou baixinho:

– Tanta coisa tem sua hora certa, Bette. Eu a respeito demais para pedir que me espere, apesar de que, é claro, uma parte de mim espera que sim.

"Dane-se!", pensei. "Simplesmente me peça para esperar e eu vou, me peça para entender que as coisas vão ser difíceis, mas que, quando esse período tiver passado, nós seremos felizes e estaremos apaixonados e juntos. Por favor, pare com esse papo horrível de respeito, não quero que você me respeite, eu quero que você me queira."

Mas eu não disse nada disso. Em vez disso, enxuguei as lágrimas que haviam caído no meu queixo e me concentrei em manter a voz firme. Quando finalmente falei, fiquei orgulhosa da minha compostura e articulação.

– Sammy, eu entendo que essa é uma oportunidade incrível e não podia ficar mais empolgada por você do que estou agora. Precisa concentrar todo o seu tempo e energia em tornar esse restaurante fantástico. Eu juro que não estou zangada, chateada nem nada, só tremendamente feliz por você. Vá, faça o que tem de fazer. Só espero que me convide para jantar quando seu restaurante for inevitavelmente o mais badalado de Nova York. Não suma, está bem? Vou sentir saudades.

Coloquei o fone silenciosamente na base e fiquei olhando para ele por uns bons cinco minutos antes de realmente começar a chorar. Ele não ligou de volta.

32

– Diga-me de novo como minha vida vai melhorar um dia? – falei para Penelope quando estávamos sentadas em minha sala de estar. Eu estava esticada no sofá, vestida inteiramente de moletom, como tinha estado por quase três meses e meio, sem nenhum desejo verdadeiro de algum dia vestir roupas de sair novamente.

– Ah, Bette, querida, é claro que vai. Veja como a minha vida está ficando fabulosa! – cantarolou ela, sarcástica.

– O que vai passar hoje à noite? Você se lembrou de gravar o *Desperate Housewives* da semana passada? – perguntei indiferentemente.

Ela largou sua cópia da *Marie Claire* e olhou para mim.

– Bette, nós assistimos quando passou na televisão no último domingo. Por que precisaríamos gravar?

– Quero assistir de novo – choraminguei. – Qual é, tem de haver alguma coisa decente para ver. Que tal o *Going Down in the Valley*, o documentário pornô da HBO? Nós gravamos isso?

Penelope apenas suspirou.

– Que tal *Real World*? – Fiquei ereta e comecei a apertar teclas no controle remoto do TiVo. – Temos de ter pelo menos um episódio ruim, nem que seja um velho. Como é que podemos não ter nenhum *Real World*? – Eu estava prestes a chorar a essa altura.

– Meu Deus, Bette, você tem de se controlar. Isso não pode continuar assim.

Ela estava certa, é claro. Eu estava tão infeliz há tanto tempo que isso se tornara o padrão. Esse período de desemprego não se parecia muito com o primeiro; não havia manhãs felizes gastas dormindo ou excursões divertidas até a loja de balas ou longos passeios explorando novas vizinhanças. Eu não estava tentando encontrar um trabalho – fosse de forma entusiasmada ou indiferente e, no momento, estava me sustentando (mal) aceitando alguns trabalhos de verificação de fatos oferecidos por pena por Will e alguns de seus associados. Eu os checava todas as manhãs vestida com meu roupão de flanela, sentada no sofá e depois me sentia livre para ficar enraizada ali pelo resto do dia. O fato de Penelope, que tinha todos os motivos para estar muito pior do que eu, estar se tornando mais funcional a cada dia começara a me alarmar.

Eu não tinha notícias de Sammy desde nossa última conversa, na manhã do dia seguinte à festa da *Playboy*, o que fora há três meses, duas semanas e quatro dias. Penelope havia ligado minutos depois de eu e Sammy desligarmos para me dizer que acabara de falar com Avery e que "sabia de tudo". Avery lhe telefonara durante a festa para admitir que estava muito, muito bêbado e que "acidentalmente" beijara uma garota qualquer. Naquela manhã ela estava aborrecida, mas ainda criava desculpas para ele. Finalmente, tomei coragem e lhe contei a história toda. Quando ela o confrontou, Avery admitiu que vinha dormindo com Abby há algum tempo e que houvera outras.

Penelope então, muito calmamente, instruiu a empregada (que por acaso era o presente de noivado dos pais de Avery para o casal feliz) para encaixotar todas as suas posses e mandar tudo de volta para Nova York. Ela marcou duas passagens de última hora no cartão de crédito do Avery, alugou a maior e mais luxuosa limusine que conseguiu encontrar e começou a cair num torpor de champanhe na cabine da primeira classe enquanto se esticava pelas duas poltronas. Eu a encontrei no aeroporto JFK e a arrastei direto para o Black Door, onde me juntei a ela em um porre fenomenal. Nas primeiras semanas ela ficou na casa dos pais, que, para seu mérito, não lhe disseram para perdoá-lo ou aceitá-lo de volta nenhuma vez e, quando ela não conseguia mais morar em casa, mudou-se para o meu sofá.

Finalmente juntas, estávamos infelizes, com o coração partido e desempregadas, portanto éramos a dupla perfeita: dividíamos um banheiro, múltiplas garrafas de vinho e o aluguel, e assistíamos a uma quantidade aterrorizante de programas de TV excepcionalmente ruins. Tudo estava perfeito até Penelope arrumar um emprego. Ela anunciara na semana anterior que teria de ir e voltar todo dia para uma firma de fundos de investimentos em Westchester e que se mudaria para seu próprio apartamento em duas semanas. Eu sabia que nossa festa do pijama prolongada não podia durar para sempre, mas não conseguia evitar me sentir um pouquinho traída. Ela estava tão bem que chegou até a mencionar que o cara que a entrevistara era muito, muito gatinho. Agora estava assombrosamente óbvio: Penelope estava tocando a vida e eu estava fadada a ser uma pobre coitada para sempre.

– Quanto tempo você acha que tenho de esperar antes de ir dar uma olhada no restaurante? – perguntei pelo que deve ter sido a milésima vez.

– Já falei, eu topo vestir um disfarce e entrar lá escondida com você. Muito discreta. Ele nem me conhece! Saudável? Talvez não. Mas definitivamente divertido.

– Você viu a matéria no *Wall Street Journal*? Eles idolatram o lugar. Dizem que Sammy é um dos melhores chefs dos últimos cinco anos.

– Eu sei, querida, eu sei. Isso parece ser o consenso, não? Não está feliz por ele?

– Você não faz ideia – sussurrei.

– O quê?

– Nada, nada. Sim, é claro que estou feliz por ele. Só queria estar feliz *com* ele.

Sammy abrira seu restaurante, um lugar meio Oriente Médio que de forma alguma se parecia com uma franquia, dois meses antes, com pouca fanfarra. Eu nem saberia se Will não tivesse mencionado casualmente em um de nossos jantares de quinta-feira, mas, daquele momento em diante, investiguei cada notícia nova. No começo, não havia muita informação: uma biografia do chef e alguns detalhes sobre a rápida inauguração. Aparentemente, o adorável restaurante italiano de 12 mesas no Lower East Side tinha sido a menina dos olhos de um proeminente ex-banqueiro de investimentos que tinha se tornado alvo de Eliot Spitzer e acabara condenado a passar de dois a três anos em uma prisão federal. O sujeito tivera de liquidar seus bens para pagar a enorme multa da Comissão de Seguros e Câmbio. Como o lugar acabara de ser posto abaixo e reformado, e a cozinha inteira fora planejada à perfeição, Sammy pôde abrir para funcionamento quase imediatamente. No começo, havia algumas críticas de clientes espalhadas por vários websites e uma pequena menção ao restaurante em uma matéria sobre o enobrecimento dos bairros. Mas aí algo aconteceu: o restaurante do Sammy foi de "bom na vizinhança" para "espetacular na cidade toda" em questão de semanas.

De acordo com o mais recente artigo na *WSJ Lifestyle*, os moradores das vizinhanças iam cedo e com frequência e Sammy foi capaz de manter a casa aberta enquanto desenvolvia seu cardápio. Quando Frank Bruni foi fazer a crítica para o *The New York Times*, Sammy já havia entrado no ritmo. Bruni lhe deu três estrelas, algo nunca visto para um chef desconhecido e sua primeiríssima empreitada. Os outros jornais e revistas de Nova York imediatamente foram atrás, com suas próprias críticas enlevadas. A revista *New York* publicou uma matéria, como sempre, moderada, proclamando o Sevi como "o único restaurante que importa". Ele deixara de ser um restaurante completamente desconhecido e passara a ser o restaurante onde ou se conseguia uma reserva ou se sofreria uma morte horrível no purgatório da lista C. O único problema disso era que Sammy não fazia reservas para ninguém, sob nenhuma circunstância. De acordo com todas as entrevistas que eu lera com ele – e acredite, eu li todas –, Sammy insistia em que eram todos bem-vindos, mas ninguém teria nenhum tipo de tratamento prioritário. "Passei tantos anos determinando quem entra e quem não entra que não tenho mais interesse nisso. Se quiserem comer aqui, quem quer que sejam, podem vir como todos os outros" foi a declaração citada. Era sua única exigência.

– Mas ninguém irá se não puder fazer reserva! – gritei para Penelope quando fiquei sabendo disso.

– Como assim, ninguém irá? – perguntara ela.

– Você tem de ter uma telefonista bem nojenta que insista em que não há nada disponível pelos próximos seis meses se você quiser jantar depois das cinco ou antes da meia-noite.

Ela riu.

– Estou falando sério! Eu conheço essas pessoas! A única forma de alguém comer lá é se ele os fizer acreditar que não são bem-vindos. A forma mais rápida de encher aquelas mesas é dizer a qualquer um que telefonar que eles estão totalmente lotados e então aumentar imediatamente todas as entradas em oito dólares e todos os drinques em quatro. Contrate garçons que acham que são bons demais para servir mesas e uma recepcionista que olhe todos os clientes de cima a baixo com ar de desaprovação quando chegarem e ele vai ter uma *chance*. – Eu estava só meio brincando, mas não tinha muita importância: a política dele obviamente funcionara.

A crítica no *Wall Street Journal* descrevia como os restaurantes de Nova York ultimamente vinham sendo dominados por um monte de inaugurações de luxo e chefs superstars, como havia cinco restaurantes desses só no brilhante prédio da Time Warner. Em algum momento, as pessoas haviam se cansado de toda a pompa e circunstância. Tinham saudades de uma refeição maravilhosa em um restaurante simples. E era exatamente isso que o restaurante de Sammy oferecia. Eu tinha tanto orgulho dele que quase chorava toda vez que lia alguma nota nova ou ouvia alguém mencioná-lo, o que acontecia com bastante frequência. Estava louca para ver com meus próprios olhos, mas não podia negar que Sammy definitivamente *não* pegara o telefone para me convidar.

– Tome –disse ela, me entregando minha pasta de cardápios de entrega em domicílio. – Eu pago o jantar. Vamos pedir alguma coisa e talvez depois a gente possa sair para beber.

Fiquei olhando para Penelope como se ela tivesse sugerido pegar espontaneamente um avião para Bangladesh.

– Um drinque? *Na rua*? Você está brincando. – Folheei desinteressadamente os menus. – Não tem nada para comer.

Ela arrancou a pasta das minhas mãos e puxou alguns cardápios ao acaso.

– Nada para comer? Tem chinês, hambúrguer, sushi, tailandês, pizza, indiano, vietnamita, delicatéssen, salada, italiano... e são só estes aqui. Escolha alguma coisa, Bette. Escolha já.

– É sério, Pen, o que você quiser está bom para mim.

Fiquei olhando enquanto ela ligava para um lugar chamado Nawab e pedia dois frangos *tikka massala* com arroz basmati e duas cestas de *chapati*. Ela desligou o telefone e virou-se para mim.

– Bette, só vou lhe perguntar isso mais uma vez: o que você quer fazer neste fim de semana?

Suspirei significativamente e retomei minha posição no sofá.

– Pen, eu não estou nem aí. Não é um grande aniversário. Já tenho de fazer o ritual do clube do livro, o que é mais do que suficiente. Não sei por que você está insistindo tanto em que precisamos fazer alguma coisa, eu preferiria mil vezes esquecer que está acontecendo.

Ela bufou.

– Sei, até parece. Todo mundo diz que não liga e todo mundo liga à beça. Por que não organizo um jantarzinho no sábado à noite? Você, eu, Michael, talvez algumas pessoas do UBS? Algumas das garotas do seu clube do livro?

– Parece legal, Pen, parece mesmo, mas Will falou algo sobre jantar no sábado. Vamos a algum lugar bom, não consigo me lembrar qual. Quer vir?

Ficamos conversando até a comida chegar e consegui içar minha bunda cada vez mais gorda do sofá até a pequena mesa da cozinha para o rango. Enquanto servíamos os pedaços de frango com molho grosso e picante nos pratos de arroz, pensei em como ia sentir falta da Penelope. Tê-la por perto era uma grande distração e, melhor ainda, as coisas entre nós finalmente haviam voltado ao normal. Fiquei olhando enquanto ela gesticulava com seu garfo para pontuar uma história engraçada que estava contando e então me levantei e a abracei.

– Por que isso? – perguntou.

– Eu vou sentir sua falta, Pen. Vou sentir muito a sua falta.

33

— Obrigada, pessoal. Vocês são mesmo o máximo – falei enquanto abraçava cada uma das pessoas de pé no círculo em volta de mim. Durante nossas sessões especiais de aniversário do clube do livro, nós nos encontrávamos para comer bolo e tomar algumas doses em grupo. Meu bolo de aniversário era de musse de chocolate branco e a bebida que o acompanhava era uma caipivodca à moda antiga, completa com pacotinhos de açúcar e fatias de limão. Eu estava ligeiramente alta e me sentindo bem após nossa minicomemoração, que fora encerrada com a apresentação de um vale-presente da Barnes & Noble no valor de cem dólares.

– Curta seu jantar hoje à noite – gritou Vika para mim. – Telefone se quiser nos encontrar depois que sair da casa do seu tio.

Eu assenti e acenei e desci as escadas. Estava pensando em como devia começar a aceitar novamente os convites que as pessoas me faziam para sair. Era apenas uma hora da tarde e eu só tinha de estar na casa do Will às 20h, então me instalei em uma mesinha no pátio da Starbucks de Astor Place com um café com leite de baunilha e uma cópia do *Post*. É difícil se livrar de alguns hábitos, então, como sempre, fui para a Página Seis e fiquei estupefata com o que vi: uma matéria grande sobre Abby, com foto e tudo. Dizia que o *New York Scoop* acabara de cancelar sua coluna da "Ellie Insider" e a demitira por falsificar seu currículo. Os detalhes eram incompletos, mas, de acordo com uma fonte não identificada, ela dissera que tinha se formado pela Emory University quando, na verdade, faltaram três créditos para que se formasse. Na verdade, ela não tinha um diploma. Liguei para Penelope antes de terminar de ler a matéria.

– Ahmeudeus, leu a Página Seis de hoje? Você tem de ler. *Agora.*

Ainda que não tivesse exatamente me esquecido de Abby, eu também não cumprira minha promessa de arruinar sua vida. Ela não havia escrito mais nenhuma palavra a meu respeito desde o dia da festa da *Playboy*, mas eu não sabia se era por estar com medo das minhas ameaças ou porque, agora que eu não trabalhava mais na Kelly & Company nem namorava Philip, não merecia mais ser mencionada. Também havia a possibilidade de seu caso com Avery ter acabado. De qualquer modo, eu não parei de rezar pelo seu fim.

– Feliz aniversário, Bette!

– Hein? Ah, é, obrigada. Mas ouça, você já viu o *Post*?

Ela riu durante um minuto inteiro e eu tive a clara sensação de que estava por fora de alguma coisa.

– É o meu presente para você, Bette. Parabéns pelos 28 anos!

– O que você está dizendo? Não estou entendendo o que está acontecendo. Você teve alguma coisa a ver com isso? – perguntei com tanta esperança que era quase humilhante.

– Pode-se dizer que sim – falou ela modestamente.

– Pen! Conte-me já o que aconteceu! Este pode ser o melhor dia da minha vida. Explique!

– Está bem, fique calma. Na verdade, foi tudo muito inocente, meio que caiu no meu colo.

– O que caiu?

– A informação de que nossa querida amiga Abby não se formou na faculdade.

– E como, exatamente, isso aconteceu?

– Bem, depois que meu ex-noivo me contou que estava transando com ela...

– Correção, Pen. Ele lhe contou que estava transando *com alguém*, eu lhe contei que ele estava transando *com ela* – acrescentei à guisa de ajuda.

– Certo. Então, continuando, depois que descobri que eles estavam transando, senti a inclinação de escrever uma cartinha para ela e lhe dizer o que eu pensava.

– O que isso tem a ver com ela não ter se formado? – Eu estava ansiosa demais para saber sobre a sujeira para aguentar os detalhes intermináveis.

– Bette, eu vou chegar lá! Eu não queria mandar um e-mail porque sempre há a chance da minha mensagem ser encaminhada para um milhão de pessoas, mas seu endereço em Nova York não está na lista: ela deve achar que é algum tipo de celebridade e que as pessoas vão botar sua porta abaixo para ver a estrela de relance. Liguei para o *New York Scoop*, mas eles não quiseram me dar. Foi aí que me ocorreu ligar para Emory.

– Está bem, até aqui eu estou acompanhando.

– Achei que, como colega de faculdade, eu não teria dificuldade em conseguir seu endereço por intermédio deles. Liguei para a central de ex-alunos e falei que estava procurando uma colega de turma, que havíamos perdido contato, mas que gostaria de chamá-la para o meu casamento.

– Belo toque – disse.

– Obrigada, eu também achei. De qualquer modo, eles verificaram os registros e me disseram que não tinham ninguém com aquele nome. Vou poupá-la dos detalhes sórdidos, mas basicamente mais alguns minutos de pesquisa revelaram que, ainda que a querida Abby tenha se matriculado conosco, ela não conseguiu se formar com a nossa turma, nem nunca.

– Meu Deus, acho que estou vendo onde isso vai acabar e não podia estar mais orgulhosa neste momento.

– Bem, fica ainda melhor. Eu estava ao telefone com uma garota do escritório de registros. Ela me fez jurar segredo e depois me contou que a razão de Abby ter largado a faculdade faltando três créditos foi porque a reitora do departamento de artes e ciências pegou Abby dormindo com seu marido e sugeriu que ela saísse imediatamente. Nós nunca ficamos sabendo porque Abby nunca contou a ninguém; ela simplesmente ficou ali pelo campus até termos nos formado.

– Inacreditável – falei ofegante. – E, ainda assim, nem um pouco surpreendente.

– É, bem, a partir daí levei apenas alguns minutos para fazer uma conta anônima no hotmail, contando aos nossos amigos do *New York Scoop* que sua colunista número um não era formada na faculdade e oferecendo-lhes uma pista do porquê de ela ter abandonado os estudos sem um diploma. Liguei para seu escritório todos os dias pedindo para falar com ela até que, ontem, eles me disseram que ela não trabalhava mais no jornal, momento no qual mandei uma dicazinha anônima para a Página Seis também.

– Ahmeudeus, Penelope, sua megera! Não sabia que você era capaz disso.

– Então, como eu disse antes, feliz aniversário! Descobri isso há meses, quando escrevi a carta, mas achei que, se esperasse, daria um bom presente. Considere isso meu presente para você. E para mim – acrescentou ela.

Desligamos e eu estava absurdamente feliz, imaginando Abby andando pelas ruas, pedindo esmolas ou, melhor ainda, usando um avental do McDonald's. Quando, em poucos segundos, o telefone tocou de novo, eu o abri sem olhar.

– O que mais? – falei, presumindo que fosse Penelope me ligando de volta com algum detalhe picante que se esquecera de contar.

– Alô? – ouvi uma voz masculina dizer. – Bette?

Ahmeudeus, era Sammy. Sammy! Saaaaaaaaaaaaaaaammmmmmmmy! Eu queria cantar e dançar e gritar o nome dele por todo o café.

– Oiiii – falei ofegante, quase incapaz de acreditar que a ligação pela qual eu esperara quase quatro meses, a ligação que eu *ordenara* mentalmente que fosse feita, estava finalmente acontecendo.

Ele riu da minha óbvia alegria.

– É bom ouvir a sua voz.

– A sua também – disse rápido demais. – Como você está?

– Bem, bem. Finalmente abri o restaurante e...

– Eu sei, tenho lido tudo a respeito. Parabéns! É um grande sucesso e eu acho simplesmente incrível! – Estava louca para saber como ele conseguira montar um negócio tão rápido, mas não ia arriscar nada fazendo mil perguntas chatas.

– É, valeu. Então, olhe, estou meio na correria, mas eu só queria ligar e...

Ah. Ele tinha o tom de voz de alguém que fora em frente, muito provavelmente tinha uma nova namorada com um emprego gratificante ajudando outras pessoas... alguém que não possuía um par de calças de moletom gastas e manchadas, e sim que sempre perambulava pelo apartamento vestindo os pijamas de seda mais lindos. Alguém que...

– ...e ver se você quer jantar comigo hoje à noite?

Esperei para ter certeza de que havia escutado direito o que ele dissera, mas nenhum dos dois acabou dizendo nada.

– Jantar? – arrisquei. – Hoje à noite?

– Você deve ter programa, não é? Desculpe por ligar tão em cima da hora, eu só...

– Não, programa nenhum – gritei antes que ele pudesse mudar de ideia. Nenhuma chance de bancar a desinteressada também, mas de repente isso parecia não importar. Eu não faltara a nenhum brunch ou jantar de quinta desde que saíra da Kelly & Company, portanto Will teria de entender sobre esta noite. – Com certeza eu posso jantar.

Eu podia ouvi-lo sorrir pelo telefone.

– Ótimo. Por que não passo na sua casa lá pelas 19 horas? Podemos tomar um drinque por perto e depois eu queria trazê-la até o restaurante. Se você puder...

– Puder? Isso parece perfeito, simplesmente perfeito – falei efusivamente. – Às 19 horas? A gente se vê então.

E fechei meu telefone antes que pudesse dizer algo e estragar tudo. Destino. Tinha sido totalmente, absolutamente, indiscutivelmente o destino que inspirara Sammy a me ligar no meu aniversário: um sinal de que nós estávamos, com toda a certeza, destinados a ficar juntos para sempre. Estava pensando se devia ou não dizer a ele que estava completando 28 anos naquele dia quando me ocorreu que eu ia *vê-lo* naquela noite.

Meus preparativos foram frenéticos. Liguei para Will do táxi a caminho de casa, implorando por seu perdão, mas ele simplesmente riu e me disse que ficaria feliz em levar o cano se significasse que eu finalmente ia sair com um rapaz. Corri para o salão de manicure da esquina para fazer mãos e pés rapidinho e depois acrescentei uma massagem de dez dólares e dez minutos na cadeira para tentar relaxar. Penelope assumiu a tarefa de estilista e separou várias roupas, incluindo três vestidos e um top intrincadamente bordado com contas, dois pares de sapatos, quatro bolsas e todo o seu estoque de joias, que fora recentemente complementado por seus pais em uma tentativa de induzi-la a sair do luto. Ela deixou tudo lá em casa e foi embora, planejando passar a noite com Michael e Megu e esperar que eu desse notícias. Experimentei coisas e as descartei, arrumei freneticamente o apartamento, dancei com "We Belong" de Pat Benatar segurando Millington no colo e, por fim, sentei-me recatadamente no sofá e esperei pela chegada de Sammy exatamente uma hora antes do combinado.

Quando Seamus tocou meu interfone, achei que ia parar de respirar. Sammy chegou à minha porta um momento depois. Ele nunca parecera tão bonito. Estava usando uma espécie de combinação de camisa e termo sem gravata que passava a ideia de estilo e sofisticação sem fazer muito esforço, e percebi que deixara o cabelo crescer até aquele tamanho perfeito que não era nem curto nem comprido, meio Hugh Grant, se eu tivesse de explicar. Cheirava a sabonete e menta quando se inclinou para a frente para beijar minha bochecha e, se eu não estivesse agarrada com força ao batente da porta, com certeza teria caído.

– É muito bom vê-la, Bette – disse ele, pegando a minha mão e me guiando em direção ao elevador. Andei sem esforço em minhas sandálias D&G emprestadas e me senti bonita e feminina em uma saia que roçava meus joelhos e um cardigã de verão que revelava a quantidade certa de decote. Era exatamente como todos os Harlequins sempre disseram: apesar de fazer meses desde que nos víramos pela última vez, parecia que nem um dia havia se passado.

– É bom ver você também. – Consegui dizer, satisfeita em apenas olhar para o seu perfil a noite inteira.

Ele me levou a uma charmosa vinheria a três quarteirões para oeste, onde nos instalamos em uma mesa nos fundos e imediatamente começamos a conversar. Fiquei encantada em ver que ele não mudara realmente nada.

– Me conte como você está – falou, bebendo da taça de Syrah que pedira, por experiência. – O que tem feito?

– Não, não, de jeito nenhum. Não sou eu que tenho novidades maravilhosas – disse. "Bem, esse não é o maior eufemismo do século?", pensei. – Acho que li praticamente tudo o que escreveram sobre você e tudo parece tão fantástico!

– É, bem, eu tive sorte. Muita sorte. – Ele tossiu e pareceu ligeiramente pouco à vontade. – Bette, eu, é, tenho uma coisa para lhe contar.

Ah, Jesus. Não havia jeito de isso ser um bom sinal, de maneira alguma. Eu me censurei por meu entusiasmo prematuro, por achar que o fato de Sammy ter ligado, bem no meu aniversário, ainda por cima, significava algo mais do que ele estar sendo gentil e cumprindo uma promessa feita por um velho amigo. Eram aqueles malditos Harlequins, eles eram o problema. Jurei parar de ler aquelas porcarias: eles simplesmente tornavam fácil demais manter expectativas totalmente absurdas. Quer dizer, Dominick ou Enrique nunca diziam "Tenho de lhe contar uma coisa" antes de pedir a mão da mulher dos seus sonhos. Aquelas eram claramente as palavras de um homem prestes a anunciar que estava apaixonado – só que não por mim. Eu não achava que poderia aguentar nem um fiapo de más notícias.

– Ah, é? – consegui dizer, cruzando os braços em cima do peito numa tentativa inconsciente de me segurar para receber a notícia. – O quê?

Outro olhar estranho passou por seu rosto e aí fomos interrompidos pelo garçom colocando a conta na frente de Sammy.

– Desculpe apressá-los, mas vamos fechar agora para uma festa particular. Venho pegar a conta assim que estiverem prontos.

Eu queria gritar. Ouvir que Sammy estava apaixonado por uma mistura de modelo de biquínis com Madre Teresa já ia ser difícil o suficiente – eu realmente tinha de *esperar* para ouvir a notícia? Aparentemente, sim. Esperei enquanto Sammy procurava na carteira a quantia exata e então esperei de novo enquanto ele ia ao toalete masculino. Mais espera pelo táxi do lado de fora e depois enquanto Sammy e o taxista discutiam o melhor caminho para o Sevi. Estávamos finalmente a caminho de seu restaurante, porém houve mais espera enquanto Sammy pedia desculpas profusamente, mas atendia o celular mesmo assim. Ele murmurou um pouco e fez alguns barulhos tipo "ahã" e em um determinado momento disse sim, mas fora isso foi vago, e eu sabia no fundo do meu estômago que estava falando com ela. Quando finalmente desligou o telefone, eu me virei para ele, olhei bem dentro de seus olhos e disse:

– O que você tinha para me contar antes?

– Eu sei que isso vai parecer estranho, e juro que só descobri há alguns dias, mas lembra-se do que eu lhe contei a respeito daqueles investidores?

Hmm. Isso não estava parecendo uma declaração de amor por outra mulher, o que era um desdobramento positivo, com certeza.

– Lembro. Eles estavam querendo bancar o próximo chef badalado ou algo assim, não é? Você teve de apresentar algumas ideias e cardápios?

– Exatamente – assentiu ele. – Bem, o negócio é que eu meio que tenho de agradecer a você por isso.

Olhei para ele com olhar de adoração, esperando que me dissesse que eu era sua inspiração, seu encorajamento, sua musa, mas o que ele disse em seguida não tinha realmente nada a ver comigo.

– Eu me sinto estranho por ser a pessoa a lhe contar, mas eles insistiram para que fosse assim. Os investidores que me bancaram são Will e Simon.

– O quê? – Virei-me abruptamente para olhar para ele. – Os *meus* Will e Simon?

Ele assentiu e pegou a minha mão

– Você realmente não sabia, não é? Achei que poderia tê-los convencido de alguma maneira, mas eles insistiram em que você não fazia ideia. Também só descobri recentemente. Eu nunca mais os vira desde que eles foram ao brunch do Gramercy Tavern, meses atrás.

Eu estava tão surpresa que mal conseguia falar, mas, ainda assim, a única informação que eu parecia processar era a que não tinha ouvido: até agora, Sammy não estava me dizendo que estava completa e perdidamente apaixonado por outra pessoa.

– Não sei o que dizer.

– Diga que não está zangada – falou ele, inclinando-se mais para perto de mim.

– Zangada? Por que eu ficaria zangada? Estou tão feliz por você! Não sei por que Will não me contou. Acho que vou ficar sabendo da história toda no brunch de domingo.

– Certo. Para falar a verdade, ele também disse isso.

Não tive tempo de raciocinar sobre esse novo desdobramento, já que o táxi chegou ao Lower East Side em tempo recorde. Assim que encostamos, eu reconheci o toldinho das fotos nos jornais. No momento em que Sammy bateu a porta do carro, percebi um casal bem-vestido examinando o aviso do lado de fora. Eles se viraram para nós e, muito decepcionados, disseram:

– Parece que estão fechados hoje, por algum motivo. – Antes de se afastarem à procura de outro lugar para comer.

Olhei para ele enigmaticamente, mas ele só sorriu.

– Tenho uma surpresa para você – murmurou ele.

– Um tour particular? – perguntei, com tanta esperança na voz que foi quase constrangedor.

Ele assentiu.

– É. Eu queria que esta noite fosse extraespecial. Fechei o restaurante para podermos ficar sozinhos. Espero que não se importe por eu ter de ficar na cozinha por alguns minutos – disse. – Preparei um cardápio Sevi especial só para esta noite.

– Você preparou? Mal posso esperar. Por falar nisso, o que Sevi quer dizer? Acho que nunca li nada a respeito.

Ele pegou minha mão e sorriu para mim antes de olhar para seus pés.

– Quer dizer *amor*, em turco – falou.

Achei que ia desmaiar de felicidade. Em vez disso, concentrei-me em botar um pé exatamente na frente do outro. Eu o segui para dentro da sala escura e tentei ajustar meus olhos, mas um instante depois ele encontrou as luzes e eu pude ver tudo. Ou melhor, todos.

– Surpresa! – gritaram. Houve gritos desafinados de "Feliz aniversário" e eu percebi que conhecia cada rosto que me olhava de volta.

– Ahmeudeus – foi só o que pronunciei.

As mesinhas tinham sido postas juntas para formar uma única mesa comprida no meio da sala; todos os meus amigos e minha família tinham sido instalados em volta e estavam acenando e gritando para mim.

– Ah. Meu. Deus.

– Venha cá, sente-se – falou Sammy, pegando minha mão mais uma vez e me levando para a cabeceira da mesa. Eu abracei e beijei cada um no caminho até o meu lugar e então despenquei na cadeira indicada, momento no qual Penelope colocou uma tiara de papelão na minha cabeça e disse algo constrangedor como "*Você* é a nossa heroína esta noite".

– Feliz aniversário, querida! – falou minha mãe, inclinando-se para me beijar na bochecha. – Seu pai e eu não perderíamos isso por nada no mundo. – Ela tinha um ligeiro cheiro de incenso e estava usando um lindo poncho tricotado à mão que certamente tinha sido feito com lã sem tintura. Meu pai estava sentado ao seu lado, o cabelo cuidadosamente penteado em um rabo de cavalo, exibindo orgulhosamente seu melhor par de Naots.

Olhei para a mesa e vi todo mundo instalado: Penelope e sua mãe, que estava encantada por Penelope ser conhecida o suficiente para conseguir entrar no novo restaurante badalado; Michael e Megu, que haviam pedido especialmente a noite de folga para virem comemorar comigo; Kelly e Henry, o cara com quem ela estava na festa da *Playboy*; todas as garotas do clube do livro, cada uma segurando o que pareciam ser cópias de novos romances embrulhadas para presente; e, é claro, Simon, que se enfaixara com o que parecia ser um excesso de linho, e Will, que estava entornando o martíni com seu nome (eu soube depois que Sammy batizara o drinque da casa como O Will) ao pé da mesa, diretamente à minha frente.

Depois de gritos repetidos de "discurso, discurso", eu consegui me levantar da cadeira e dizer algumas palavras sem jeito. Quase imediatamente, um garçom trouxe garrafas de champanhe e nós todos brindamos ao meu aniversário e ao sucesso de Sammy. E então o jantar começou para valer. Montes de bandejas de comida emergiram da cozinha nos ombros dos garçons, todas fumegantes e deliciosamente aromáticas e postas na nossa frente com grandes floreios. Vi quando Sammy, sentado do outro lado da mesa, olhou para mim e piscou. Ele começou a conversar com Alex, apontando para seu piercing no nariz e dizendo algo que a fez rir. Eu os observei por um instante, entre bocados de um delicioso prato de cordeiro temperado com cominho e endro, e então deixei meus olhos vagarem pela mesa: todos estavam conversando animadamente enquanto passavam os pratos e enchiam as taças de champanhe uns dos outros. Ouvi meus pais se apresentarem para Kelly enquanto Courtney contava para a mãe de Penelope sobre nosso clube do livro e Simon contava piadas para Michael e Megu.

Eu estava simplesmente sentada ali, absorvendo tudo, quando Will puxou uma cadeira perto da minha.

– Uma noite bastante especial, não é? – perguntou assim que se sentou. – Você ficou surpresa?

– Totalmente surpresa! Will, como pode não ter me contado que você e Simon estavam por trás de todo esse projeto? Não tenho certeza se sei como lhes agradecer.

– Você não tem de me agradecer, querida. Na verdade, não fizemos isso por você nem pelo Sammy, apesar de eu gostar muito dele. Você mencionou que ele fazia o brunch todos os domingos no Gramercy Tavern e isso despertou nossa curiosidade. Simon e eu fomos visitá-lo há três meses e tenho de dizer: ficamos absolutamente pasmos. O garoto é um gênio! Não só isso, mas ele deve ouvir quando você fala, porque a refeição inteira estava absolutamente perfeita: o bloody mary foi servido exatamente como eu gosto, com um pouco mais de suco de tomate e dois limões. Uma cópia do *New York Times* estava na mesa, já aberta na seção de Estilos de Domingo. E não havia nenhuma batata à vista. Nenhuma! Eu tomo brunch na Essex House há décadas e eles ainda não conseguem fazer tudo certo. Não conseguíamos parar de falar a respeito e decidimos abordá-lo antes que outra pessoa o fizesse. Parece que estávamos certos, não é?

– Vocês foram ao brunch do Gramercy Tavern? Só para ver Sammy?

Will entrelaçou as mãos e ergueu as sobrancelhas para mim.

– Querida, você estava obviamente encantada com esse garoto de uma forma muito substancial; isso era óbvio. Simon e eu ficamos curiosos! Certamente não esperávamos ficar tão impressionados com as habilidades dele: isso foi um bônus. Quando perguntei a ele naquele dia a respeito de seus planos para o futuro e ele começou a falar sobre algo chamado um "Houston's", eu sabia que tínhamos de salvá-lo de si mesmo.

– É, ele mencionou na Turquia que ele e alguns caras da faculdade de culinária estavam pensando em abrir algo assim no Upper East Side – eu disse.

Will arfou audivelmente e assentiu.

– Eu sei. Que horror! Esse rapaz não foi feito para trabalhar em uma franquia. Eu disse ao advogado que colocaria todo o dinheiro, mas que Sammy faria todo o trabalho. A não ser por uma mesa cativa, não quero ser consultado *de forma alguma*. É melhor do que deixar para o maldito governo, não concorda? Além do mais, eu estava procurando algo diferente para fazer. Decidi me aposentar da coluna.

Bem, essa me balançou. Em uma noite de surpresas, aquela pode ter sido a mais chocante de todas.

– Você o quê? Está falando sério? Por que agora? Quantos anos faz, uns cem? O mundo inteiro lê a sua coluna, Will! O que vai acontecer com ela?

Ele bebericou seu martíni e pareceu pensativo.

– Tantas perguntas, querida, tantas perguntas. Na verdade, não é uma história muito fascinante. É só a hora certa. Não preciso que o *New York Scoop* me diga que minha coluna é uma relíquia a essa altura da vida. Tive uma ótima carreira por muitos, muitos anos, mas está na hora de experimentar algo novo.

– Posso entender isso – disse finalmente. De certa forma, eu sabia que era a decisão correta. Mas Will escrevia aquela coluna desde antes de eu nascer, e era desconcertante pensar que ela simplesmente deixaria de existir.

– No entanto, devo lhe informar que falei com o meu editor, que não passa de uma criança, e recebi garantias de que sempre haverá um lugar lá para você, se decidir seguir esse caminho. Agora, eu não quero ficar me repetindo, Bette, mas acho que é algo que devia considerar. Você é uma escritora maravilhosa, e não sei por que não fez nada com isso. Só precisa dizer e podemos botá-la lá, primeiro como pesquisadora e depois, Deus queira, como uma espécie de aprendiz.

– Na verdade, também pensei nisso – disse, falando o que jurara guardar para mim mesma até que tivesse tido a chance de pensar a respeito um pouco mais. – Eu gostaria de tentar escrever...

– Excelente! Eu esperava que você dissesse isso. Sinceramente, acho que já era hora, mas antes tarde do que nunca. Vou ligar para ele hoje e...

– Não, assim não, Will. Você vai odiar isso...

– Ah, meu Deus, por favor não me diga que você quer cobrir casamentos para a seção de Estilo de Domingo ou alguma bobagem dessas. Por favor.

– Pior – falei, mais para criar efeito do que por realmente acreditar nisso. – Quero escrever um romance açucarado. Na verdade, já tenho uma trama e acho que não está muito ruim.

Preparei-me para a artilharia verbal, mas, surpreendentemente, ela nunca aconteceu.

Em vez disso, ele olhou para mim como se estivesse procurando alguma resposta no meu rosto e só assentiu.

– Talvez sejam todos esses martínis Will, mas acho que isso faz todo o sentido, querida. – Ele se inclinou para a frente e beijou minha bochecha.

Romances açucarados – era verdade. Desde a Turquia e o mundo luxuoso ao qual Kelly & Company me haviam apresentado, eu vinha imaginando um casal de personagens predestinados a ficarem juntos e os eventos que os aproximariam. Podia-se dizer que eu estava me inspirando tanto na experiência quanto na fantasia, mas a sensação era boa de qualquer maneira. E era a primeira coisa que me fazia sentir bem em muito tempo. Até esta noite.

Estava me preparando para contar meus planos para meus pais quando meu celular tocou. "Que estranho", pensei. "Todo mundo que eu conheço está sentado nesta sala." Procurei dentro da bolsa para desligá-lo, mas não pude deixar de perceber que era Elisa ligando do seu celular. Elisa, com quem eu não me encontrara nem falara desde a festa da *Playboy*, a mesma pessoa que, por algum motivo seja um cérebro subnutrido, alguma obsessão esquisita por Philip ou apenas por esporte, fornecera informações minhas de bandeja para Abby durante meses. Eu estava simplesmente curiosa *demais*. Entrei na cozinha.

– Alô? Elisa? – falei ao telefone.

– Bette, você está aí? Escute, tenho ótimas notícias!

– Sério? O quê? – perguntei, satisfeita por ouvir que eu parecia calma e indiferente e extremamente desinteressada, exatamente como pretendia.

– Bem, lembro-me de que você tinha, é, alguma ligação com aquele segurança do Bungalow que abriu o Sevi, certo?

Ela estava fingindo não se lembrar do nome de Sammy, como sempre, mas eu não estava mais interessada em corrigi-la.

– É, isso mesmo. Na verdade, estou no Sevi neste momento – falei.

– Você está aí? Está no restaurante agora? Ahmeudeus, isso é perfeito demais! Ouça, acabei de saber que Lindsay Lohan tem uma baldeação em Nova York e vai passar uma noite aqui no caminho de Los Angeles para Londres, você sabe que estamos representando Von Dutch agora e que ela é a nova porta-voz, não é? Adivinhe! Ela quer jantar no Sevi esta noite! Na realidade, ela insistiu. Estou indo pegá-la no Mandarin Oriental agora. Não sei bem quantas pessoas estão com ela, mas não deve ser mais do que meia dúzia. Estaremos aí em 30 minutos, talvez uma hora. Diga ao seu amigo chef para fazer um cardápio totalmente VIP esta noite, está bem? Bette, isso vai ser uma publicidade tão boa para ele! – Ela estava sem fôlego de tanta empolgação.

Eu estaria mentindo se dissesse que não pensei em falar com Sammy. Seria uma ótima propaganda, a forma mais rápida de garantir menções nas poucas revistas nacionais que ainda não o haviam descoberto. Mas dei uma espiada pela janela da porta da cozinha e vi Sammy colocando um bolo no centro da mesa. Era um negócio enorme e retangular, com bocados gigantescos de chantili e cobertura colorida e, quando me inclinei para ver melhor, vi que a capa de *Um amor de verão* fora feita igualzinha em airbrush. Todo mundo estava rindo e apontando, e perguntando a Will aonde eu tinha ido.

A janela de meio segundo do potencial de Lindsay Lohan se fechou, e eu disse:

– Obrigada, mas não, Elisa. Ele está fechado para uma festa particular esta noite.

Desliguei antes que ela pudesse reclamar e voltei para a mesa. "Não foi nem uma mentira", disse para mim mesma enquanto olhava em volta. "Esta tem de ser a festa da temporada."

Agradecimentos

Tenho que agradecer a três pessoas em particular por ficarem comigo durante este projeto.

A única editora que vale a pena conhecer, Marysue Rucci, que é mestre das cem maneiras elegantes e sutis de dizer "está uma droga".

David Rosenthal, meu editor, cujo catálogo de restaurantes e jantares me impediram de pedir comida pelo telefone sete noites por semana.

Deborah Schneider, minha incrível agente. Ela cuida dos detalhes logísticos da minha carreira para que eu possa me sentir livre para escrever a importante literatura do nosso tempo.

Um agradecimento enorme também a Hanley Baxter, Aileen Boyle, Gretchen Braun, Britt Carlson, Jane Cha, Deborah Darrock, Nick Dewar, Lynne Drew, Wendy Finerman, Cathy Gleason, Tracey Guest, Maxine Hitchcock, Helen Johnstone, Juan Carlos Maciques, Diana Mackay, Victoria Meyer, Tara Parsons, Carolyn Reidy, Jack Romanos, Charles Salzberg, Vivienne Schuster, Jackie Seow, Peggy Siegal, Shari Smiley, Ludmila Suvorova e Kyle White.

E, é claro, um enorme obrigada a meus pais, Cheryl e Steve, e à minha irmã, Dana. Eu nunca poderia ter escrito esta obra-prima sem vocês.

Ainda que todos os personagens neste livro sejam imaginários, a inspiração para Millington, a yorkshire terrier, é na verdade Mitzy, a maltês.

EDIÇÕES
BestBolso

Este livro foi composto na tipologia Minion Pro Regular, em corpo 10/12,5, e impresso em papel 56g/m² no Sistema Cameron da Divisão Gráfica da Distribuidora Record.